U0116029

1915

1924

1930

1941

1945

1949

20世紀台灣文學專題 I

1950

1956

1969

1972

1973

1977

1978

1987

2000

目錄

現代詩論戰：1972-1973

鄉土文學論戰：1977-1978

從後現代到後殖民：1987-2000

日治時期台灣新舊文學論戰

台灣話文論爭

皇民主體

左翼文學

五〇年代文藝雜誌

反共小說

1915—文學思潮與論戰

新詩論戰

現代派運動

詩社的興起

現代詩論戰

鄉土文學

從民族寫實到本土

建構台灣後殖民論述

戰後台灣文學史的一個解釋

後現代或後殖民

黃美娥

政治大學中文系教授

對立與協力：

日治時期台灣新舊文學論戰中傳統文人的典律反省及文化思維

一、前言

回顧世界文化發展，在新舊思想、文化更迭時，常會出現語言文字的重大變革，如歐洲的文藝復興以及日本明治維新；而中國也有近似的情況，一九一七年的白話文運動便提倡以平民的白話代替傳統的文言，逐而引發了新舊文學雙方的對峙與論辯。當時的中國，由於政府教育政策的訂定，白話的傳播迅速獲得確立與保障，一九二〇年至一九二一年間白話成爲國語；儘管次年南京《學衡》雜誌尚有梅光迪等人的批判，但胡適以爲此時的議論僅是文學革命的尾聲，新文學的發展實際已完全進入到創造時期。相較於中國白話文運動在短短幾年便能推展順利，台灣則是歷經漫長的鏖戰，最終要到戰後國民政府來台後，白話文才取得絕對的優勢。而在日治時期的台灣，由於日文才是官方語文，當時的白話或文言漢文其實都無法取得主流的優勢地位；因此，本地所發生的白話與文言漢文的交鋒競爭，以及新舊文學的論戰，便衍生出與中國不同的面目。事實上，台灣的這段文學歷程，遠比中國複雜許多。

關於這場發生於漢文文學界的文白語言之爭[1]、新舊文學的較勁，在台灣一般統稱之爲「新舊文學論戰」（1924-1942）[2]，由於歷時甚久，爲

---

[1] 日治時代台灣新文學的創作，主要有兩種書寫系統，一以日文寫作，二採北京話文寫作，後者在三〇年代又出現嘗試以台灣話文來寫作。其中，日文對於台人而言乃是新生的語言，自無新與舊之分，因此所謂新舊文學論戰，僅發生在漢文學界上。

[2] 所謂「新舊文學論戰」，狹義而言，當指新舊文人雙方在短期內有過一定數量的文字激辯，較能以論戰視之，如一九二四至一九二五年張我軍與舊文人間的交鋒、一九二九年葉榮鐘與江肖梅的爭辯、一九四一至一九四二年間林荆南與鄭坤五的論戰；廣義而言，則泛指一切新舊文人對此議題所發表的相關意見與活動，涵蓋一九二四至一九四二年零星而未集中於某一階段所出現的言論；至於本文的論述，主要以狹義論戰爲分析主軸，不過實際觀察範圍多少也會涉及廣義範疇，

便於觀察其中文學場域的變化，筆者考量了雙方於論戰發生後的對立與協力情形，擬區分爲三期來加以說明，而這三期恰與二〇、三〇、四〇年代相當。這場論戰是台灣文學發展史上的大事，因爲它造就了台灣新文學生成的契機與茁壯的可能，改變了過往舊文學一枝獨秀的局面。對此，歷來研究者雖多，但卻存有兩項盲點，其一是從「新文學」的立場出發，論述其間的過程或結果，對於舊文人及其表現往往給予負面評價，未能真正掌握舊文人的處境與心態；其二則是未對一九二四年至一九四二年的論戰作歷時性的考察，而慣以二〇年代的論戰情況等同於全部的論戰過程，遂無法明瞭當時新舊文人在論戰爆發後十餘年間肆應反省的情形。以目前台灣學界經常引用廖漢臣於一九五四年在《台北文物》所發表的〈新舊文學之爭——台灣文壇一筆流水賬〉來看，該文對於論戰提出如斯的觀察與結論：

> 「新舊文學的論爭」……籠統的說，可謂前者提倡的是種幫閒的文學，後者提倡的是種民族革命的文學。……台灣新文學運動，不但沒有受到日政府的支持，而且不斷受著日政府的壓迫或舊文人的阻擾而踟躕於建設途中……，在理論上，早就見到高低，但實際上新文學自始至終，終不能打垮舊文學，便是一個顯著的例子。……舊文學陣營，雖然受不了新時代洪流的衝擊，內部自行開始分化了，但是有日政府的庇護——因為日政府要利用舊詩人，來愚化本省青年，將舊詩人的活動，採用寬大的政策——還得抱殘守缺，苟延餘喘到本省光復前夜。

這段文字，既在本質上強烈區分新、舊文學的不同，深化彼此的對立；又強調新舊文學論戰勝負懸殊的結果，同時批判舊文學家與日政府間的

故在時間上標示爲一九二四～一九四二年。

共謀關係，因此相當程度地浮現出舊文學的不堪及舊文人「文學技藝不如人，又乏民族意識」的卑劣形象。由於廖氏曾經親身參與論戰，其文流衍所及，便儼然形塑了日治時期台灣舊文學與傳統文人的刻板印記。

類似的思考模式，在近年兩岸所見的數本台灣文學史中仍不斷重述，書中的記載也往往以新文學普獲勝利、舊文學全面挫敗作結。而論者在評斷此一論戰時，更多半認同新文學家的立場與意見，甚至複製了昔日的隆隆砲聲，如彭瑞金《台灣新文學運動四十年》逕用「舊文學的破產」爲題，對此加以剖析：

> 動了肝火的新舊文學論爭裡，……在情緒化的罵詞背後，舊文學與時代脫節，和現實人生不具備一致的脈跳，以及對世界文藝思潮的懵然無知，則是無法洗脫的罪狀。舊文學為自己所做的辯駁，薄弱而可笑，……暴露了舊文學是文學「門外漢」……。進入二○年代以後，舊文學的一面倒，凸顯了新文學運動的意義，絕不僅是使用文字上文言、白話的差異，而是文學功能、價值，與文學任務、職責的天壤之別。（1991，頁2）

以上的鋪陳，不僅遙應日治時期新文學家的靈魂，無寧也再現了廖氏的看法，其中更隱含著一種新文學家在論戰後獲得全面勝利，舊文學陣營則節節敗退，逐漸淡出台灣文學的場域，甚至失去提升台灣文學動力的朦朧論述。這樣的說法，極易引發讀者一種推測與聯想，彷彿日治時代台灣文學的發展重任全由新文學家獨立扛起，舊文人在論戰後，成了無關緊要的道具角色，甚或是本島文學進步的阻礙。

實際上，當吾人回首從前，固然在新舊文學論戰中，代表新文學的一方，最終打破了長期以來舊文學獨霸的局面，但舊文學依然有著一定的生存空間與勢力，否則新舊文學論戰無庸從二○年代延續至四○年代而難以休止，何況廖氏在前揭文中也自承「新文學自始至終不能打垮舊文學」，這更說明了台灣文學史在一九二〇年代新舊文學論戰後的文壇中，舊文學依舊活動不斷，值得在文學史中繼續予以交代，而不能單單冠以「破產」一詞後，便告銷聲匿跡。另外，一九三七年報章漢文欄廢除後，舊文學不需從衰微中復甦、振作、再興，便能「迅速」奪回文學舞台的發聲權，雖然有謂此係日本政府刻意維護的緣故，但是倘若原本已經衰微的文藝創作，要在片刻之間復甦談何容易？甚至同時期若干新文學家，如賴和、楊守愚……等素重民族氣節者，願意選擇組織「應社」[3]、撰寫舊詩以言志，而未因舊詩與日政府間的曖昧共生關係而唾棄，似又可見廖氏對於寫作舊文學者必與日政府沆瀣一氣的影射太過武斷。如此說來，重新評估、省思此一論戰的必要性，不言可喻。

因此，有別於目前的台灣文學史皆從新文學角度評價論戰的書寫方式，筆者擬由舊文人的立場出發，除了嘗試釐析此一論戰的主要糾葛外，也企圖掌握舊文人在論戰發生後的應變與思索。至於雙方爭辯的過程，由於相關討論已多，且論戰始末的資料也已有所整理[4]，故本文不予重

---

[3] 該社成立於一九三九年，由賴和、陳虛谷、楊守愚、楊笑儂……等九人合組，社名有「同聲相應」之意，而賴和在〈應社招集趣意書〉中談及該社之創主要在於「講求吟詩的趣味，琢勵詩人的節操」，可見賴和對於漢詩社仍然是有所期待與寄託的。賴文參見《賴和全集・雜卷》（台北：前衛出版社，2000），頁 109。

[4] 施懿琳〈日治時期新舊文學論戰的再觀察——兼論其對台灣古典詩壇的影響〉，見氏著《從沈光文到賴和——台灣古典文學的發展與特色》（高雄：春暉出版社，2000），頁 229-269；葉連鵬〈重讀日據時期台灣新舊文學論戰——起因、過程與結果的再思考〉，文載《台灣文學學報》第二期，頁 33-65，2001，已將論戰資料條列說明或列表整理，只是二者皆乏 1941 至 1942 年的論戰資料，拙文〈醒來吧！我們的文壇——再議 1941 至 1942 年間台灣新舊文學論戰〉已補齊此一不足處，文章原發表於 2002.3「日治時代台灣傳統文學會議」，後收入東海大學中文系編《日治時期台灣傳統文學論文集》（台北：文津出版社，2003.2），頁 322-頁 359。另，翁聖峰〈日據時期台灣新舊文學論爭新探〉（台北：輔仁大學中研所博士論文，2002.7）文末「附錄」亦有詳細整理，頁 336-371。

述，而改從論戰背後深層結構中文學與文化間的互動關係介入，因爲台灣新文學運動的興起本就是文化抗日運動的一環，歷來的論述者也多肯定其所蘊含的新文化精神，因此在探析論戰中舊文學及舊文人的相關問題時，同樣地也應置放於文化的脈絡下思考，兩相參照，方能凸顯雙方的立場與用心。又，新舊文學論戰，本就是文學上的新、舊典律（canon）之爭，因此文學問題的探討自不能免，職是之故，本文便以典律反省及其背後所隱含的文化思維爲論述主軸來加以說明，重構雙方在文壇中面對日本殖民帝國政治／文化的強勢威脅下所產生的複雜關係，進而尋找在歷來所謂新、舊文學彼此對立的詮釋下，是否存有協力的空間？同時也重新思考舊文學／舊文人在日治時期台灣文學中的位置與角色。

二、論戰前傳統文人的文學改造

（一）

從一九二〇年七月《台灣青年》創刊，到張我軍一九二四年四月發表〈致台灣青年的一封信〉，這一段醞釀台灣新文學運動的前夕，目前可知的已有陳炘、甘文芳、陳端明、潤徽生、黃呈聰、黃朝琴……等人，相繼在《台灣青年》、《台灣》、《台灣民報》上發表文學與社會關係的言論，他們相當一致地將文學放在社會文化層面上來思考，並肯定唯有白話文的新時代文學才能擔負起社會革新的責任；這樣的定位，已充分顯現出台灣新文學運動一開始便是文化革新下的產物。

其中，陳炘在一九二〇年七月十二日 1 卷 1 號《台灣青年》發表的〈文學與職務〉便是首篇對此加以探討的文獻，依其陳述，新、舊文學與社會／文化的互動已經隱含了疏密關係。另外，秀潮（即許乃昌）於一九二三年七月十五日 1 卷 4 號《台灣民報》上，發表〈中國新文學運動的過去現在和將來〉，他在引介中國新文學運動概況之前，首先抨擊台灣在文化上有其弊端，那就是「守舊性」，因守舊性格而沒有進化觀念，強烈暗示此一現象恐會導致新文學推動的不利。所以，潤徽生在一九二三年十二月廿一日 1 卷 14 號《台灣民報》刊登的〈論文學〉一文，就指出了當時的台灣仍以舊文學爲主流，甚且還有獎勵之風，白話文提倡初期阻力甚大；但即使如此，作者卻已預言新、舊文學必然相抗爭，且勸說舊文學者莫要因爲舊文學的價值遭受質疑而反對新文學的推廣。此舉彷彿預告了新舊文學論戰即將開啓，果然，短短四個月之後，張我軍便透過《台灣民報》引爆了雙方熱烈的論戰。

一如論戰之前，台灣知識份子已將文學與文化議題相互連結討論，而由張我軍於一九二四年所激起的新舊文學論戰，關於其言論，彭小妍有著精要的剖陳：

> 在他的詮釋下，舊文學和新文學代表了兩種階級的對立。他詬病「古典文學」代表「陳腐衰頹」，舊詩已淪為「遊戲」、「器具」、「詩玩」，除了排遣酸氣以外，就是乞求「總督大人」的秋波。換句話說，他點名批判的「詩伯」、「詩翁」之流，和殖民者互通聲氣，儼然形成一班「自以為儒文典雅」的階級。就張我軍而言，這批詩伯詩翁更大的罪惡是養成沽名釣譽的「惡習」，戕害了「活活潑潑的青年」。也就是說，舊詩是台灣人自甘奴隸性格的象徵，而新文學才能改造台灣人的奴性，讓青年展現改革社會的活力和清新性格，台灣社會才有光明。於是在張我軍的文論中，舊文學／新文學、附庸殖民者／創造台灣光明社會、劣等國民性／優等國民性的劃分對立於焉成立[5]。

透過彭文的分析，可以發現張我軍的思維模式，其實也是出自於一種文

---

[5] 參見彭小妍〈文學典律、種族階級與鄉土書寫——張我軍與台灣新文學的起源〉，文刊《中國文哲研究集刊》第八期，1996 年 3 月，頁 6。

化視角，與前述諸人有著一脈相承的看法，他們共同以爲舊文人／舊文學是時代的落伍者，舊文人有著劣等國民性，更甚者則是張氏在點出舊文人是享有某些優勢的特權階級之後，特別著力於批判舊文人／舊文學與殖民政府間的暗通款曲，這也進一步牽動了敏感的國族認同問題。

綜上可知，不管是在論戰前或論戰後，新文學一方的知識份子，在看待舊文學／舊文人時，都已或隱或顯地流露出張我軍式的二元對立思考。但吾人要問的是，自乙未割台至一九二〇年代，長達二十餘年的時間裡，舊文人如何看待並面對新的文化衝擊以及日漸成形的現代化社會？對於「新」的社會難道他們都是無知無感，而不曾思索舊文學在新時代中的作用？

（二）

在目前的研究中，已有學者注意到舊文學在尚未發生論戰前，其實已經出現過改革的呼聲，如連雅堂倡議台灣詩界革命論，其對詩界主要的不滿是在擊缽吟，他認爲「擊缽吟者，一種之遊戲也，可偶爲之而不可數，數則詩格自卑，雖工藻繢，僅成土苴，故余謂作詩當於大處著筆而後可歌可誦。」(《台灣詩薈》19號）此外，也針對「學詩者讀書太少，作詩者言不由衷，尤其是詩人人品」提出反省的呼籲[6]。

除了台灣詩界革命論外，筆者擬再提出其他舊文人處於新時代下的文學革新言論，進以釐析張我軍所謂：「……台灣的詩文等從不見過真正有文學價値的且又不思改革，只在糞堆裡滾來滾去，滾到百年千年也只是滾得一身臭糞。……[7]」、「像台灣那般小小的島，……這幾十年來，日

---

[6] 以上是施懿琳剖析連横有關舊詩反省的言論而歸納之結果，同註4，頁258。

[7] 參見張我軍〈致台灣青年的一封信〉，寫於一九二四年四月廿六日，原載《台灣民報》2卷7號1924年4月21日，收入張光正編《張我軍全集》（北京：台海出版社，2000），頁3-4。

本文學界猛戰的砲聲，和這七、八年來中國文學界戰士的呼吼，都不能打動這挾在其間的小島，……，沒有一些活氣，與現代的世界文壇如隔在另一個世界似的，這是多麼可痛的事啊！[8]」其所詬病的台灣舊文學弊端是否吻合台灣文壇的實況？

1.

一九一五年九月，時任《台灣日日新報》記者，也是台北瀛社重要社員的魏清德，轉往福建《閩報》任職，因為在閩既久，見聞遂廣，次年發表〈旅閩雜感〉以誌所得，言及當時閩省文學的情形：

> 閩省文學分新舊兩派，……大抵年少人士攻新學者，類多於固有國粹，文義鮮通，而罷官去職一班不得志之徒黨，顧影自穢，甚至以作詩為莫大之恥辱者，同一新聞紙上論據，與其尊堯而述舜，不如談美而稱歐，號稱進步優為讀者所稱誦焉。……廁聞國家民族之隆替，關於文運之盛衰。……支那交通不便，其語言未能統一，例如榕垣省會之用語，與閩省地方用語不同，文字雖不普及，舉國通用，文字者有形無聲之語言也，文字為世界的應時勢之要求，則國民思想亦世界的應時勢之要求，文字卑鄙頭巾則國民思想亦卑鄙頭巾，龍門百斛鼎，筆力可獨扛，惟大文豪為能積健為雄，興文字革命之師，作輿論之指歸者，又其誰乎？蓋改良支那目下之急務也。[9]

此篇文章發表在中國白話文運動爆發之前，從文中看來，魏清德似乎對

[8] 參見張我軍〈糟糕的台灣文學界〉，寫於一九二四年四月廿六日，原載《台灣民報》2 卷 24 號 1924 年 11 月 21 日，收入張光正編《張我軍全集》，同上註，頁 6。

[9] 參見潤庵生〈旅閩雜感〉十三，文載《台灣日日新報》，大正 5 年 2 月 16 日，第 5617 號。

喜歡「談美稱歐」的新派有所不滿，並給予批判，但魏氏並非故步自封之人，在文末他提出了閩省文學興革的急務，他以為當時支那語言雖不一，但至少文字是能彼此溝通的，所以更形重要，而文字須能應世界時勢之要求，如此透過文字的傳播刺激與影響作用，國民思想也就能達成順應世界時勢的目標。顯然，依照魏清德的認知，舊文學也能與世界時勢同步，且舊文學也必須要能順應世界局勢，也就是說，在白話文這種語、文一致的「新文學典律」尚未被推崇為改造國民思想的最佳利器之前，舊文人／舊文學其實早已處於新文化／新世界的氛圍中了，並且有感外在的新變，而力圖革新以應世界時勢的要求。

福建文學的情形如此，那麼台灣本島呢？在魏清德的觀察中：「二十年前台灣社會之組織，文物衣冠之制度，依然為閩省分身，而今已矣，浩浩蕩蕩，世界文明之思想潮流，若促吾台進步，濡染刺戟，曾幾何時，而舊時之固陋，淘汰牛盡，此吾人之所賀也。」[10]昔日台灣的一切，皆屬閩省的分身，但現在的台灣已能進與世界文明的思想潮流接觸，並將從前的固陋汰除殆盡，達到大大的進步。在上列的敘述中，台灣隱然有著遠離祖國支那而與世界接軌的意涵，魏氏甚至暗示這正是台灣進步的關鍵所在。既然台灣在現代世界文明思潮中，已經能夠大步邁進，努力追求，那台灣的文學又當如何順應於世界潮流呢？

一九一五年四月五日，魏氏仍在台灣時，曾經發表一場題為「詩及國民性」的演講，而後又將演講內容摘要刊登於《台灣日日新報》上以廣為週知，略謂：

> 國民性之消長，詩亦與之消長。治世之音安以樂，其政和；亂世之音怨以怒，其政乖；亡國之音哀以思，其民困。……（敷島の

---

[10] 語見潤庵生〈旅閩雜感〉十五，文載《台灣日日新報》，大正 5 年 2 月 19 日，第 5620 號。

> 大和心を人間はば朝日に匂ふ山櫻花）此詩具有日本國民性之表見，漢詩數千年作者不少，可惜無國民性表見之詩。此後所宜改良者，為排去陳腐，應時勢之要求，詩之本領，不獨為精神界之慰安，將以高尚國民之品性，改造國民之精神，不然則作詩不如耕田。內地人之格言，余亦深贊成其說……[11]。

以上言論與其日後批評福建文學時（如前引〈旅閩雜感〉十五），思考大致相近，皆認爲詩歌具有改造國民性的作用，從事文學創作的人，要以能在詩中呈現國民性爲要務，進而高尚國民性，改造國民精神。如此看來，舊文人無寧對於自身的文學，仍是寄予厚望的，而魏清德在文中引用日本格言「不然則作詩不如耕田」，更可見其改革心意。此一深盼舊詩能夠成爲改造「國民性」利器的理念，與新文學家要以白話文的新文學來啓蒙大眾，提升百姓趕上現代化社會，其實並無二致。果如此，就不難窺知舊文人在論戰中與新文學家，對於「文學典律」之爭奪，何以如此激烈？因爲在舊文人的心中，舊文學典律本也能發揮啓蒙作用，何必非要白話文文學才可以呢[12]？

由此可知，在中國白話文運動尙未興起，亦即台灣未受此一風潮影響之前，台灣本地的舊文人早已在尋思舊文學在新時代中的定位與角色。

2.

除了上述舊文人的個別看法外，論戰前夕，台灣恰有兩份詩刊發行，其一是連横的《台灣詩薈》（1924.2-1925.10），另一則係台北星社同仁黃

---

[11] 文載《台灣日日新報》，大正 4 年 7 月 8 日，第 5405 號。

[12] 只是，較爲曖昧的是，誠如魏清德在演講中援引日人的詩歌及格言以證成己見，此舉已然浮顯了舊文人在追求台灣國民性及文學改造的同時，可能會出現與日人靠攏、親近的論述，日後甚至有些舊文人會有向日本文化取法、看齊的言論，箇中現象值得進一步探討。

春潮、張純甫等人所編的《台灣詩報》(1924.2-1925.4)。令人玩味的是，這兩份詩刊在創刊號上，皆不約而同地對台灣詩壇提出建言。

連橫〈台灣詩薈發刊序〉云；

> 今日之台灣，非舊時景象也。西力東漸，……，重以科學昌明，奇才輩出……。當此風雨晦明之際，……新舊遞變之世，群策群力，猶虞未迨，莘莘學子而僅以詩人自命，歌舞湖山，潤色昇平，此復不吝之所為戚也。……小之為扢雅揚風之篇，大之為道德經綸之具，內之為正心修身之學，外之為齊家治國平天下之道，我詩人之本領，固足以卓立天地也。不佞騷壇之一卒也，……手此一編，互相勉勵，台灣文運之衰頹，藉是而起，此則不佞之幟也。

有鑑於西力東漸，漢學衰微，連氏因此勸諫詩人不能以潤色昇平的詩人自命，而要能達成齊家治國平天下之道，如此才能發揚台灣詩界的天聲。

另一份詩刊《台灣詩報》，也出現了反省的聲音，林石崖〈台灣詩報序〉云：

> 古詩三百篇，……義旨奧妙，以十五國風言之，……於政治經濟，人才風俗，沿革得失，指陳詳審，後人讀之，勃然感奮，故詩之所以可貴也。是後王風委頓，大雅不作……此雖或運會使然，要非詩人所見不大之故歟？近世歐美詩人則反是，其文藝之醇者，一本於哲學，凡所賦詩，不寫國家之政象，則描民族之心理，如俄之託爾斯泰、印之泰古俞者，使人誦其詩，讀其說，可以察其社會千變萬幻之情狀矣，蓋其學不離乎社會，而措辭命意，又務以指導人心，改造時勢，此詩人之偉大，所以能後杜少陵，而為師聖也。嗚呼！詩人所學如是，抱負如是，相勗如是，縱偶飲醇近美，試為綺語豔詞，又何損其大節乎？若夫萬卷不讀，見解不

> 宏，日唯浸淫於章句之間，沾沾然，搜奇抉怪，以與鄉閭憔悴專一之士，較其分寸毫厘，爭一時之長短，抑卑卑不足道矣。……諸君子誠權其輕重，別其小大，以通聲息，以刊詩文，則《台灣詩報》之有補於學界，有造於社會者，又豈淺少也哉？

文中，林氏以中國《詩經》與俄國托爾斯泰、印度泰戈爾的作品爲例，說明可貴的文學創作必然與社會相連結，且以指導人心、改造時勢爲務，而非徒於章句上爭一時之長短。從林氏的意見及其對《台灣詩報》的期許，可以發現林氏對於國外的文藝也有所接觸，甚至認爲其中大有可以借鏡之處，並謂台灣的舊文學創作，應該致力於「社會性」的彰顯。

綜觀前述，可以發現台灣的舊文人，在論戰發生之前，面對新時代、新社會的文化變遷與挑戰時，先是魏清德演講宣傳詩歌有提升改造「國民性」之必要，而後又有連橫要求詩歌當發揮齊家治國平天下的作用，林石崖則是強調詩歌的社會性意義與價值；其共同點，就是他們不以章句之美爲務，而更要在內容上作改革，即便所出版的詩刊，也要以刊登此類作品爲主。不過，弔詭的是，新舊文學論戰發生後，新文學家似乎對於論戰前舊文人曾經思考並進行的文學革新之路，毫無所悉，這或許是因鼓吹新文學者多數年齡較輕（如張我軍掀起論戰年時僅二十二歲），或多客居外地，或所受教育以新學爲重而少及於舊學，所以對於台灣舊文學界的發展變化，未能徹底掌握吧！

（三）

詩歌既要順應世界潮流以提升國民精神，那創作時應當怎樣進行？又要如何汲取新的世界文明呢？目前的研究者，在肯定新文學家推廣新文學運動時，常會稱讚其人引介西方文明思潮及文藝理論的努力，但實際上，在論戰發生前後，舊文人也不乏接觸西方思潮者，甚至在一九二〇年具有啓蒙奠基作用的《台灣青年》發刊前，舊文人也早已知曉世界文明的變化，絕非如論戰中張我軍所批判的「與現代的世界文壇如隔在另一個世界似的」，對世界無知、冷漠或封閉。

一九二〇年，陳炘的〈文學與職務〉一文，言及「今日之形勢，當使文學自覺，勵行其職務，以打破陋習，擊醒惰眠，而就今日之文明思想，以爲百般革新之先導爲急務也。嘗聞我台有文社之設，已經年餘有光彩之歷史也，想對此方面，必大有貢獻，固毋庸贅也。」[13]可知陳氏並未全盤否定舊文學的存在，甚至以爲設置年餘的「台灣文社」，能夠成功扮演文學自覺、文明思想引進以及革新先導的角色。

事實上，一九一八年十月由櫟社同仁林幼春、蔡惠如、陳滄玉、林獻堂、林子瑾……等十二人所倡立的台灣文社，在設立旨趣中，便強調「第思學不拘今古，地無限乎東西，不觀夫生長亞洲之人，萬里裹粱以學歐語、歐文者乎？又不觀夫生長歐洲之人，萬里簞簦以學漢文、漢語者乎？……」[14]世界各地距離雖遠，但彼此漸能交通往來，世界已成開放之勢，所以處於當下之人，在學習時要不拘古今、不限東西。因此，《台灣文藝叢誌》出版之後，介紹了許多外國局勢、西方新文明以及國外文人著作的概況，如第一年第一號有林少英翻譯英國 John Finnemore 的〈德國史略〉、則以譯〈夏目漱石傳〉；第一年第四號林少英譯英人 Lucy Cazalet 之〈俄國史略〉；第二年第四號有許三郎翻譯德富蘇峰的〈生活之意義〉……等，是皆有利開拓台人知識視野，掌握世界脈動。值得深思的是，這一份發刊於一九一九年一月一日由傳統文人所創辦的雜誌，以其新、舊文明並陳的方式，實際較《台灣青年》更早開始了啓蒙台灣大眾的工作。

---

[13] 文載《台灣青年》，1 卷 1 號，1920 年 7 月 12 日。

[14] 參見〈台灣文社設立之旨趣〉，文載《台灣文藝叢誌》第 1 號，大正 8 年 1 月 1 日。

透過上述史料，筆者勾勒出舊文人在新舊文學論戰發生之前，其實已經對舊有的典律產生一定的反省[15]。他們感受到外在局勢的變化，一方面開始接觸西方文明與文藝創作，並且從中取法；另一方面，則提出詩歌的革新方向，認爲應當在內容上力求改革。可以確信的是，舊文人們相信在新時代的來臨，不管有沒有白話文運動發生，舊文學依然可以有其發揮的空間。所以當一九二四年新舊文學論戰爆發後，當時文壇上較具知名度或影響力的舊文人如林幼春、傅錫祺、謝雪漁……等人，未見參與論戰；一般發表言論者，多屬地方詩社社員或熱衷擊缽吟者。即使是參加論戰的連橫、魏清德等人於報刊上所發表的相應言論也不多，甚至張我軍也提及其批判文字在發表後，遲遲不見舊文人的迴響[16]，在在可見舊文人對於舊文學的典律其實是充滿自信，因爲新文學家／新文學所欲達成的啓蒙目標，舊文學家／舊文學也同樣可以辦到。如此一來，論戰的雙方只會彼此自我堅持，互不相讓，戰火自然難以止息，甚至能在一九二四年至一九四二年間，每隔一段時期便死灰復燃一次。

三、論戰第一期——傳統文人的典律堅持與文化思維

（一）

透過前節所述，吾人可以發現在論戰之前，舊文人們其實已經在思索著因應新的時代環境，以及長久積累的舊文學弊病，應當如何進行改

---

[15] 有關傳統文人面對時代變遷所作的典律反省，拙文〈尋找歷史的軌跡：台灣新舊文學的承接與過渡（1895-1924）〉有更進一步的討論，成功大學台文系主辦「台灣文學史書寫國際學術研討會論文」，2002.11.22-24。

[16] 張我軍在回復舊文人之挑戰，發表〈揭破悶葫蘆〉時，自陳：「我的〈糟糕的台灣文學界〉一文發表了以後，到現在已有兩個月之久了。……然而在這兩個月中間，卻聽不到什麼反響來，我滿以爲我的炸彈是擲在爛泥中去了。……」。

革？他們的想法事實上與新文學家頗為相近，但是何以後來又與張我軍等人發生論戰，並且爭執不下，無法共同為邁向文學改革之路而奮鬥？究其原因，「典律之爭」應是重要關鍵之一。

典律（canon）[17]，此處係指「一種眾望所歸的創作與閱讀標準」之意。新舊文學論戰，正是一場典律的爭奪戰，新文學家要以「白話文」體取代原先的文言文／古典詩，舊文學家遂因此展開一場捍衛「舊文學」正統的防守戰。由於論戰的結果，可能會影響原本台灣文壇的生態平衡，以及舊文學家在文壇的掌控權與發言權，甚至原屬於舊文人所獨享的文學桂冠也將會被剝奪；如此一來，文學場域中原先由舊文人所擁有的文學／文化資源，勢必是要重新分配。對於這樣的結果，舊文人自然是不能旁觀的。

除了文學生態環境改變的危機外，舊文人對於白話文仍然是有所存疑，且不認為其可以取代舊文學。如悶葫蘆生〈新文學的商榷〉認為「台灣之號稱白話體新文學，不過就普通漢字，加添幾個了字，及口邊加馬、加勞、加尼、加矣諸字典所無活字[18]」，言下之意，白話文宛如文字遊戲一般。又如高雄文人鄭坤五〈致張一郎書〉：「足下（案：指張我軍）希

---

[17] 所謂「典律」（canon），其意義一直在改變，適用的對象與範圍也在擴大，它可以指稱法律或教堂的法令、基督教會所認可的聖書篇章選集，甚至學校用的文學教材……等；總括說來，典律指一種普遍性的規則，蘊含有權威性與規範性，參見許經田〈典律、共同論述與多元社會〉、蔡振興〈典律／權力／知識〉，文見陳東榮、陳長房主編《典律與文學教學：第十六屆全國比較文學會議論文選集》（台灣：中央大學英美與文學系，1995）頁 23、頁 55。本文此處使用之「典律」一詞，較近於王德威之說明，係指「一種眾望所歸的創作與閱讀標準」；至於典律的生成，則牽涉了大師的認定、鉅作的傳誦、榮譽的歸屬等問題，參見王文〈典律的生成〉，收入《如何現代？怎樣文學？》（台北：麥田出版社，1998），頁 430。

[18] 參見悶葫蘆生〈新文學之商榷〉，文載《台灣日日新報》大正 14 年 1 月 5 日，第 8854 號。

望通行之所謂白話文者，其實乃北京語耳，台灣原有一種平易文，支那全國皆通，如三國誌、西遊、粉粧樓……等是也，只此足矣。[19]」這些觀點都認爲北京語的白話文並無特殊之處，台灣原先所使用的平易文便與之相近，故不需強加改變。再如，台北瀛社、星社的社員張純甫，在給其學生羅鶴泉的書信中，也對白話文有所質疑：

> 來翰讀悉，……所云白話文為平民通用文字，易於暢所欲言，然觀此次之信，用舊式文，亦何嘗不暢所欲言？且比之前用標點式更明白痛快。況言語一途，即全中國論之，欲達到統一，尚費時日。蓋各省方言不一，口音各殊，而白話文僅其一部分而已（舊式文即古之白話）。況此種文字雖容易，而欲寫得簡賅則又甚難，一篇文字非冗長至數紙不止，本欲節省工夫，反以此延宕寫看時間，費觀者目力，僕竊以為不必也。舊式文久已通行，深者自深，淺者自淺，何曾不平民式哉？（因人之賢愚程度至不齊，本不能畫一也。）……[20]

張純甫依其個人經驗，在信中提出數點有關白話文運用的看法，其一，一般鼓吹採用白話文者，以其易於暢所欲言，但其實舊式文也能達成目標；其二，中國各省方言不一，白話文僅是其中一部份的口音，不能達到統一，何況舊式文是古代的白話；其三，白話文雖容易學，但要寫得簡賅卻甚困難，往往流於冗長，以致閱讀者要花費更多時間及目力，未必經濟，再者，若從創作上言，舊式文通行已久，淺深隨人自便，不也是一種「平民化」嗎？從以上言論，我們可以發現張純甫對舊式文的認

---

[19] 參見鄭軍我〈致張我軍一郎書〉，文載《台南新報》大正 14 年 1 月 29 日，第 8244 號。

[20] 參見張純甫〈致羅鶴泉書〉，文見黃美娥主編《張純甫全集・文集》（新竹：新竹市立文化中心，1998），頁 58。

同遠勝過白話文，他同時思考了語言與文字間有所扞格的問題，這與時人鄭坤五、陳福全[21]注意到以中國官話寫成的（大部分是北京話）白話文是否適用台灣的問題有異曲同工之妙。另外，張氏也從創作與閱讀兩方面著眼，強調白話文的「不便」正是其不足以取代舊式文的關鍵。

以上，舊文人或視白話文如兒戲，或從中國國語話或與台灣話乃屬不同語言，或以不便使用為理由來考量，在在顯示多數舊文人並不認同白話文有取代舊體文的可能與必要。

至於詩歌方面，由於新舊文學雙方對於「詩」的典律有著不同的意見，因此也各有堅持，其中最大的爭執點，在於詩歌是否要用韻？大抵時人以為「舊文學詩歌辭賦用韻，……新文學詩歌以不用韻為解放，字數不拘，是其特點。[22]」有鑒於此，連横乃以中國古典詩歌的發展為例，強調舊文學中詩歌創作具有用韻的傳統，即使是較為口語白話的民謠，也都有韻以極盡抑揚婉轉之妙，所以對於新體詩主張不用韻一事，表示期期不可[23]，因為它破壞了詩歌的典律，挑戰詩歌用韻的正統。既然在詩歌用韻問題上已經出現針鋒相對的情形，不難想見舊文人是無法採用新體詩的方式去寫作了。

雖然，舊文人在面對新文學的挑戰時，依舊保持其對舊文學典律的自信與堅持，但在抗拒新文學的典律挑戰之餘，舊文人不免也會思索舊文學改進的可能與空間。如魏清德〈祝台灣文社發刊之詞〉：

> 意之所欲道形於口者曰言，惟言不足以致遠詔示來今，故有文焉以筆代口，而受之者不以耳聽，而以目視。言文相濟，世界之文

[21] 參見陳福全〈白話文適用於台灣否〉，文載《台南新報》大正 14 年 8 月 15 日，第 8432 號。

[22] 參見一記者〈新舊文學之比較〉上，文載《台灣日日新報》大正 15 年 1 月 3 日，第 9217 號。

[23] 參見連横〈餘墨〉，《台灣詩薈》第十七號，文載《連雅堂先生全集》，頁 290。

> 運大開……今東亞文化大體由漢文統一，言則歧分派別，錯雜爻亂，範圍甚狹不得與焉。……野蠻民族，非無語言，無完全文字，故不能發揮固有文化，所以終長夜漫漫而不旦也。雖然，漢文猶有遺憾，方諸歐文似稍欠明晰，難於闡明一切，若能參加外國科學上術語譯之成詞，藉以介紹今世文化，使毫髮畢呈，則庶幾哉！其用統分為二，一為實用之文，二為美文。實用之文，即日常所用及介紹科學，貴淺易明晰，遇有複雜細微之處，不妨迂迴剖出，夫煩碎勝於囫圇，囫圇則不能闡明一切，使文化滯而不行。美文即歌詩詞賦，導人於靈性之域，其措辭可歌可喜，可興可泣，欲勒石不厭古奧，欲形容不厭誇大，欲頌揚不厭莊重，欲鞭韃不厭激昂，欲哀訴不厭沈痛，……凡此數者，皆與日用之文有別，專門家之職也。……[24]

這段文字雖然是在論戰前的一九一九年發表，但當時中國已經發生白話文運動，以前述魏氏對於中國近況的熟稔，此文或可略窺其對以「言」為基礎所完成的「白話」文的看法。尤其魏氏在本文中首先就對言、文的功能與本質作一比較，說明魏氏在反省語言與文字間密切扣合的問題上作了相當程度的思考。文章中所呈顯的是如下的思考模式：其一，「言」與「文」都是人類進化有力的先驅，「言」因為要靠耳聽所以不能致遠，無法詔示來今，而「文」卻有此功能，相較而言，「文」比「言」更重要；其二，野蠻民族非無語言，因文字不完全而無法發揮固有文化，顯見文字具有保存文化傳統的意義與價值；其三，就現實言，東亞文化（包括台灣）由漢文統一，但語言分歧，因此想要發揚固有文化，恐怕所賴者在「文」而非「言」；其四，漢文比較歐文稍欠明晰，因此有改革之必要，

---

[24] 參見魏清德〈祝台灣文社發刊之詞〉，文載《台灣文藝叢誌》創刊號，大正 8 年 1 月 1 日發行。

改革之途則應區分爲實用之文與美文兩種，二者文字的運用驅遣各因其目的不同而有差異。

如此看來，魏清德在思考「言」與「文」的問題時，其立場是放諸東亞文化之下，並非單單思考台灣一地而已；且又從現實考量，斟酌各區語言終無統一之可能，故建議不如順應時勢進行「文」的改革，從實用與藝術雙方面著眼而有不同的書寫方式，才能符合現況所需。更重要的是，魏氏認爲文字可以致遠及詔示來今，兼具空間性與時間性，且能發揮傳承固有文化的功用，這是語言所不能承擔的重任。依此，我們或可作如下的推斷：白話文，尤其是張我軍所提倡以中國國語爲基調所書寫的語體文，對台灣人而言，不僅語言是陌生的，即連以此所寫出的語體文，想要從中掌握台灣固有文化的傳統性、歷史性，恐怕都是十分困難的。

以上所述，是舊文人執著於舊文學典律的一面，但是隨著新文學的日漸茁壯，舊文人似乎也不能不有所轉變，三〇年代連橫在《雅言》中，即表現出有別於二〇年代論戰時的態度：

> 以台灣語而為小說，台灣人諒亦能知，但恐行之不遠耳。余意短篇尺簡，可用方言；而灌輸學術、發表思潮，當用簡潔淺白之華文，以求盡人能知而後可收其效。夫世界進步日趨大同，學術思潮已無國境。我輩處此文運交會之際，能用固有之華文可也、能用和文可也，能用英、法、俄、德之文尤可也；則用羅馬字以寫白話文亦無不可。但得彼此情愫交通，雖愛世語吾亦學之。故今之台人士，一面須保存鄉土語言、一面又須肄習他國文字，而後不至於孤陋寡聞也。（《連雅堂先生全集·雅言》，1992，頁 20-21）

連橫在本文中，就言與文的關係上有著豐富的思考，比諸前述魏清德將舊文學分爲實用文與美文兩類，更顯多元。主要論點包括：其一爲灌輸學術、發表思潮的文字仍以簡潔淺白的華文為宜，於此可見連橫既保留了對舊文學典律的堅持，也注意到啓蒙大眾時所運用的文字不可過於艱深，顯然是有感於新文學家過去的批判而有的修正；其二則在此文運際會的時代，台人需一面保存鄉土語言，一面學習他國文字，才不會孤陋寡聞，所以小說及尺簡可用方言書寫，而其他則華文、和文、他國語文，甚至以羅馬字寫白話文亦可，顯見在文字的使用上，連橫已展現出順應時勢潮流的彈性思考。值得深思的是，雖然連橫在三〇年代接受了可用白話文書寫的事實，但卻對北京白話文隻字未提，反倒特別標舉以羅馬字書寫白話文的可能，這一切應該與其主張保存台語、認同鄉土文學運動有所關連。

另外，在詩歌創作上，三〇年代以後的舊文人，也已開始轉向文字較為白話、通俗的創作方式發展，重拾過去不受重視的竹枝詞寫作傳統，並且在詩歌內容上注入較多台灣的鄉土色彩，關於此點容後再議。

本節所述，較偏重於舊文人對新文學的抗拒面向，但不能否認的是，也有若干舊文人對於新文學態度友善，既未參與論戰，且能嘗試學習白話文的創作，如林幼春在治警事件後所寫的獄中家書及出獄家書[25]，莊太岳也有〈答謝星樓書〉之作[26]……等。

（二）

除了文學典律之爭外，這場論戰也因新／舊文學雙方對於時代變遷中的文化處境問題各有堅持與詮釋，以致紛紛擾擾，莫衷一是。

讓我們回顧台灣的新文學運動，其本質上，原就是因應於舊文學不能承載現代新文化而萌生的，因此一開始，新文學家／新文學就致力於

---

[25] 參見廖振富〈新發現林幼春往來書札初探〉，櫟社成立一百週年紀念學術研討會論文，2001.12.8。

[26] 文見莊太岳《太岳文存》，手稿本，莊幼岳藏。

提升改造國民精神，吸收世界新文化，關於此點，本文第二節已多所闡述。就在這樣的情形下，舊文人／舊文學被視爲謹守傳統而不能變通、不思革新的守墓之犬[27]。正由於舊文人對於傳統的執著，以及新文學家汲汲於現代性／世界文明的追求，新舊文學論戰，彷彿就成了現代與傳統的文化對決。但是，何以舊文人會予人排斥現代／世界文化而固守於傳統之中的印象呢？

茲以連橫與張我軍在一九二四年的一場爭辯，進一步考察新舊文學論戰如何從文學之爭涉入文化範疇。當論戰發生後，舊文人們飽受責難，但起初我們並未看到他們急於反擊，直到連橫有鑑於出身板橋林家的林小眉，詩篇吟詠，別具一格時，不禁有感而發：

> 而林君獨湛深國故，兼善英文，固不為時潮所靡，嘗謂「文學一途，中國最美，且治之不厭。」此誠有得之言。今之學子，口未讀六藝之書，目未接百家之論，耳未聆離騷樂府之音，而囂囂然曰「漢文可廢！漢文可廢！」甚而提倡新文學，鼓吹新體詩，粊糠故籍，自命時髦，吾不知其所謂新者何在？其所謂新者，特西人小說、戲劇之餘，丐其一滴，沾沾自喜，是誠埳井之蛙，不足以語汪洋之海也。噫！（《台灣詩薈》第 10 號）

連橫這段文字顯然有指桑罵槐的作用，因爲不久張我軍就撰文回應，其〈爲台灣的文學界一哭〉云：

> 我們讀了這篇妙論之後，立刻可以知道這位大詩人是反對新文學而不知道新文學是什麼的人。然而我最不滿意的，是他把「漢文可廢」和「提倡新文學」混作一起。不但如此，若照他的意思是「提倡新文學」之罪甚於「漢文可廢」。一笑！請問我們這位大

[27] 參見張我軍〈糟糕的台灣文學界〉，文見張光正編《張我軍全集》，頁 5-6。

> 詩人，不知道是根據什麼來斷定提倡新文學，鼓吹新體詩的人，便都說漢文可廢，便都沒有讀過六藝之書和百家之論、離騷樂府之音？……

從以上二人的爭執焦點，可知連橫認爲新文學是西洋文學的餘屑，漢詩則與「國故」相聯繫，新文學家要以新體詩取代舊體詩，無疑是認爲漢文可廢／漢文化可廢。但究竟新文學家與漢文／漢文化關係如何？張我軍真是以爲漢文可廢嗎？從張氏的辯駁中，明顯可知其並不認爲自己提倡新文學便是欲廢漢文。而實際上也的確如此，儘管張氏的文化思考是立基於世界思潮中，但他也同時認同中國傳統的文化及其精神，只是當要建設台灣的文化時，他更爲看重的學習對象是民國革命後的中國新文化與新文學[28]，這與台灣舊文人之極爲看重過去固有的傳統有所不同。

那麼，新文學家既然並未捐棄漢文，何以舊文人會有此誤解，且深感憂慮？此問題之關鍵，實與當時漢學不振的時代背景有關。台南文人林湘沅於一九一九年撰〈祝台灣文社發刊第一號文藝叢誌〉時，注意到由於新時代的來臨，台灣居民的心理競尙維新，導致舊學漸漸乏人問津。而更早一年，一九一八年，台南許子文發表〈維持漢學策〉一文，其實也已察覺了日治初期的台灣面臨了新局面：

> 一時縉紳俊秀，農工商賈，群思趨向新學，遂相率輸入西洋之化，凡自由、平等、戀愛、共和、利己、樂天諸種學說盛行於世，幾欲破我東洋固有之道德。……[29]

---

[28] 參見陳明柔〈新與舊的變革：「祖國意象」內在意涵的轉化〉，收入彭小妍主編《張我軍逝世四十週年紀念論文集》（台北：文建會出版，1996），頁 149-150。

[29] 參見許子文〈維持漢學策〉，文見《崇文社文集》（嘉義：蘭記圖書部，1927）卷一，頁 32。

原來，新學等同於西洋文化，新學一旦振興，無異更加趨向西洋文化、排擠東洋文化，如此一來會產生什麼後果？一九二七年，嘉義文人黃茂盛〈崇文社百期文集序〉一文，對此有深刻的敘述：

> 夫學者所以維國運，興文化，非僅以呫畢乃事也。自歐風東漸，莘莘學子群尚時趨，講倫理則視事為具文，談經學則斥為腐論，漫唱自由平等，非孝、非慈，怪象紛呈，風潮迭起，幾乎非盡廢先王之禮法，抉名教之藩籬不已。……

新學／西洋文化的內涵，對舊學／東洋文化所倡的倫理道德，有著激烈的衝突性；新學愈盛，先王的名教、禮法幾已蕩然無存，則長期以來先人固有傳統文化也將消滅於無形。因此，新學／西洋文化，對於舊文人而言，有著一分令人不安的威脅感。

而舊文人對於東洋文化的肯定[30]，卻又與新文學家肯定西方文化有所衝突，從一九二四年十一月廿三日張我軍所發表的〈歡送辜博士〉一文可見梗概：

> 他（筆者案：指辜鴻銘）這次的渡日、渡台，說是帶了一種新的使命，是欲在日本、台灣提倡東洋文明，鼓吹東洋精神。提倡東洋文明，鼓吹東洋精神，反過來說，便是要排斥西洋的精神、西洋的文明。而這層是我們所以不滿意他的。我們雖然不可無條件容納西洋的精神或文明，但也不當固守著東洋的精神或文明來頑拒它。……況從今日的社會看去，東洋文明的缺點比比皆是，而其不合現代人的生活，也是眾人所公認而痛感著的。日本之所以有今日者……，與其說是東洋文明之力，倒不如說是東西文明之

[30] 舊文人對於東洋文化的肯定，是出自於種族性的考量，不過東洋文明的精粹是在日本或中國，看法則有所分歧，因此又會衍生出國族認同的問題來。

> 合力，倒不如說是西洋文明之力。……我們台灣的東洋精神，東洋文明，是嫌其太多而不嫌其太少啊！……

透過上述文字，吾人不難發現張我軍對於西洋文化的稱揚與推崇，而這恰恰與舊文人迥異，因此雙方之間的對立緊張關係，自然無法避免了。

西洋文化與東洋文化之爭、漢學與新學間的緊張對峙，其實已經令欲維繫漢學於不墜的舊文人憂心如焚，孰知外在環境的惡劣，又多了一層，那便是日人對於漢文漸採廢除的態度。一九一八年，日人修訂公學校規則時，將校內漢文科每週時數減爲二小時；一九二二年「新台灣教育令」公布後，又將漢文改爲選修科目，而部分學校更擅自廢除漢文科，因此引發社會大眾的不滿與疑慮，台人乃有反對運動興起，其背後也隱含著反同化的民族意識[31]。另一方面，在日人高壓的語言政策下，迫使台人必須花費心力於「國語」的學習，因此有所謂識時務者爲俊傑的人，以爲竭盡畢生心力於國語猶未能窺其堂奧，哪有暇餘時間研習漢文[32]。如此一來，在漢文被廢的險境下，部分台人不僅未能存有自省的反同化意識，甚且乾脆將之視爲可有可無之物，此舉看在舊文人眼中，積極保存漢學已不只在求維繫人倫道德，更是保存傳統文化、漢族精神的象徵。

綜上可知，新舊文學論戰的時代背景，正是處於新學與漢學的競爭、西方文化與東方文化的對峙、大和精神與漢族精神的對抗、國文（和文）與漢文的較勁時期，在這樣的文化衝突下，新舊文學論戰的發生便脫離不了此等社會氛圍，許多本是文學上的問題，都可能牽扯出文化意涵來。

對於舊文人而言，新文學是西洋文學／西方文化的代名詞，正如一記者在《台灣日日新報》上所作的新舊文學比較，他列出數點差異，如

---

[31] 參見吳文星《日據時期台灣社會領導階層之研究》（台北：正中書局，1995），頁 335-336。

[32] 參見〈台灣文社設立旨趣〉，文見《台灣文藝叢誌》創刊號。

在外觀上，舊文學用焉、之、乎、也、者及句讀，新文學用了、啊、呀、唉、嗎、呢、喲及洋式符號；舊文學直寫，新文學學洋文橫寫。在組織上，舊帶古典的氣息音調，新具洋氣極重，帶有若翻譯者之洋文氣味；舊認識自我，新崇尙洋風……等[33]。又，一署名「老生常談」者在其〈對於所謂西詩文者〉文中也有類似的看法，其以爲「新體詩作者，既不肯力學，自然於舊文學妙處不解，不然，則自然詛咒漢文化破產。……彼又云舊文學是受人餘唾的痰壺，不知此痰壺乃祖先遺下之痰壺，與新文學爲洋人之痰壺者，可謂超出數等。[34]」如此一來，接受新文學則無異承認漢文化破產，自非舊文人所能爲，所以連横才會感傷地說：「而爲新體詩者，乃以優美之國粹而盡斥之，何其夷也？」(《台灣詩薈》第 17 號）直斥新文學家從事新文學的創作，是拋棄了優美的國粹，成爲「外夷」而不自知。漢族與外夷的相抗，新與舊的競爭，使得這場文學論戰，不只是文學典律之爭，更涵醞了文化、種族的問題。

在這樣的思維結構下，雙方的歧見日深，也因此當賴和強調：

> 新文學運動，純然是受著西學的影響而發動的，所以有點西洋味，是不能否認。……台灣的新文學，雖不是創作，卻是光明正大的輸入品，絕不是贓物，這點光耀，謹讓舊文學諸大師們去享受，因為他們的勞力，創作了台灣現代瘡爛的固有文化，養成了一般人們儒順的無二德行。……[35]

就在他辯駁新文學與西洋文化間的關係時，卻也影射了舊文學是在現代

[33] 參見一記者〈新舊文學之比較〉，同註 22。

[34] 參見老生常談〈對於所謂新詩文者〉(上)，文載《台灣日日新報》大正 15 年 2 月 25 日，第 9270 號。

[35] 參見賴和〈讀台日紙的「新舊文學之比較」〉，文載《台灣民報》大正 15 年 1 月 24 日，第 89 號。

中創作了「瘡爛的固有文化」，如此不僅凸顯兩造對於「現在」與「傳統」文化價値判斷的對立，且更促使舊文人將新文學與西洋文化相互比附，認爲新文學家乃假現代之名進行破壞傳統之實。

而即使是縮小焦點，單以論戰中最受新文學家所攻擊的台灣享樂、遊戲、無聊、消極，甚至阿附日人的「詩社文化」來觀察，背後仍然可見新舊文人的歧異視角。依據筆者目前的統計，日治時期的台灣曾經出現高達三百七十個以上的詩社，造成詩人輩出及詩社林立的原因[36]，固然不乏如新文學家所批判乃出自詩人的無聊自遣或博取美名，但更有舊文人認爲詩社本身具有延續漢文化、漢族精神的作用，如櫟社、聚奎吟社、讀我書社……等便是如此；而擊缽吟的盛行，也被視爲可作識字之楔子而有其價値。因此，縱使日後的詩社及擊缽吟存有若干不良現象，但在舊文人眼中，也是不能不去加以保護的。顯然，面對詩社與擊缽吟的文化「定位」，新舊雙方的認知其實大相逕庭。

本節從舊文人看待舊文學／傳統文化的立場去分析，發現舊文人對於自身文學典律的堅持，實隱藏著多樣而複雜的文化思維。因此，當論戰發生時，面對新文學家的嚴厲責難，批判舊文學落後、不能參與改造新文化，或詩社中人只是耽溺於風花雪月，甚至阿附政權、毫無氣節時，我們或當平心靜氣地去理解舊文人的思維結構，他們其實基於各類不同理由，故在現代社會中依然有所堅持。不過也恰恰因爲雙方各有立場考量，所以才會導致論戰在日治時代結束前，仍然未能獲得一休止的機會。

四、論戰第二期——鄉土文學運動中傳統文人的積極參與

二〇年代的新舊文學論戰，新文學家除了鄙視舊文人是時代的落伍

---

[36] 關於日治時期台灣詩社的情形，可參拙文〈日治時代台灣詩社林立的社會考察〉，文載《台灣風物》47:3，1997，頁43-88。

者外，也對詩人的品格大加批判，如一九二六年陳虛谷在《台灣新聞》發表〈為台灣詩壇一哭〉，譏諷台灣詩人逢迎剛上任的總督上山滿之進；一九二九年，葉榮鐘在《台灣民報》242號發表〈墮落的詩人〉，以嬉笑怒罵的方式批評舊文人的墮落行徑等。不過，此時期在社會主義思潮的影響下，也有人對舊文學與社會脫節，太流於貴族化，僅是社會的消費者而非生產者感到不滿，如一記者〈隨感雜錄—蓬萊閣的一夜、工會與詩會〉：

> 三月二十日晚間，在台北蓬萊閣上開了三個會，一個是全島詩人的大會，一個是台北塗工工友會的成立總會，一個是將成立的台北木工工友的磋商會。在同一樓上，同時開了這樣的會合，其對象實在很有趣味的。在自稱詩人方面想，這樣的大旗亭本來是裙屐聯翩的騷人墨客進出的，怎麼工人也太不自量。總是在詩人方面雖是自認風流的雅會，其實在工人卻看他們是一種醉夢的無病呻吟。這些見解都是出自主觀的，誰是誰非在當局的雙方是不能判斷的。在詩人方面卻喜明日可蒙督憲招待的光榮，但工人是自發地為自己們團結謀求幸福的。從社會的意義看來，價值自然是有客觀評判的。由人類社會全體的利害上看來，那班無生產的消費者—詩人，任他是有何等的空譽虛榮，總也不若自給自足的—尚且可將剩餘的生產品供給貢獻人類的工人的聚會是有意義的。……[37]

這類的批判，刺激了舊文人思考舊文學與台灣社會間的疏離、隔閡問題。而如何使舊文學成為具有大眾化色彩的文學，進而裨益社會大眾的生存與發展，在三〇年代中，將會是舊文人努力的方向。

---

[37] 參見一記者〈隨感雜錄〉，文載《台灣民報》昭和2年4月10日，第152號。

三〇年代，新舊文學的爭執依然不斷；一九三四年文言文復古運動家江亢虎來台，宣揚文藝復古運動，受到當時眾多舊文人的支持，也爲新舊文學論戰增添了一頁波瀾。不過，儘管舊文人對於舊文學典律依然有所堅持，但同時期卻已有若干舊文人正在思考著舊文學的改革之道，因爲從二〇年代論戰以來，受到新文學家不斷鼓吹以文藝啓蒙大眾的刺激，再加上社會主義思潮瀰漫，舊文學家不得不正式承認舊文學的確有著貴族化傾向的問題。

可能是爲了擺脫二〇年代以來舊文學與民間脫節或高高在上的貴族色彩，一九二七年曾參與論戰的鄭坤五在其創辦的《台灣藝苑》中提出「台灣國風」一詞，並進行採集台灣山歌〈四季春〉等作品，此舉也刺激影響了蕭永東、懺紅（即洪鐵濤）等於一九三〇年後在《三六九小報》上所進行的民間歌謠採錄工作。這些採集來的台灣民間歌謠，既屬口語，又具通俗色彩，與人民極爲親近，恰恰符合新文學家對白話詩的要求；不過這些歌謠的語言是台灣話式的，與張我軍所倡中國白話文又有所不同，但卻更能體現台灣人的固有文化與精神，且兼顧舊文人向來所強調的「傳統性」。鄭氏的作法，或許是在經歷二〇年代新舊文學論戰後的省思與改革，具有修正張我軍以中國本位思考台灣文學的作用。而這股由舊文人首先引發的重視台灣民間文學的風氣，與後來鄉土文學興起，新文學家企圖透過蒐集整理台灣民間文學作品以建構台灣文化主體性的工作連成一氣，形成新舊文學雙方在民間文學上的協力現象。

而同時期，一九三〇年八月，與鄭坤五私交甚篤，本也是舊文人的黃石輝，則以〈怎樣不提倡鄉土文學〉一文掀起了鄉土文學運動，接著次年 7 月又與郭秋生引爆台灣話文運動，此等以台灣爲主體本位所進行的文學活動，立刻得到了舊文學家們如鄭坤五、黃純青、連横等人的支持。

在鄉土文學與台灣話文運動發生後，鄭坤五旋即刊出寫於一九三一年二月四日的舊稿〈就鄉土文學說幾句〉，肯定鄉土文學對台灣有益，並提出自己贊同的理由與建議：

> 現在正在鼓吹世界語的聲浪中，怎樣要來唱設鄉土文學呢？……若來唱設鄉土文學，則一鄉有一鄉的文學，一國中總有幾百千個的鄉土文學，畫蛇添足，不但不能統一，反而破整為零，……大凡世間萬事都有循環的例，……誰都不便獨斷說他是統一言文好；抑是零碎的鄉土文學好，……雖然我所贊成的鄉土文學，他的範圍似極狹小，中古時孔子所刪的詩經，與屈原所作的離騷，這樣代表的作品，本原也是一種的鄉土文學，未嘗有人敢排斥，倘咱台灣有人肯鼓吹，奮練得法，哪裡將來無有國學的可能性呢？我且聽從今更進一步，去創造一種補助漢字所不能形容出台灣話的音字來，方是美滿無缺，咱漢族自古皆是屈言就字，……所以寫音的字，不如羅馬字的利便，但是羅馬字，不如五十音的普及，……若有人發明出更好的方法，則台灣鄉土就可以完成了！但來補助卻好！若全用代漢字，我便不贊成，……。現在咱台灣表面上，雖也有白話文，但不過是襲用中國人的口腔，你們我們，那末，這般，等等各地的混合口調而已，不得叫做台灣話文了。說來也好笑，連我也是這樣濫製的南北交加畸形式的台灣白話文，所以要鼓吹真正台灣鄉土文，是在刻不容緩的，台灣音字的創造（即補助字），和台灣鄉土文學，有連帶的關係，………將來台灣獨特的白話詩，與天籟自鳴的歌曲，可以脫離數百年來，被輕視的眼光；一躍而登世界的文壇，可不是，你咱同胞的願望嗎？……　（《南音》1：2，1932）

在文中，鄭氏除了確認鄉土文學的價值外，也連帶提及台灣話的文字化問題，他甚至建議以日本五十音來記音，這顯然是考量了台灣已經成爲日本殖民地及日語日漸普遍的現實。此後，從鄭氏在報章雜誌上所發表的若干文字看來，他的確將理論與創作連結，開始嘗試其所謂的「在來漢文」(案：指主要是華台合璧的白話文，但已融入部分日式詞彙或文字）的寫作，相關作品在《詩報》「墨戲欄」或《風月報》、《南方》中可以得見。

鄭坤五外，黃純青對於鄉土文學與台灣話文運動，也十分認同。關於話文運動，他在《台灣新聞》上發表〈台灣話改造論〉呼應郭秋生的〈建設台灣話文一提案〉，大抵主張言文一致，用廈門音作標準，採用淺白漢字，取其字義作台灣話文[38]。至於鄉土文學，黃純青則特別鼓吹竹枝詞的寫作，其〈談竹枝〉有謂：

> 竹枝者歌名也。俗稱『巴人調』。……其本出自『巴渝』即今之四川省巴縣、舊稱重慶府也。唐元和中劉禹錫、謫其地、創為新詞、更盛行焉。後來之人、以七絕詠土俗瑣事、遂謂之「竹枝詞」。我台山川之美麗、花木之奇異、……與中原不同。故滿清時代、自中土來官台灣、都有感觸海外之風土、發為竹枝詞……。自乙未改隸以來……其間政治之革新、風俗之變換、事物之推移、可謂大變而特變。吾人生斯時代、……無一非竹枝之材料。……總而言之竹枝者、風詩之遺也。於文藝上確有價值、所謂大眾文學、所謂鄉土文學、尤有特色、吾人確信也。（《先發部隊》第一號，1934，頁 35）

以上，黃純青首就竹枝詞的緣起加以說明，而後強調台灣風土皆是竹枝寫作的絕佳材料，尤其此一文類與鄉土、大眾極爲接近，足可納入鄉土文學、大眾文學之列。黃氏的想法，與同期其他新文學家對台灣歌謠、

---

[38] 黃純青該文今日已不復見，有關黃氏對於台灣話文的主張，係參閱楊碩鵬〈台灣話改造問題〉一文而得，文載《詩報》，昭和 6 年 11 月 15 日，第 24 號。

民間故事、俗諺的整理採集相較，恰恰顯示舊文人認為「竹枝詞」既屬傳統文學詩歌體裁之一，但又兼具民間性，是最值得舊文人參與推動鄉土文學、大眾文學的絕佳文類。

再者，連橫也是舊文人中極力贊成鄉土文學及台灣話文之一員，其《雅言》之作，便是有力證明。此作係於一九三一年元月起，開始在《三六九小報》上連載，撰稿動機為：

> 比年以來，我台人士輒唱鄉土文學，且有台灣語改造之議；此余平素之計畫也。顧言之似易而行之實難，何也？能言者未必能行，能行者又不肯行；此台灣文學所以日趨萎靡也。夫欲提唱鄉土文學，必先整理鄉土語言。……余，台灣人也；既知其難，而不敢以為難。故自歸里以後，撰述「台灣語典」……，此書苟成，傳之世上，不特可以保存台灣語，而於台灣文學亦不無少補也[39]（《連雅堂先生全集・雅言》，1992，頁1）。

在連橫的說明中，可以瞭解其對鄉土文學的支持，他甚至認為台灣鄉土語言是實踐鄉土文學的根基，因此整理台灣語言是必需的工作。實際上，在黃石輝、郭秋生倡議台灣話文運動前，連橫早已著手整理台灣語言，一九二九年十一月、十二月連續發表於《台灣民報》上的〈台語整理之頭緒〉、〈台語整理之責任〉二文，清楚呈現連橫藉此維繫民族精神於不墜，進以避免日語漸興、台語日漸消滅的危機。而更耐人玩味的是，在二〇年代連橫與張我軍進行論戰時，張氏曾批評台灣話之土俗，日後連橫則透過研究歸結：「乃知台灣之語高尚優雅，有非庸俗之所能知」（《台灣語典・自序》），由此看來，《台灣語典》之作不無回應張我軍昔年貶抑台語之意。另外，為了證成台灣語言創作鄉土文學的合理性，連橫不只

---

[39] 參見連橫《連雅堂先生全集・雅言》（南投：台灣省文獻委員會，1992），頁1。

在《雅言》的命名上，有為台灣方言去除「污名化」的作用，且更透過文中追溯中國文學上的事例，強調古代早有方言入文的「傳統」；而其所謂「方言」之範疇，不僅是指台灣本地語言而已，即連外夷的方言亦可，這就像近人使用歐語而譯其音的情形一樣（《連雅堂全集・雅言》，1992，頁 4）。有了如此的思考，連橫更呼籲在世界進步日趨大同，學術思潮已無國境的時候，一面須保存鄉土語言，一面又須學習他國文字，才不至於孤陋寡聞，清楚展現其人不以台灣話文自重自限的思維。所以用華文、和文寫作亦可，英、法、俄、德之文尤可，羅馬字寫白話文也無不可（《連雅堂全集・雅言》，1992，頁 21）。

相較於台灣話文運動，其實台灣傳統文人對於鄉土文學的肯定與支持更顯熱烈，一九三五年，賴子清《台灣詩醇》在選錄詩歌作品時，特別標舉「地理、遊眺、宮室三部，採入特多者，以其多關台灣，所以表揚鄉土特色也。[40]」可見「鄉土文學」已成為當時文人選錄詩歌作品的判準之一。不僅如此，隨著鄉土文學運動的深化，傳統文人的創作也頗受影響，黃水沛評論張純甫的詩歌作品「由清而進於宋，由浮響而變為寫實，為閩派，為鄉土文學，而終為守墨樓詩。[41]」竟至以此作為詩歌審美與風格建構的標準，鄉土文學運動對於台灣傳統文學的影響不可不謂深刻。

如上所述，在這一波帶有建構台灣文學主體性的文學風潮中，若干舊文人以參與民間文學的採集工作及具鄉土色彩詩歌的創作，或對台灣話文的表態支持，在在呈現出其與新文學家在台灣文學史的這一段發展歷程中的協力關係。

---

[40] 參見賴子清〈台灣詩醇序〉，文載《台灣詩醇》，1935 年印行。

[41] 參見黃水沛〈哭詩人張君純甫文〉，文載《詩報》昭和 16 年 2 月 18 日，第 242 號。

五、論戰第三期——大東亞文藝政策下的對立與協力

一九四一年，台北萬華文人黃文虎以「元園客」之名發表〈台灣詩人的七大毛病〉一文，結果獲得嵐映（即林荊南）、醫卒、傍觀生……等人的嘉許與肯定，但卻引發小鏡雲、銳鋒、高適後人、鄭坤五……等人的不滿，他們認爲黃文虎所言台灣舊文人的七大毛病如模仿、抄襲等，若就當時台灣文壇的現況言，其實是不得不如此的現象；而且在漢學衰微不振的危機下，文人應當共同爲延續舊文學的生命而努力，不應該自曝其短，結果雙方意見不合，就此引發論戰。自一九四一年至一九四二年間，林荊南與鄭坤五兩派人馬便以《風月報》及《南方》爲園地，相互攻擊指陳，鏖戰長達一年多，此即所謂的第三期新舊文學論戰。此期論戰又可分爲兩個階段，第一階段自「元園客」於一九四一年七月一日在《風月報》第 131 號刊登〈台灣詩人的七大毛病〉始；第二階段則導因於黃石輝發表於一九四二年十五日《南方》150 期的〈爲「台灣詩人的毛病」翻舊案〉一文，論戰同時也引來了三〇年代鄉土文學論戰時與黃氏交手的朱點人、林克夫、廖漢臣等發言參與討論，總計兩階段的相關言論計有一百二十餘篇。

關於此期的論戰，新、舊文學雙方意見主要糾葛所在，筆者曾有專文予以討論[42]，大抵新文學家延續二〇年代以來盛行的達爾文進化論調，認爲唯有白話文／新詩的「新文學」才能順應「現代」時勢，他們強調與世界接觸，重視未來，看重時代性；至於舊文學家則留心台灣文學本身的自我變化，珍惜過往的歷史傳統，也注意當下的現實性，顯然雙方的思維模式頗不相同。再者，面對進入戰爭期後台灣漢學不振的問題時，新文學家認爲這相當程度導因於漢詩界長期以來的弊端，故企圖積極革

---

[42] 參見拙文〈醒來吧！我們的文壇——再議 1941 年至 1942 年台灣新舊文學論戰〉，同註 4。

新，力求以新文學典律替代舊文學典律；但舊文學家則以爲漢學既已瀕臨衰微，縱然有模仿、剽竊的毛病，亦當多予包容，俾能延續漢學薪火。因此，在「保舊」與「革新」兩股力量的競爭下，新、舊文人也在理想與現實間遊走，由於彼此面對漢學危機的肆應態度不同，故衝突鴻溝更難跨越，戰火尤烈從前。

當面對新文學家們的挾「新」以自重時，舊文人對此一「新文學典律」所提出的辯證性反思是：「新文學」之「新」只是要在內容思想上的革新，而非文學體式上的改變，而這點舊文人自認他們也能做到[43]。那麼，在這場新舊文學典律的角力過程，究竟何者會獲勝呢？答案是，在太平洋戰爭發生後的時局下，能夠符合大東亞共榮圈的文藝政策，就會是最佳的文學典律。於是，透徹掌握時局的人，如黃純青雖未捲入論戰，但早在論戰未久，便發表「漢詩研究會」的創立公啓：

> 忠孝者我東洋之美德也，漢詩者可以發揚忠孝之精神也。……自蘆溝橋事變以來，我國內外地，詩吟大會，日新月盛，豈非發揚忠孝之精神耶？……近讀南方雜誌，得聆學界諸公，探討詩學，名論卓說，各有見解，為振興詩學計，誠可喜也。然此乃一時的少數討論者而已，不如乘此機會，募集多數會員，創立漢詩研究會，發揚忠孝精神，以盡詩人文章報國之義務，豈非美事耶？……（《南方》143期，1941.12.1）

學界的討論，固然有助提振詩學，但遠不及藉此凝聚人心人力，共同發揚文章報國之職志。黃氏的提倡，於私，似在調和新舊兩派的爭執；於公，又有上體時艱之功效，因此很快便獲得響應。林得模〈讀漢詩研究會創立公啓所感〉更進一步闡釋黃純青的意旨：

---

[43] 同上註，頁14。

> 讀貴刊第一百四十三期中，登載黃純青先生，提倡欲創立漢詩研究會，可藉漢詩得以發揚忠孝之精神，而盡詩人文章報國之現務之美舉，此誠屬真合時代之要求也。夫忠孝者，……，從來之家庭教育、學校教育、社會教化、以及皇民奉公運動，皆不出忠孝二字之範圍外也。況現時我國，為欲圖東亞共榮圈之確立，以維持世界永久之平和，而實現八紘一宇之聖業之中，對於忠孝之精神，比於過去之平常時代，尤需強調運動。……本島為大東亞共榮圈建設之中心關鍵，若得全島中之文人學士，一齊躍起者，贊成黃純青先生之提倡，更進一步，創立忠孝詩文研究會，以忠孝之詩文，對全島之皇民運動，乃為皇國臣民之義務，亦屬文人學士之職分也。……（《南方》145 期，1942.1.15）

從「漢詩研究會」，到建議正名爲「忠孝詩文研究會」，「忠孝精神」的時代性內涵成了上乘之作的唯一標準，顯見訴諸「政治正確」的美學標準，已然凌駕以往新、舊文學論戰中有關內容或形式的詩論要求，一躍而爲文學典律的無限上綱。浸淫於如此的時代氛圍中，新舊文學雙方都知道配合國策的重要，其中，新文學派，更是三番兩次地從此一面向去肯定「新文學」遠較舊文學更有能力勝任此一「應時」文學的典律要求，如林克夫〈文學論爭上的使命〉一文：

> 所謂舊詩人都執著古典文學，不肯改革，即使有人提議改革，即視若異物，致使台灣文學界——所謂方言文學（漢文）——不能追隨現時代的文學而發展。總是大東亞戰爭發生了後，我們這個南方的基地，不論在文化的，經濟的，科學的，社會的，都有待於我們一億萬的總進軍……將來那裡會應付這東亞共榮圈的指導使命呢？（《南方》158 期，1942.8.15）

林氏注意到時代與文學間的密切互動關係，更提醒眾人留心其與大東亞共榮圈的關聯性。所以，林荊南〈認識〉一文，清楚道出「新文學」在日華親善需求下的重要功能：

> 自中國事變以後，在這短短的幾個年，我們島民因學習北京語而得著漢文素養的，其數字是不可輕輕看過的，而且，這些攻讀北京語的，所得的卻不是古文，不消說是白話文。你們提倡保存漢文粹（假稱）而創設吟社，如你擁護漢文詩界，這樣工作有什麼效果？我深深地希望你認清時代性，別要出來流毒於文藝界……（《南方》157期，1942.8.1）

在負載、實踐國策的任務上，林荊南以爲，對外新文學已經成功出擊，順利達成使命，對內則比起舊詩文更具有發皇延續漢文的功能。另外，一九四二年末最後一篇與新舊文學論戰有關的文章，廖漢臣的〈島內文人應負的任務〉，也有著相同見地：

> 中國事變以來，大東亞共榮圈的偉大構想，由日華兩國的協力，和滿州國，外蒙政府，及大東亞戰爭後，新加入樞軸陣營的南方各地新生的政權的支援，已逐漸具體化了。為日華兩國的文化溝通，漢文的重要性，不用識者的進言，當局似乎也有很深的認識了。在這時期，島內文人應負的使命，如何遠大，個人當有深深的自覺才是；不應以新舊之別，只管在珍貴而有限的篇幅上，作「蝸牛角上之爭」。綜合上言，目前島內文人，要幹而不可不幹的任務，是很多的。……上舉諸工作，都要以國民的底協力為理念，以資大東亞共榮圈的建設，這是以後島內文人唯一應走的路線。這麼大的工作，豈是個人傾盡心血，所能完成的事？舉全島內的文人的協力，這恐力不勝任，那裡論得什麼新舊文人[44]？

---

[44] 參見廖漢臣〈島內文人應負的任務〉，《南方》163期，1942年11月1日。不

在廖漢臣發表本文之前，《南方》的編輯群原本已經宣布在黃習之〈台灣詩人毛病討論集序〉後，不再刊登任何有關論戰的文字，但一個月後，又破例刊登廖文，顯然是肯定廖氏言之有物，尤其文末標舉一切文學應「以國民協力爲理念，以資大東亞共榮圈的建設」的唯一路線，著實具有千鈞之力。綜上看來，在國家的極權體制下，文化場域的發展，的確很難擺脫政治權力的介入與干涉；更耐人深思的是，黃純青的意見，固然反映了舊文人以詩報國的皇民立場，但迥異於目前常見的「舊文學／舊文人與殖民政權有著曖昧共生關係」的研究論述，林荊南、林克夫與廖漢臣等歷來被視爲偏於新文學家一派的立場表態，在前舉諸篇發表於《南方》上的第三期新舊文學論戰中的言論，也已有了附和殖民政權國策的現象發生[45]，相較二〇年代，第一期論戰中的新文學家所標榜的文化抗日目標已然有所差異。

過，參照一九五四年廖漢陳回顧台灣新舊文學論戰時，對舊文人與日本政府間的委蛇關係的痛責，廖氏當年何以會發表此等高度宣揚國策的文字呢？是否如其前揭文中所說「島內的文學活動，在過去好多年間，經過許多有爲人物的提倡推進，……至今還脫不離星雲狀態，豈不是有政治上，經濟上，社會上種種的制約，爲之阻礙嗎？這點請看昭和七、八年全盛時期，爲本島文學運動留下傷心的紀錄，就解消了，更能明白的。筆者所以希望島內文人，認識自己所處的環境，洞澈將來的情勢，也是爲這一點。因爲以後的文學運動，如不把上述種種的制約，置在考慮之中，斷然沒有發展的餘地，而不洞澈將來的情勢，在這轉移中的時代裡，也斷然不能做出什麼偉大的工作的。……」因爲感受到台灣文學發展的環境的艱難，不得不向現實低頭，爲求台灣文學生命延續的契機而做的妥協聲明呢？

[45] 林荊南在參與編輯《風月報》的時期，時而可見其幫贊殖民體制的言說；而《風月報》易名爲《南方》以符合「時代要求」，據其自述也是他向簡荷生發表「強硬進言」的，以爲原「風月」標題，在戰時體制下「有失銃後自肅」，參見荊南〈經過與將來〉，《南方》133 期，1941 年 7 月 1 日。不過，近年施懿琳編《林荊南作品集》（彰化：彰化文化中心，1998）中所附〈林荊南生平及寫作年表〉則言改名乃爲日人所迫，及兼顧延續刊物生命之故，且當時已被日方視爲問題人物，頁 901。

六、結語

目前海峽兩岸台灣文學史的書寫，仍多偏於從新文學的角度立言，對於舊文人及舊文學則較少關注，甚且因襲二〇年代新文學家的嚴厲批判，未能給予舊文人／舊文學客觀的看待與評價。究竟，這群曾是台灣文壇菁英份子的舊文人，他們在台灣文學史上的角色如何？爲了釐清箇中真相，筆者選擇雙方最早產生對立現象的新舊文學論戰爲觀察主軸，並試圖從舊文人的視角出發，對於相關文學史實進行考察，進以剖析雙方論戰的糾葛所在，以便於瞭解當時舊文人的心境與處境。

在文中，筆者針對一九二四年至一九四二年的論戰始末，進行歷時性與共時性的考察分析，結果發現日治時期台灣的新舊文學論戰，看似典律之爭，其實背後隱含深刻的文化糾葛，因著對於傳統／現代、西洋／東洋、漢學／新學等評價、詮釋的不同，以致彼此間的對立情形愈加無法解消。但事實上，倘若聚焦於各階段的論戰歷程，可以得知二〇至三〇年代間的新舊文人，多數存有以文學抗拒日人同化、保存漢族精神的念頭，亦即在國家認同的趨向上，新舊文人的終極關懷，其實有著相近的思考；直到四〇年代的論爭，由於國家政策需要，集中在《南方》雜誌中的論戰言論，已可見雙方多少出現呼應國策的情形，產生認同傾斜的現象，其中又以林荊南一派的新文學家更爲明顯，此與二〇年代新文學運動萌芽時期所寓含的抗日精神相較，已然產生變化。

至於，在「大眾化」與「台灣本位」的思考下，三〇年代的舊文學家如連橫、鄭坤五、黃純青、張純甫……等，力求擺脫自二〇年代以來爲新文學家所詬病的貴族階級色彩，而與新文學家有志一同地參與推動台灣話文及鄉土文學運動，並致力於民間文學的採錄工作，從事竹枝詞及其他富有鄉土文學色彩的創作，此種協力參與的情形，則說明了新舊文學間其實也有合作發展的可能與契機。

回顧前述，自一九二四年至一九四二年間，發生於漢文文學界的新舊文學論戰，新舊文人雙方看似對立，其實又有協力的事實與空間，不管是在新舊文學典律的爭奪問題上，或在台灣話文、鄉土文學運動的共同參與，以及文學／國族認同議題上的同構關係，其實都說明了箇中存有相當複雜的面向；而這種對立與協力的情形，正是吾人重新面對新舊文學論戰時所不能忽視的，唯有釐清其間的糾葛，才能有助於重新評價台灣文學史上新、舊文人所扮演的角色與地位。

選自：《台灣文學學報》第四期（2003.08）

向陽

台北教育大學台文所副教授

民族想像與大眾路線的交軌：

一九三〇年代台灣話文論爭與母語文學運動

一、緒 論：民族．大眾．鄉土

發生於一九三〇年代的鄉土文學／台灣話文論爭，隨著研究的日漸增加，以及戰後台語文學論述與實踐的強化，其過程及其論述內容已經獲得相當程度的澄清，但在解釋上則似乎尚未能清楚呈現日本統治下的台灣殖民地文學的複雜性。

一九五四年廖毓文發表〈台灣文字改革運動史略〉一文[1]，以大量引文方式回溯了當年自起於一九二二到一九三三年間台灣文字改革運動的過程，使得戰後台灣文學界得以通過此一文獻，重新認知日治年代台灣新文化運動中出現的語文改革問題。在這篇文章中，廖毓文宏觀地從「台灣文字改革」的視角切入，認爲台灣的文字改革運動乃是應台灣新文化運動發軔之後「對於普及的方法，要銳意的予以考慮」的時代要求而生[2]。他將日治時期的文字改革運動分爲「白話文運動」、「羅馬字運動」與「台灣話文運動」等三個內容，台灣話文運動下又細分爲「台灣話保存運動」與「台灣話文運動」兩者。作爲中國白話文的支持者，廖毓文持平地使用相當多的篇幅敘述台灣話文運動中贊同與反對者的各家論述，提供給後來的研究者對日治時期台灣文學及其語言主張的鳥瞰圖；但更重要的是，他指出了台灣文化作爲日本「殖民地文化」的複雜性。

廖毓文並未具體分析台灣「殖民地文化」的複雜性如何，但是在短短十一年間台灣文學界出現以中國五四白話文學爲藍本的主張（白話文運動）、以西方教會羅馬字爲範本的主張（羅馬字運動），以及以漢字創造台灣話文的主張，若再加上一九三七年日本總督府廢除漢文之後展開

---

[1] 廖毓文，〈台灣文字改革運動史略〉，《台北文物》，第 3 卷第 3-4 期，1954.12、1955.05。後收入李南衡編，《日據下台灣新文學：文獻資料選集》，台北：明潭，1979。

[2] 廖毓文，引同前文。

的全面採用日文書寫，則殖民地台灣的語文狀態就相當複雜地徘徊於中國白話文、西方羅馬拼音文、台灣話文與殖民統治者限制的日本語文之間。採用什麼樣的文字，才能有效發展台灣文化？用什麼樣的語文來創作文學，才是最恰如其分的台灣文學？顯然已經使得殖民地台灣的知識份子因此陷入「文化認同」（cultural identity[3]）的弔詭困局之中。這使得這個階段的台灣文學界也因此不斷辯爭，白話文運動時期出現的「新舊文學之爭」、台灣話文運動時期出現的「台灣話文論爭」，乃至於蔡培火提倡的羅馬字運動之遭到冷漠以對，都具體說明了殖民地知識份子在文化認同上的徬徨猶疑。

這種文化認同的徬徨猶疑，之所以複雜，更深層地看，還與台灣知識份子面臨的身分認同有關，我曾從傳播與政治的面向分析此一困境：

> 一方面他們是日本殖民地下的被殖民者，在政治上屬於日本國民；一方面，他們仍懷有來自種族身分上的「祖國情結」，期盼著有一天能回到祖國的懷抱；但另一方面，他們又面對著台灣人民與社會共同遭遇的民族解放問題，而有著改革台灣社會、啟發民智，以爭取台灣自主的急切想法。這三種來自不同身分認同的困境，從而……構成了其後台灣新文學運動史上諸多論戰與爭辯的主軸[4]。

---

[3] 文化研究大師霍爾（Stuart Hall）認為文化認同的定義有二：第一種定義指的是「一種共有的文化」、「反映共同的歷史經驗和共有的文化符碼」，因此能給作為一個民族的我們提供一個穩定的、不變的、連續的指涉和意義框架；第二種定義則認為文化認同乃是屈從於歷史、文化和權力的不斷「遊戲」，「過去的敘事以不同的方式規定我們的位置，我們也以不同的方式在過去的敘事中規定位置，認同就是我們給予這些不同方式的命名」。

[4] 林淇瀁，〈台語文學傳播的意識型態建構：以日治時期台灣白話文運動為例〉，台北：淡水工商管理學院「台灣文學研討會」，1995。

一九三○年代發生的台灣話文論爭，從身分／文化認同的深層結構看，更足以讓我們看到隱藏在使用何種語文之爭背後，台灣知識份子的民族想像，用班納迪克・安德森（Benedict Richard O'Gorman Anderson）的話來說，這種民族想像都是被想像出來的「文化人造物」（cultural artifacts），是從各自獨立的歷史力量複雜的交會過程中，自發地萃取出來的結果[5]，台灣話文運動中的爭論，因此也是一種民族想像認同的爭論：台灣人／中國人／日本人這三種民族想像介於其中，使得這場爭論絕不止於使用什麼語文才能有效傳播？或者應該採用何種文字才能表現台灣文學的特性？這樣表面的語詞之爭，而有著打造一個全新的民族文學／文化的意涵在內，其中也蘊藏著通過行動，創造民族和維持民族生存的「民族文化」的嚴肅意義。

一九三○年代台灣話文論爭的另一個複雜性則不只是文化認同的，同時還摻雜著意識形態的鬥爭。日本學者松永正義指這個階段的鄉土文學論爭包括了「民族的契機」與「民眾的契機」的矛盾[6]，是相當深刻的看法。「民眾的契機」，意味著台灣話文論爭的底層還具有階級性。這與台灣話文運動的推動者乃至論爭者多爲信仰馬克思主義的左翼知識份子有關，如最早提出台灣話文思考的黃石輝，就是當時「無產階級文化運動」重要刊物《伍人報》的地方委員[7]；加上當時日本無產階級文學的影

---

[5] Benedict Richard O'Gorman Anderson，1999，《想像的共同體：民族主義的起源與散佈》，吳叡人譯，台北：時報，頁 9。

[6] 松永正義，〈關於鄉土文學論爭（1930-32）〉（葉笛譯），《台灣學術研究會誌》，第 4 期，1989.12。

[7] 根據《台灣總督府員警沿革誌。第二編：領台以後の治安狀況。中卷。台灣社會運動史》（台北：台灣總督府警務局，1939）記載，《伍人報》被歸類爲「無產階級文化運動」的一支，是「台灣島內的共產黨中央，經與日本共產黨聯絡下，自昭和三年（1928）底以來即徐圖伸張勢力」，而於昭和五年（1930）六月由王萬德、周合源、陳兩家、江森鈺、張朝基等五人出資出報，故題爲《伍人報》，

響，更使得整個台灣新文學運動受到「深而且鉅」的影響[8]；此外，這也與當時台灣政治、文化乃至文學界的思想轉向有關，左翼知識份子在取得政治與文化運動主導權之後，轉向具有階級性的「大眾文化」實踐[9]。文藝大眾化，因此成爲台灣話文論爭中相當根本的基調；大眾路線，也因此進入台灣話文運動的論述中，成爲階級路線具體落實的表徵。

右邊是民族文化的標舉，左邊是大眾文化的鼓吹——民族主義的想像和社會主義的主張，看似矛盾，實則相諧的意識形態被「接合」（articulate）在一九三〇年代「鄉土文學」的論述符號下。一九三〇年八月十六日黃石輝在《伍人報》發表〈怎樣不提倡鄉土文學〉一文，從該刊九到十一號連載三期，正式揭開了台灣白話文運動的序幕，也促發了其後兩場圍繞在民族主義與社會主義（民族與大眾／民族性與階級性）路線週邊的論爭。

二、台灣想像：土地、人民、語言

黃石輝的「鄉土文學」論述，陳淑容在她的研究中，指其主張是「以勞苦群眾爲對象，在內容上，描寫台灣的事物；在形式上，以台灣話文來書寫」[10]；而其論述重點則有兩個層面，「一是民族的，一是階級的」[11]。這個說法相當明確，也有見地，不過仍有深層分析的空間。我們不

黃石輝列名爲「地方委員」。

[8] 王錦江（王詩琅），〈台灣新文藝運動史稿：台灣文藝作家協會及台灣藝術研究會〉，《南方週報》，第 3 期，1948.02，頁 5。

[9] 關於政治與文化運動的轉向，如一九二七年台灣文化協會分裂，左翼取得主導權，提出「以普及台灣大眾之文化爲主旨」的綱領；文學的轉向，則是《伍人報》、《洪水》、《明日》、《赤道》等左翼刊物的出現。

[10] 陳淑容，《一九三〇年代鄉土文學・台灣話文論爭及其餘波》，台南師範學院鄉土文化研究所碩士論文，2001，頁 48。

[11] 陳淑容，前引書，頁 54。

妨回到黃石輝當時的文本看。

黃石輝的「鄉土文學」論述在民族主義的部分充滿了台灣想像，最爲膾炙人口，且成爲戰後台語文學論述建構基礎的一段話如下：

> 你是台灣人，你頭戴台灣天，腳踏台灣地，眼睛所看到的是台灣的狀況，耳孔所聽見的是台灣的消息，時間所歷的亦是台灣的經驗，嘴裡所說的亦是台灣的語言，所以你的那支如椽的健筆，生花的彩筆，亦應該去寫台灣的文學了。
>
> 台灣的文學怎麼寫呢？便是用台灣話作文，用台灣話作詩，用台灣話作散文，用台灣話作小說，用台灣話作歌曲，描寫台灣的事物[12]。

在這段論述中，作爲「台灣人」想像共同體的「台灣」是論述核心價值所在，前述安德森的民族主義論述，就強調這樣的想像共同體促成了民族的出現，黃石輝的論述中顯然刻意以「台灣」來區辨於日本、中國之外，以「台灣文學」的書寫來區辨於當時的日本文學和中國文學之外，因此具有相當濃烈的台灣民族主義意識。其次，一如安德森的民族意識起源說，民族意識來自三種動力：一是生產體系和生產關係（資本主義），二是傳播科技（印刷品），三是人類語言宿命的多樣性，這三種動力，互爲作用，形成印刷語言（print-languages），方才使得想像共同體成爲可能[13]。黃石輝倡議使用「台灣話文」，來寫「台灣的文學」，就其意義來說，

---

12 黃石輝，〈怎樣不提倡鄉土文學（一）〉，《伍人報》，第 9 期，1930.08.16。

13 B.R.O. Anderson，前引書，頁 53-56。安德森指出，印刷語言「奠下民族意識基礎」的力量有三：一、創造統一的交流與傳播場域，形成民族想像共同體的胚胎；二、賦予語言新的固定性格，長時間後爲語言塑造出對「主觀的民族理念」而言極其關鍵的古老形象；三、創造了和舊有的行政方言不同種類的權力語言。簡單地說，安德森認爲「印刷語言」是具體落實民族想像共同體的主要媒介。

的確可以使台灣話成爲「台灣文」(印刷語言),無形中創造了凝聚台灣想像的民族意識,而此一民族意識正是具體地落實在「台灣天」、「台灣地」、「台灣的狀況」、「台灣的消息」、「台灣的經驗」與「台灣的語言」之上,「台灣」的土地認同也因此具體可感。我們因此可以說,黃石輝的鄉土文學論述核心在「台灣想像」的創造:台灣(土地)是這個想像共同體的母體,台灣人(人民)、台灣話(語言)則是此一台灣想像的兩翼。

不過,由於黃石輝的左翼身分,他對「台灣人」的想像顯然有階級上的傾重,那就是源自馬克思主義的「無產階級」觀點。黃石輝強調的鄉土文學要使用台灣話的另一個理由,非關民族主義,而是要「以勞苦的廣大群眾爲對象」:

> 你是要寫會感動激發廣大群眾的文藝嗎?你是要廣大群眾的心理發生和你同樣的感覺嗎?……不管你是支配階級的代辯者,還是勞苦群眾的領導者,你總須以勞苦的廣大群眾為對象去做文藝[14]。

這裡很清楚地可以看到,黃石輝的「大眾文學」觀具有強烈的無產階級意識,在黃石輝的論述中,相對於殖民帝國日本的語言、祖國的白話文,都具有階級性,是「支配階級」的語言,不是無產階級「勞苦大眾」的語言,台灣勞苦大眾說的台灣話才是。這是以階級意識爲基礎的意識形態鬥爭,黃石輝顯然有意以台灣無產階級(勞苦大眾)使用的語言,建立一個如同霍爾(Stuart Hall)所說具有「反抗的集體形式」和「集群自覺」的新形式[15](以大眾爲對象的鄉土文學),來與當時由知識份子使用支配階級語言寫成的日本話文學、中國白話文學抗衡;而其目的之一,

---

[14] 黃石輝,〈怎樣不提倡鄉土文學(三)〉,《伍人報》,第 11 期,1930.09.01。

[15] Stauart Hall. (1982). The rediscover of "Ideology": Return of the repressed in media studies. In M.Gurevitch et al. (Eds.), *Culture, Society and the Media*. London: Methuen. pp. 56-90.

當然是與資產階級進行決定性的意識形態鬥爭。

黃石輝的鄉土文學論述到這裡出現了「一是民族的，一是階級的」雙重面貌，同時也出現相互矛盾的意識形態隙縫：鄉土文學如果只爲台灣普羅階級而倡，則全世界的普羅階級如何分享？如果鄉土文學是台灣民族主義的，那也就牴觸了馬克思主義的無產階級無國界論述了。與黃石輝同爲馬克思主義信徒的賴明弘就提出這樣的質疑[16]，黃石輝的答覆很乾脆，他認爲無產階級的要求就是要過一個完全的「人」的生活，以台灣的客觀情勢，提倡普羅文學必須「超階級」，「斷然不是限定在某一階級的工作」[17]。儘管「超階級」語焉不詳，黃石輝的主張進一步釐清了：以台灣話爲勞苦大眾寫作台灣文學，是要把民族主義擺在優先位置，而把階級的社會主義擺於第二順位，來使台灣的勞苦大眾過人的生活。

要建設台灣人的台灣話文學，接下來的問題是如何解決語言落實爲文字的問題。台灣話要作爲文學語言或具備傳播功能的「印刷語言」，就必須打造一套語文規則。對此，一九三〇年黃石輝具體提出「鄉土文學」建設三原則：

（一） 用台灣話寫成各種文藝。(1) 要排除用台灣話說不來的或台灣用不著的語言，如「打馬屁」要改用「扶生泡」；(2) 要增加台灣特有的土語，如「我們」，台灣有時用「咱」、有時用「阮」，要分別清楚。

（二） 增讀台灣音。無論什麼字，有必要時便讀土音。

---

16 賴明弘，〈俺達の文學の誕生について：一つの提議〉，《台灣新聞》，1931.12.24。他的質疑站在「世界的普羅階級」立場發言，他反對使用台灣話寫台灣普羅階級文學，主張使用「世界語」爲世界普羅階級寫作。轉引自陳淑容，前引書，頁67-68。

17 黃石輝，〈台灣話文討論欄：答負人〉，《南音》，第1卷第8期，1932.06.13。

（三）　描寫台灣的事物。使文學家們趨向於寫實的路上跑[18]。

其後黃石輝又在《台灣新聞》發表〈再談鄉土文學〉一文，全文分「一、鄉土文學的功用，二、描寫問題，三、文字的問題，四、言語的整理，五、讀音的問題，六、基礎問題，七、結論」七節，重申他提倡「鄉土文學」的用意。在結論的部份，黃石輝進而主張「糾合同志，組織鄉土文學研究會」[19]。台灣話文的語文規則到此有了一個初步的輪廓。

台灣話文運動的另一位戰將郭秋生，幾乎同時也在《台灣新聞》連載發表長達二萬餘字的〈建設「台灣話文」一提案〉[20]，全文分四節，一論文字成立的過程，二論言語和文字的關係，三論言文乖離的史的現象，四論特殊環境的台灣人。在這篇論述中，郭秋生基於反對日本殖民統治當局「同化主義」的立場，認為不管日文或中文（文言文及白話文）都「不是言文一致」，因此必須建設「台灣語的文字化」的台灣話文；他主張以漢字為工具創造台灣話文。針對台灣話如何落實為文字，則提出語文處理的五原則[21]，為台灣話如何入文提出建議。

一九三一年八月廿九日、九月六日，郭秋生又以〈建設「台灣話文」一提案〉為題，在《台灣新民報》發表看法[22]。他肯定黃石輝組織研究會、

---

[18] 黃石輝，〈怎樣不提倡鄉土文學（三）〉，本引文已經過整理。

[19] 黃石輝，〈再談鄉土文學〉，《台灣新聞》，1931.07.24。

[20] 郭秋生，〈建設「台灣話文」一提案〉，《台灣新聞》，1931.07.07。本文採連載方式刊登。該文精要亦見於吳守禮，《近五十年來台語研究之總成績》（鋼寫油印本）（台北：著者自印，1955）。

[21] 郭秋生，前引文。這五個原則是：一、首先考據該語言有無完全一致的漢字。二、如義同音稍異，應屈語音而就正於字音。三、如義同音大異，除既成立成語（如風雨）呼字音外，其他應呼語音（如落雨）。四、如字音和語音相同，字義和語義不同，或字義和語義亦同，但慣行上易遭誤解者，均不適用。五、要補求這些缺憾，應創造新字以就話。

[22] 郭秋生，〈建設「台灣話文」一提案〉，本文分（上）（下）兩篇刊出，上篇刊

編讀本、辭典的提議，但他認爲基礎的打建「要找文盲層這所素地」，所以應從歌謠與民歌整理做起。郭秋生更值得注意的論述是他關於「本格的建設」的觀點，他針對當時反對台灣話文的「文學青年」質疑「台灣話幼稚，不堪做文寫詩」、「台灣話缺少圓滑，粗糙得很，而且太不雅」的論點[23]，提出反駁，強調「吾輩的提案新字，不是觀瀾失海的，反而是認明海，更站定岸，所以始終立在台灣人的地位」；他呼籲認爲台灣話幼稚的文學青年「創造啦！創造較優秀的台灣話啦！創造會做文學利器的台灣話啦」：

> 是文言也好、白話也好、日本話也好、國際話也好，苟能有用於台灣，能提高台灣話的、一切攝入台灣人的肚腸裡消化做優雅的台灣話啦，就是現在的台灣話，也隨處可發現攝取的成分[24]。

「認明海，更站定岸，所以始終立在台灣人的地位」，郭秋生的台灣話文建設論觸及的乃是日治時期以來台語文學書寫的核心議題，這是台灣話文論爭中相當難得的見解，也就是以「現在的台灣話」不排斥所有在這塊土地上被台灣人使用的各種語言，「一切攝入台灣人的肚腸裡消化做優雅的台灣話」，來形成具有主體性的台灣文學[25]。

《台灣新民報》，379 期，1931.08.29；下篇刊同誌，380 期，1931.09.07。

[23] 典型的觀點如張我軍，他早在一九二五年就針對有人提議使用台灣話改造文學語言反問：「台灣話有沒有文字來表現？台灣話有文學的價值沒有？台灣話合理不合理？」同時強調「我們的話是土話，是沒有文字的下級話，是大多數占了不合理的話啦」（張我軍，〈新文學運動的意義〉，《台灣民報》，67 期，1925.08.26。另如廖毓文、林克夫等也有類似觀點。

[24] 郭秋生，〈建設「台灣話文」一提案（下）〉，《台灣新民報》，380 期，1931.09.07。

[25] 類似的觀點，向陽也曾提出。一九八八年向陽接受日本學者岡崎鬱子訪問時，就主張必須「面對（台灣）這種語言的多元變化，採用「漢羅表記方式」，才可能使台語更具發展性，進而建立自足的系統，成爲世界性的語言。」詳岡崎鬱子

一九三〇年代的台灣話文運動最大的意義，除了標舉「台灣人」民族想像之外，就是強調此一「台灣話」的大眾路線。民族想像與大眾路線的分進合擊，對象相當清楚，民族想像針對殖民統治的日本，大眾路線則針對存在於舊社會中的舊中國文化、存在於殖民社會中的新日本文化，其目的最終則在具有台灣主體文化認同的台灣文學。用黃石輝在論爭期間答辯主張使用中國白話文的廖毓文的話來說[26]：

> 台灣是一個別有天地，在政治的關係上，不能用中國話來支配；在民族的關係上，不能用日本的普通話來支配，所以主張適應台灣的實際生活，建設台灣獨立的文化[27]。

到這裡，台灣主體意識清楚呈現，以台灣想像共同體的台灣文學主張，乃是一九三〇年代台灣話文運動的主軸，應已無庸置疑。林瑞明認爲這是台灣新文學運動發展過程中，「進一步在內容和形式上都要求更大自主性之表現，亦即對台灣本體之正視，不以附屬中國白話文的表達方式爲限」[28]；呂興昌說這個運動「無論是政治抑民族，攏萄佮中國參日本劃清界線」，建立真正合身於台灣的獨立文化／文學[29]，應屬持平且根據歷史

（陳思譯），〈做爲一個台灣作家：台灣文學的新課題〉，《自立晚報》副刊，1991.04.26。向陽的這個想法實質上是「新台語」，「既不強調純粹台語的沿襲，也不排斥現行於台灣之台語（含河洛、客、原住民族語系）、北京話乃至日語、英語的混合使用，而以反映台灣現實及台灣語言生態體系之演化，作爲台語文學的依歸。」詳向陽，〈從泥土中翻醒的聲音〉，《自立晚報》副刊，1991.06.16-21。

[26] 廖毓文是反對台灣話文運動的健將，他的質疑站在文學是「全世界的公器」，認爲黃石輝不應該「閉文守戶」，「偏執台灣話的台灣文學」。詳廖毓文，〈給黃石輝先生：鄉土文學的吟味（二）〉，《昭和新報》，141 期，1931.08.08。

[27] 黃石輝，〈我的幾句答辯（上）〉，《昭和新報》，142 期，1931.08.15。

[28] 林瑞明，《台灣文學與時代精神：賴和研究論集》（台北：允晨，1993），頁 253。

[29] 呂興昌，〈頭頂台灣天腳踏台灣地：論黃石輝台語文學兮觀念佮實踐〉，《台灣文學與社會：第二屆台灣本土文化國際學術研討會論文集》（台北：師大國文系，

事實所下的結論[30]。

三、論爭場域：台灣・中國・世界

釐清一九三〇年代台灣話文運動的主要論述及其深層內涵之後，接著我們要進一步分析台灣話文論爭場域如何呈現一如布爾迪厄（Pierre Bourdieu）所說的「控制場域中的鬥爭及其文化策略走向」的權力[31]？正反雙方的場域位置如何？在這場從一九三〇延續到一九三四年，分成兩波的論爭中，正反雙方對於台灣文學的走向又持何等態度？

根據當時也在論爭場域中的廖毓文於戰後的回憶，一九三〇年代台

1997），頁 227。

[30] 當然，質疑此說的學者也有，如呂正惠就認爲台灣話文運動的目的，「不是要和中國切斷關係；相反的，是想在客觀的困難條件下保存漢文化的一點命脈」，「自主性」的說法「違反了歷史面目」，是「把歷史加以扭曲」。詳呂正惠，〈三十年代「台灣話文」運動平議〉，《殖民地的傷痕：台灣文學問題》（台北：人間，1996），頁 10。

[31] 布爾迪厄的場域理論認爲，「場域」乃是由社會地位和職務建構出來的空間，場域的性質決定於這些空間中個人所佔有的地位和職務，因此不同的地位和職務就會使職務佔有者之間的關係，呈現相異的網絡體系，而使場域的性質有所區別。場域猶如磁場，乃是權力軌道構成的系統，而在場域中取得正當性構成地位的人（如學者、作家）則是控制場域鬥爭及其策略文化走向者。詳 Bourdieu, Pierre. 1980. "The Production of Belief: Contribution to an Economy of Symbolic Goods." *Media, Culture and Society* 2: 261-293.

此外，布爾迪厄將文化生產場域視同爲「象徵貨物市場」（the market of symbolic goods）。文化場域係由不同角色、功能且彼此相關聯的行動主體和機構所組成，其角色分工可略分爲文化貨物的生產者、再製者和傳播者。在象徵貨物市場中，文化貨物除了具備商品本身的商業價值之外，也具有象徵貨物的特殊文化價值。前者以大規模生產爲主，目的在符合市場需求（規模文化生產場域），後者則以追求作品的公共意義（public meaning）求得文化價值的認定爲主，具有高度自主性（限制生產場域）（Bourdieu 1985: 13-44）。

灣話文論爭（「鄉土文學論爭」）主要分爲「反對論」和「贊同論」兩方；「反對論」的反對理由有二，「一在反對鄉土文學，二在反對台灣話文」[32]。爲清楚呈現兩方論爭場域之差異，先就廖毓文所述，製表如下：

表一・台灣話文論爭（1930-1932）論述簡表

論述面向	反對論		贊同論
	反對鄉土文學	反對台灣話文	改造／建設論
論述理由	1.鄉土文學內容泛渺，沒有時代性，又沒有階級性。 2.黃石輝主張「一地方有一地方的話，所以要主張鄉土文學」，理論說不通，文學構成條件不如此簡單。	1.台灣話粗雜幼稚，不足爲文學利器。 2.台灣話紛歧不一（閩粵相殊各地有別），無所是從。 3.台灣話文中國人看不懂。	1.採取實用主義整理漢文。 2.以取義做根本，取音爲枝葉。 3.改造獨立的台灣話，一要與廈門話有一致，二與中國話要有共通性。
論述者	廖毓文、林克夫、朱點人。		黃純青。
支持者	廖毓文、林克夫、朱點人、賴明弘、越峰…等。		黃石輝、鄭坤五、郭秋生、莊遂性、黃純青、李獻璋、黃春成、擎雲、賴和等。
主要立場	認爲台灣是中國的一環，台灣和中國是永久不能脫離關係的，反對另立台灣特有的地方性文		認爲台灣是一個特殊區域，主張適應台灣的

[32] 廖毓文，引同前文。

	化。	實際生活，建設台灣獨立的文化

資料來源：廖毓文〈台灣文字運動改革史略〉[33]

廖毓文的回憶，正反並呈，仍具有參考價值；且相當清楚地將正反論述表現在中國白話文 vs.台灣話文之後隱藏的中國認同 vs.台灣認同凸顯出來，兩方的場域位置和文化策略也就清楚了。不過，更細部地看，這場論爭還涉及到內容論與形式論兩種，內容論爭辯台灣文學寫什麼（世界文學或鄉土文學）的議題，形式論辯究台灣文學用什麼語文（中國白話文或台灣話文）來寫的問題；正反雙方既互相進行外部辯難，內部也有相對的修正。

我們從實際的論爭來看。針對黃石輝提倡的「鄉土文學」論述，廖毓文、朱點人和林克夫三人的質疑可歸入對「鄉土文學」內容論的質疑。黃石輝提倡使用勞苦廣大群眾使用的語言（台灣話）來寫台灣事物的「鄉土文學」，廖毓文質之以德國鄉土文學內容「過於泛渺，沒有時代性，又沒有階級性」，且已經「聲銷跡絕」[34]；朱點人則以德國作家 Roseegges 的小說《漁夫之家》爲「鄉土文學代表作」，而質問黃石輝「你們所提倡的是哪一種的鄉土文學」[35]；基本上認爲「鄉土文學是很切要，而是必然」的林克夫，反對的是黃石輝主張「一地方有一地方的話，所以要鄉土文學」的論述，而主張「把中國白話文來普及於台灣社會，使大眾也能懂得中國話，中國人也能理解台灣文學」[36]。廖、朱、林三人其實論點不一，

---

[33] 廖毓文，引同前文。

[34] 毓文，〈給黃石輝先生：鄉土文學的吟味（一）〉，《昭和新報》，140 期，1931.08.01。

[35] 點人，〈檢一檢鄉土文學〉，《昭和新報》。

[36] 克夫，〈「鄉土文學」的檢討：讀黃石輝君的高論〉，《台灣新民報》，377 期，1931.08.15。

廖朱兩人認爲「鄉土文學」並非世界文學主流，內容又缺乏階級性；林則肯定鄉土文學的必要性，但質疑建設台灣話文的鄉土文學將使台灣與中國的語文傳播斷裂。關於這一部分的論爭，除了林克夫所論觸及當時台灣知識份子的中國 vs.台灣認同課題之外，實則雞同鴨講，只在「鄉土文學」定義上做文章，並不深刻。

真正能夠點出「鄉土文學」的真義的是支持黃石輝論述的負人（莊垂勝），一九三二年他在《南音》創刊號上這樣說：

> 在各報紙面鬧得天花亂墜的石輝、毓文、克夫、點人諸先生的論爭，偏就在這「鄉土文學」四個字的題目裡，噪得滿城風雨……在石輝先生的本意，這四個字我想也許是要包含著「完成台灣話文，建設台灣文學」——「文學的台灣話」和「台灣話的文學」——底意思。

這段精闢的論述和一九一八年四月胡適發表〈建設的文學革命論〉，主張中國新文學應該創造「國語的文學，文學的國語」[37]，其論述精神如一。同一時期的中國白話文學如此主張，且順利完成文學革命，台灣話文運動（鄉土文學）的目的在創造合適於台灣的「文學的台灣話」和「台灣話的文學」自無不當。廖、朱、林三人的反對論實際上無法撼動台灣話文作爲台灣文學改革的正當性。

內容論的部分除了語文內容的改造之外，也還涉及前節所提民族立場和階級立場的爭辯。先看民族立場的爭議。前述林克夫的中國 vs.台灣認同的論題，其實早在黃石輝尚未提出「鄉土文學」論述之前就已經存在。政治上，一九二一年「台灣文化協會」成立，就已經提出「台灣是

[37] 胡適，〈建設的文學革命論〉，《新青年》，4 卷 4 期，1918.04。這篇論述的重點在「是什麼時代的人，說什麼時代的話」、「一時代有一時代的文學」以及「國語的文學，文學的國語」的主張，黃石輝的建設鄉土文學論述與此相近。

台灣人的台灣」的論述[38]；一九二八年台灣共產黨成立，其政治大綱就主張「台灣民族的獨立」和「台灣共和國的建設」[39]。在政治和社會運動中，台灣作爲一個民族認同的想像共同體，基本上已經是當時台灣社會的主流共識；不過在台灣新文學運動過程中，到底台灣文學應採用中國白話文或台灣話文，則仍有論爭。以張我軍倡議的「白話文運動」爲例，他的目標就是要「建設白話文學，以代替文言文學，改造台灣語言，以統一於中國國語」[40]，當時已經引起張軍我的批評[41]，指張我軍提倡的只是「北京語」，而非「台灣原有一種平易之文」，強要台灣作家改用中國白話文，「是多費一番週折，捨近圖遠，直畫蛇添足耳」[42]。一九三〇年代的台灣話文論爭，仍繼續這個中國白話文 vs.台灣話文之爭的餘波，主張使用中國白話文的廖毓文、林克夫等論述（如表一）基本上不離張我軍當年的看法，這裡不再細述。黃石輝針對這一部分對論述提出的答辯則點出了癥結的台灣認同問題：

> 我要提出（鄉土文學）以前，早已預料到有四方面的人會反對了——一方面是那班支持舊文學的雅先生們……。一方面是那班讚

[38] 根據《台灣總督府員警沿革誌。第二編：領台以後の治安狀況。中卷。台灣社會運動史》（台北：台灣總督府警務局，1939）記載，總督府認爲台灣文化協會主張「台灣是台灣人的台灣」是呼喚台灣人「台灣要由我們台灣人自己來統治」的陰謀。頁 168-176。

[39] 引同前註，頁 592-593。台灣共產黨成立之際發表的「政治大綱」共十三條，「台灣民族的獨立」和「台灣共和國的建設」列於第二條、第三條。

[40] 張我軍，〈糟糕的台灣文學界〉，《台灣民報》，2 卷 24 號，1924.11.21。

[41] 「鄭軍我」顯然是一個對應「張我軍」的筆名，用台灣話來念，「鄭軍我」與「鄭坤五」略近，許成章認爲就是同一人。詳許成章，〈光復後之藝文〉，《許成章作品集 5：評論》（高雄：春暉，2000），頁 139。

[42] 鄭軍我，〈致張我軍一郎書〉，《台南新報》，1925.01.29。轉引自廖毓文，前引文。

> 美大和魂的「紳士派」……。一方面就是一部分留學中國的學閥……學會了中國語，早把台灣話都看不起了……。最後就是那些富有依賴性的民族主義者……以為台灣人終究是漢民族，不該有和中國不同的文學，所以亦要反對鄉土文學[43]。

這段話將台灣話文爭論中的民族立場爭議癥結說得相當徹底：依賴中國？或者建設台灣已有的台灣話爲台灣文學，創造一個「和中國不同的文學」？

在第二階段(1933-1934)，這個議題又被拋出，一九三三年九月五日，署名「貂山子」的何春喜發表〈對建設台灣鄉土文學形式的芻議〉[44]，主張採用「標音符號」(羅馬字及漢字偏旁)建設台灣話文的論述，又引起了另一波論戰[45]。這裡不擬詳述論戰過程，要而言之，爭論主要在台灣話文應採用拼音文字或漢字表現的問題，當時首先反對的是林越峰，他主張採用中國白話文，但也做了一些修正，強調「我們台灣人的手裡出來的作品，在可能的範圍內，還得使其比中國人的作品更近於台灣化」[46]。隨後加入討論者有趙櫪馬、吳逸生、林克夫、邱春容、黃石輝、郭秋生、廖毓文、張深切、賴明弘、朱點人等[47]。這裡僅舉立場最鮮明對立的兩家論述作爲比對。

贊同論者，如郭秋生，基本上持續著對台灣話文的堅持，同時開始

---

[43] 黃石輝，〈鄉土文學的再檢討：給克夫先生的商量〉，《昭和新報》。轉引自陳淑容，前引文。

[44] 貂山子，〈對建設台灣鄉土文學形式的芻議〉，未見，轉引越峰〈對「建設台灣鄉土文學形式的芻議」的異議〉，《台灣新民報》，914 號，1933.09.05。

[45] 廖毓文，前引文。

[46] 越峰〈對「建設台灣鄉土文學形式的芻議」的異議〉，《台灣新民報》，914 號，1933.09.05。

[47] 可參陳淑容，前引文，頁 86-101。

區別台灣文學革命和中國文學革命的的不同，「中國文學革命是中國的文學革命，並不是我們台灣的文學革命」，「硬將中國白話文的軀殼借過來台灣，是無視於台灣的客觀現實」，台灣人「只能從台灣話的特色自然地創造價值大的文學，而非逕取自中國」[48]；反對論者相對強烈的是賴明弘，他除了階級性的堅持外，也以中國民族主義的激越語氣這樣說：

> 台灣人既是中國的一地方人；台灣人若脫不出中國傳來的風俗習慣、文化；至於語言既是中國的一地方語言；換句話說……我們台灣人既是還用漢字、我們只有繼承前人的努力、無條件接受中國白話文以為我們台灣新文學建設的表現工具罷了[49]！

再看階級立場的爭議。作爲「鄉土文學」的倡議者，黃石輝同時又是一個馬克思主義信仰者和運動者，「在民族的認同上，他的理解是偏向『舊』文人；在階級的看法上，他又有超越傳統知識份子的普羅思想」[50]，這樣的特質，使他在台灣話文論述上強調要使用「廣大的勞苦大眾」的台灣話來書寫，自然可以理解，黃石輝的鄉土文學論述和反對鄉土文學論者（如廖毓文、朱點人以及其後加入論戰的賴明弘）其實都從普羅文學的階級立場出發，因爲在馬克思主義的信仰上，他們是一致的。儘管廖毓文的民族主義傾向中國，但在階級立場上他強調的（反對鄉土文學的）理由：「客觀的現實所在要求的，也是以歷史的必然性的社會的價值爲目的底文學——即所謂「布爾賽維克」的「普魯文學」[51]，說明了他反對的

---

[48] 以上引句出自郭秋生，〈還在絕對的主張建設「台灣話文」〉，《台灣新民報》，980-988 號，1933.11.11-19。

[49] 賴明弘，〈絕對反對建設台灣話文摧翻一切邪說〉，《新高新報》，410-417 號，1933.02.02-03.23。

[50] 陳淑容，前引文，頁 54-55。

[51] 「普魯文學」即「資產階級文學」，相對於「普囉文學」即「無產階級文學」。

原因部份來自他對普羅文學的國際性（或世界性）的認知；賴明弘的階級立場更鮮明，一九三一年十二月廿四日他在《台灣新聞》發表〈做個鄉土人的感想〉，站在「爲著台灣普羅階級，以無產大眾做目標」、「爲著全世界普羅階級而盡力」的立場，反對「除了漳州廈門以外就沒有通用價值」的鄉土文學，使用「較廣闊，較有連絡性的，還有意義的中國白話文」[52]。對於同一階級立場者的反對鄉土文學，黃石輝的答辯簡潔而明白，他認爲賴明弘的反對鄉土文學、反對台灣話文，「分明是無視客觀情勢」，也違背真正的無產階級的要求（做一個完全的「人」的生活）；而台灣當時的問題「是超階級的問題，斷然不是限定在某一階級的工作、要求」[53]。

在階級立場的這個部分，我們看到的是階級立場的民族主義對立。一九三三年台灣白話文論爭進入第二階段，賴明弘又發表了更強烈的反對鄉土文學論述，在內容論的部分，賴以歐洲鄉土文學的發展指出「鄉土文學」和都會文學都是資產階級文學，是「違背大眾的反對文學」[54]；對於先前黃石輝的「鄉土文學是超階級的問題」，他也提出批判[55]。不過這些論述，還是繞在第一階段的問題上，是意識形態和文化霸權的權力鬥爭，也不妨看成是一個場域的權力較勁[56]。

毓文，〈給黃石輝先生：鄉土文學的吟味（二）。引同前。朱點人也有相近論點。點人，前引文。

[52] 轉引自陳淑容，前引文，頁 51。

[53] 黃石輝，〈台灣話文討論欄：答負人〉，前引文。頁 26-27。

[54] 賴明弘，〈對鄉土文學台灣話文徹底的反對（二）〉，《台灣新民報》，956 號，1933.10.29。轉引自陳淑容，前引文，頁 81。

[55] 賴明弘，〈絕對反對建設台灣話文摧翻一切邪說（二）〉，《新高新報》，411 號，1934.02.09。轉引自陳淑容，前引文，頁 81。

[56] 尚有櫪馬（趙啓明），〈幾句補足〉，《台灣新民報》，1933.09.26，但已無關弘旨，可參陳淑容，前引文，頁 82-83。

進入第二階段（1933-1934）的台灣話文論爭，值得重視的，是當時日文書寫場域的討論。一九三三年九月四日，清葉在《台灣新民報》發表〈獨自性を持つ台灣文學の建設：私の鄉土文學觀〉一文，他從廣義的角度提出「鄉土文學絕不侷限於田園農村」：

> 鄉土是緊密地連接在土地上，在每個人心裡刻畫出深刻感情。因此，我把台灣當成自己的鄉土，從這鄉土所產生的所有文學，我主張稱為鄉土文學。當然，不論都會文學、田園文學、農民文學、左翼文學、專業文學也都包括於其中[57]。

作爲台灣的日文作家，清葉這段話清楚地釐清鄉土文學就是台灣文學的本質，化解賴明弘等人把鄉土文學和都會文學對立開來的內容論；但更重要的是，清葉論及文學階級性的部分：

> 最近常聽到，沒有階級性的文學並不是文學的話，真是如此嗎？我將台灣當成我的故鄉，將它看成一個社會，從中觀察所有階級並且加以研究……，將所有文學流派合併起來，使其產生作用，創造出獨特的台灣文學……，這就是我在此高唱的獨自性。將這特色說出的同時，因為地方性色彩是必要的，我將台灣文學視為鄉土文學的理由在此[58]。

顯然，這篇論述強調台灣認同的民族性重於普羅大眾的階級性，其中流露出非左翼觀點的文學觀，在左翼思想領導的台灣文化界，這是少有的觀點。接著，一九三三年十二月出版的《フオルモサ》推出劉捷的〈一

---

[57] 清葉，〈獨自性を持つ台灣文學の建設：私の鄉土文學觀〉，《台灣新民報》，13號，1933.09.04。引自吳枚芳譯，〈具有獨特性的台灣文學之建設：我的鄉土文學觀〉，《文學台灣》，38期，2001.04，頁47-51。

[58] 清葉，同前引文。部分譯文經作者調整，如「階層」改依原文譯爲「階級」。

九三三年の台灣文學界〉與吳坤煌的〈台灣の鄉土文學を論ず〉。劉捷談到一九三一年以來鄉土文學的論爭「將在台灣文學史上佔有輝煌的一頁」，接著在第一節論及鄉土文學時，主張鄉土文學在日文書寫場域的豐收，針對反對論者對鄉土文學「藝術性的狹隘」與「國際共同性的落伍」提出反駁，並指出「我把只要是描寫我們的生活的真正的台灣文學，都稱之爲鄉土文學」[59]。到這個階段，台灣的日文作家顯然開始有意擴充「鄉土文學」的意涵，要將日文書寫的台灣文學也納入「鄉土文學」的架構中。這是第二階段台灣話文論爭最特殊、也較少爲論者正視的部分。布爾迪厄場域論所說的「控制場域中的鬥爭及其文化策略走向」之權力爭奪，在此也呼之欲出。

吳坤煌的論述與清葉、劉捷則截然不同。在這篇同樣以日文書寫的長論中，吳坤煌先是強調鄉土文學必須具備民族性與階級性，才稱得上是鄉土文學。作爲一個共產主義者，他提出一幅世界觀來作爲鄉土文學的參考架構：

> 台灣也是世界的一個小地區，一旦步入世界歷史的一頁，就無以例外，台灣也難避免世界性的經濟恐慌、或者思想波濤的衝擊。在恐怖和混亂的潮流中，日漸貧困化的階級社會的種種面相——有一頓沒一頓的農民的種種面向……以及工人的掙扎、流落街頭的失業者、沒落的中產階級，以及隨之而來更加錯綜複雜的世紀末自殺、強盜、強姦……等等社會不安現象，還有另一個面相，則是君臨這些弱勢階級之上的統治階級——也已籠罩在這不多見

[59] 劉捷，〈一九三三年の台灣文學界〉，《フオルモサ》，第 2 期，頁 31-34。也有譯本，吳枚芳譯，〈一九三三年的台灣文學界〉，《文學台灣》，38 期，2001.04，頁 42-46。本處由作者直接處理，未採譯本。

的南島的每個角落了[60]。

接著，吳坤煌從無產階級文學的觀點論「鄉土文學」，認爲鄉土文學「無非是歷史考古遺物，也就是根據舊文學傳統培育出的文學」，它的民族性的形式特色往往「被拿來當成支配無產階級文化古柯鹼」，因此在他看來，鄉土文學就形成「被新興民族主義所迎合的法西斯主義文學」、並在現階段扮演著「作爲共產主義之反動文化的角色」，要解決這個問題，他引史達林的話說，必須堅持無產階級下的民族文化路線：「其文化內容是共產主義的，形式則是民族的；目的在於教育大眾以國際主義的精神，打造一個更爲堅固的共產主義社會」[61]。換句話說，在吳坤煌看來，鄉土文學也只能是一個過渡性的文學形式，民族性只是工具，階級性才是本質和目的。

這個階段表現在日文書寫領域中的鄉土文學論述，顯然已把鄉土文學和台灣話文的連結切開，直接討論普羅文學的階級性問題，既然是要朝向國際共產主義的目標前進，使用台灣話文，使用中國白話文或使用日本文就都只是完成共產主義社會的「工具」罷了。顯然，廖毓文在討論台灣文字改革運動的論述中，有意忽略了這個他也曾經信仰過的「普羅」論述。

到這裡，我們已經相當細部地分析了鄉土文學・台灣話文論爭中的兩大爭議：台灣話文或中國白話文（乃至日本文）的書寫爭議，以及鄉土文學應該建立在民族性或階級性的路線爭議。台灣話文論爭的場域由書寫語文到底該採台灣話文、中國白話文或日本文的民族主義爭議，到

---

[60] 吳坤煌，〈台灣の鄉土文學を論ず〉，《フオルモサ》，第 2 期，頁 8-19。也有譯本，彭萱譯，〈論台灣的鄉土文學〉，《文學台灣》，38 期，2001.04，頁 27-41。本處由作者直接翻譯。

[61] 吳坤煌，前引文。由作者自行翻譯。

在書寫策略上應該走具民族性先於階級性的文學，或階級性先於民族性的路線爭議，都圍繞在一九三〇到一九三四年的兩波論戰場域中。這或許才是一九三〇年代台灣話文論爭的核心課題，至於基本上贊同台灣話文改造／建設論者之間的相關論爭[62]，則屬於內部爭議和如何表述的技術問題，本文暫且存而不論。

四、結 語：民族想像與大眾路線的交軌

發生於一九三〇年代的台灣話文運動及其論爭，一言以蔽之，就是一個日治殖民統治下台灣左翼知識份子試圖建構民族想像的過程，其中浮現了台灣文學作為日本殖民地文學的弔詭性與複雜性。

通過本文的分析與論述，我們可以看到，台灣文學界在經過新文學運動初期展開的白話文運動、羅馬字運動之後，開始進一步思考如何以台灣話為基礎，創造具有獨特性的「台灣話文」的論述和實踐。在這段從一九三〇年到一九三四年，短短四年時間中，兩波台灣話文論爭呈現出殖民地台灣複雜的語文書寫狀態和思考。台灣的作家和文學論述者徘徊於台灣話文、中國白話文、羅馬拼音文與日本語文之間，要採用什麼語文，才能表現民族的想像共同體？又能實踐當時多半是左翼知識份子的無產階級意識形態，從而建設一個反映殖民地台灣社會現實的台灣文學，並以文學安慰、啓蒙被統治的台灣勞苦大眾？顯然是參與論爭的論述者咸感焦慮、均認為急迫之要務。

---

[62]、陳淑容的研究對兩階段有關「建設台灣話文的論爭與實踐」論之甚詳，可參。約略言之，第一階段（1930-1932）主要圍繞在漢文台灣話文如何建設的細節，參與討論者有黃石輝、郭秋生、黃純青、莊垂勝、賴和、李獻璋等；第二階段（1933-34）則出現該採漢文或使用羅馬拼音文字的爭論，這是起於貂山子的倡議而出現，其中連結了蔡培火推動的羅馬字運動，以及同年代大眾文學、民間文學等議題。

這種焦慮與急迫之感，既表現在知識份子的「文化認同」的弔詭差異中，部分論述者堅持台灣話與台灣人、台灣事的密不可分，主張以「台灣話文」表現台灣文學的獨特性，以區別於統治者的日本文學、區別於「祖國」的中國文學；部分論述者則堅持台灣文學必須使用中國白話文，作爲中國文學的地方文學；還有部分已經習慣使用日文書寫的論述者，則認爲只要能反映台灣鄉土，使用語言如何，無損於作爲台灣文學（鄉土文學）的正當性；還有部分論者則主張採用羅馬拼音文字，廢棄漢字，創作台灣文學。其中，殖民地知識份子的文化認同的懸殊，彰然可見。

尤有進者，當時的台灣知識份子在文化認同上的分殊，也使他們產生民族認同的分歧：台灣／中國／日本，這三重民族認同困擾，使他們無法享有自主國家共有的想像共同體，以及隨之而來穩定、不變、連續的文化意義框架；台灣／中國／日本的民族認同。台灣話文／中國白話文／西方羅馬拼音文／日本語文的文化認同爭議，因而可以說是他們不得不屈從於歷史、文化和權力之下，以不同的視角對殖民地經驗命名的結果。命名的爭論固然複雜，卻表現了痛苦的被殖民經驗。這樣的情境，到了一九七〇年代台語文學論述興起之後，至今依然存在於台灣文學場域之中。

弔詭的是，這兩波論爭中的論述者多爲左翼知識份子，他們的文化認同和民族想像固然大相逕庭，在堅持馬克思主義的階級路線認識上則有著程度不一的交疊，反映在階級性的主張和大眾化的認識上尤其如此。黃石輝、郭秋生、林克夫、廖毓文、朱點人、賴明弘乃至於使用日文書寫的吳坤煌，無一不是馬克思主義信徒，他們相信台灣文學必須走大眾路線，以無產階級文學來與封建的古典漢文學、帶有資本主義色彩的日本新文學進行鬥爭；卻又因爲對於階級性認知的程度差異，而有黃石輝「超階級」論和賴明弘「無產階級」論的矛盾。

這個矛盾之外，論爭的左翼知識份子同樣也陷入民族主義的矛盾。

黃石輝、郭秋生強調台灣的獨特性、台灣話文與中國白話文的差異性，乃至於強調台灣人講台灣話寫台灣話文的價值觀；賴明弘的堅持「無條件接受中國白話文」，認爲「中國白話文才是台灣話文」——兩者之間呈現的正是完全不同的民族想像，一如班納迪克・安德森所說，民族是被想像出來的「文化人造物」一般，參與在台灣話文論爭中的左翼知識份子也同樣有著民族性的極大紛歧；只有在帶有史達林主義信仰的左翼知識份子身上，如吳坤煌，民族想像才會被「國際共產」的信仰所揚棄。就這個面向來看，戰後萌生的台語文學運動或爭議，因爲社會主義傳統的斷裂，則較無此一矛盾；倒是一九七七年鄉土文學論戰以及其後葉石濤和陳映真的分道揚鑣過程中，才出現此一台灣 vs.中國的矛盾。

本文一開始提及日本學者松永正義對台灣話文（鄉土文學）論爭的觀點，他指出其中具有「民族的契機」與「民眾的契機」的矛盾，此一觀點甚爲深刻；不過，從本文分析當時的論述文本深層來看，在「民族的契機」中，還存在著更結構性的「台灣想像」與「中國想像」以及色調較淺的「日本想像」的三重矛盾；而在「民眾的契機」中，這樣的矛盾同樣無法排除。戰後的台語文學運動，一開始就以台灣民族主義的面貌出現[63]，其間也出現論爭，但隨著社會結構（政治的、經濟的）的台灣化、民主化，民族想像與大眾路線已經出現交軌，儘管前者色澤深而濃，後者淺而淡，但當年黃石輝和郭秋生的台灣話文建設論述已經被順利銜接，台語文學作家輩出，作品眾多[64]，黃郭兩人主張的「台灣話的文學」

---

[63] 關於戰後台語文學與台灣民族主義的關係，可參考林央敏，《台語文學運動史》（台北：前衛，1997 年修訂版）。

[64] 可參張春凰、江永進、沈冬青著，《台語文學概論》（台北：前衛，2001 年）。學者李勤岸在此書序〈台語文學新世紀新面貌〉文中指出台語文學的具體成就，已有鄭良偉、曾金金主編的《大學台語課本 2 冊（遠流），林央敏策劃的《台語文學一甲子》3 冊（前衛），黃勁連策劃的《台語文學大系》14 冊。頁 v。

也已經雛形具現矣。

選自：聯合報副刊編《台灣新文學發展重大事件論文集》（台南：國家台灣文學館，2004）

劉紀蕙

交通大學社文所教授

從「不同」到「同一」：

台灣皇民主體之「心」的改造

探討中國三〇年代尋求民族形式法西斯組織衝動以及集體認同的過程，使我不得不開始回顧台灣在四〇年代出現的類似心態。台灣人身處被殖民狀態，要如何安頓自身才可以使自己成為被尊重、被接受、擁有適當的社會身份與地位的國民呢？當時的台灣人如何想像一個正當或是完整的「人」或是「男人」呢？我注意到，「皇民」論述可以說是使當時所謂的「本島人」從殘缺成為完整，從不純淨到「醇化」，從「不是」到「是」，從「不同」到「同一」的論證過程。此論證過程要解決的核心問題，便是本島人與內地人血緣不同，本島人如何可能同樣成為「日本人」或是「皇民」？

陳火泉的小說《道》非常奇特而深刻地展現了此皇民主體位置的思辯過程以及矛盾心態。此書提及的「信仰」、「精神系圖」與「心」的工作，是要造就一種主體位置以及國家神話。皇民化論述中所強調的日本精神就是尊王攘夷的精神；不只是清除非我族類，更是清除我自身之內的「夷狄之心」。甚至在此國家神話的架構下，天皇信仰所要求的，是朝向天皇的完全奉獻犧牲。這一系列的皇民化論證過程，展現出台灣人當時試圖「安心立命」的思辯過程，[1]也使我們清楚看到台灣在日據時期經歷的殖民經驗與現代性，以及其中所牽涉的「國民意識」與「現代主體」的模塑機制。

因此，在殖民政府的現代化工程之下，「本島我」與「皇民我」的矛盾如何解決？是什麼樣的強大力量使得主體積極朝向「日本精神」的理念高點躍升？主體與殖民政府的銜接，為何要透過「精神改造」的過

---

[1] 「人在不安的極限裡求安心立命」(陳火泉 32)。

程？爲何在政治施爲中，神道與儒教有其契合之處，而都凸顯了「心」的工程？在台灣、中國與日本的近現代思想脈絡中，此種「心」的精神改造是如何發展的？台灣人如何透過這種「心的形式」想像自身呢？此處，我們所觸及的，是主體意識狀態的問題。或者，更具體的說，是台灣人若要進入皇民身份或是類皇民身份，需要如何自我安置的問題。這是個值得深入探究的難題。

小林善紀的《台灣論》與台灣人的認同結構

我要先從小林善紀的《台灣論》在台灣所引起的軒然大波開始談起。此書引起的激烈爭論表面上是環繞在書中所詮釋有關慰安婦是否出於自願的問題，以及此書對於台灣歷史的解釋是否扭曲等等。因此，爭論的表面環繞在慰安婦的意願和各種歷歷指證《台灣論》的歷史敘述脫軌等問題。但是，這些爭辯的背後，我們注意到了強烈的情緒性對抗態度與所牽引的左右統獨分離立場，[2]以及書中反覆提及李登輝所「繼承」的「日本精神」。這個「日本精神」以及依此延伸的複雜台灣主體與認同，是真正引起我們好奇深思的關鍵概念。

什麼是「日本精神」？爲何小林善紀說李登輝「繼承」了日本精神，甚至李登輝還曾經打算去日本，向日本的年輕人講解日本精神？爲什麼高砂義勇軍會宣稱他們是「最有日本精神的日本人」？[3]而許多老一輩的

---

[2] 例如「用心險惡」,「奴化教育」,「皇民遺老」,「漢奸媚態」等等。

[3] 黃智惠 Huang, Chih-Huei. "The Yamatodamashi of the Takasago Volunteers of Taiwan: A Reading of the Postcolonial Situation." In *Globalizing Japan: Ethnography of the Japanese Presence in Asia, Europe, and America.* Harumi Befu and Sylvie Guichard-Anguis eds. pp. 222-250. London and New York: Routledge。

台灣人聲稱在戰後反而開始十分認真的說寫日文，並且以八十高齡組成歌謠會，定期交換日文詩作？[4]為什麼金美齡也說「日本精神」是一句以台語說的「台灣話」，「在台灣全島的每個角落流傳」：「台灣人聚在一起談話，只要有一個人說出『日本精神』這句話，其他人即可理解其意思。」（金美齡 153）金美齡甚至認為對許多台灣人來說，「日本精神」濃縮了台灣人對於日本統治時代的懷念，甚至「脫離了對日本的思念和評價，而轉化成一般性的意義」，並且這句話包含了「清潔、公正、誠實、勤勉、信賴、責任感、遵守規律、奉公無私」，以及「認真、正直但有點固執」等延伸聯想（金美齡 152）。這些不同立足點所反映出對於「日本精神」的詮釋態度，已經充分顯示出此詞彙所牽引的複雜情感狀態。

我們要如何理解這個鑲嵌了複雜的象徵作用、隨著歷史不斷變動置換意義而隨時以「現在時態」發生的「日本精神」？這個「日本精神」如何影響了某一世代台灣人的主體性與認同模式之底層結構？陳光興曾經指出：「日據的殖民經驗及其長遠不可能抹去的記憶與想像，無可置疑的成為台灣主體性構造的重要成份」（〈日本右翼思想的台灣效應〉）。[5]此處的論斷反映了部分的真實狀態，但是，陳光興並沒有說明此「主體性構造」是如何完成的。此外，此處必須立即指出此主體性構造必然是多種面貌的，知識份子與庶民之間，世代之間，個別主體之間，皆有其不可抹滅的差異。但是，本文所要探討的皇民主體意識——在具有宗教情懷的激越感念以及市井小民奉公守法之間延展的意識光譜——卻是當時

[4] 黃智惠，〈台灣腔的日本語：殖民後的詩歌寄情活動〉。

[5] 陳光興，2001〈台灣論效應的回應與批判：日本右翼思想的台灣效應〉，《台灣社會研究季刊論壇》，（http://www.bp.ntu.edu.tw/WebUsers/taishe/frm_twl_chenguangxing.htm）。retrieved at 2003.10.6.

國民意識的一種底層模式。到底我們要如何去閱讀與理解此種台灣主體性的構造方式？[6]

若要進入此有關「皇民」主體問題的討論，我們不得不面對所謂的「皇民文學」，以及令人尷尬的台灣文學史激烈爭論。曾經有很長一段時間，日文創作不被納入台灣文學的範疇；被稱呼爲皇民文學作家的周金波，全集遲至二〇〇二年才面市。[7]至於皇民文學在文學史中的位置，則更不被討論，而遲至九〇年代初期才開始有所談論。[8]此外，還有許多未被翻譯未被出版的作品。當然，最簡單的解釋，是這些作品的翻譯仍未完成，甚至尚未「出土」。但是，「出土」自然已經是個具有諷刺意味的

[6] 這是個複雜而沒有定論的問題。台灣人近一百年，身份認同發生幾次重大的轉變，漢人，本島人，日本人，台灣人，外省人，中國人，充分呈現了認同上的多義併陳。而陸委會二〇〇一年一月更對普遍大眾進行問卷調查，結果顯示「我是台灣人」，「我是台灣人，也是中國人」，「我是中國人」這三種不同主體認同位置的並陳。認爲自己是台灣人者，三成到四成；既是台灣人，也是中國人者，三成到六成五；認爲自己是中國人的相對少數，一成一到二成三。但是，這種調查數據可以說明表面的分歧，卻也無法解釋差異的本質。王明珂曾經透過檢討集體記憶或是結構性健忘的模式，來觀察族群如何修正「邊界」，或是如何「集體選擇、遺忘、拾回、甚至創造」共同的過去，以作爲認同的基礎？（王明珂 267）方孝謙也曾經檢查在歷史影響下，公共論述場域中族群如何爲了要填滿民族這個位置所作的「命名努力」，如何以「政治上的集體範疇——『國家』——稱呼『我們』」，而指出當時遊移於漢人、台灣人、中國人、日本人的光譜分佈（方孝謙 6）。這些研究承認歷史造成的認同變化，卻沒有深入討論此認同模式的複雜主體意識與精神操作。

[7] 台灣文學史的書寫中，多半略去有關皇民文學的部分，彭瑞金幾乎沒有提到皇民文學作品，葉石濤也只以周金波爲唯一的例子。

[8] 不過，這十年間，有關皇民文學與皇民化運動的研究，已經出現了十分豐富的成果，例如周婉窈，林瑞明，陳芳明，星名宏修，中島利郎，垂水千惠，井手勇，柳書琴。

描述。這些作品並不是被埋藏在地底下的古蹟，而只是間隔五十年，因爲語言隔閡而沒有被閱讀，或是因爲政治意識型態不合而沒有被選入文選。這些作品的散佚，更顯示出文學史編撰書寫的「正典」意識。設立「正典」的選取標準，自然也預設了不選的「排除」標準。

這些作品令我們側目的，是它們所引發的持續而激烈的爭議。一九九八年，張良澤翻譯了十七篇皇民文學拾遺，陸續在聯合報、民眾日報、台灣日報等副刊登出。張良澤呼籲「將心比心」、「設身處地」，以「愛與同情」的態度去重新閱讀皇民文學。隨著皇民文學的重新進入台灣文學研究範疇，有部分學者開始試圖將皇民文學視爲「抗議文學」，[9]而陳映真以及人間出版社的編輯群卻宣稱要「組織文章」，針對皇民文學這種「漢奸文學」進行「堅決徹底的鬥爭」（人間編輯部 1-2）。陳映真強調皇民化運動是「大規模精神洗腦」，「徹底剝奪台灣人的漢族主體性」，使台灣人以日本大和民族的種族、文化、社會爲高貴與進步，以台灣爲落後，並因此而「厭憎和棄絕」中國民族與「中國人的主體意識」，把自己「奴隸化」（陳映真 10-11）。[10]曾健民則認爲台灣的皇民文學是「日本軍國殖民者對台灣文學的壓迫與支配的產物」，以文學「宣揚日本軍國殖民法西斯理念，來動員台灣人民的決戰意識，爲日本侵略戰爭獻身」（曾健民 36）。

這種激烈對立態度令我們注意到，其實皇民文學與相關論述真正使當代台灣人不安的，而希望從台灣人歷史記憶中抹除的，是其中所透露

---

[9] 例如陳火泉的〈道〉發表於一九四三年七月的《台灣文藝》第六卷三號，發表時備受濱田隼雄與西川滿推薦，而戰後卻又因「保存中華文化」而獲頒「國家文藝創作特殊貢獻獎」。研究者如陳紹廷、鍾肇政提出〈道〉描寫當時台灣人被迫作皇民的痛苦、矛盾與衝突，是「可憐的被害者的血腥記錄」，是「抗議文學」。

[10] 同樣被人間出版社編輯部收錄在同一輯的曾健民與劉孝春，也口徑一致地批判皇民文學。《台灣鄉土文學‧皇民文學的清理與批判》。台北：人間出版社，1998。

的強烈日本皇民認同與國家意識。這種試圖抹除的意圖，便發展出各種「抵制」論述模式：無論是指稱三〇年代到四〇年代有一個「傾斜」的過程，[11]或是強調日據後期台灣最優秀的作家，如楊逵、張文環、呂赫若，從來就沒有掉進皇民化邏輯的陷阱中（呂正惠 62），[12]或是堅持其中仍有左翼階級意識，其意圖都是希望呈現台灣人的反抗抵制意識。論者並指責日本學者垂水千惠承襲殖民者皇民教化的「餘波蕩漾」，不滿她對於周金波提倡的進步文明「欣然接受」，而對於呂赫若的「欲迎還拒」頗有微詞（呂正惠 50；陳建忠〈徘徊不去的殖民主義幽靈——論垂水千惠的「皇民文學觀」〉）。[13]游勝冠甚至指責台灣學界要求「脫離抵抗與協力的二分式思考」是一種「妥協史觀」，「對不公不義的歷史保持緘默」，「肯定了

[11] 陳芳明，〈皇民化運動下的四〇年代〉。

[12] 多數堅持台灣文學擁有反帝與抵制殖民的台灣文學史論者，都會持此見解。但是，這是値得仔細檢查的論調。三〇年代與四〇年代的「世代差異」不容忽視。

[13] 其實垂水千惠對於刻意創作皇民文學的陳火泉的批評是諷刺有加的。她認爲陳火泉是爲了希望獲得作家的名聲與升遷的機會，而「阿諛爲政者」，並且舉出許多周邊資料，呈現出陳火泉十分清楚的「皇民傾向」，而駁斥戰後學者試圖爲陳火泉尋找出「抗議文學」的痕跡（垂水千惠 78-79）。垂水千惠刻意舉出相當多陳火泉當時發表於《台灣專賣》的言論，例如「男女老幼都一心一意迎向時代潮流，這種氣氛就是日本精神的表露，至純的國民感情的顯現」（〈勤勞賦〉（1939.10），「史實證明純大和民族和那些異民族，在血統上、精神上已經完全融合同化了。而且這種異民族的融合同化，不僅發生在過去，現在也繼續進行者，或許未來也會永遠進行下去吧。現在的朝鮮民族、台灣民族等，不久將會被日本族一元化吧。」（〈我的日本國民性觀〉1941.04），引自垂水千惠 79-83。一九四四年徵兵制開始實施，陳火泉還在一場〈談徵兵制〉的座談會中表示：精神上要「享受『尊皇攘夷』的精神」，「要等到實施徵兵制那天，我已經等不及啦！我等不下去了！」（垂水千惠 84）。因此，垂水千惠認爲陳火泉是「想要作皇民化的模範生，以追求一生的飛黃騰達」（垂水千惠 85）。

不義的殖民統治的正當性」，而與日本殖民者「站在同一個位置」。[14]

但是，殖民經驗與主體認同位置的關連以及此認同位置所帶出的情感結構其實是無法漠視的。陳光興曾經以《多桑》與《香蕉天堂》兩部影片指出殖民經驗與冷戰結構所模塑出的不同主體結構與身份認同：「殖民主義與冷戰這兩個不同的軸線製造了不同的歷史經驗」，而這些結構性經驗使得身分認同與主體性「以不同的方式在情緒／情感的層次上被構築出來」。[15]也就是說，陳光興認爲「本省人」與「外省人」對於日本經驗有截然不同的情感態度，原因在於他們經歷了所謂的「殖民主義與冷戰」兩種不同的歷史經驗。姑且不論陳文中所指涉的「冷戰」時間軸線能否涵括國共內戰與太平洋戰爭，此處所謂的「本省人」與「外省人」的區分範疇其實已經過於簡化。「外省人」族群之中有截然不同的歷史經驗與主體結構，而「本省人」族群亦有完全不同的認同模式。

有關台灣人的複雜認同模式，方孝謙就曾經透過對於《台灣民報》的研究而指出：日據時期的「我們」可能是中華民族、是漢族，也可能是因爲同化經驗而得以與大和民族平起平坐的「我們」（方孝謙 23）。方孝謙以二〇年代爲例，指出二〇年代的殖民地民族主義遊移於台灣人、漢人、中國人、日本人等不同主體位置：連溫卿從同情弱小階級的社會主義者出發，最終卻主張自由人集團的結合；蔣渭水從中國漢族的繼承者著眼，歷經「台灣原住民」、「台灣人全體」的遊移，而最後定位於被

---

[14] 此處游勝冠所批評的是張文薰在〈論張文環〈父親的要求〉與中野重治〈村家〉——「轉向文學」的觀點〉所提出的論點。游勝冠，〈轉向？還是反殖民立場的堅持？——論張文環的〈父親的要求〉，「張文環及其同時代作家學術研討會」，國家台灣文學館，2003.10.18-19。

[15] 陳光興〈爲什麼大和解不／可能？〈多桑〉與〈香蕉天堂〉殖民／冷戰效應下省籍問題的情緒結構〉。

壓迫階級的認同。方孝謙認為，「在二〇年代公共領域出現的人民論述，充斥著遊移不定的氣氛，似乎是我們必須接受的結論。」（方孝謙 39）

二〇年代台灣公共論壇與各種文化運動，的確如方孝謙所言，呈現出複雜而多樣的主體位置。不過，當方孝謙指出安德森（Benedict Anderson）來台演講時所提出「不應該過分強調日本在台灣五十年殖民統治的重要性」的論點，「應接受為不忒之論」（方孝謙 41）時，我們不得不同時指出，日據時期殖民統治經驗仍舊是建構主體意識最為根本的關鍵因素。若要以所謂的「公共論壇」之菁英論述來探究台灣人民的認同模式，是無法全面理解主體結構與認同模式的複雜狀態的。若要辯駁此論點，主要根據之一，自然是不參與「公共論壇」的庶民並沒有被適當地探討；此外，因年齡層差距以及教育整體環境的改變所造成的世代差異，也不容我們忽視。周金波曾經在一次有關徵兵制度的座談會中表示，二〇年代的人們「以切身之痛地感受到所謂時代動向」，在三、四〇年代已經有所不同。他補充說，台灣未來的希望在「已經沒有理論，自己已經是日本人了」的年輕人肩上。[16]此處可見因世代差異而出現的大幅度世代斷層與認同轉向。

但是，有關主體性更為根本的問題在於，透過形式上的教育體系與現代化規訓管理，其實仍舊無法充分解釋所謂的主體結構與認同模式的複雜光譜。日據時期現代性之管理影響了認同的內在歷程，此養成教育自幼開始，根深蒂固，造就了情感非理性層面的牽連。主體的形成，必

[16] 〈關於徵兵制〉長崎浩，周金波，陳火泉，神川清一九四三年十月十七日夜，於昭和炭礦。收錄於《周金波全集》，236-237。此種認同結構的快速轉移，與台灣在二十世紀末的三十年間所經歷的快速變化，基本上是類同的模式，但是有更為劇烈轉移幅度。

然包含了吸納與排除的雙向併陳效應。也就是說，在一套以日本精神爲核心價值體系的龐大規訓管理機制之下，牽涉了教育、修身、道德、法治、效率等等現代國民概念。主體以「同一」的原則順應服從此規訓體系，同時也自動排除不屬於此系統的異質物。這個被排除的異質物，成爲主體的負面想像之基礎，包括了對於男性主體淨化完整與殘缺匱乏的對立修辭。很顯然的，「日本在台灣五十年殖民統治」的效應，比表面上連溫卿與蔣渭水等人在二〇年代論述的分歧，有更爲深遠而曖昧的擴散。

另外一個值得我們注意的問題，是日據時期現代主體介於現代主義與現代性二者之間的弔詭位置。垂水千惠的研究注意到「台灣人如何成爲日本人」是一個在日據時期三、四〇年代台灣文學不斷浮現的主題（垂水千惠 31）。此外，垂水千惠也敏銳的觀察到，周金波早期從現代主義出發，後來卻發展爲與現代主義「形象很不一致」的皇民作家（垂水千惠 50）。這種擺盪於現代主義與現代性之間的曖昧糾葛，也出現在同時期的其他作家作品中。二、三〇年代的台灣作家多半都在日本求學期間接受了現代主義文學的洗禮，但是，在面對現實社會的緊張壓力之下，卻又逐漸放棄了現代主義在文字轉折處對於心靈幽微的探索，而試圖直接透過文字尋求解決現實的途徑。[17]正如垂水千惠所指出，進入了四〇年代的戰爭期間，「近代化」與「皇民化—日本化」之間關連更爲密切（垂水千惠 153）。

此處有關現代主義與現代性之間的抉擇，凸顯了現實問題的實踐與延宕，或是解決方案的選擇與不選擇。這是主體所處的兩難，是介於現代主義對於現代性的抗拒以及現代性的實踐之間的矛盾。既然選擇了現

---

[17] 這種由現代主義朝向現實主義的轉折，在中國有類似的歷程。

代性的實踐，便是處於線性思惟軸線上進步與落後的比較，也是立場的決定。此種二者之一的選擇，同時也便是對於兩者並存之可能性的拒絕。

對我來說，「皇民論述」所凸顯的便是對於現代性的選擇以及主體在此現代性軸線上的安置。因此，重點不在於哪一本小說或是哪一位作家會被歸類爲「皇民文學」或是「皇民文學作家」。這不是個文類界分的問題，自然更不是所謂的「抗議文學」、「漢奸文學」、「宣揚日本軍國殖民法西斯理念」或是抵制與妥協的問題。「皇民問題」所揭露的，是日據時期台灣人身份認同處境與主體意識狀態的複雜面向，而且，此種主體意識狀態並不始於太平洋戰爭開始之時。殖民政府的現代化管理早已全面鋪天蓋地而來。戰爭期間只不過是將此主體意識的極端狀態揭露出來。

因此，我們到底要如何透過「皇民論述」理解當時台灣人複雜的主體位置呢？[18]此主體認同機制爲何如此隨著日常生活的奉公守法而滲透於價值判斷層級之中？爲何會如此強烈而根深蒂固，以致於產生痛惡自身的自慚形穢？爲何又會伴隨著執行排除異質物的正義凜然？甚至出現捨身成仁的激動熱情？我們將會理解，這些由自身出發的道德原則，是建立在現代性的尺標之上，而完成於「心」的改造工程。要面對這些「皇民主體」的熱情與迫切，我們需要回到台灣三、四〇年代的論述脈絡，尤其是所謂「皇民」論述的主觀位置。

---

[18] 此處所討論的「皇民論述」自然不是以全稱法的概論方式囊括全體台灣人民的主體意識狀態。但是，「皇民論述」或是「皇民意識」擴及層面上至知識菁英，下及庶民百姓，原因是現代化的管理，從學校教育到法治概念，滲透甚深，環環相扣。四〇年代作家所表現的，亦僅只是具有時代性格的代表徵狀而已。但是，此主體意識狀態卻並不是以四〇年代爲分水嶺的，一八九五年開始，殖民政府已經透過教育制度以及全面現代化過程一再增強此皇民意識。下文將深入討論此問題。

閱讀日據時期台灣文學作品，相當引人注目的，是其中對於台灣男人不像是男子漢、「不完全」(張文環〈一群鴿子〉104)、「行屍走肉」、「醜俗」(龍瑛宗 48,61)、「本島人不是人」(陳火泉 27)等等慨嘆。這種不完整，不乾淨，不純淨的「我」的狀態，在以一種身體化的想像轉為文字時，呈現出大量腐爛化膿的感官意象，如同「莫可名狀的惡臭」、「侵蝕得一塌糊塗」的齒齦、「黑暗」、「燙爛」的口腔內部(周金波〈水癌〉5-6)，不乾淨的血液(周金波 12)，「生在心臟內化膿的腫包」(陳火泉 34)，或是「在路上被踐踏的小蟲」、「蛆蟲等著在我的橫腹、胸腔穿洞」(龍瑛宗 70)。

相對於這種不完整、不潔淨與殘缺匱乏的身體想像，我們讀到更多企圖將血「洗乾淨」(周金波 12)、以精神超越血緣、提升淨化島人意識的急切(陳火泉)，透過參與志願兵而成為「完整的人」與「正當的男兒」的感激(張文環〈不沈沒的航空母艦台灣〉158)，[19]掙脫「漫長孤獨的殼」的封閉蒙昧黑暗狀態的喜悅(周金波 281)，參與神聖的高昂激情：「兩

[19] 徵兵制度頒佈後，台灣人多半表現出高度的感激與喜悅。張文環是一例。一九四三年五月海軍志願兵制度公佈後，張文環在志願兵制度公佈次日，接受訪問時表示志願兵制度的實施「意義深大」，因為(1)乃真正適合時宜的英斷；(2)能促進本島人精神的迅速昂揚；(3)此乃八紘一宇精神在台灣明顯的具體化，東亞共榮南方圈的確立因此更鞏固了一層。這三種喜悅「直接湧入我們青年的心胸裡，令人非常感激。」(〈三種喜悅：張文環氏談〉)《張文環全集：隨筆集(一)》67)「到了陸軍志願兵制度的實施，誰也都感覺到好不容易成為完整的人而高興了。」(158)早期研究日據時期台灣文學的學者或許是因為尚未掌握張文環完整的資料，尤其是日語寫作的部分，而認為張文環的文字中「間接暗示皇民化運動之不當」，而此間接處理使得研究者「如霧中摸索，深思體會，方能漸曉其意」(許俊雅 257)。此種堅持自日據時期台灣文學中尋找直接間接抗議控訴的企圖，實際上卻讓研究者忽視了時代氛圍的整體結構。

種血潮溶合為一而暢流」(〈燃燒的力量〉181),[20]以及充分表現在「自動要赴戰場的熱情」的「做為男性的意慾」(〈一群鴿子〉103)。這種賦予完整、正當的「男性」特質的熱情,架構於洗淨血液、淨化意識、血液融合等等超越於現實與不計較實質存在狀態的想像之中,令人無法迴避其中的浪漫唯心投射的成分。而這種淨化完整的浪漫唯心投射,卻是皇民論述的根本。[21]

因此,從另一個角度來說,「皇民」論述可以說是使本島人從殘缺成為完整,[22]從不純淨到「醇化」,從「不是」到「是」,從「不同」到「同一」的論證過程。也就是說,此論證過程要解決的核心問題,便是台灣人與日本人血緣不同,「本島人」與「內地人」的差異有如「比目魚」與

---

[20] 為了超越血緣的傳統,精神上的信仰變成為核心的支柱。這種支柱成為聯繫島民與內地人的紐帶:「志願兵制度宣佈,情況為之一變,大家的表情變得生氣勃勃,話也多起來,完全露出真實的性情。我們坦然相對地『緊密』在一起了。」(周金波 281)

[21] 法西斯主義的浪漫唯心問題,在西方學界自從三○年代以降,就已經展開了長期的反省與批判,例如班雅明(Walter Benjamin)、阿多諾(Theoder Adorno)、巴岱伊(Georges Bataille),以及二十世紀中後期的蘇珊宋塔(Susan Sontag)、黑威特(Andrew Hewitt)、儂曦(Jean-Luc Nancy)、拉庫—拉巴特(Lacoue-Labarthe)等等。本人曾經在〈現代化與國家形式化:中國進步刊物插圖的視覺矛盾與文化系統翻譯的問題〉以及〈三○年代中國文化論述中的法西斯妄想以及壓抑:從幾個文本徵狀談起〉二文中深入討論過。有關亞洲法西斯主義的「浪漫唯心投射」如何在台灣藉著日本的法西斯脈絡而展開,是本文所要探討的核心問題,下文將慢慢展開。

[22] 柳書琴的研究中指出,張文環志願兵論述中「強調雄性特徵與男性復甦。由陰復陽,男性從殘缺而趨完整,這也是身份動員的一種策略」。(柳書琴 21)這是很有意思的觀察,不過,此「身份動員」所隱含的意義大大超過此處所陳述的問題。本文主要意圖便在於深入思考台灣人的主體性如何被動員,何種主體被召喚與喚醒。

「鯛魚」的差別，[23]被區隔界定爲「本島人」的台灣人如何可能同樣成爲「日本人」或是「皇民」？

主體如何「是／歸屬於」一個象徵系統中的某個特定位置呢？正如海德格在〈同一律〉中所分析，當我們說「A 等於 A」時，A 已經不是 A 本身。而當要建立 A 與 A 的對等時，便需要「思想」的介入。因此，巴門尼德（Parmenides）說，「思想和存在是同一的」，而存在被歸入、被歸整到一個共屬的統一秩序中，是需要透過思想的仲介的（海德格 649）。主體如何歸屬，如何被此象徵系統的統一性召喚呢？海德格說，這種歸屬需要有一種跳躍，「在沒有橋樑的情況下突然投宿到那種歸屬中」，跳躍到某一種使人與存在並立而達到其本質狀態的領域之中（海德格 653）。海德格也指出，人們所朝向的「座架」（Ge-Stell; frame, rack）向人們展示「呼求」，而且整個時代包括歷史與自然的存在，都處於此「呼求之中」，使人們處處「受到逼索」——「時而遊戲地，時而壓抑地，時而被追逐，時而被推動」，以致於轉而順應此座架，並「致力於對一切的規劃和計算」（海德格 654-655）。

此處，海德格對於「同一性」與「座架」的論點十分清楚的顯示出他注意到主體位置被建構與從而轉向的問題。他指出了語言與時代所構築出的框架如何召喚呼求與訂造主體，使主體「躍升」而進入此「座架」，並依照其意志執行此座架所制訂的所有規劃與計算。以這種理解出發來思考台灣人的身份認同，我們會注意到，當台灣人企圖朝向「皇民」認

---

23 後藤新平以生物學的比喻，認爲台灣人與日本人的差異，就有如比目魚與鯛魚眼睛長的部位不同，「要把日本國內的法治搬進台灣實施的那些人，無異是要把比目魚的眼睛突然變換成鯛魚的眼睛」，因此主張非同化政策。參考許極燉的《台灣近代發展史》，267 頁。

同，此「同一」由於並不建立於二物的自然等同或是同源，因此需要藉由思想與精神層次的躍升而達到等同，這就需要「心的改造」的工程。

躍升到哪裡？「心」如何改造？這便是我們要理解此皇民論述的第一個問題，也是提示我們有關認同之深層結構的管道。

「心的改造」：皇民教化與規訓

我們可以先從皇民論述所強調的精神提升以及其中涉及的教化規訓開始談起。「皇民化」的政策，就其歷史意義來說，是在戰爭期間更爲徹底的同化政策，針對「皇國所領有的皇土的人民推動」。一九三四年「台灣社會教化協議會」的教化要綱便清楚地提出幾項謀求「皇國精神」與強化「國民意識」的指導精神，例如「確認皇國體的精華」、「感悟皇國歷史之中的國民精神」、「體會崇拜神社的本義」、「使國語普及爲常用語」、「發揚忠君愛國之心」、採用「皇國紀元」。[24]擔任總督的小林於一九三六年頒佈的法令，更強調以「皇民化、工業化、南進基地化」三項統治原則，將「皇國精神」貫徹的更爲徹底，培養「帝國臣民的素養」[25]，此企圖是要將台灣建立爲大東亞共榮圈的南進基地。

徹底執行皇民化的工作，教育是最基本的管道。一九三七年文部省編《國體之本義》小冊子，發給全國學校與教化團體，清楚指出「萬世一系之天皇爲中心的一大家族國家」便是日本國體，強調「君臣一體」。一九四一年文部省令第四號「國民學校令實施規則」第一條規定，奉體「教育敕語」之旨趣，全面「修練皇國之道」，加深對「國體」的信念（杜

[24] 參見井野川伸一 89；許極燉 421-430。

[25] 小林在地方官演講中的言論。參見井野川伸一 70。

武志 33)。根據這個教育令所改正的初等教育制度之下的教材選擇強調了幾個原則，除了著重誠實、勤儉、聽話、規矩等「修身」方面的德育課程之外，還有皇國民精神的培養，所有年級都要有「天皇陛下」、「皇后陛下」、「我皇室」、「台灣神社」、「認真學國語」、「國旗」等課文。這些課文中便有「天皇陛下統治日本，疼愛我們臣子如同他的孩子——赤子般」的文字，反覆宣導日本是世界上最美好的國家，要本島人把「支那」作爲對比，要每個小孩長大都希望能夠做阿兵哥，對天皇效忠。[26]

新國家需要有新秩序與新文化。這種對於新秩序與新文化的自我要求，在皇民論述中十分迫切。張文環便是相當激烈表示此要求的眾多呼籲者之一。他認爲，文化是國家的基礎，文學運動會成爲國家性的力量。沒有文化的地方，是不會有「國家性的思想」的。因此，他強調，要建立台灣的「新文化」，才能「把島民的思想，轉向爲國家性的觀點」。[27]對張文環而言，台灣的文化是日本內地「這支樹幹伸出來的台灣樹枝」，台灣地方「文化的任務」相當重大，也因此必須積極加強「文化政策」。[28]

新文化與舊文化的現代性差異，落實於皇民化論述中，便架構在神聖與粗俗的落差之上。張文環曾經批評，大稻埕電影院中大人小孩都邊看邊吃東西、嗑瓜子，十分不符合皇民精神：「做爲島都的人民，針對這

---

[26] 參考杜武志 78, 80, 88。

[27] 〈台灣文學的自我批判〉原載《新文化》8 月號，1943.08.16，日文，陳千武譯。收錄於《張文環全集：隨筆集（一）》69-70。張文環所表現出來的「國民精神意識」，曾經出現於隈本繁吉的言論。他於一九一五年提出「台灣人如果要平等，除了「在形式上和內地人過同樣的生活」之外，還要具備身爲母國人國民，和日本人完全一樣的國民精神」(引自陳培豐 8)。

[28] 〈我的文學心思〉。原載《興南新聞》，1941.08，日文，陳千武譯。收錄於《張文環全集：隨筆集（一）》165。

種事也不感到羞恥？」[29]他的理由是，在劇場演出的是皇民化劇，觀眾必須反省他們是「以怎樣的姿勢觀賞它？」因此，他要求「不要僅做形式，而不能從精神生活加以改變。」(〈大稻埕雜感〉25)[30]依照這種區分邏輯，張文環也多次表達對於台北的感覺「不統一」、「暗潮洶湧」與「粗俗」的批評，而認爲台北的藝旦與公娼私娼應該要集中在「偏僻的地方」營業(〈大稻埕雜感〉21-22)。我們看到皇民論述從日本精神轉入現代性論述，進而成爲對於都市空間公私區隔的準則與自律。

其實，這些朝向「皇民化」的論述，自然並不僅始於戰爭開始的一九三七年。第一任台灣總督樺山的施政方針中，便有「雖然台灣是帝國的新領土，但還不受皇化之恩之地」的論斷，後藤新平也曾經表示，「將性格不同的人民以國語同化是非常困難的事，然而將台灣同化，使台灣人成爲吾皇室之民，且接受其恩惠，無人反對。」一八九五到一八九八年在台灣總督府學務部任職的伊澤修二從統治初期，也就清楚確立以「國語」爲中心的教育，「將本島人之精神生活，融入於母國人之中」(杜武志 10-17)。具體執行此種同化政策，除了國語教育、修身課程之外，每天更以儀式化的過程向「教育敕語」行最敬禮，要求學生背誦默寫，強調天皇的神聖以及忠君愛國的重要:「奉戴天皇血統永不絕——萬世一系

---

[29] 台灣人在現代化的原則下，自覺文化落差而感到羞恥，是十分普遍的現象。從陳虛谷、蔡秋桐、朱點人、巫永福的作品中，我們已經看到作家筆下台灣人充滿了這種矛盾心情。龍瑛宗的〈植有木瓜樹的小鎮〉中的陳有三對本島人的輕蔑感:「吝嗇、無教養、低俗而骯髒」(龍瑛宗 27)；王昶雄的〈奔流〉中仰慕日本精神而鄙夷自己母親的伊東；周金波的〈志願兵〉中明貴從日本返鄉後對於台灣文化缺乏教養與落後的蔑視，則是更爲具體的例子。

[30] 〈大稻埕雜感〉原載《台灣日日新報》，1938.12.25-27。日文。陳千武翻譯。收錄於《張文環全集：隨筆集（一）》21-26。

的天皇，而皇室與國民爲一體，擁護國體之尊嚴，努力報效國恩」(杜武志 39)。

以建構論的方式切入，我們可以清楚看到特定歷史與文化脈絡所牽連的社會關係與管理技術如何導引「主體」之構成。主體透過長久的學習、背誦、教養，來服從皇民化的規訓，以便改變自身，並以自身的生活與生命來示範皇道精神的美、高貴與完善。主體在歷史過程中，如同佔據於句子中主詞位置的主體（subject)，以其主動掌控的自主意願，積極執行其所被給予的功能。因此，被構造的主體在歷史過程之特定權力關係以及規訓操作下，其實佔據的是一個被決定的從屬位置之臣民（subject)。

這種在歷史過程中完成的主體構造，也就是傅柯所說的「主體化過程」(the process of subjectification)。對於傅柯而言，所謂「主體」的慾望模式與倫理關係，是建立在權力機制的管理模式之上。傅柯在《愉悅之爲用》(*The Use of Pleasure*) 的序論中，很清楚地指出，他所探討的論述構成的「慾望主體」是要呈現「個體如何被導引而朝向對自身以及對他人之慾望」,以及此種慾望如何被詮釋,如何被控制,如何被模塑(Foucault 1985: 5-6)。傅柯進一步指出，他所討論的便是「倫理主體」(ethical subject)，也就是個體如何構成他自身道德行爲的規範，如何以忠誠來嚴格執行禁令與責任，如何服從規範與控管慾望之掙扎。這些倫理面向牽涉了個體「與自我關係的形式」(the forms of relations with the self)，也就是傅科所謂的「服從的模式」(the mode of subjection)。而這種服從，可以透過維護或是復興某一種精神傳統來展現，或是透過以自身的生活，或是生命，來示範特定範疇的美、高貴或是完善的標準，甚至會盡其所能地透過長久的學習、背誦、教養，來服從紀律，棄絕愉悅，嚴厲地打擊惡行（Foucault 1985: 27）。在《自我的技術》（*Technologies of the Self*）一文中，傅柯也指出「自我的技術」是自我管理技術中最爲重要的一環：「使得個體得以透過他們自己的能力或是他人的協助，而操控他們自己的身體與靈魂、思想、行爲與舉止，以便改變自身，進而達到愉悅、純淨、智慧、完滿與不朽的狀態」（Foucault 1988: 18）。

這種「愉悅、純淨、智慧、完滿與不朽的狀態」，牽涉了一系列造就「主體／從屬」的規訓治理程序，也就是「日本精神」可以保障台灣人「神人一致」的完滿精神狀態。[31]這種「主體化過程」可以使皇民主體座落於現代國家之中，以有機構成的模式成爲皇國體之肢體。而這種將「修身」與國家主義合併的論述，也正是阿圖塞所強調的意識型態國家機器召喚主體之操作。阿圖塞強調，意識型態透過國家機器來規範主體的價值標準與行爲尺度。主體自發與自由地接受其服從之戒律，透過此接合，主體才得以完成。在主體成爲主體之前，「辨識」此意識型態的召喚，被大主體辨識，是個重要的過程（Althusser 321）。因此，大主體的存在先於小主體的出現。小主體需要先發現此「獨一」、「絕對」、「他者」之大主體，才能夠確認要如何找到自己的位置，成爲「道」的「身體之一部分」（Althusser 321-322）。這種有機組織與機械關連的概念，使主體與皇國得以結合爲一。

阿圖塞與傅柯所討論的主體，清楚地解釋了台灣的「本島我」試圖與「皇國體」認同與「合一」的工程。此「合一」便成爲皇民主體的慾望基礎。這種「找到自己的位置」，成爲「道／皇道」的「身體／國體之一部分」的暗喻結構，描述出此慾望如何使主體持續朝向目標邁進，嚴

---

[31] 例如周金波的〈志願兵〉中明貴與高進六的爭論。

格執行修身紀律，以養成皇民精神，甚至棄絕愉悅，以便改變自身的身體與靈魂，達到純淨、完滿與不朽的狀態。

然而，「改變自身」，與國體「合一」，都是暗喻系統。這種召喚與合一如何在主體身上發生？牽引了什麼樣的心理機制與無意識動力，以及「柔順身體」之外的經驗？[32]若要討論日本在台灣的殖民時期所進行的規訓治理，以及此治理程序所模塑出的國民意識與身份認同，我們可以建立這個歷史連結的總體架構，從不同的角度無限地擴大搜尋不同領域所可以累積的新材料，例如日本的思想史、政治史、近代化的過程、天皇體制的形成、台灣教育制度的沿革、台灣總督府的文化政策、皇民奉公會的動員過程、戰爭文學的各種活動等等，進而建立相互關連而客觀並行的亞洲總體歷史。但是，這些歷史事實與社會事實卻無法說明主體位置的迫切激情。若要進入此處所談論的認同機制中牽引的近乎宗教狂熱的迫切，以及其中的無意識動力，我們就需要面對皇民論述中的「精神現實」：這是摻雜了宗教熱切情感的神秘而唯心的精神能量，以及意圖剷除不屬於「我們」的無意識激烈暴力。後文會繼續討論此處所提到的宗教熱切情感以及神秘唯心的吸引力，不過，我們須要先繼續處理此神聖論述的操作技術，也就是「國語」的問題。

在皇民論述脈絡中，「心的改造」是核心步驟，而「國語醇化」則是

---

[32] Stuart Hall 也認為傅柯的說法不足以說明身體的「物質殘餘」以及身體之成為意符的現狀（Hall 11）。Stuart Hall 指出，Marx, Althusser, Foucault 一直都無法解釋個體如何被召喚到論述結構之位置中，也未解釋主體如何被構成。雖然晚期的傅科指出了自我規範、自我模塑之自我技術，Stuart Hall 仍舊注意到自我認同（或是不認同）的召喚機制的無意識層次未被討論（Hall 14）。Stuart Hall 指出，傅科對於知識權力的批判，使得他不願意進入精神分析，而無法進入無意識的討論（Hall 14）。

必要的過程。長崎浩說，「國語是日本精神的血液，一定要使國語普及、純化不可」(《周金波全集》239-240)。[33]陳火泉的《道》便強調，全面執行日本生活形態，從服飾、住居佈置、宗教儀式、茶道、花道、劍道等，所展現的「日本精神」仍舊是不夠的。除了「繼承日本族的生活形態」，「國語」的徹底內化更為重要。王昶雄的〈奔流〉中的伊東便擔任國語教師，言語舉動完全變成了日本人，說話的腔調也令人完全無法辨識到底是日本人還是台灣人。所以，所謂「徹底內化」，便是「用國語思想，用國語說話，用國語寫作」，以便能夠實現「作為國民的自己」，以及期望「作為一個國民生命的生長發展」(陳火泉 33)。

國語是「精神血液」，這是當時普遍的認知。陳培豐的研究顯示出，昭和十六年（1941）台南師範學校國民學校研究會所作成的「國民科國語」論文集中，大量出現了「大和魂」、「祖先」、「日本人的血與肉」、「國民如同一身一體」、「使用了日本語之後我們才能變成真正的日本人」等修辭。[34]但是，國語普及以及國語的精神化問題，也並不是戰爭期間才開始的概念。昭和二年（1927）的《台灣教育》中一篇鈴木利信所寫的「國語普及問題」的文章中，出現了「國語的力量是民族的力量，國語是異民族教化的唯一且是最好的武器」，若不常使用國語，「國語便永遠不能成為自己的血肉，這個血肉便將一直處於不完全的狀態」(陳培豐 9)。台灣教育會會員李炳楠在昭和六年（1931）一篇「就有關國語普及問題」的文章中，也強調「心的無限定性」、「國語是同一國民所共有之物」、是

[33] 一九四三年十月十七日，長崎浩，周金波，陳火泉，神川清四人在一場〈關於徵兵制〉的論壇中對談。

[34] 見陳培豐〈走向一視同仁的日本民族之「道」——「同化」政策脈絡中皇民文學的界線〉之討論。

「國民的血肉」、「國民精神的象徵」(陳培豐 9)。陳培豐也指出，這種以國語爲「精神血液」、「國體的標識」的概念，是由上田萬年於一八九四年所提出的。上田萬年構築了「國語・國民・民族」三位一體的國語思想，使日本的國語成爲大和民族的「共同體意識的統合象徵」(陳培豐 6)。而這些有關國語是「精神血液」的觀念，普遍出現於日據時期的教育論述與人民意識層次中。

因此，「國語」原本屬於技術性的問題，但是，在「鍊成」與「醇化」論述中所強調的「國語運動」，卻進入了觀念層次的唯心法則。我們注意到，其實這些修辭的背後，國語已經被賦予了超越其本身使用價值的精神意義；也就是說，國語運動論述所運作的，是其中的符號意義，牽引了意識型態的架構。此處所討論的意識型態屬性，隱藏了神學三位一體的神聖論述：民族／天皇／國家已經成爲對等項，如同聖父，而國語則是聖靈，個體可以透過國語而獲得精神血液，如同擁有聖靈一般，而成爲國民，並且參與日本民族的神聖體。在這種神學修辭的背後，更值得我們注意的，是架構於神聖論述之上的認同對象——上田萬年所說的「共同意識體」。此認同對象因爲被神聖化而成爲非實質化的精神構築，也因此可以不被限定，更爲理想，無限擴大。同時，正因爲此對象之無限與絕對，此對象也被固定，而不容許變化生成的異質成分。

這種精神建構所揭露的面向，在於精神的提升，也就是陳火泉在《道》中所說的「信仰」的問題。這個信仰，陳火泉說是一種「飛躍」，如同進入「神的世界」:「信仰日本神話，祭祀天照大神，獻身皈依於天皇」(陳火泉 24)。而且，這種信仰需要「自我消滅」:「拋棄人間一切東西，飛躍於神的世界」。這個飛躍「不需要時間」，只要把過去的東西溶入於我們之中，使它變成無時間性的東西」，主體馬上就會成爲皇民（陳火泉

23-24)。陳火泉又繼續提出，以「念通天」的原則，「用精神的系圖來和天賦的精神——大和精神交流。」(陳火泉 31)。這個精神系圖的說法，超越了血緣系譜的限制；而這種飛躍與信仰所要求的是「誠心誠意」，也就是「心」的問題。此處，日本精神與皇民精神的唯心與神秘性格便出現了。[35]

這種在民族／天皇／國家與「共同意識體」之間建立起來的對等式，使得「信仰」、「心」與「精神系圖」的工作所造就的，是一種具有明顯神聖論述性格的國家神話。陳火泉的《道》也指出，台灣的皇民運動正朝向「新的國家」與「新的神話」邁進，而參戰則是必要之途：「今天，在南方，新的『國家』在產生；新的『神話』在流傳著。除了此時此刻，我們六百萬島民悉數不變成『皇軍』，什麼時候我們才能作爲『皇民』而得救呢？就在這時，爲君捐軀，就在此時了。」(陳火泉 40)。捐軀是得救的起點，原因是此捐軀，犧牲自己，是成爲皇民的機會。此犧牲，除了奉獻生命之外，還須要清洗自身之內的不潔之心，以完成這個國家神話的論證邏輯：以「心」的淨化成就「日本精神」，以便建立「新的國家」，而大東亞共榮圈則是清除夷狄的聖戰。然而，這不只是清除非我族類，更是清除我自身之內的「夷狄之心」：「討夷、攘夷，而且非清除夷狄不罷休，這種精神，是的，這種爲當代天皇攘夷，洗淨夷狄之心的精神，這就是日本精神」(陳火泉 21)。張文環更提出「皇民鍊成」的軍事訓練或是修鍊活動，可以「提升淨化」島民的意識，像是「過濾器」：「像一種漏斗，經過漏斗淨化後就成爲乾淨的水」，如此，「汙濁」的水流就會

---

[35] 此處，我們反覆看到小林善紀如何使日本與台灣三、四〇年代的論述在他的《台灣論》中復活。

在此被「切斷」而成爲「淨水」(〈燃燒的力量〉176)。[36]「切斷」便成爲改變自身的必要動作，而「乾淨」更是自我的理想形式。

因此，海德格所說的朝向現代技術之座架躍升，阿圖塞所說的成爲「道」的「身體之一部分」，以及傅柯所說的「改變自身，進而達到愉悅、純淨、智慧、完滿與不朽的狀態」，在皇民論述中，都匯聚在「心」之改造，洗淨夷狄之心以及「切斷」過去「汙濁」的我，以便得以進入一個神性的世界，完成其國家神話。

皇民化神聖論述中的公與私、清潔與排除

國家統治權的神聖化論述所引發的心的改造，犧牲，其實牽涉了我他之分，也就是公私之分。因此，在皇民化論述中，精神狀態要靠改變自身而達到提升的力量。皇民化論述強調要透過「滅私奉公」的概念，以便參與日本精神，這也就是小林善紀所說的李登輝所展現的「捨私爲公」。此處，日本精神的問題便銜接到了國民主體的認同問題。小林善紀說，對於「我是什麼人」或是「我存在的基礎何在」的問題，就是「個人的歸屬所在」的問題，也就是被翻譯成「自己同一性」的認同問題:「如果沒有個人的歸屬感，人類如何才能夠掌握倫理的分際？」(小林善紀58)對於小林善紀而言，個人的認同、存在與歸屬，以及個人與社會的倫理關係，只有在國家層次才會發生意義。「捨棄個人私利的自私心態，培養天下爲公的精神，以國家利益爲前提，才是日本需要的國族主義！」(小林善紀59)因此，「日本精神」所強調的捨「私」奉「公」，提示著

---

[36] 〈燃燒的力量〉。原載《新建設》，1943.10。陳千武譯。收錄於《張文環全集：隨筆集(一)》176。

台灣人在日據時期所選擇的以「公」與「國家」爲依歸的「現代性」主體位置——一個無我的「我」。

小林善紀這種以國家爲個人認同的唯一對象，延續二十世紀初以降日本對於個人與國家關係的普遍認知。酒井直樹曾經指出，日本兩位主要的哲學家 Koyama 與 Kosaka 於一九四一年在一個討論歷史發展與國家道德的圓桌論壇中，清楚表達主體依附於國家的概念。Koyama 強調主體的道德力量應在國家，而不在個人。國家是所有問題的關鍵，無論就文化而言，或是政治而言，國家都是道德力量的核心。Kosaka 也同意此種說法，並且認爲民族本身並無意義；當民族擁有主體性時，自然便形成國家民族。沒有主體性或是自決能力的民族，是沒有力量的（Sakai 167）。[37]

這種主體與國家的銜接，是必須經過「自我的死」之過程的，就像是《台灣論》中的李登輝所說：「個人如果想過有意義的生活，必須隨時思考死的問題。我所說的並非肉體的『死』，而是自我的徹底否定。」（小林善紀 39）從「自我的死」，躍升到朝向國家的歸屬，達到對國家的認同，是超越國家認同中「血緣」因素的必要項。小林善紀強調，形成今天日本人的主要因素，不是血緣，而是國土與語言：「血緣絕非民族認同最重要的因素，精神層面的傳承更爲重要。」（小林善紀 78）

因此，小林善紀的《台灣論》中反覆出現的有關「日本精神」、「滅私奉公」、超越「血緣」、精神躍升等論調，其實反映出三、四〇年代日本國家主義論述的復甦，而這些國家主義論述在台灣的三、四〇年代也

---

[37] Kosaki, Suzuki Shigetaka, Koyama Iwao, and Nishitani Keiji, "Sekaishiteki tachiba to Nibon"（The standpoint of world history and Japan）, *Chuo K*oron（January 1942）. 185. 引自 Sakai, 167.

普遍活躍。回顧當時的論述型態與各種文化教育政策之後，我們可以理解在這套論述模式之下的主體是如何被形構的。而且，更引人注目的，在於「公」領域不可質疑的神聖性格，以及牽連「公」所對照出的必須捐棄與排除的論述。

陳火泉在〈道〉刊出之前，在《台灣專賣》這份刊物上，也已經多次發表如何成為「皇民」以及發揚「日本精神」的言論，例如：

> 日本精神的本質，就是以最高的、具有中心與絕對性之目的的價值的皇位為核心而發動，然後在這個核心中統合。而且這種精神的本質主體，非清明心莫屬。(〈勤勞賦〉1939.10)(引自垂水千惠79)

> 捨命生產為聖戰　如此獻身亦殉國
> 淨邪氣除魔障　灑熱血成聖業
> 天皇陛下萬歲聲　專心稱頌是日本民
> (〈日本國民性讚歌〉1940.10)(引自垂水千惠 81)

> 能讓日本國民為他生為他死的人，只有天皇。能高喊天皇陛下萬歲，慷慨就義的人，只有皇民。能以身殉國的人，只有日本國民。(〈我的自省語錄〉1940.11)(引自垂水千惠 82)

國家的統治權，建立在一種「國體」與「天皇機關」的論述之上。天皇居於最高的、具有中心與絕對性的核心位置，有如首腦，而這個核心位置所發動的價值系統以同質化的運動統合了整個國家。皇民論述中的華夷之辨則攀附於神聖與魔障的對立修辭兩軸、並且牽連了清潔與汙穢、正與邪、公與私、新與舊、秩序與混亂、剛強與陰柔、激烈與虛弱等一系列的區分模式。對立軸的區分與執行，便成爲了皇民論述中必要的正反兩面工作。

因此，我們也看到，在皇民論述中，充斥著具有法西斯性格的參與聖戰、參與國體、和群體結合、成爲群體之一部分、成爲天皇手足並執行其排除夷狄意志的渴望。這種與群體結合的渴望，實在讓我們想起中國二、三〇年代的浪漫理想份子，例如郭沫若。[38]在〈關於徵兵制〉的論壇中，神川清說，當「一億國民拜受宣戰的聖旨時，就感受到日本國家皇民體制。那就是超越政治上、思想上的對立，整個國民要一口氣地一起拋棄個人立場而來的一切言行舉動。不是個人管理自己規律，而是國民全體由高高在上的一人，在他的一聲之下規律全體的這種感動。」(236)

張文環也曾經表示，他參觀霞浦軍校而見到日本人集團生活時，十分感動，表示「本島人缺乏集團生活的規則、約束的美」，而他參觀新竹州與楊梅莊的青年運動時，也表示希望集團「軍事教練」的生活秩序能夠發展爲「社會秩序」(〈燃燒的力量〉176)。[39]其實，若就當時整體社會所瀰漫的右翼思想以及戰爭熱情來看，張文環的說法是可以理解的。他

[38] 見本人談論中國二、三〇年代進步刊物以及法西斯妄想的兩篇文章：〈現代化與國家形式化：中國進步刊物插圖的視覺矛盾與文化系統翻譯的問題〉以及〈三〇年代中國文化論述中的法西斯妄想以及壓抑：從幾個文本徵狀談起〉。

[39] 原載《新建設》，1943.10。陳千武譯。收錄於《張文環全集：隨筆集（一）》176。柳書琴表示並不瞭解張文環所提出之「集團生活」發展爲「生活秩序」與「社會秩序」的意思，並試圖藉由陳逸松事後口述的說法「我如果能夠把五千人的精神紀律訓練出來，將來有一天我們也可以自己組織軍隊，這是很好的磨練機會」來解釋，是不充分的。此外，柳書琴認爲，「在被殖民地被要求『模仿』或『複誦』殖民者的敘述時，殖民地的「說話人」卻往往多多少少地夾帶了另類的小敘述」。（柳書琴 22）此處，柳書琴試圖尋找夾帶的另類小敘述，大概是徒勞無功的。張文環顯然對於軍事訓練的集團生活充滿了熱切的憧憬。

的論述中的法西斯傾向是十分明顯的，而他所指的「生活秩序」與「社會秩序」，也是具有烏托邦性質的法西斯想像，而要以有機體統合貫徹的方式組織社會，建立秩序。[40]張文環甚至指出志願兵制度在短時間之內使得台灣「國民精神」昂揚，「島民意識」成爲日本國家意識，這種清楚的國家意識是凝聚大眾意志的主要紐帶。因此，對於群體與集團生活的渴望，對於鋼鐵紀律的嚮往，是現代國家集結民眾熱情、建立國家意識以及規範社會秩序的極端形式。

「國家」與「日本國體」成爲所有集體想像的基礎，而天皇則是匯聚此集體力量的樞紐。張文環說，國家如同機械，需要有「靈魂」，才會活動。「大和魂」便是這個使機械活動的力量，而此力量，使得日本人鍛鍊成了「鋼鐵般的堅定意志」，而戰爭則成了「靈魂戰」（張文環〈不沈沒的航空母艦台灣〉158）。個體熱切地渴求與「群」合一，與鋼鐵一般的力量貼近，共用「群」的意志，下一步則是依照此「群」的區分，打擊毀滅不屬於此「群」之系統的雜質。張文環的文字更呈現出了建立新文化的堅定激越，以及破壞舊有制度的激烈快感：「爲了改建才要破壞的話，雖然必須聽到轟然倒下去的悲鳴，但是這原則還是快樂的。男人是不能因此而怯懦。要建設新的家庭，就要把舊家庭的汙濁一掃而去」（〈一群鴿子〉104）。[41]

---

[40] 日本的法西斯，可參見林正珍。《近代日本的國族敘事》。台北：桂冠，2002；楊寧一。《日本法西斯奪取政權之路：對日本法西斯主義的研究与批判》。北京：北京師范大學出版社，2000；近代日本思想史研究會。《近代日本思想史》第一卷。馬采譯。北京：商務印書館，1992。

[41] 對於戰爭毀滅與殘酷的描寫，對於皇民文學來說，是具有積極意義的。周金波在〈皇民文學之樹立〉一文中，便指出：「眾所周知的，我們台灣可以說是大東亞共榮圈的一個縮圖。大和民族、漢民族、高砂族之這三個民族，公平地在天皇

這種破壞與建設，對於張文環而言，是屬於「男性」的必然責任。他說，「既然生為男人，與其死於精神衰弱或患病死在床上，不如扛著槍去戰場殉職，那是多麼雄壯又有生存的價值啊！」因此，「赴戰場的熱情」，是屬於「男性的意欲」，而那些可以於一夕之間把英美軍隊「從東洋趕走的我國皇軍」，則清楚地向世界顯示了「東洋人的科學力和精神力」（〈一群鴿子〉104）。[42]一九四二年當張文環談論女性的問題時，更直接指出，國家要求「國民總動員」，文化改革成為重要的問題，而「女性的文化運動比什麼都重要」，既需要「負有跟男性一樣的任務」，又仍舊需要有「強力母性愛」，「捨己奉公」，不能夠耽溺「虛榮」（張文環〈關於女性問題〉122）。[43]

因此，要捐棄與泯滅的，是屬於羸弱、私人、陰柔、虛榮的舊世界，要建立與迎向的，是屬於剛強、公有、男性的新世界。張文環認為，徵兵制度實施後，青少年要被磨練得更為堅強，有著「剛進水的鋼鐵軍艦的威勢，不怕激浪而突進」，更需要「痛感於身為世界裡的一名日本人的使命」，「燃燒著替天打擊不義的火焰」（〈寄給朝鮮作家〉190）。[44]陳火泉的《道》也揭示：「生與死兩者之間擇其一，就是速速安頓死這方面而已。」

威光之下共榮共存，現在就這樣，三位成一體達成聖戰而協力向前邁進。在文學的世界要揚棄以往僅有的外地文學，異國情趣的趣味性，由此亦可見文學欲描寫在殘酷的決戰之下之整個台灣的真正面貌的積極態度。」（周金波〈皇民文學之樹立〉231）。

[42] 〈一群鴿子〉。原載《台灣時報》，1942 年 2 月號。日文。陳千武譯。收錄於《張文環全集：隨筆集（一）》105。

[43] 〈關於女性問題〉。原載《台灣公論》，1942 年 8 月號。日文。陳千武譯。收錄於《張文環全集：隨筆集（一）》122。

[44] 〈寄給朝鮮作家〉。原載《台灣公論》，1943 年 12 月。陳千武譯。收錄於《張文環全集：隨筆集（一）》190。

而這選擇，是站在「歷史的關頭」，要創造「血的歷史」（陳火泉 40）。

此處，我們清楚看到了這些皇民意識中的「男性論述」是被架構於戰爭美學化以及犧牲美學的思維模式之上的。這是一種從神聖到汙穢的區別光譜。皇民論述很顯然地利用了神聖的修辭，將「國民」爲天皇奉獻犧牲而捐軀的說詞正當化，進而戰爭也被美學化。其中，毀壞論述以及對於戰爭的期待開始浮現。在此毀壞論述中，戰爭可以帶來新的世界，新的組織與統合，文化的革新與躍進。陳火泉的《道》也呈現了這個透過毀滅與死亡而帶來新生的激情特質：「有些人擔心戰爭會拖長，但越拖長國內革新執行得越十全。因爲，那不僅光指統治與組織的強化這方面，甚至把每個國民作爲「人的資源」的身體納入「人格的統一」而加以統合，也就對「文化革新躍進這方面可以見到新的開展。」（陳火泉 35）死亡、毀滅，是爲了被納入統合同質的同一體，帶來另一種新生。

這種將戰爭美學化、浪漫化的論述，其實是鑲嵌於在日本的法西斯主義流派論述中的。保田與重郎（1910-1981）在三、四〇年代不斷鼓吹所謂「做爲藝術的戰爭」，將戰爭看爲是日本的「精神文化」，並視日本出兵中國是日本在二十世紀最「壯麗」、最「浪漫」的行動，而大陸是「皇軍的大陸」，是「嚴整的一體」，是「新的面向未來的混沌的母胎」。[45]同時期的武者小路實篤（1885-1976）也透過《大東亞戰爭私感》發表突襲、肉彈、捨身的死亡美學：「我讚美爲了超越死亡的東西而從容赴死。這是最美的死，也是超越生的死」。[46]

---

[45] 保田與重郎擔任《新日本》雜誌社的特派員，旅遊中國東北、華北、北京、天津，寫下遊記《蒙疆》，發表了這種戰爭美學論點。可參考王向遠，〈日本文壇與日本軍國主義親華「國策」的形成〉，《「筆部隊」和侵華戰爭》，11-14。

[46] 參考王向遠，頁 17。

張文環的文字清楚顯示出此種壯麗的戰爭美學。此外，皇民論述還突顯出道德位置上的正確，對比於「不正的殘虐的英美」，以便於更顯得出聖戰的「激烈」與「華麗」(〈燃燒的力量〉181)。[47]這種將英國與美國放置於邪惡的論述位置，明辨正邪與善惡，區分光明與黑暗，而將敵軍惡魔化的論述，是四〇年代右翼而法西斯式烏托邦思想的特色。當時在日本盛行一時的反猶太思想的「猶太研」也呈現相當具有代表性的法西斯論述。從留日台灣學生葉勝吉在明善寮的日記中，我們清楚看到了這種法西斯心態的修辭模式。[48]「猶太研」主張「破邪扶正」和「尊王攘夷」，並強調建立「世界觀」，建立個人、社會、國家和世界的關係。猶太研將猶太教視爲黑暗的敵人勢力，必然需要滅亡，而天皇則是光明：

> 不認識日本神道的體系，就看不清猶太教的面目。猶太教與神道是絕對絕緣的，但是因為其他宗教都不行，只有從神道入手，才能看清猶太教的實質。(楊威理 102)

> 光明出現，黑暗就會消失。也就是說，黑暗原本是一種非存在。光明與黑暗的關係，猶若日本與猶太的關係。這個一個根本的問題。(楊威理 101)

---

[47] 原載《新建設》，1943.10。陳千武譯。收錄於《張文環全集：隨筆集(一)》181。

[48] 這種法西斯式的思考模式，在同時期的日本，更是思想主流。就以一個當時留學日本的台灣學生葉盛吉爲例，葉盛吉一九二三年出生於台南新營，一九四一年留學日本。希特勒是他的英雄。在往東京的火車上，他寫下日記：「我要好好兒幹了。英雄希特勒。看吧。今後十年，我要大幹一場」(楊威理 43)。當時，他加入了二高明善寮，當時正是皇民化運動在日本也如火如荼展開的時候，高中生激烈思考辯論閱讀的書，都是有關神道與納粹的書，以及《皇國日報》(楊威理 109)。

日本是個絕對的存在。而猶太則是否定性的，因此它必定自行滅亡。(楊威理 101)

葉盛吉的日記中記載當時奧津彥重發表「這次大戰和猶太問題」的演講內容：

猶太人相信自己是神的兒子，而他族的人都是惡魔的子孫。

猶太人乃惡魔，非人也。

過去和現在的一切惡事都是猶太人幹的。太平洋戰爭也是猶太人陰謀策劃的。

猶太人通過共濟會等祕密組織控制著全世界。孫文、蔣介石都是共濟會的成員。孫文的三民主義只不過是共濟會的支那版（中國化）而已。(楊威理 99-100)

「猶太研」以善惡二分的方式將世界區分爲正與邪，光明與黑暗，甚至孫文、蔣介石都被他們歸類爲與猶太人互通的秘密組織。面對此惡魔世界，明善寮的學生都有一種激情，希望將「神州粹然之氣」都集中到明善寮，「形成左右全國的力量。明善寮將爲大東亞戰爭而以身相殉。」如此，就可以將粹然之氣以及光明與仁道帶到世界（楊威理 117)。[49]

[49] 葉盛吉自己在一九四四年明善寮辯論大會獲得一等獎，他的講詞相當充分地呈現了當時普遍的氛圍：他強調弘揚求道精神，以及建設大東亞，推進這種精神：「這道，在我國來說，就是惟神之大道，天皇之大道。……明善大道，就是天皇之道，是由此而產生的護國精神、爲國獻身的精神。我確信，只要具備這種精神，我們就一定能夠成功地建設大東亞共榮圈。我們要在大東亞各民族共同合作之下，意識到自己就是中心的推動力量。爲了創造新的文化，先決條件是要讓東亞各民族自主地、自發地同我們合作。我確信，衝破目前這種困局，要在下一個時代中把火焰燒得高高的，那就需要一種動力。而只有闡明國體之意義，依信仰而

以神聖與惡魔對立所進行的清潔與排除工程，以及建立在浪漫化與美學化的戰爭修辭以及滅私奉公的論述，牽涉了一種絕對信仰的邏輯，或者是施淑所謂的「中世紀意義」。施淑曾經指出，在滿州國擔負著「前衛作用」的大東亞文學，清楚呈現了「禮讚鮮血、民族仇恨、愛這塊土地」的熱情：「整個東亞的民族，在昨日結成了血的盟誓／殲滅宿敵！擊盡美英！／勿忘祖先們百餘年前忍受了的仇恨」，[50]以及宣誓廓清「英美的毒氛」、剔除「腐敗的物慾」、歸復「健康的秩序」的精神意志。[51]施淑因此指出，這種把自己的毀滅體驗爲至上審美愉悅的法西斯政治，是具有「中世紀意義」的（施淑 631）。所謂中世紀意義，其實就是一種不須要檢驗的絕對神聖命令。這種絕對命令，可以承諾神聖，召喚犧牲。沒有任合理性思維可以介入此絕對命令的領域。

神聖論述的犧牲與交換

因此，當我們面對有關犧牲的問題：面對歷史，面對選擇，天皇子民的身體爲何不屬於自己，而屬於君王？「一旦有事，爲君捐軀，是以此身，豈可虛度？」（陳火泉 23）若我們要問：所謂「自我的死」爲何必然要發生？爲何有那種強烈的熱情促成此精神的躍升？爲何須要此主體爲此崇高對象犧牲捐軀？我們其實便面對了這個神聖經驗與絕對命令的問題。

活，爲唯一真理勇往直前，生活在激昂壯闊的氣息中，只有這樣才能夠產生這種動力。」（楊威理 88）

[50] 田兵，〈決戰詩特輯〉，《藝文志》第 1 卷第 2 期（1943.12（康德 10 年）），頁 25-39；引自施淑〈「大東亞文學」在「滿州國」〉，頁 625。

[51] 爵青、田瑯。〈談小說〉，《藝文志》第 1 卷第 11 期（1944.09〔康德 11 年〕），頁 4-18；引自施淑〈「大東亞文學」在「滿州國」〉，頁 631。

這種朝向神聖的投射與犧牲自身，失去自身，是具有絕對的吸引力的。牟斯（Marcel Mauss）曾經說，餽贈的行爲「表面上看似乎人人自動自發，全不在乎自己的好處，實際上卻是出自身不由己的義務，而且是利己性的」（Mauss 12）。皇民的犧牲捐軀，將自身贈與天皇，爲何是身不由己的呢？爲何是利己性的呢？將自己捐贈出去，交換到了什麼利益呢？

有關宗教情感中的神祕激越狂喜的經驗，奧托（Rudolph Otto）在《論神聖》（*The Idea of the Holy*）一書中曾經說明這是相對於一種尚未命名、無法以理性語言界定的「神秘者」（thenuminous）的主體經驗。這個神祕對象是一個「完全相異者」（the Wholly Other），具有一切、完整、不可戰勝、無法抗拒的特質，而使人產生立即的恐懼的，以及伴隨而來的自我泯滅、我是「零」的感受。而此令人驚恐、畏懼、戰慄的對象更會引發著迷、想要認同合一以達到狂喜的慾望（25）。我們注意到，奧托的論點明顯的反映了德國浪漫主義的痕跡，不過，奧托也說明，不同情感現象便是不同系統的圖示化（schematization）與圖解（elaborations）。皇民論述中的躍升與犧牲，也便是在此特定文化體系之下展開的類似模式。

至於神聖經驗中的犧牲，巴岱伊（Georges Bataille）曾經更爲精闢地分析過，犧牲的意義在於贈與，是將完整的自我贈與神／君主，以便透過離開此俗世，參與神／君主的世界，與此完整合一。因此，犧牲便是透過「失去」而捕捉「神聖」。巴岱伊說，人們所追求的，永遠不是實質的對象，不是聖杯本身，而是一種精神。人的根本狀態是處於虛無之中的，也因此而畏懼孤單，並渴求與某個精神對象溝通連結。人在空間中投射出神聖與豐足的影像，便是爲了滿足此渴求（“Labyrinth,” *Vision of Excess*, 173）。因此，「神聖」是與更大的對象結合而達到宇宙一體的狂喜瞬間，是經歷共同整體的痙攣時刻（“The Sacred,” *Vision of Excess*, 242）。若將主體對於統治者的臣服與犧牲放在這個脈絡，以及其中摻雜的宗教性狂喜，我們便可以理解台灣人身處皇民位置的內在精神過程。這種非功能性與非生產性的禮物贈與，尤其是透過參戰的行動而獻出自身，是一種揮霍，一種消耗，並且牽涉了一種毀滅與失去的慾望，以及要消耗棄置的快感。犧牲自己，失去自己，是神聖的起點，獲得的是與神聖結合的狂喜（“The Notion of Expenditure,” *Vision of Excess*, 116-129）。

因此，在皇民化論述中，「滅私奉公」與「爲君捐軀」是必要（陳火泉 23,41）。在國家神話的架構下，加入志願兵，爲天皇奉獻犧牲，對於台灣人而言，是一種象徵交換，可以獲得「拯救之道」的恩賜（陳火泉 24）。張文環也表示，對於台灣人而言，這是一個「好不容易成爲完整的人」的機會（張文環〈不沈沒的航空母艦台灣〉159）。[52]志願兵制度與徵兵制度是天皇所賜與的禮物，當天皇機關辨識出了台灣人之爲「皇民」的身份，台灣人也因此被辨識而感恩。因爲台灣人有機會參與聖戰，捐贈自身，透過死，重新獲得的，是成爲皇民、參與神聖的機會。「領袖」或是「天皇」便是無盡給予的神聖豐足的理想替身。

「皇民我」之心的改造工程便在這種神聖體驗中達到此理想的溝通，而主體的身份認同亦於此完成。

---

[52] 〈不沈沒的航空母艦台灣〉原載《台灣公論》，1943 年 7 月號。陳千武譯。收錄於《張文環全集：隨筆集（一）》159。大東亞戰爭的爆發，對於多數人而言，戰爭情勢反而更爲明朗而樂於接受。因爲，這便將日本的參戰從侵略者轉變爲將英美從亞洲驅逐的聖戰。一貫反對日本侵略中國的竹內好卻表示支援大東亞戰爭，便是一個清楚的例子。見孫歌〈竹內好的悖論〉中的討論（143-292）。

【引用書目】

Adorno, Theoder. 阿多諾。〈佛洛依德理論和法西斯主義宣傳的程式〉(1951)。張明、張偉譯。《法蘭克福學派論著選輯》。上海社會科學院與外國哲學研究室編。北京：商務印書館，1988。183-207。

Althusser, Louis. "Ideology and Ideological State Apparatuses," *Visual culture: the reader*Evans, Jessica. & Stuart Hall eds. Visual Culture: the Reader. London, Thousand Oaks, New Delhi: SAGE Publications, 1999

Bataille, Georges. "Labyrinth," *Visions of Excess: Selected Writings, 1927-1939.* Edited and with an Introduction by Allan Stoekl. Trans. Allan Stoekl. Minneapolis: University of Minnesota Press, 1993. pp. 171-177.

Bataille, Georges. "The Notion of Expenditure," *Visions of Excess: Selected Writings, 1927-1939.* Edited and with an Introduction by Allan Stoekl. Trans. Allan Stoekl. Minneapolis: University of Minnesota Press, 1993. pp. 116-129.

Bataille, Georges. "The Psychological Structure of Fascism." (1933) *The Bataille Reader*. Ed. Fred Botting and Scott Wilson. Oxford and Massachusetts: Blackwell Publishers, 1997. pp. 122-146.

Bataille, Georges. "The Sacred," *Visions of Excess: Selected Writings, 1927-1939.* Edited and with an Introduction by Allan Stoekl. Trans. Allan Stoekl. Minneapolis: University of Minnesota Press, 1993. pp. 240-245.

Bataille, Georges. *Visions of Excess: Selected Writings, 1927-1939.* ed. By Allan Stoekl. Trans. By Allan Stoekl, Carl R. Lovitt, & Donald M. Leslie, Jr. Minneapolis: University of Minnesota Press, 1985.

Benjamin, Walter. "Theories of German Fascism: On the Collection of Essays War and Warrior, edited by Ernst Jünger" (1930). Trans. By Jerolf Wikoff.

New German Critique 17 （Spring 1979）: 120-128.

Foucault, Michel. "Introdution to 'The Use of Pleasure.'" *The Use of Pleasure: The History of Sexuality. Volume Two.* Trans. Robert Hurley. New York: Pantheon Books. 1-32.

Foucault, Michel. "Technologies of the Slef." *Technologies of the Self: A Seminar with Michel Foucault*. Eds. Luther H. Martin, Huck Gutman, Patrick H. Hutton. London: Tavistock Publications, 1988. 16-49.

Gadamer, Hans-Georg. *Hermeneutik I: Wahrheit und Methode.* 《詮釋學 I：真理與方法》。洪漢鼎譯。台北：時報，1993。

Hall, Stuart. "Who needs 'identity'?" in <u>Questions of Cultural Identity.</u> Ed. By Stuart Hall and Paul du Gay. London: Sage, 1996. 1-18.

Heidegger, Martin. 〈同一律〉。《海德格爾選集》。孫周興選編。上海：三聯書店，1996. 頁 647-660。

Heidegger, Martin. 海德格。〈什麼召喚思？〉，《海德格爾選集》。上海：上海三聯書店，1996: 1205-1229。

Hewitt, Andrew. *Fascist Modernism: Aesthetics, Politics, and the Avant-Garde. Stanford*, California: Stanfort University Press, 1993.

Huang, Chih-Huei.（黃智慧） "The *Yamatodamashi* of the Takasago Volunteers of Taiwan: A Reading of the Postcolonial Situation." in Globalizing Japan: Ethnography of the Japanese Presence in Asia, Europe, and America. Harumi Befu and Sylvie Guichard-Anguis eds. pp. 222-250. London and New York: Routledge.

Kôsaaki, Suzuki Shigetaka, Kôyama Iwao, and Nishitani Keiji, "Sekaishiteki tachiba to Nibon" （The standpoint of world history and Japan） , *Chûô K*ôron （January 1942）. 185.

Lacoue-Labarthe, Philippe. “The Aestheticization of Politics.” *Heidegger, Art and Politics: The Fiction of the Political.* Trans. By Chris Turner. Basil Blackwell, 1990. 61-76.

Mauss, Marcel. The Gift: forms and functions of exchange in archaic societies. （1954） 中譯本。《禮物：舊社會中交換的形式與功能》。汪珍宜＆何翠萍譯。台北：遠流，1989。

Otto, Rudolf. *The Idea of the Holy*.（1917）中譯本。《論神聖——對神聖觀念中的非理性因素及其理性之關係的研究》。成窮、周邦憲譯。成都：四川人民出版社，2003。

Sakai, Naoki. “Modernity and Its Critique: The Problem of Universalism and Particularism.” *Translation & Subjectivity: On “Japan” and Cultural Nationalism*. Minneapolis & London: University of Minnesota Press, 1997.

丸山真男（Masao Maruyama）。《日本政治思想史研究》。徐白、包滄瀾譯。台北：台灣商務印書館，1980。

小林善紀，《台灣論》，賴青松，蕭志強譯。台北市：前衛出版社，2001。

井手勇。《決戰時期台灣的日人作家與皇民文學》。台南：台南市立圖書館，2001。

井野川伸一。《日本天皇制與台灣「皇民化」》。台灣大學政治學研究所碩士論文 1990。

方孝謙。〈一九二〇年代殖民地台灣的民族認同政治〉。《台灣社會研究季刊》第四十期（2000.12）：1-46。

王　健。《「神體儒用」的辯析：儒學在日本歷史上的文化命題》。河南：大象出版社，2002。

王向遠。〈日本文壇與日本軍國主義親華「國策」的形成〉，《「筆部隊」和侵華戰爭——對日本侵華文學的研究與批判》，北京：北京師範大學出版社，1999。頁 11-14。

王明珂。〈過去、集體記憶與族群認同：台灣的族群經驗〉。《認同與國家：近代中西歷史的比較》。台北：中央研究院近代史研究所，1994。頁249-274。

王金林。《日本天皇制及其精神結構》。天津：天津人民出版社，2001。

王昶雄。〈奔流〉。《翁鬧、巫永福、王昶雄合集》。台北：前衛，1990。頁325-364。

王　健。《「神體儒用」的辯析：儒學在日本歷史上的文化命題》。河南：大象出版社，2002。

永田廣志。《日本哲學思想史》。陳應年、姜晚成、尚永清等譯。北京：商務印書館，1992。

田　兵。〈決戰詩特輯〉，《藝文志》第1卷第2期（1943年12月（康德10年）），頁25-39；引自施淑〈「大東亞文學」在「滿州國」〉，《文學、文化與世變》，台北：中央研究院中國文哲研究所，2002。

朱謙之。《日本的朱子學》。北京：人民出版社，2000。

朱謙之編著。《日本的古學及陽明學》。北京：人民出版社，2000。

呂正惠。〈殖民地的傷痕：脫亞入歐論與皇民化教育〉。《殖民地經驗與台灣文學》。江自得主編。台北：遠流 2000。頁45-62。

杜武志。〈教育敕語與教育體制〉，《日治時期的殖民教育》，台北縣：台北縣立文化中心，1997。頁5-138。

周金波。〈水癌〉。《周金波集》。台北：前衛，2002。頁3-12。

周金波。〈志願兵〉。《周金波集》。台北：前衛，2002。頁13-36。

周金波。〈關於徵兵制〉。收錄於《周金波全集》，頁236-237。

林正珍。《近代日本的國族敘事》。台北：桂冠，2002。

近代日本思想史研究會。《近代日本思想史》第一卷。馬采譯。北京：商務印書館，1992。

金美齡，周英明著，《日本啊！台灣啊！》張良澤譯。台北市：前衛，2001。

垂水千惠。《台灣的日本語文學》。台北：前衛，1998。

施　淑。〈「大東亞文學」在「滿州國」〉，《文學、文化與世變》，台北：中央研究院中國文哲研究所，2002。頁 589-632。

柳書琴（2001）。〈他者之眼或他山之石：從近年日本的日治時期台灣文學研究談起〉，現代學術研究基金會《現代學術研究》專刊 11 號（2001.11）: 83-107。

柳書琴。〈殖民地文化運動與皇民化：張文環的文化觀〉。《殖民地經驗與台灣文學》。江自得主編。台北：遠流，2000。頁 1-43。

孫　歌。〈竹內好的悖論〉。《亞洲意味著什麼》。台北：巨流，2001。頁 143-292。

孫　歌。《亞洲意味著什麼：文化間的「日本」》。台北：巨流。2001。

酒井直樹，〈主體與／或「主体」（shutai）及文化差異之銘刻〉，廖咸浩譯。《中外文學》第三十卷第十二期（2002.5）：150-195。

張文環。〈一群鴿子〉。原載《台灣時報》，1942 年 2 月號。日文。陳千武譯。收錄於《張文環全集：隨筆集（一）》，頁 102-105。

張文環。〈三種喜悅：張文環氏談〉)。《張文環全集：隨筆集（一）》。台中：台中縣立文化中心，2003。頁 67。

張文環。〈大稻埕雜感〉原載《台灣日日新報》，1938 年 12 月 25-27 日。日文。陳千武翻譯。收錄於《張文環全集：隨筆集（一）》。頁 21-26。

張文環。〈不沈沒的航空母艦台灣〉原載《台灣公論》，1943 年 7 月號。陳千武譯。收錄於《張文環全集：隨筆集（一）》。頁 157-159。

張文環。〈台灣文學的自我批判〉原載《新文化》8 月號，1941 年 8 月，日文，陳千武譯。收錄於《張文環全集：隨筆集（一）》。頁 68-70。

張文環。〈台灣的衣食住——桃色內衣〉。原載《週刊朝日》39 卷 27 號，1941 年 6 月 15 日。日文。陳千武譯。收錄於《張文環全集：隨筆集（一）》。台中：台中縣立文化中心，2003。頁 63-66。

張文環。〈我的文學心思〉。原載《興南新聞》，1941 年 8 月，日文，陳千武譯。收錄於《張文環全集：隨筆集（一）》。頁 164-169。

張文環。〈寄給朝鮮作家〉。原載《台灣公論》，1943 年 12 月。陳千武譯。收錄於《張文環全集：隨筆集（一）》。頁 190-192。

張文環。〈燃燒的力量〉。原載《新建設》，1943 年 10 月。陳千武譯。收錄於《張文環全集：隨筆集（一）》。台中：台中縣立文化中心，2003。頁 173-183。

張文環。〈關於女性問題〉。原載《台灣公論》，1942 年 8 月號。日文。陳千武譯。收錄於《張文環全集：隨筆集（一）》。頁 120-122。

張文環。《張文環全集：隨筆集（二）》。台中：台中縣立文化中心，2003。

張文薰。〈論張文環〈父親的要求〉與中野重治〈村家〉──「轉向文學」的觀點〉。「台日研究生台灣文學學術研討會」，台灣文學館、中山大學中文系，2003.10.4-5。

許俊雅。《日據時期台灣小說研究》。台北：文史哲出版，1994。

許極燉，《台灣近代發展史》，台北：前衛，1996。

郭沫若。〈太陽的禮讚〉（1921），《郭沫若全集》文學篇第一卷。頁 100。

郭沫若。〈們〉（1936），《郭沫若全集》文學篇第二卷。頁 3。

郭沫若。〈高舉起毛澤東思想的紅旗前進！〉（1960），《郭沫若全集》文學篇第四卷。頁 384。

郭沫若。〈集體力量的結晶〉（1949），《郭沫若全集》文學篇第 3 卷，頁 10。

陳火泉。〈我的日本國民性觀〉。《台灣專賣》1941 年 4 月，引自垂水千惠，頁 79-83。

陳火泉。〈我的日本國民性觀〉。《台灣專賣》1941 年 4 月，引自垂水千惠 79-83。

陳火泉。〈道〉。《台灣文藝》第 6 卷 3 號（1943 年 7 月）

陳光興，2001，〈台灣論效應的回應與批判：日本右翼思想的台灣效應〉，《台灣社會研究季刊論壇》，http://www.bp.ntu.edu.tw/WebUsers/taishe/frm_twl_chenguangxing.htm。retrieved at 2003.10.6.

陳光興。〈爲什麼大和解不／可能？〈多桑〉與〈香蕉天堂〉殖民／冷戰效應下省籍問題的情緒結構〉。《文化研究月報》第四期（2001.6.15）http://www.ncu.edu.tw/~eng/csa/critic_forum/forum_41.htm

陳芳明。〈皇民化運動下的四〇年代〉。《聯合文學》，頁 156-165。

陳建中。〈徘徊不去的殖民主義幽靈——論垂水千惠的「皇民文學觀」〉，《聯合副刊》1998 年 7 月 8-9 日。

陳映真。《台灣鄉土文學・皇民文學的清理與批判》。台北：人間出版社，1998。

陳培豐。〈走向一視同仁的日本民族之「道」——「同化」政策脈絡中皇民文學的界線〉。《台灣文學史書寫國際學術研討會》。台南市：成功大學，2002。（未出版論文）

游勝冠，〈轉向？還是反殖民立場的堅持？——論張文環的〈父親的要求〉，「張文環及其同時代作家學術研討會」，國家台灣文學館，2003.10.18-19。

黃智慧。〈台灣腔的日本語：殖民後的詩歌寄情活動〉。發表於文化研究學會 2002 年會「重返東亞：全球、區域、國家、公民」，12 月 14-15 日，台中：文化研究學會主辦。

楊威理著，陳映真譯。《雙鄉記》。原日本岩波書店出版《某台灣知識人之悲劇》。台北：人間出版社，1995。

楊　逵，「寫於大東亞文學者會議之際」，「擁護糞便現實主義」，「思想與生活」，「勞動禮讚」，台灣新文學停頓的檢討」，「台灣文學問答」，《楊逵全集》第十卷・詩文卷（下）。國立文化資產保存研究中心籌備處，2001。頁 53-56, 119-126, 156-159, 163-165, 222-225, 246-250。

楊寧一，《日本法西斯奪取政權之路 ： 對日本法西斯主義的研究與批判》。北京：北京師範大學出版社，2000。

溝口雄三，《作爲「方法」的中國》（1989）。林右崇譯。台北：國立編譯館 1999。

劉紀蕙。〈『現代性』的視覺詮釋：陳界仁的歷史肢解與死亡鈍感〉。《中外文學》。

30卷期（2002年1月）：45-82。

劉紀蕙。〈三〇年代中國文化論述中的法西斯妄想以及壓抑： 從幾個文本徵狀談起〉。《中國文哲研究集刊》16期。台北：中研院文哲所，2000。頁95-149。

劉紀蕙。〈心的翻譯：廚川白村與中國／台灣現代性的實體化論述〉，發表於「文學與傳播科際整合：文學的傳播與接受」國際學術研討會，國立東華大學中國語文學系，2003年11月6-7日。

劉紀蕙。〈現代化與國家形式化：中國進步刊物插圖的視覺矛盾與文化系統翻譯的問題〉。《近代中國的視覺表述與文化構圖，一六〇〇迄今》。中研院近史所。2002.2。

劉紀蕙。〈變異之惡的必要：中國／台灣一九三一～一九三七〉，《孤兒・女神・負面書寫：文化符號的徵狀式閱讀》。台北：立緒出版社，2000。

龍瑛宗,〈植有木瓜樹的小鎮〉,《龍瑛宗集》，台北：前衛 1990。13-72。

爵　青、田　瑯。〈談小說〉，《藝文志》第1卷第11期（1944年9月〔康德11年〕），頁4-18；引自施淑〈「大東亞文學」在「滿州國」〉，頁631。

選自：《台灣文學學報》第五期（2004.06），劉紀蕙《心的變異：現代性的精神形式》（台北：麥田，2004）。

＊作者按：本文為中央研究院文哲所主題計畫「正典的生成：台灣文學與世界文學的關係計畫」之子計畫「台灣現代性與文化主體性：一個精神分析的文化詮釋」部分成果報告，同時也是「台灣／中國現代主義文學與變異Ⅲ－Ⅲ」國科會人文處（NSC 91-2411-H-030 - 002）之部分成果報告。初次發表於「二十世紀台灣男性書寫的再閱讀」學術研討會，

國立政治大學中文系，2003 年 10 月 18 日；擴張改寫後，成為《心的變異：現代性的精神形式》（台北：麥田，2004）第七章。

崔末順

中正大學台文系助理教授

日據時期台灣左翼文學運動的形成與發展

一、前言

日據時期台灣的左翼文學運動，是在社會主義民眾運動的影響中形成發展。而初期知識分子引進社會主義思想之時，正值日本在台實施的殖民資本主義急速成長期。據統計，在一九二六～一九二七年間，如三井、三菱、藤山等日本大資本家企業，已佔去當時台灣產業的大宗－－製糖總生產量的95.3%、總生產額的98%，可說以壓倒性的比率完全支配了台灣的糖業部門。不僅如此，這些企業以在糖業部門搜刮得來的利潤爲基礎，進而投入金融業，不斷地促使其本身的產業資本增值，繼而又進入到多以出口爲主的茶、樟腦、米、鳳梨、香蕉等傳統產業和多項新興產業；此外，他們更積極參與土木、電力、機械、肥料、水泥等政府的基幹事業。在台灣豐富的自然資源及低廉的勞動力，加上擁有總督府堅固保護網等得天獨厚的條件之下，日本獨占資本家完全支配了台灣的所有產業，朝向獨佔資本主義的形態發展。[1]

但是站在台灣人民的立場來看，這麼急速的資本主義化，只不過是個由日本資本和日本政府的力量所強制帶動的被動現代化，況且，這樣的現代化，還朝著剝奪台灣人民既定利益的方向進行。日本在農業部門，爲了確保其自身利益，實施了現代的生產方式——資本主義，但在土地的所有權關係上，卻仍然保持在封建性範圍內來執行土地分配，因此促使台灣農民陷入隸屬地主／佃農的封建關係之中。工業部門也不例外，日本大企業的跋扈掠奪，造成了本土資本家的沒落，以及民族對立和階級對立日益加深的景象。

---

[1] 相關內容參考台灣銀行經濟研究室，《日據時期台灣經濟史》；矢內原忠雄，周憲文譯，《日本帝國主義下之台灣》（帕米爾，1985）；喜安幸夫，《日本統治台灣秘史》（武陵，1995）等書。

在這樣的背景下，一九二七年台灣的社會運動，以全國農民組合和全國勞動者總聯盟的成立為標識，逐漸朝向無產階級解放運動發展。左傾後的新文協，着力在支持弱小階級需求的工作，民眾黨內也逐漸出現左翼傾向，台灣共產黨更主張台灣民族的獨立訴求。這個被定為「解放」的時期，[2]台灣人民已具備正確的眼光，來審視日本帝國主義統治的本質。

有關日據時期台灣左翼文學方面的研究，從陳芳明發表的〈日據時代台灣左翼文學的發展背景〉以來，[3]已有多篇的專文探討。[4]這些論文，有些著重於探討社會主義運動和左翼文學的關係，有些則針對台灣話文和鄉土文學論爭，進行剖析論述，此外，也有著重在民間文學的蒐集研究工作上面。這些專文，在其研究主題上，均具有相當的成果和價值，不過，就了解台灣左翼文學運動的形成和發展過程方面來看，總讓人有缺乏全面觀照之感。本文為了填補這種遺憾，擬在先進研究的基礎及文學本位的立場上，找出日據時期新文學運動中的左翼文學成分，並分成三個階段來仔細探究左翼文學運動的經過，[5]同時亦將思考日據時期左翼文學運動所指向的

---

[2] 陳昭瑛，〈啓蒙、解放與傳統：論 20 年代台灣份子的文化省思〉，《跨世紀台灣的文化發展》學術研討會發表論文，1998.10.22-23。

[3] 陳芳明，〈先人之血，土地之花——日據時期台灣左翼文學的發展背景〉，《台灣文藝》88，1989。

[4] 例如胡民祥，〈台灣新文學運動時期「台灣話」文學化的探討〉(《先人之血．土地之花》，前衛，1989)；松永正義，〈關於鄉土文學論爭（1930-32）〉(《台灣學術研究會誌》，1989.12)；廖祺正《三十年代台灣鄉土話文運動》(成功大學歷史語言研究所碩士論文，1990.6)；黃琪椿，《日治時期台灣新文學運動與社會主義思潮之關係初探（1927-1937）》(清華大學文學研究所碩士論文，1994.6)；施淑，〈文協分裂與 30 年代初台灣文藝思想的分化〉(《兩岸文學論集》，新地，1997）等文皆是。

[5] 在曾天富的《日帝時期台灣左翼文學研究》(韓國：世宗出版社，2000）專書中，分為形成期（1920-1926)、定著期（1927-1932)、深化期（1933-1936)、萎縮期（1937-1944)，來考察台灣左翼文學理論的形成和發展，以及其與左翼社會運

價值和意義。相信透過這樣的研究過程，能夠進一步了解在新文學運動範疇內，各個文藝雜誌在左翼文學運動中所扮演的角色和性格。

二、初期文學運動中的民眾指向

台灣的新文學運動，是在社會和政治運動的影響之下發展起來的；而初期的新文學運動，是以新文化運動的一環開始起步。[6]這個時期的文學論，主要在强調言文一致的文字改革，以及新文學所要擔當的社會和民族任務。一九二五年左右開始，由於農民運動等民眾運動的急速發展，促成了左翼文學團體的成立，以及無產文藝的主張逐漸成形。不過，綜觀日據時期左翼文學的理論建構，可說是從新文化運動初期開始，即與社會主義思潮的流入同時進行。例如，一九二二年林南陽於介紹大戰後的世界文藝思潮時，最早提到普羅文學，這說明普羅文學是在「爲人生的藝術」潮流和社會主義思潮的結合背景下形成。[7]接著，黃朝琴在〈漢文改革論〉中，認爲台灣社會停止進步的原因，在於以艱澀的漢字作爲傳播知識的媒介，因而造成知識淪爲少數階級專有物的現象，因此他主張應把知識擴及到一般民眾，特別是佔人口大部分比重的無產大眾，讓他們吸取知識。[8]可見黃朝琴一開始就把啓蒙的對象，設定在無產大眾的子弟身上。而最早的白話

動之間的消長關係。此外，該書亦就各階段的左翼小說和詩，深入地進行分析討論，並進一步與韓國普羅文學進行比較。本文左翼文學理論的展開過程，有部分參考該書內容，在此先予以註明。

[6] 陳芳明等新文學運動研究者，普遍有此共同的看法。例如：葉石濤，《台灣文學史綱》（文學界，1993），頁 19-24；彭瑞金，《台灣新文學運動 40 年》（自立晚報，1991），頁 15-20；許俊雅，《日據時期台灣小說研究》（文史哲，1995），頁 47-51。

[7] 〈近代文學の主潮〉，《台灣》三年五號（1922.8）。

[8] 《台灣》四年二號（1923.2.1）。

文文學雜誌《人人》的創刊辭中，也提到有責任解放被少數人獨占的文學，然後使之擴大到一般人的生活面；在該文中，同時也把與人生連結的實用文藝，以及一般民眾的勞動生活，稱之爲藝術。[9]此外，張我軍也引用馬克思的話來當作新文學運動發軔的正當性，他說就像勞動者自己流汗之後爭取到麵包一樣，民眾一定要用自己的雙手來爭取自覺的機會，如此，就必須先排斥與現實脫離的舊文學，積極推動新文學運動。他對以資產階級爲主的議會設置運動，以及類似無抵抗主義之類的消極抵抗行爲，同樣都表示懷疑。並主張首先應啓迪民眾，讓他們自己能爭取自身的自由和幸福，而且這就是新文學運動的正當性所在。[10]雖然張我軍沒有直接提出社會主義文學的必要性，不過由此可以推知，他對世界文學的潮流，有一定程度的了解。透過上面幾個例子，我們可以知道，新文學初期的知識分子，正慢慢接近無產大眾。

到了蔡孝乾，他明確地闡明了「無產階級的文藝」就是新文學的道理。在介紹中國新小說時，他提到：

> 全世界受了這次大戰的洗禮，德意志的軍國主義消滅、露西亞的專制政治崩壞。世上所謂被壓迫階級——勞動者、婦女等，一切抬頭起來，那所謂「改造」啦、「解放」啦之聲鼓動於環球。同時又發生什麼建設「無產階級的文藝」啦、「第二的文化」啦等的標語。因此從前所謂「為藝術的藝術」(art for art' s sake) 便成了一句的死語，尤是那句「為人生的藝術」(art for life' s sake) 也不大風行了。現在呢?可是非「為新社會的藝術」(art for new social' s sake) 不可的趨勢了。就這個事實而言，現代中國的新文學，尤其是新興的小說，自然不能滾出此潮流外了，並且還要積極向此潮流

[9] 器人，〈發刊詞〉，《人人》(1925.3) 中提到：「…勞動藝術…藝術民眾化」。

[10] 〈致台灣青年的一封信〉，《台灣民報》二卷七號 (1924.4)。

> 地前進呢。[11]

把新文學的內容規定爲民眾文學的這篇文章，預告著在台灣的文學界，新興的無產階級文藝就是將來的文學趨勢。接著，甘文芳在紀念《台灣》雜誌社創立五週年，以及《台灣民報》發行萬報時，明白道出台灣正處在日本的榨取式統治，以及資本主義的流入帶來現代思想，所產生的矛盾與痛苦當中。他主張在瞭解這樣的情況之後，就要爲掃除殖民地的不平等現實，並展開建設新台灣而努力；而新台灣的建設，必須透過尋求政治壓抑和思想的解放兩方面的努力來達成。在他的想法裡，思想的解放是解決經濟不平等的前提條件。他引用馬克思的理論來說明了這一點：

> （舊思想家）說是東西事情不同。不明白經濟制度的變改與道德慣習法律的因果關係。我試擇馬氏一節以供老先生們之參考。「社會秩序的基礎，全在社會裏的生產和交易形式。所以觀察人類社會那最原始最根本的物件。就是節制一國的道德法律也全看那一國的社會經濟而定。社會經濟是社會生活的物質。是社會生活的實體。換言之，社會經濟是基礎。法律道德是建築在這基礎上的。所以社會經濟有了重大變化，那末節制社會秩序的東西也就隨之而變化。」文藝也是一樣所謂文藝的時代性。什麼文藝是「時代的鏡」也免不了和時代運行的色彩。[12]

這篇文章雖非專責討論文學，不過卻以馬克思的社會理論爲根據，說明文學和社會組織的關係；就像一個社會的道德、法律等上部結構，必須建立在該社會經濟基礎上一樣，那麼與此同等級的藝術、文學，也必定是與社會經濟基礎有著密切的關係，因此，知道這種關聯之後，面對創作，才能

---

[11] 《台灣民報》三卷十五號（1925.5.21）。

[12] 〈新台灣建設上的問題和台灣青年的覺悟〉，《台灣民報》六十七號（1925.8.26）。

明確地把握自身所處的時代。在他之前，社會的發展，漠然地被設定在文學的革新上面，認爲新文學能改造社會、啓發文化，有利於民族振興；但是到了他，文學和社會的相互關係，在馬克思的上、下部社會結構理論中，得到必然性關聯，具備了社會主義文藝的理論根據。

透過一九二五年前後出現的這些文章，我們可以知道當時的台灣社會，已經到了民族矛盾和階級矛盾非常嚴重的地步，而農民運動等無產階級的自救努力，也已開始起步。持續數年以資產階級爲中心展開的議會設置運動、保甲制撤廢運動和惡法撤廢運動等，均一一歸於失敗，同時資產階級也走向改良化；[13]因此，社會運動的中心，也慢慢移到民眾陣營裡。事實上，這段期間《台灣民報》也另外刊載了〈台灣的農民運動〉[14]、〈勞動者的自覺〉[15]、〈重大之台灣農民運動〉[16]、〈弱小民族的奮起〉[17]等宣傳社會主義理念的報導文章，社會運動的轉換氣氛越來越爲濃厚；有關新文學的討論受到這些氣流的影響，自是無庸置疑。而且新文學運動的主導者，大部分同時也參與了社會運動，他們深切地感受到民族主體的生存，以及大多數民族成員的福祉，正面臨著威脅，因此他們更加容易接受對民眾的人本主義關心，以及重視無產階級的社會主義文藝思潮。就在這種氣流之下，一九二五年十月，張維賢、張乞食等無產青年，組織了『台灣藝術研究會』，並發行了《七音聯彈》刊物。這本台灣最早的無產文藝雜誌，由於至今仍未被發掘面世，因此詳細的內容無從知道，不過，據瞭解，這本雜誌的主要傾向，在於從下層階級的生活面貌，吸收文學藝術的創作資

---

[13] 除了犬羊禍事件以外，曾經擔任文化協會總會召開時的議長林子瑾，後來也加入反對文化協會主導的一些活動而成立的公益會，並扮演舉足輕重的角色。

[14] 《台灣民報》三卷十二、十三號（1925.4.21-5.1）。

[15] 《台灣民報》三卷十六號（1925.6.1）。

[16] 《台灣民報》三卷十八號（1925.6.21）。

[17] 《台灣民報》六十一號（1925.7.19）。

源。[18]由此可知，台灣藝術研究會乃標榜無產文學的第一個文學結社，它甚至可說是這個時期形成左翼文學理論的主要標識。像這樣，二〇年代前期的社會主義文藝理論，主要重心除了在批判古典文學的貴族傾向外，更竭力在提倡平民文學，慢慢把平民或一般民眾的範疇，設定爲涵蓋勞動者、農民等無產大眾爲主；同時，他們認爲文學不但要啓蒙他們，更要期待他們對社會的變革能有所貢獻。可見這個時期的理論家已經很明確地知道，在殖民地台灣，所謂一般大眾，所指的就是無產階級大眾。

三、無產階級文藝的正式展開和左翼文藝雜誌的發行

一九二七年前後，台灣社會發生了一連串的變革事件。包括文化協會的分裂；農民運動、勞工運動，以及新文協、台灣共產黨成立等左翼社會、政治運動的積極展開；民眾黨左傾，同時社會主義視角已某種程度的滲透到其機關誌《台灣民報》。在整體民族運動的構圖上來看，這個時期民族運動的主導權，已經移轉到民眾陣營，而社會主義思潮在社會各個層面，也已經發揮了相當的影響力。依照黃琪椿所作的整理，當時台灣青年所接受的社會主義思潮，不只有馬克思主義，連無政府主義、合作主義、民生主義等，只要是強調社會公義的學說，幾乎全都被引進來研究。[19]不過隨著殖民地台灣的階級矛盾和民族矛盾逐漸深化，以及全世界無產階級革命運動的向前進展，馬克思、列寧主義逐漸占有了主導地位。這可能是受到一九二七年共產國際（Comintern）通過『有關日本問題的綱領』時，規定「殖民地的完全獨立」的影響。當時的知識分子，基本上是以有產者和無

---

[18] 林瑞明，〈日本統治下的台灣新文學運動——文學結社及其精神〉，《台灣文學的本土觀察》（允晨，1996），頁 2-34。

[19] 黃琪椿，《日治時期台灣新文學運動與社會主義思潮之關係初探（1927-1937）》，頁 5。

產者的對立局面，來理解他們所處的台灣現實，並與民族問題相結合來進行思考，因此對透過階級鬥爭來達到民族運動的具體成果，多保持肯定的態度。這從《台灣大眾時報》和《新台灣大眾時報》的評論[20]中能得到證明。不僅如此，連被左翼人士指爲反動的《台灣民報》[21]中，也刊載了有關階級對立和無產者興起的觀念及消息。當時在民族運動陣營的分裂情況之中，他們共同接受了社會主義的態度，這種情形很快的影響到文學界，因此，正式開啓了無產階級文藝運動。

> 由於台灣共產主義運動的發展，世上對於包括無產階級文學，演劇等的無產階級文化運動的關心，逐漸高昂起來。他們跟昭和三年三月二十五日在東京成立的全日本無產者藝術聯盟（略稱納普）有連絡，而以此為根據，傾注全力宣傳、煽動共產主義文學運動的發展。而且更於昭和六年十一月二十七日，在日本共產黨指導下，成立日本普羅列塔利亞文化聯盟（略稱哥普）。企圖把文化鬪爭和政治鬪爭結合起來，把組織基礎放在工廠農村，採取共產主義團體的組織原則，外表內容均作為日本共產黨的外圍團體展開活動。[22]

就如上面總督府所做的分析，無產階級文藝運動的成長，來自於左翼政治運動的活潑展開而得到機會。在左派抗日運動達到最爲高潮的一九二七、一九二八年間，台北高等學校的學生也發行《文藝》雜誌，開始宣傳社會主義。接著，一九二九年春，全日本無產者藝術聯盟（納普）的機關誌《戰

---

[20] 有關兩家報紙的詳細內容，參考陳芳明，《殖民地台灣——左翼政治運動史論》（麥田，1998），頁193-213。

[21] 一九二七年『文化協會』分裂後，《台灣民報》便成爲右翼民眾黨的機關報。

[22] 警察沿革誌編纂委員會，王詩琅譯，《台灣社會運動史——文化運動》（創造，1989），頁505。

旗》被運送到台灣，並逐漸增加發行量，同年十二月又有計畫的設立戰旗社的台灣支局。在此同時，台灣共產黨中央以及文化協會、農民組合等相關人員，對《戰旗》的關注不斷提高，台灣共產黨所屬的國際書局，也非法引進該雜誌來發送給讀者。

在這種狀況之下，左翼社會運動日益得到空前的發展，雖然其間有過持不同理論人士意見相左劍拔弩張的情形，致使社會主義勢力分裂。不過在這過程當中，運動人士對社會主義理論的需求，更加强烈，對社會主義思想的宣傳、發揚和展開，也日形迫切，而響應這個呼聲的報紙、雜誌也就應運而生；例如，一九二八年五月新文協所創刊的《台灣大眾時報》，以及一九三〇年上半期的《伍人報》、《台灣戰線》、《明日》、《洪水報》、《赤道報》、《新台灣戰線》等普羅雜誌即是。被評爲台灣普羅文藝運動先聲[23]的這些雜誌中，只有《台灣戰線》標榜著文藝雜誌，其他都是帶有綜合雜誌的性格，不過這些雜誌提供給文學和社會主義思潮合流的機會。[24]這說明了針對共產主義和無政府主義的研究發展，不僅提高了社會對無產階級文化運動的關注，並進而使之發展成爲普羅文學運動。《警察沿革誌》對《伍人報》性質的描述如下：

> 其間不滿六個月，可是獲有王萬得以外的台灣共產黨員、台灣左派文學青年們的寄稿，分發網佈滿全台達七十餘所，且循著黨的連絡處，與日本無產者藝術聯盟、戰旗社、法律戰線社、農民戰線社、普羅列塔利亞科學同盟等及台灣大眾時報社等都保持密切的聯絡，成為台灣無產階級文藝運動的先驅。[25]

---

[23] 施淑，〈文協分裂與 30 年代初台灣文藝思想的分化〉，《兩岸文學論集》頁 15。

[24] 這個時期文學理論探討的焦點爲鄉土文學論爭和台灣話文論爭，而黃石輝刊在《伍人報》的論文即是此二論爭的導火線。

[25] 王詩琅譯，前揭書，頁 508。

可知《伍人報》與台灣共產黨員密切合作，傳播無產階級文學，並且與日本的普羅文學運動也保持著緊密的關係。此外，《台灣戰線》的發刊宣言中亦提到：

> 如今欲以普羅文藝來謀求廣大勞苦群眾的利益，正在運動解放身處在資本家鐵蹄下過著牛馬般生活的一切被壓迫勞苦群眾，在如此重大意義及目的下創刊了本雜誌。欲使它成為台灣解放運動上著先鞭的唯一的文戰機關及指南針。（中略）當此時期我們不可躊躇，須下定決心一致努力，把文藝奪回普羅列塔利亞的手中，使其成為大眾的所有物，以促進文藝革命。當此過渡時期，如果沒有正確的理論則沒有正確的行動。這是我們所熟知的事實。因此，須要讓勞苦群眾隨心所欲地，發表馬克斯主義理論及普羅文藝，如此地使無產階級的革命運動合流，使加速度的發展成為可能，藉以縮短歷史的過程。[26]

創刊宣言中，即開宗明義地表示「倡導普羅文學」的宗旨。文中主張要從知識人的手裡奪取文藝，然後移給無產大眾；可見無產大眾在文藝運動中已經獲得了主體地位，並發展到強調無產階級意識形態，以及大眾文學的實踐問題上；文學運動可說已與無產階級革命運動結合。雖然這些雜誌的全貌還無緣得見，具體內容無從得知，不過可以據此推測一九二六年前後，以社會主義理念為理論根據的民眾陣營，行使了民族運動的指導權，並把無產階級文藝和文化運動，合流到左翼政治運動上面，從此無產階級文藝在台灣逐漸被確立了下來。

以階級鬥爭為中心展開的民族運動，有了這麼急速的成長，很快的引來總督府的監視行動。到了一九三一年前後，大部分的左翼人士均遭到檢

---

[26] 同前注，頁 508-509。

舉、逮捕。不過總督府對左翼人士的檢舉，以及對左翼政治運動的壓迫，卻反而導致無產文藝運動更加的快速發展。主要是因爲對左翼政治運動受到限制而感到無奈的運動人士，大都把方向轉往文學運動的緣故。一九三一年，在總督府前後兩次對左翼分子進行大量逮捕的情勢下，當時居留在台灣的日本左派青年平山勳、上清哉、藤原泉三郎、別所孝二、林耕三等人，聯合了王詩琅、張維賢、周合源、徐瓊二、廖漢臣、朱點人、賴明弘等台灣左翼青年，成立了文藝團體『台灣文藝作家協會』，發行機關誌《台灣文學》。這個協會帶有共產主義思想研究的性質，特別是處在無產階級文化運動和納普機關誌《戰旗》的影響圈內。[27]他們提出「探究新文藝並將其確立於台灣爲目的」，主張要成立立足於馬克思主義的台灣自主的文學，並與同樣堅持普羅文學理念的日本人合作，以體驗殖民地民眾苦難心情的角度來思考問題，[28]並憑以展開有組織的活動。在協會成立之前的「主旨書」上如此記載：

> 行動需要理論，理論要求行動。…如果藝術理論沒有浸淫到行動，或藝術運動沒有受理論的規定，而且此兩者沒有產生辨證法的互相作用的話，其理論及其行動就失去存在的理由。[29]

他們強調在無產文藝運動中，理論和實踐同樣重要，可見從《伍人報》及《台灣戰線》等左翼雜誌開始發起的無產階級文化運動，已逐漸被定位爲文藝運動。協會機關誌《台灣文學》也把目標放在「邁向新文藝的確立」、

---

[27] 毫無疑問的，其意圖乃在擔任台灣共產主義運動一翼的普羅列塔利亞文化運動；創辦人與日本左派團體保持著非常密切的關係，連絡方式主要係透過《戰旗》和納普，當然也包括其它管道。參考王詩琅譯，前揭書，頁 520。

[28] 塚本照和著，張良澤譯，〈日本統治期台灣文學管見（上）〉，《台灣文藝》69 期（1990.10）。

[29] 警察沿革誌編纂委員會，《台灣社會運動史——文化運動》，頁 409。

「邁向文藝的大眾化」，並在活動方針中，進一步規定它的中心任務為「新文藝的探究及其確立」，而努力方向則定在「對題材的選擇方法、對事物的看法、對它的處理方法－－在作品內容和形式方面」。可見他們明確的知道，作者的思想傾向和意識形態會影響到題材的選擇和處理方式，並且對當時的大眾文化和大眾文學，其觀念和實踐之間的根本問題上，已經得到辯證式的理解。[30]協會成立後，接到來自東京署名「J.G.B.書記局」的賀電，內容反映了一九三〇年哈爾可夫國際革命作家二次大會所作的決議，即有關納普加強關注殖民地藝術運動的影響。從其對台灣文藝作家協會的建議中有理論和創作實踐、階級鬥爭、前衛的眼光、領導權問題等字句，不難發現它深受國際普羅文藝運動的影響。[31]對此，該會亦作出了回應；在一九三二年初被神戶警察截獲的三份資料中，一份題為〈我們的緊急諮問〉的文件，內容即是向協會請示能否像日本的納普一樣，成為台灣的無產階級作家同盟；另兩份由平山勳署名的文件內容，則詳述協會的沿革和工作內容，還談及台灣文化及民族問題、「新文藝的探究及其確立」的問題，以及台灣文藝作家協會的未來問題等等。[32]仔細分析其內容，即可知道，台灣文藝作家協會一方面希望成為國際無產階級革命運動的一個支流，另方面也期望本身不僅是純粹的無產階級文藝運動，更應深刻的去考慮有關受到日本帝國主義支配的民族問題。也就是說，該協會雖然是在受

---

[30] 對於《台灣文學》的左翼性格，可參考明弘，〈談我們的文學之誕生——一項提議〉；林原晉，〈把《台灣文學》帶進大眾之中——給編輯部的一句話〉，《台灣文學》二卷一號（1932.2.1）；〈卷頭語——「知識份子」的社會意義〉；秋本眞一郎，〈台灣文學運動的覇權、目標、組織——以大眾化為中心確立文學的黨派性〉；瀧澤鐵也，〈主題的積極性〉，二卷三號（1932.6.25）。

[31] 〈致台灣文藝作家協會創立大會的賀電〉，其內容參考施淑，前揭論文，頁19-20。

[32] 平山勳，〈台灣文藝作家協會的歷史〉、〈我們和台灣文藝作家協會〉，仔細的內容可參考施淑，前揭論文，頁 20-22。

到階級文學的黨派性、國際主義、以階級鬥爭的利器來從事文學活動等等，三〇年代初社會主義文學思想中，最具急進觀點和態度，將文學附屬於政治的福本主義影響之下誕生，不過在路線的選擇上，卻明確的把握了民族問題，堅持建立具有地域性，鄉土性和以台灣為本位的無產階級作家聯盟。這可說是因為他們對淪為帝國主義殖民地的台灣特殊的歷史條件，有著明確的認知的關係。

也因為這樣，《台灣文學》被總督府認定內容反動，從創刊號開始便遭到禁刊的命運。第二年，協會改變方針，試圖加强普羅文學的普及，同時為拉近與納普之間的緊密關係，派遣了林耕三前往日本。但林卻不慎在神戶遭到逮捕，在他帶去的書信中，暴露了組織普羅列塔利亞作家同盟的意圖，《台灣文學》第五期也因而被禁止發行，第六期更遭到禁止販賣，導致該雜誌終至廢刊，協會也遭到分裂命運。[33]由是，無產者文學運動有組織性團體的成立，因總督府的壓迫而胎死腹中，台灣統合的普羅文學運動的展開，也因而鎩羽作收。這樣的發展，對往後台灣無產文藝運動的方向，有著絕對深遠的影響。因為與中國大陸、韓國和日本情況不同的是，文藝作家協會企圖的普羅列塔利亞作家同盟計劃成為泡沫後，台灣普羅文藝運動乃不得不與右翼形成聯合戰線形態，繼續尋求發展，而且在左翼政治運動遭致潰滅幻散的狀況之下，只得透過文藝雜誌，獨力推動文藝上的普羅運動，也因此形成台灣左翼文學發展的侷限性。不過，台灣文藝作家協會的企劃雖然失敗，但其努力卻成為緊接著進行的文藝大眾化的理論基礎，繼而更帶出以無產大眾為對象所進行的台灣話文論爭。

---

[33] 有關台灣文藝作家協會的結成，以及《台灣文學》的發行，參考河原功著，葉石濤譯，〈台灣新文學運動的展開——日本統治下在台灣的文學運動〉，《文學台灣》1-3 期（1991.12、1992.3、1992.6）。

四、左翼政治運動的萎縮和左右合作的組織性文藝運動

一九三一年受到滿洲事變的影響，日本總督府逐漸加强對左翼政治運動的監視，再加上左翼運動本身內部不斷分裂，因而造成左翼政治運動急速的萎縮。在這一年當中，包括民眾黨的解散，台共黨員和台灣勞動互助社員的大檢舉，以及勞動者聯盟、新文協、農民組合的衰退等等，幾乎所有社會運動均一一遭到瓦解，只剩下認定殖民現實、主張體制內改革的『台灣地方自治聯盟』，勉强的保住了命脈。在這樣的局勢下，面臨著政治運動發展的處處掣肘，大部分的社會運動成員，乃將其視角轉向文學界，從此文學界進入了活潑的文學運動時期。一九三一年以後，各種文學同仁團體陸續結成，文藝雜誌也應運而生。但隨著台灣文藝作家協會的瓦解，有組織的作家同盟難以成立，而知識分子也意識到總督府的監視，乃將戰略方向改爲透過無黨無派的一般文藝雜誌，進行散發性文藝主張。於是，之後的台灣文學運動，正式進入到左右翼合作的文學運動聯合戰線時代。[34]

聯合戰線時期的第一個團體是在一九三一年秋結成的『南音社』。[35]南音社以「鑑及過去島內，各種雜誌壽命多不永，凡我會員，對於寫作方面，應痛罵日人處，最好，不必即刻劍拔弩張，直搗黃龍，惹翻檢閱者的神經，與其作無謂的犧牲，如何運用含蓄的筆法，使讀者稱快，而檢閱者惘然，較爲得策。倘有特殊的理由，則不在此內。」[36]這麼穩健的步調出發。其機關雜誌《南音》也是爲了避開總督府的檢閱和監視，强調不分黨派的無私無我精神，[37]甚至出版時還商請日本官吏題字，以掩耳目。不過不久之後，《南音》成了由黃石輝提出「文藝大眾化」方案而引起「台灣話文」

[34] 陳芳明，〈三〇年代的文學社團與作家風格〉，《台灣新文學史》第五章（《聯合文學》155 期）。

[35] 南音社的會員有莊垂勝、葉榮鐘、郭秋生、周定山及賴和等人。

[36] 黃邨城，〈談談「南音」〉，《台北文物》三卷二期（1954.8）。

[37] 奇（葉榮鐘），〈發刊詞〉，《南音》創刊號（1932.1.1）。

論爭的實踐場地，並刊載了帶有社會主義思想的毓文〈最近蘇維埃文壇的展望〉[38]、芥舟〈卷頭言——社會改造與文學青年〉[39]、一吼〈刺激文學的研究〉[40]、〈拍賣民眾〉[41]等强力主張社會改革、具體改善現況的文章。因此，雖然普羅文學家賴明弘和編輯部之間有過階級問題上的意見對立，[42]並受到資本主義階級的娛樂刊物及霧峯派的小嘍囉等的批判，[43]不過直到遭到日警的禁止發行處置而停刊爲止，都持續刊登了進步、批判觀點的作家作品及評論。[44]在創作方面，也登載了賴和的《歸家》、《惹事》，周定山的《老成黨》，赤子的《擦鞋匠》等具有豐富批判性、現實性的小說，呈現出一定的左翼傾向。

另外，這個時期，與台灣相比受到總督府的監視稍較寬鬆的東京留學生中，林兌、吳坤煌、王白淵、葉秋木等台灣左翼青年，計劃要成立台灣普羅列塔利亞文化聯盟。但是，台灣人在東京成立日本共產黨系統的組織，或其他相關特殊組織，都是違背共產國際的組織結成指導原則。因此他們在決定日後把組織移回台灣後再結成聯盟的共識下，臨時決議在日本普羅列塔利亞文化聯盟（哥普）的指導之下，成立準備組織。一九三二年二月，在「以文化形體，使民眾理解民族革命」[45]的旨趣下，他們成立了

---

38 《南音》一卷五期（1932.3.14），頁 16-21。

39 《南音》一卷十一期（1932.7.25），頁 2。

40 《南音》一卷十一期（1932.7.25），頁 1-5。

41 《南音》一卷六號（1932.4.2），頁 21-24。

42 透過天南，〈合弘仔說幾句閒話〉（一卷五號，1932.3.14，頁 21-22）、〈宣告明弘君之認識不足〉（一卷六號，1932.4.2，頁 24-25），得知《南音》內部的意見對立狀況。

43 黃邨城，前揭文章。

44 有關《南音》的反普羅文學性格和普羅文學性格的共存和內部對立情形，施淑認爲係普羅文學運動中的民族主義和無產階級意識之間的矛盾問題。參考施淑，〈書齋、城市與鄉村〉，《兩岸文學論集》頁 50-83。

45 施學習，〈台灣藝術研究會成立與福爾摩莎創刊〉，《新文學雜誌叢刊 2》頁

哥普所屬的文化團體『台灣人文化圈』，並發行了《時報》七十部。不過，沒過多久，其猛員葉秋木參加反帝國主義示威時遭到逮捕，因而暴露出組織成立的事實，組織也因此遭到瓦解。到了第二年，蘇維熊、施學習、王白淵、劉捷、吳坤煌、巫永福、張文環等人，組織了合法文藝團體『台灣藝術研究會』，這個團體把目標定在「絶不俯順偏狹的政治和經濟所拘束，將問題從高遠之處觀察，來創造適合台灣人的文化新生活。」[46]可見該團體抑制了煽動性較爲强烈的文句，也相當謹愼的考慮合法性與否問題。[47]雖然只發行三號就告終，不過，其機關雜誌《福爾摩莎》對在台進行的鄉土文學論爭極爲關注。[48]《福爾摩莎》的出現可說是新生代日本留學生參與文學運動的一個標識，他們對《南音》提出批判，認爲《南音》雖然强調普羅文學，但是仍然有貴族文學的成分，因此提出「重新創作台灣人的文藝」；同時，他們也相當肯定《台灣文學》的出現。[49]由此可以推知他們所提出的新生活、新文藝主張，比起《南音》所呈現的普羅意識，應該是更爲具體。

雜誌發起人之一的吳坤煌在長篇論文〈論台灣鄉土文學〉[50]之中，展開相當有深度的討論。首先，他指出當日的鄉土文學論者，對鄉土的觀念

65-71。

[46] 施學習，前揭文章。

[47] 當事者之一的巫永福，回顧說當時採取左翼和中間路線之間曾經有過爭論，不過因成員大多數爲學生，因此避開極端，而採取了中間路線。〈台灣文學的回顧與前膽〉，《風雨中的長青樹》。

[48] 例如蘇維熊，〈台灣歌謠に對する一試論〉(試論台灣歌謠)，《フオルモサ》創刊號（1933.7.15），頁 2-15；吳坤煌，〈台灣の鄉土文學わ論す〉(論台灣鄉土文學)，二號（1933.12.30），頁 8-19；劉捷〈一九三三年の台灣文學界〉(一九三三年的台灣文學界)，二號，頁 31-34 等文皆是。

[49] 楊行東，〈台灣文藝界への待望〉(對台灣文藝界的期望)，《フオルモサ》創刊號（1933.7.15）。

[50] 〈台灣の鄉土文學わ論す〉，《フオルモサ》二號（1933.12.30），頁 8-19。

如懷舊、浪漫，就是籠統、不切合台灣的現實，而且他們的主張沒有一定的方向，因此像水泡一樣消失於無形。接著，他由普羅文學的立場，批判一般所謂的鄉土文學。他指出所謂鄉土文學，事實上已經過布爾喬亞的觀點取捨、選擇過的封建時代的文學遺跡，它的內容游離於現實，它在形式上表現的民族特色，只不過是用來支配無產階級的麻醉藥。而在資本主義已經發展到帝國主義的階段，帶有濃厚封建思想內容的鄉土文學，更成了支配無產者的最有力的文化武器。根據這些觀點，他堅決指出，在當時的條件下，如果要提倡台灣鄉土文學，就必得考慮「民族的動向，地方的色彩」這兩個關鍵性要素。由此可知，他是站在徹底的普羅文學立場上，討論台灣的鄉土文學。這些概念與前時期的《台灣戰線》、台灣文藝作家協會的理念，事實上是一脈相通的，可見他所參與的《福爾摩莎》是站在國際社會主義路線上，試圖解決殖民地台灣的普羅文藝創作問題。雖然他的意見沒得到回應，而且，台灣文藝創作上的根本問題也沒能獲得具體的解決，不過他所提出的思考方向，明確地告訴我們，日據時期的台灣左翼文學是兼顧國際主義和民族主義的，而且鄉土文學論爭，以及後來的台灣話文論爭，都是在無產文藝的範圍之內進行的。

東京留學生成立台灣藝術研究會，並發行《福爾摩莎》，給了在《南音》以後一路蕭條的台灣文學界一個刺激。一九三三年十月，台北的文人也組成了『台灣文藝協會』，該會由台北的左翼文學青年郭秋生、廖漢臣發起，以黃得時、王詩琅、朱點人、蔡德音、徐瓊二、陳君玉、林克夫、吳逸生、黃青萍等人爲中心成員，爲了避免總督府的監視和壓迫，標榜自由主義作爲協會的基本精神。不過，由於大部分成員帶有强烈的普羅文學運動性格，因此，一九三四年發行的機關誌《先發部隊》受到了總督府的注意，第二期起乃不得不改名爲《第一線》。《先發部隊》首先對之前文學運動在改革方面的不夠積極與努力，提出了反省，因而提倡展開具備鮮明目的意識的普羅文化及文學運動。

> 從散漫而集約，由自然發生期的行動而之本格的建設的一步進展，必是自然演進的行程，同時是台灣新文學所碰壁以教給我們轉向的啟示。我們以為唯其如此的行動，始足以約束新的劃期的發展到來，與待望台灣新文學運動的實際化。[51]

在上面的〈宣言〉中，雖然沒有具體的說明新文學的內容所指爲何，但文中提到自然發生期的散漫，主張應具有集約性、正式性的文學運動，這就不難揣度目的性的文學運動所指的是甚麼。[52]到了郭秋生撰寫〈卷頭言〉時，就比較明確的提出該協會和《先發部隊》所指向的文學運動方向，並主張繼承《伍人報》等三〇年代初普羅雜誌的精神，展開比《南音》、《曉鐘》更積極的文學運動。[53]也就是說，郭秋生所提的是具有目的性的普羅文學運動，而他所強調的轉換期，意味著能眞正反映出三〇年代社會狀況的社會寫實文學的進一步發展。《先發部隊》的這個覺悟和努力，或可說是因爲一九三一年六月左翼政治運動的完全潰滅，而把力量噴向文學運動的一個極端例子。《先發部隊》特別企劃了「台灣新文學出路的探究」特輯，提出同時確保目的意識和文學藝術性的文藝之路；如〈卷頭言〉所見，郭秋生一直強調台灣新文學的方向轉換，他認爲從新文學運動開始以來，到目前爲止的小說，都只注重描寫不幸現實的實際面貌，因此強力主張今後一定要指向「行動的本格化、建設化」。他舉日本作家北村壽夫的《標緻的尼姑》爲例，評論這篇小說訴說的就是自己所主張的「是故我們要看的，是只要能夠有熱烈的生命力，克服了冷遇的惡環境，以奏人生凱歌的

---

[51] 〈宣言〉，《先發部隊》創刊號（1934.7.15）。

[52] 施淑舉出「宣言」中的自然發生期的行動、目的意識、文學運動的實際化、內在觀念和表現形式之間的關係、正確的認識等用語，認爲它受到日本普羅文藝理論家青野季吉的論文〈自然生長與目的意識〉的影響。參考〈書齋、城市與鄉村〉，《兩岸文學論集》，頁 50-83。

[53] 〈台灣新文學的出路〉，《先發部隊》（1934.7.15）。

新人物出現。」[54]可見郭秋生要把普羅文學的方向，轉換成能提出更加積極的新人物，[55]以便更容易描寫變革現實的內容。

另外，周定山把過去的小說分爲階級小說、戀愛小說和政治小說，並就此提出看法。其中階級小說因作者普遍缺乏足夠的體驗，內容刻劃不夠深入，因此，呼籲作者要注意農村及農民的問題。他反省過去的階級小說忽視了農民問題，提議要重視無盡藏寶庫的貧農問題，好好的開墾這片沃土。[56]農民和農村的問題，在農民人口佔國民 80%以上的殖民地台灣，可說是最能表現出台灣現實的題材，他能注意到這一點，在普羅文藝的發展上或許起步有些遲晚，但也算是萬幸之事了。

守愚也批判了過去小說著重探討男女問題的偏差現象，因此期待農民小說的大量創作。[57]此外，透過這個特輯，黃石輝、賴慶提出了文藝大眾化的實際方案；[58]點人爲文重視創作方法上的內面描寫；[59]逸生討論了文學的時代性。[60]檢視發表在《先發部隊》特輯的這些文章，我們可以知道，台灣文藝協會在重視更正式的階級文藝運動的同時，對文學的藝術性也頗

---

[54] 郭秋生，〈解消發生期的觀念／行動的本格化建設化〉，《先發部隊》頁 18-29。

[55] 在這裡所謂的「新人物」，可以解釋爲像出現於社會主義蘇維埃俄羅斯小說中民眾革命家一樣的前衛人物，也就是盧卡奇所說的「完美的人物」(fertige gestalt)。他不是批判的現實主義小說中的「充滿問題的個人」，而是社會主義的現實主義小說中的「被肯定的人物」。有關現實主義小說的人物類型，參考盧卡奇，《變革期的俄羅斯現實主義文學》(韓國：東邊，1986)、《小說理論》(*The theory of the novel*)，韓國：尋雪堂，1985)，以及固特曼，《爲了小說社會學》(*Pourune sociologie de roman*)，韓國：淸河，1982)等書。

[56] 〈還是烏煙瘴氣蒙蔽文壇當待此後〉，《先發部隊》，頁 4。

[57] 〈小說有點可觀，閑却了戲曲，宜多促進發表機關〉，《先發部隊》，頁 8。

[58] 黃石輝，〈沒有批評的必要，先給大眾識字〉；賴慶，〈文藝的大眾化，怎樣保障文藝家的生活〉，頁 1-2；5-7。

[59] 〈偏於外面的描寫，應注意的要點〉，頁 8-11。

[60] 〈文學的時代性〉，頁 33-34。

爲注意。他們開始認知到前衛人物的重要性，主張作品中應安排能批判現實而且有能力變革現實的人物；這是社會主義現實主義的一個敍事手法，也就是說小說設定一個擔任改革的人物，透過他的活動達到變革現實的目的。接著，《第一線》刊載了郭秋生的《王都鄉》、王錦江（王詩琅）的《夜雨》等社會主義色彩濃厚的小說，也刊登了〈蘇聯藝術的眺望〉[61]和主張以新寫實主義爲描寫方法的評論。[62]此外，其所刊載的〈台灣民間故事特輯〉，可說是台灣話文運動帶來的一項成果，不僅對民族固有文化遺產提高了興趣，甚且以文藝大眾化實踐的方案來摸索鄉土文學的方向。

東京的台灣藝術研究會和台北的台灣文藝協會雖然都無法長久持續，但是這些團體的成立和活動，促成了全國性文藝組織的結成。一九三四年五月，『台灣文藝聯盟』於台中成立，開啓了全台灣文人共同參與的統一文學運動之門。雖然成立之時面臨著陣痛，台灣文藝協會的成員王詩琅，郭秋生等人以「要談文藝的話，非堅守自己的畹場不可，持這樣統一的立場是毫無道理的」[63]爲由，拒絕參加全島文藝大會。彰化的會員也以故意遲到的方式[64]杯葛聯盟成立，不過，仍有八十多位文人分從全國各地前來參加，大會最後順利召開，並決議在全國各地設立支部，發行機關誌《台灣文藝》月刊。成立全國性的文聯之後，東京的台灣藝術研究會被吸納併入，台灣文藝協會也許可會員自由加入，因此，聯盟成了網羅左右翼文人的文藝組織，並開始有計劃的展開文學運動。然而這種具有不同意識形態的文人總集合，很快的就暴露出缺乏明確立場的問題，尤其是隨著《台灣文藝》刊載東京支部會員日文作品的增加，雜誌的主要傾向從民族性逐

---

[61] 安田保譯，〈ソビエット藝術の眺望〉，《第一線》（1935.1.6），頁 59-65。

[62] HT 生，〈傳說的取材及其描寫的諸問題〉，《第一線》，頁 36-39。

[63] 轉引自林瑞明，〈日本統治下的台灣新文學運動——文學結社及其精神〉，《台灣文學的本土觀察》，頁 2-34。

[64] 張深切自傳，《里程碑》，頁 478。

漸轉到政治性，再轉換到純文藝性。[65]雖然泛民族性文學運動的必要性促進了台灣文藝聯盟的誕生，但是成立之際，張深切和賴明弘兩個人所堅持的共同立場－－展開文學運動以替代消沈的社會運動，[66]一旦進入到選擇刊登作品、評論或文藝理論等實際審稿編輯作業之時，便產生了衝突，導致他們的初衷無法貫徹到底。因此，《台灣文藝》的出刊，愈到後來，就愈偏往純文學方向走，同時也面臨著各種不同主張林立的局面。

這種局面的持續，必然導致分裂。擔任農民組合幹部，具有濃厚社會主義思想，並主張文學政治功能的楊逵，就認爲透過文聯的文學運動是無法貫徹左翼政治性的目標；而就在這時候，他與右翼人士張星建之間，即因編輯權的問題產生衝突，加速了文聯內部分裂的檯面化。從楊逵離開《台灣文藝》之前，發表在日本《文學評論》的文章，就可知道當時他的立場。

> 從思想的層面看，當今的台灣文學運動中最受重視的問題，是進步文學之提攜。……但是因為指導部門工作的弛緩，而喪失了與他團體接近的機會，這是很可惜的事。在躍進中的台灣文學運動，必須包容進步的傾向而團結。[67]

可見他的不滿，來自無法成就進步傾向文學的團結。結果楊逵與他的夫人葉陶另外成立了『台灣新文學社』，以賴和、楊守愚、吳新榮、郭水潭、王登山、賴明弘、賴慶、葉榮鐘及高橋正雄、田中保男等人爲主要成員，在一九三五年末發行中日文合刊的機關誌《台灣新文學》。《台灣新文學》

---

[65] 張深切，前揭書第 490 頁中提到：「台文的編輯方針，在實力對比之下，不得不自動轉變，由民族性轉向於政治性，再由政治性轉向於純文藝性，初創的主旨逐漸無法維持下去了。」

[66] 主導文聯的張深切和賴明弘，在回顧文聯的組織時，都同樣的指出文聯帶有反對異民族支配的政治運動的性格。參考林瑞明，前揭論文。

[67] 〈台灣文壇の近情〉（台灣文學的近況），《文學評論》二卷十二號（1935.11.1）。

從創刊號開始就刊載了日本和朝鮮的左翼作家德永直、葉山嘉樹、石川達三、藤森成吉、張赫宙等人的祝賀、聲援文，[68]以及「高爾基特輯」等，[69]帶著濃厚的社會主義傾向邁步出發，可見楊逵所說的「進步文學」實體，就是指在社會主義基調之下，積極的把握台灣現實的左翼文學。但事實上，《台灣新文學》爲了避開總督府的監視，在創刊號上固然是明示著「本誌是不屬任何團體的機關，本誌是全台灣文藝同好者的共同舞台，是誰都有登台演唱的權利，同時是誰也有支持的任務的」[70]主旨出發。但是，同仁們都認爲他們要指向於「加一層提高現實社會生活的進步文學」。[71]相較於台灣文藝聯盟機關誌《台灣文藝》，它確實帶有濃厚的現實主義傾向，並且呈現出楊逵所主張的與窮困的一般民眾聯合，來瓦解日本殖民統治的立場。因此，《台灣新文學》不僅與日本左翼作家維持緊密的連帶關係，還擔任了日本那卡社的《文學評論》、文學案內社的《文學案內》，以及《時局新聞》、《實錄文學》、《勞動雜誌》等左翼雜誌的台灣支部角色；[72]一如楊逵所主張的，成就了與其他進步文學陣營之間的提攜。這是自一九三一年的台灣文藝作家協會之後，再一次與日本左翼作家聯合展開的文學運動。透過這樣的事實，我們可以知道台灣的左翼文學陣營，一直是與國際

---

[68] 〈台灣新文學に所望すること〉（對台灣新文學之寄望），《台灣新文學》創刊號（1935.12.28），頁 29-41。

[69] 〈ゴ—リキイ特輯〉，《台灣新文學》一卷八號（1936.9.19），頁 22-35。

[70] 「啓事」，創刊號（1935.12.28），頁 99。

[71] 吳兆行（新榮）、郭水潭，〈台灣新文學社に對する希望〉（對台灣新文學社的希望），《台灣新文學》創刊號（1935.12.28），頁 65-66。

[72] 楊逵也在這些雜誌上刊載許多有關台灣文學的發展概況，例如，〈台灣の文學運動〉（台灣的文學運動）（《文學案內》一卷四號，1935.10.1）；〈台灣文壇の近情〉（台灣文壇近況）（《文學評論》二卷十二號，1935.11.1）；〈台灣文學運動の現狀〉（台灣文學運動的現況）（《文學案內》一卷五號，1935.11.1）；〈台灣文壇の明日を担ふ人〉（台灣文壇的明日旗手）（《文學案內》二卷六號，1936.6.1）等皆是。

社會主義文藝發展，保持著緊密的互動關係。之後，《台灣新文學》由於其普羅列塔利亞文藝雜誌的性格，屢次遭到內容被塗刪或禁止販賣的處置，一直到一九三七年四月總督府頒下漢文禁止令時爲止，雜誌共發行了十五期。

以上概略地整理了從《南音》到《台灣新文學》等三〇年代左翼文學的發展經過。如上所述，這個時期的左翼文學運動，因總督府的監視等客觀條件，不得不與右翼聯合謀求發展，因此圍繞著《南音》、《台灣文藝》、《台灣新文學》等刊物，左右意見嚴重對立的現象相當明顯。不僅如此，左翼文學陣營本身的內部對立情形，也在討論正確理論以及其應用問題方面凸顯出來。[73]譬如王詩琅對當時的左翼理論陣營，提出「公式的理論不是甚麼地方都可適用」的批判，並認爲從別的地方抄來的抽象理論是沒有什麼用途；因此，他主張要重視普羅文學的世界性，同時也要重視台灣地域的特殊性。[74]相較於此，有「台灣的藏原惟人」、「公式主義者」稱號的劉捷，就特別重視世界性共產主義文藝的發展走向，他不但接受日本的理論和觀念，從蘇聯革命前的社會民主主義者柏林斯基，以及蘇聯文藝政策制定者之一盧那察爾斯基的理論，到樹立社會主義寫實主義的高爾基，也全都被他引介到台灣來。[75]雖然他的論點仍侷限在對資產階級的唯美主

---

[73] 林克夫在〈詩歌的重要性及其批評〉(《台灣新文學》一卷七號，1936.8，頁 85-86）一文中提到，一九三五年文聯大會時，楊逵和劉捷之間因宗派化問題起了激烈的討論；玄影在〈沈默〉(《台灣新文學》創刊號，頁 90-91）文中，也有把劉捷比喻爲台灣的藏原惟人、德永直、魯迅云云的諷刺性言論，可見確實有過宗派的紛爭。有關左翼文壇內部的理念對立問題，參考施淑，〈書齋、城市與農村〉，前揭書，頁 50-83。

[74] 王錦江（王詩琅），〈一個試評〉，《台灣新文學》一卷五號（1936.5.4），頁 94-96。

[75] 郭天留（劉捷），〈創作方法に對する斷想〉（創作方法之片段感想）；〈台灣文學に關する覺え書〉(對台灣文學的感想)，《台灣文藝》二卷二號、五號（1935.2.1、5.5），頁 19-20、44-49。

義、藝術至上主義的批判，不過，在討論意識形態和世界觀、自然發生和目的意識等問題上，則已跳脫單純口號的呼喊，提出了具有理論根據的論述，成為台灣左翼文學理論中較具深度的一篇論述。

這個時期的左翼文學運動，承繼了三〇年代初期的普羅文學精神，明確的體認到殖民地台灣的現實，因而透過文學結社，強力的呈現出目的意識性。由於在日帝統治下所謂的無產階級，就是指勞動者、農民等絕大多數的台灣人，從這個歷史現實來看，他們所主張的普羅文學，可說確保了民眾連帶性，也帶著強烈的目的指向性，朝著克服殖民地現實困境，以及以變革現實為優先的方向發展。

五、結 語

透過以上的討論，我們知道台灣的左翼文學運動，是從二〇年代新文學運動初期開始，隨著無產階級運動的成長，發展為普羅文學運動；而三〇年代初，由於受到日本對殖民地的言論箝制和壓迫，又轉變為左右合作的文藝運動。在這個過程中，左翼文壇以具體的理論提出「文藝大眾化」方案，開始思考真正的無產大眾文藝所要擔負的時代使命。文藝大眾化所強調的是，與廣大群眾一起感覺、與無產大眾一起呼吸，並呼籲作家以勞苦群眾為對象去做文藝。這個主張牽涉到台灣新文學建設上非常重要的語言問題，因此馬上引起贊反雙方意見的對立，並隨即發展為鄉土文學和台灣話文論爭。其中鄉土文學論爭，主要在內容上表現出台灣無產大眾的現實狀況；而台灣話文論爭，則在形式上應該採用台灣話文或白話文來創作的主張上，意見紛紜。不過，大部分的論爭焦點，主要還是集中在形式上台灣話文的使用與否問題方面，至於有關鄉土文學內容，即如實面對台灣現實的意見，則未出現分歧現象。也就是說，參加此論爭的左翼文人，幾乎都同樣站在無產階級文藝立場上，來思考無產大眾真正能懂、能欣賞的文藝形式。這種設定民眾爲文藝主體的想法，來自社會主義文藝理論所主張的——藝術屬於民眾，民眾是藝術創造及享受的主體，同時藝術也反映出民眾的利害關係，並且服務於民眾。在無產大眾幾乎就是代表全體台灣人民的當時現實環境下，左翼文學運動的發展和其所提出的文學理論，可以說具備了正確的歷史認識和現實認識；而其意義即在於强力要求文學的民眾連帶性，以及追求民族解放的時代使命。如此從二〇年代開始，即從與傳統和因襲的舊文學鬥爭而出發的台灣新文學，一方面接受了認知大多數台灣人的處境和民族現實的左翼文學理論，另方面在其文學理念和方法論上，也採取了以無產大眾爲中心的反帝、反封建及寫實主義，努力開拓出正確的現代文學之路。

選自：《台灣文學學報》第七期（2005.12）

應鳳凰

成功大學台文系教授

五〇年代文藝雜誌與台灣文學主潮

一、前言

「五〇年代」是國民黨政府遷台之後第一個十年，兩岸文學史書寫一概冠之以「反共文學時期」：認定當時整個文壇由國民黨文藝政策所掌控，主流作品不是官方提倡的「戰鬥文學」，便是與腳下土地無關的「懷鄉文學」。固然文學史爲了分期與分類的方便，不得不採概括性敘述，然而進一步考察這十年各版文學史論述，由於懷抱的史觀或意識形態分歧，各家對同一段文學歷史評價南轅北轍，令人無所適從。除了海峽兩岸學者的「左右」觀點不同，台灣本島「統獨」史家的論點也各異——到底這段時期「文學成果」是荒涼的還是蓬勃的？作家發表空間是開闊的還是窄隘的？各說各話，互相沒有交集。

「文藝雜誌」一向與文學發展關係密切，尤以同時期報紙純文藝「副刊」仍處起步階段的五〇年代文壇，雜誌幾乎是作家最重要也最頻繁的發表園地。本文即以五〇年代文藝雜誌爲觀察場域，試圖透過較宏觀的角度，將文藝雜誌依性質與讀者群歸納成幾種類型，以探測當時文壇群落的分布狀況，並進一步辨析文學場域裡不同的文化型構，希望對文學史書寫的分歧與裂縫處，多少有一點修補的作用。

二、「女性觀點」與「市民觀點」：文學史論述補遺

討論近年分岐的「五〇年代文學史論述」，最方便的切入點，當是二〇〇〇年初邱貴芬（敬稱略，以下同）發表〈從戰後初期女作家的創作談台灣文學史的敘述〉[1]一文，站在女性文學的立場說明，戰後初期是女作家

---

[1] 邱貴芬（2000）〈從戰後初期女作家的創作談台灣文學史的敘述〉。《中外文學》第 29 卷第 2 期（2000.7）。頁 313-335。

創作量最豐富，空間也最開闊的階段，以此質疑前此的史書一概判定五〇年代文學只是一片空白，「文學的成果是白色而荒涼」的說法，文中表示：

> 如果我們以女作家創作的觀點來看戰後初期的台灣文壇，毫無疑問的是豐富無比；如果我們捨棄以本省籍作家創作為主要探討對象的史述觀點，改採以女性創作為主要論述範疇的敘述觀點來書寫台灣文學史，那麼戰後初期可算是台灣女性創作空間大為開展的一個關鍵期。顯然史家觀察及論述的位置不一樣，所建構的台灣文學面貌也大不相通，其影響所及，可能連傳統台灣文學史採用的斷代分期都需改頭換面。

這篇論文的提出顯現台灣文學研究場域，因女性觀點的加入，文學史論述角度更加豐富而多樣。草創時期論述的位置與視角太單一，致使五〇年代文學研究成果相對的「蒼白而荒涼」。相信未來例如「原住民」等觀點的參與，文學史更能進一步成爲「反映台灣多元族群歷史經驗的文學紀錄」。

五〇年代文學史論述除了一般較熟悉，已出版成書的兩岸各版「台灣文學史」，另外值得注意的是尉天驄與郭楓的論點。郭楓一九九〇年發表的論文提到這十年文學的環境與生態時，便清楚地將五〇年代文壇「結構」出「三個方面」：除了其一，「黨國的筆隊伍」，其二「現代主義崛起，西化風尚的勃興」；其三是「夢幻愛情小說流行，成爲庸俗文學的濫觴」[2]。這樣的「結構方式」，令人聯想到張誦聖曾運用雷蒙．威廉斯「主導文化」、「另類文化」、「反對文化」的理論架構來討論台灣戒嚴時期的整體文化結構[3]。這三項文化結構原是「共時」性的——如果這樣的分法也可以應用在五〇

[2] 郭楓：〈四十年來台灣文學的環境與生態〉，刊《新地文學》第二期，1990 年 5 月，增訂後收入《美麗島文學評論集》，2001 年 12 月由台北縣政府文化局出版。

[3] 張誦聖：〈台灣現代主義小說及本土抗爭〉，爲 *Modernism and the Nativist Resistance* 一書的序言，應鳳凰譯，刊《台灣文學評論》第三卷第三期，2003 年 7 月 1 日。

年代台灣文壇，第一類當屬「主導文化」，則第三類的「夢幻愛情小說」該屬「另類文化」罷？根據郭楓的分析：

> 「瓊瑤的小說，全是畸戀的夢幻故事，可是，少男少女以至曠夫怨婦喜歡讀這種小說，纏綿至今，持久不衰。這種現象標示出一個符號，這個符號的意義是，我們社會是一個弱智的社會，在死水裡掙扎著太多迷茫的心靈。」（頁 16）

這裡同時說明著五〇年代文壇除了「筆隊伍」所生產的「戰鬥文學」，另一類「文藝愛情小說」也很流行，讀者群可能比「反共小說」還大，且明顯在書市流行的時間更長。文學史家光注意「統治機器」，而忽略讀者大眾的品味走向，其實難以全面地呈現一個時期的文學歷史。

尉天驄的長文：〈三十年來台灣社會的轉變與文學的發展〉[4]，在五〇年代文學這一章，同樣分成三節，分別是（一）一個斷層的時代（二）市民文學的萌芽（三）本地作家的興起。最值得注意的是，在第一節裡，以整頁的篇幅，說明反共文學「未能發展」的四大原因：包括它在台灣缺少生根的土壤；局勢改變而失去現實的動力，政府言論尺度過嚴等等，總之，已清楚闡明「反共文學」在五〇年代「不成氣候」的事實與理由。而在份量最重的第二節中，作者詳列了自《野風》以下十種「非官方雜誌」，藉以說明當時文壇的概況。

當時文壇的情況，根據此文，是：「市民趣味的作風漸漸成為人們喜愛的對象。」流行的作家如孟瑤、郭良蕙、繁露、張秀亞、彭歌等，「也漸由反共文學的框框中陳列眾多愛情問題、家庭問題，而女作家清新的散文，也漸漸成為各報刊最常出現的作品。」作者在同一節中還舉出當時流

---

[4] 尉天驄：〈三十年來台灣社會的轉變與文學的發展〉，收入《台灣地區社會變遷與文化發展》，聯合報社，2001 年 10 月。

行於知識界的三份「非純文學刊物」，旅遊性或綜合性的《自由談》《暢流》及《晨光》，其所以大受歡迎，「主要是透過了它們的山水小品、歷史掌故、人物回憶等作品，很可以滿足當時生活漸趨安定的中原人士所滋長出來的懷鄉情緒。」（頁452）

從上述的「市民趣味」，他也帶到郭楓論文提及的「夢幻愛情小說」，只不過郭文以瓊瑤為例，尉文舉出的是雜誌《野風》等，認為大多數「缺乏深度的、略帶浪漫氣息的」小說，「其中的感傷、夢幻的成份也多多少少填補了一般青年的空虛。」（頁453）更提到一些新詩，「偏於個人的感情的描寫」，亦是青年學習的對象，如余光中《舟子的悲歌》，鄧禹平《藍色的小夜曲》，「便是這種感傷、夢幻、傳奇等風格的代表」。

三、五〇年代文壇「三結構」

文學史書寫固然不能不顧文壇背後的政經發展，但目前出版的台灣文學史書，儘管留意到作品的「社會脈絡」，也提出一串又一串的作家與作品，但比較上，卻忽略「作家」與「社會」中間，有一個看不見的「文學社會」，叫做「文壇」。近年文學史理論前仆後繼，其中如布拉格學派，兼採符號學原理與接受美學觀念，認為文學史的重要任務之一，是要闡明、解析特定時期、特定地區的「文學生態」：除了列舉代表性作家與作品，還需把數量龐大的「讀者」，與影響主流品味的「評論者」（評論標準）等外緣因素，一起考慮進來——例如哪些作品是被多數讀者接受的？當時（而不是文學史寫作之時），那些被評論家（而不是寫史的作者）極力讚賞的作品，其「評論標準」是什麼？文學史應當照顧到「當時」「整體」的文壇生態，包括讀者品味、評論標準、文化生產機構等。

此處便由「文壇生態」的理念出發，比照張誦聖與郭楓的結構方式，依「主導文化」「另類文化」「反對文化」，將五〇年代文藝雜誌分成以下三個大類：

【第一類組】
大半由黨政軍等公家單位支持經費的雜誌，因有國家機器在幕後經營，創刊宗旨便多半以推行政府文藝政策為己任，此一類可簡稱「官方文藝雜誌」的刊物，在五〇年代文壇佔著「主導文化」的位置，如《文藝創作》《軍中文藝》《幼獅文藝》《復興文藝》等。

【第二類組】
內容照顧到大眾口味，訴諸市場與消費群，目標之一是擴大訂戶與收益，這類刊物以綜合性通俗性居多，其內容偏「文藝性質」的雜誌，便刊著前文所提「夢幻愛情小說」。這類作品對大眾有吸引力，對文藝人口的普及，社會文藝教育的推廣有一定貢獻，卻也不能避免其商業傾向以及受背後「市場機制」所掌控的侷限。此類刊物簡稱「大眾文藝雜誌」，相對於「主導文化」，處在「另類文化」的位置，如《野風》《皇冠》《小說世界》等。

【第三類組】
大半是對文學有理想有熱心的學院文人或作家所創辦，並透過學術界或私人關係，尋找經費與人力資源。雜誌內容一般較具純文藝性、理想性，或不脫學院習氣，或堅持某一文學流派，通常曲高和寡，銷量有限。其內容及論述，多重視文學典律，兼顧中國古典與西洋文學傳統，風格上講究前衛與創新，除了創作，也透過翻譯引進外國文學作品，以之借鏡。此類雜誌，常能聚集文壇一群理念相當的寫作菁英共同創作耕耘，對推動一個時期的文學發展，貢獻良多。此類刊物數量少而影響大，簡稱「純文藝」或「學院派文藝雜誌類」。以台灣五〇年代特殊情況而言，由於其標榜文學的獨立性，公開反對文學作為宣傳的工具，故暫將其歸於「反對文化」的位置。六〇年代以後，由於現代主義文學漸成文壇主流，它也逐漸向「主導」的位置移動。

以上分類方式，只有內容傾向的區分，並無等級高低的差別。尤其個別雜誌的發刊詞清楚表明著發刊宗旨，無不聲稱自己最具有文學正當性。然而「同類雜誌」之間必定有傾向性較明顯，與較不明顯的差異。因此排列順序，就從「光譜最明顯」的一端逐步排到不明顯的一端。

若把流通於五〇年代文壇的三大類雜誌的排在一個「等邊三角」的圖形上，三角的三個尖端分別是最具「官方」「大眾」「學院」等鮮明傾向的代表性雜誌，則每一條邊線上，都可依傾向「明顯度」的不同，排列出順序位置不同的雜誌。這樣排法的好處，是可借「主導文化」「另類文化」「反對文化」的結構方式，來「畫」一張文壇生態的「圖」。這個設計另一優點是，三個「等邊」不論雜誌位置排在哪一線，凡是越靠近某一尖端的，傾向性就越明顯；而離此一尖端越遠的，自然離另一尖端越近。三大類組經如此排列之後，即壁壘分明的出現了威廉斯發明的三大文化型構，以此由小見大來折射五〇年代文壇生態的分佈情況。

官方文藝雜誌（1）

學院文藝雜誌（3）　　大眾文藝雜誌（2）

用五〇年代文藝雜誌的實際例子來說，三角形的三個「尖端」，便可由（1）張道藩的《文藝創作》；（2）師範等人主編的《野風》；（3）夏濟安的《文學雜誌》分別作爲「官方」「大眾」「學院」三類雜誌中傾向性較明顯的代表。

（一）佔主導位置之雜誌群

五〇年代台灣文壇生態，最大特色是「作家協會」「文藝雜誌」等半官方文藝機構接二連三成立，且因經濟力雄厚而在文壇扮演重要角色。這些機構的成員逐漸擴大而自成體系，對戰後思潮影響深遠。本身就是這年代文壇過來人的郭楓，有十分具體的描寫：

> 「……他們培訓出大批文藝戰士，組織起以軍政黨工為骨幹的龐大作家系統，這個系統中，長幼有序，自具一種人事倫理與工作準則。他們盡力在軍中輔導的文藝新秀，結訓後大量分派到政府機構及社會各部門，擔起文藝教育和運動的任務。自五十年代以後迄至目前，官方各部門的文藝主管以及半官方的報刊與出版機構負責人，大多從戰鬥系統出來，他們對台灣文學生態的影響，不言可喻」。（頁13）

以下試以「傾向性」的程度來排列順序：越前面的雜誌越靠近「官方」的尖端位置，越下方則越傾向「另一端」，如此一來，有一端是越遠越傾向「大眾」，另一端則越遠越傾向「純文藝」。

〔1〕《文藝創作》

由中央黨部支持經營的《文藝創作》月刊於一九五一年五月四日創刊，到一九五六年十二月停刊，總共出版了六十八期，雜誌之外也兼營出版社；發行人張道藩，歷任主編爲葛賢寧（1～41 期），胡一貫（42～51 期），王平陵（52～60 期），虞君質（61 期以後）。它是「中國文藝協會」（以下簡稱「文協」）的機關刊物；創辦目的，首先是用來刊登「中華文藝獎金委員會」的得獎作品。

這個簡稱「文獎會」的機構，設置了五〇年代獎額最高的文藝獎項，是『蔣公責成張道藩先生成立…，以獎勵辦法鼓勵社會大眾與在校青年，寫些反共抗俄的文藝作品，以改變宣傳方向』的官方政策性獎項，由張道藩、程天放、陳雪屏、狄膺、羅家倫、張其昀、胡建中、陳紀瀅、李曼瑰等九位黨國要員組成，張道藩任主任委員，每年分兩次（五月四日及十一月十二日），對外公開徵稿。徵稿的範圍包括詩歌、曲譜、小說、話劇、平劇、文藝理論、宣傳畫、漫畫及木刻、鼓詞小調等。《文藝創作》因刊登「得獎作品」，雖呈現著單一的反共主題，文類上確有詩有歌有畫，展出繁複多樣的形式面貌。《文藝創作》除了鼓勵反共主題，推動文藝政策，對台灣文學發展至少有兩大貢獻。一是催生鼓勵了新一代小說家如潘人木，段彩華，端木方等發表了無數優秀的反共作品；二是保留整理了五〇年代大量文學史料。

該刊在每年的開始（即元月號），均策劃「新年專號」，由多位評論家回顧一年來各類文學的概況。另外，第二十三期是「菲律賓華僑文藝作家」專號；第二十五期「五四特刊」；第二十七期有「耕者有其田文藝徵文」專號，皆配合相關政策而編輯；第三十七期的「文藝論評專號」是紀念中國文藝協會成立四周年所作的文藝論評專號。換句話說，《文藝創作》由國民黨中央提供經費，在黨國界線模糊的戒嚴時期，正好呈現國家機器插手文學場域，由國家支付高額文藝獎金，以之作爲掌控文學生產機制的實例。

〔2〕《軍中文摘》／《軍中文藝》／《革命文藝》

一九五〇年六月《軍中文摘》最初創刊的時候，隸屬「國防部總政治部」，目的在提供軍人一份精神食糧，是『純粹爲軍人服務，爲軍人打算的新型刊物』（發刊詞），初期並不對外發行。一九五三年十二月，出版至第五十八期之後，自一九五四年元月，改名《軍中文藝》，同時變更編輯方針，提出要進一步『開闢軍人自己的創作園地』。《軍中文藝》的創刊宗旨是要「建立時代化、大眾化、革命化、戰鬥化的民族文藝」，內容包括：社論、文藝理論、小說、散文、詩歌、戲劇、文藝批評、書評、戰士園地、文壇簡訊及漫畫等，大量採用軍中作家作品，鼓勵軍人創作。一九五六年再改名《革命文藝》，「要使軍中文藝的力量和社會文藝的力量交流互注，以擴大革命事業的陣容」，意指雜誌已有充分實力擴大對外發行，顯示其發行量與作家群一步步提升的過程。《軍中文藝》實際主編爲散文作家王文漪女士，理論方面作家群有：王集叢、郭嗣汾、趙友培等。小說有：王書川、尹雪曼、公孫嬿、尼洛、郭良蕙、郭衣洞、劉心皇、繁露等。詩歌有：上官予、林鍾隆、洛夫、張自英、鍾雷等。劇本有朱白水及劉非列，書評則是司徒衛。我們從其再三改名與成長的過程，看到當時軍中文藝逐漸興盛的狀況，此一「筆隊伍」慢慢壯大的現象，最能顯現五〇年代台灣文壇與其他文學時期不同的特色。

〔3〕《幼獅文藝》

《幼獅文藝》成立之初是「中國青年寫作協會」的機關刊物，由蔣經國創立的「中國青年反共救國團」支持經費。於一九五四年青年節（三月廿九日）創刊。初期採輪編制，前面幾年分別由寫作協會理監事：馮放民、鄧綏甯、劉心皇、楊群奮、宣建人、王集叢等輪流主編，六〇年代之後才由林適存、朱橋、瘂弦等人接手。《幼獅文藝》是台灣少數壽命特長的刊物，至今仍在市場上正常發行中（迄二〇〇三年十月，已出到第 598 期，即將度過它的五十歲生日）。戰後台灣文壇，可說沒有一位知名作家不曾在這裡投過稿子，寫過文章；在五〇年代，它同時具有向青年學生宣揚反共愛國的任務。「發刊的意旨，在提供青年共同耕耘的園地，發掘青年優秀的作品，爲開創青年文藝而努力」[5]。著名雜文作家柏楊一九五四年前後在救國團工作，擔任過《幼獅文藝》主編，曾提到「青協」原是從「文協」分裂而來：

「當時全國本來只有一個文藝團體——中國文藝協會，可是它一開

[5] 李煥：〈序「幼獅文藝二十週年目錄索引」〉，台北：幼獅文藝社，1974 年 3 月 29 日出版。

> 始就被少數人把持，不肯放手，於是引起了窩裡反，以馮放民、劉心皇、王臨泰三位先生為首的一群作家，宣告脫離，在中國青年反共救國團支持下，成立了『中國青年寫作協會』。真正領導人是救國團文教組組長包遵彭和副組長楊群奮，我則是負實際工作責任的總幹事。擔任總幹事最大的好處是，使我認識了五〇年代大多數的作家。」[6]

本刊作家群包括：尹雪曼、王平陵、朱西寧、羊令野、徐文水、馬各、孫陵、張秀亞、郭良蕙、郭晉秀、葛賢寧、覃子豪、劉心皇、謝冰瑩、蘇雪林等。

〔4〕《文藝春秋》

《文藝春秋》爲綜合性文藝月刊。一九五四年四月於台北創刊。創刊初期爲月刊，十月的第七期起，改爲半月刊。於一九五五年出到第二卷第五期之後停刊，共出了十七冊。由王啓煦主編、黃毅辛發行，社長兼總經理爲吳守仁。本刊的內容不限於文學創作，美術、音樂、舞蹈、攝影都有，評論文章比例也高。創刊之宗旨爲：

> 「我們這個刊物，將是藝術化生活的報導者，同時也將是生活藝術化的鼓吹者，不重演過去知識階級把理想的藝術和現實生活分作兩橛的錯誤歷史。」「我們自應格外強化戰鬥生活的藝術化，讓我們能以最熱烈的情緒，來從事反共抗俄的戰爭。」

每期固定之專欄有創作小說、生活散文，不定期之專欄則有藝壇近訊、美術論文、戲劇論文、文藝批評、文藝雜談、生活藝術談、名著小說選譯、世界名畫、世界名作家評介、藝術攝影等。主要作家群有尹雪曼、胡秋原、

---

[6] 柏楊口述：《柏楊回憶錄》，台北：遠流出版公司，1996年7月。

陳香梅、謝冰瑩、畢璞、歸人、彭邦楨、彭歌、梅遜、趙友培、潘壘、蕭銅文、羅石補等。

〔1A〕《文藝月報》

綜合性文藝月刊。一九五四年一月於台北創刊，於一九五五年十二月出到第二卷第十二期之後停刊，剛好出滿兩年廿四期。由虞君質主編，「中國新聞出版公司」發行。本刊在文學評論、小說、散文、新詩、戲劇之外，也積極介紹西歐文學思潮及美術音樂理論。同樣由官方補助，卻是五〇年代中期以前，諸刊物中水準較高的雜誌。

創刊詞上，直接寫明對讀者的「三項要求」：

> 一，要求作家們整理並發揚中國文藝上的寶貴資產。二，要求作家們把反共抗俄的題材，滲透到一切生活的領域之內。三，要求作家們在情感上團結起來，相互砥礪完美的品格，作為時代精神的領導。

在第二項中，提到「現實性的描寫是一個最高的寫作標準。」而作家們目前最重要的任務是「把反共抗俄的文藝運動，推動到一個更高的新階段去。」因爲就目前的情勢說，「反共抗俄已經成了一切生活的主流，除非作家自身和現實生活之間失掉了聯繫，恐怕不會有任何作家不曾深受這個主流的激盪。」本刊作者群包括黃君璧、梁宗之、李辰冬、陳紀瀅、蘇雪林、張秀亞、孟瑤、師範、李曼瑰、黎烈文、齊如山、琦君、梁容若、潘人木、郭衣洞、覃子豪等。作家群以學者佔多數，因此它的「位置」應該排列在三角形尖端的另一邊：即介於「官方」與「學院」之間，而非「官方」與「大眾」之間。

（二）「另類文化」與大眾文藝雜誌

必須有較大的讀者群眾才稱得上「大眾」或「通俗」文藝雜誌。而這一類雜誌的難以定義及定位是由於「文藝性」高低從來難有精確標準。一般而言，是否受到商業或市場機制所掌控，勉強可作爲是否歸入「大眾」類的參考。但雜誌作爲文字媒體，生命歷程較長，常因編輯人員的更動，整體風格也隨之改變。《野風》《文壇》都曾經有過「爲文藝而文藝」的小眾階段，創刊之初，也是高舉文學的理想性，三翻兩次將刊物內容革新。此處歸在「另類文化」，乃整體風格的考量：至少在理念上，他們充分發揮文學的大眾吸引力，不認同「文藝」是政治宣傳工具，是站在與主流思潮不合的陣營。

〔1〕《野風》

一九五〇年十一月創刊於台北。初期爲「半月刊」，由一群台糖公司職員「金文、師範、辛魚、黃楊、魯鈍」五人所創辦。後來多次易主，經歷了「田湜、綠蒂、許希哲」三任主編。出到一九六五年二月的第 192 期之後停刊，共歷時十四年又四個月。

《野風》創刊的使命是「創造新文藝，發掘新作家」，所以對無名氣的新作者，接納的程度非常之高。《野風》初期以綜合性面貌出現，除了刊小說、新詩、散文、翻譯、評論之外，尙有「婦女與家庭、身心修養、國外風光、笑話單元」之類的欄目。以後增闢「青年園地」，篇幅逐漸龐大，讀者量更是直線上升。尉天驄所謂「市民文學的萌芽」，「其中的感傷、夢幻的成分多多少少塡補了一般青年的空虛」，可說明其普及的狀況。

比較其他刊物，它少刊反共、戰鬥、懷鄉一類的文字，文類上偏重創造性、文藝性的作品。一九五一年《野風》第 23 期刊出〈關於稿件的處理〉一文，清楚表明編輯部的態度：

> 「就野風的立場來說，文藝應該是大眾文藝，一篇能反映現實，啟示人生而使每一個讀者都有同一種感受的文章，即使文句粗俚一點，我們認為要比光談風花雪月，不痛不癢，八股口號式的文章好

得多。」

《野風》處於政治氣氛保守壓抑的五〇年代，它的大眾化走向因此別具文學史意義。根據司馬中原等軍中作家的回憶，當時在職軍人不准閱讀《野風》，他投稿是用筆名偷偷寄去的。又根據第一任主編「師範」的說法，他們台糖四位編輯確是在警總壓力下，才決定交棒的。《野風》鼎盛時期可發行到六千份，受大眾歡迎程度不難想像。它在五〇年代的重要性，更可從其「發掘」出來的「作家群」，後來在文壇都擁有一片天空顯現出來：如張彥勳、劉非烈、郭良蕙、許達然、楓堤、張拓蕪、葉笛、鄭愁予等。

〔2〕《文壇》

穆中南主辦的《文壇》創刊於一九五二年六月。發行人本身也創作小說，可說是一位作家懷抱著對文藝的熱忱來創辦這份雜誌：前五期社長王藍，主編劉枋；第二年之後《文壇》才逐漸成爲穆中南一人主編兼發行的業務。《文壇》初期本預備以「月刊」上市，但出版過程中，時辦時停，有時以「季刊」、「半年刊」或「雙月刊」發行。但《文壇》內容一直秉持以文學創作爲重心，包括：文藝理論、文藝評介、譯作、世界文訊、長中短篇小說、劇本、散文，作家動態等。時常寫稿作家有陳紀瀅、何容、尹雪曼、楊念慈、鍾梅音、鳳兮、王書川、謝冰瑩、劉紹唐、王平陵、劉心皇、艾雯、鄧綏寧、鍾雷、王臨泰、王聿均、趙友培、虞君質、葛賢寧、吳若、穆中南、黃公偉、朱西寧、亞汀、李莎、紀弦、宋膺、徐鍾珮、梁雲坡、張秀亞、林海音、王文漪、公孫嬿、鄧禹平、鍾肇政等，可說當時活躍於文壇的各類型作家，皆一網打盡，重要性可以想見。

《文壇》是一份積極配合政府文藝政策，與主流文壇關係良好，卻並不靠公家經費補助的雜誌。《文壇》主持人運用他的黨政關係與良好的經營頭腦，不但開辦了學員數以萬計，遍佈島內外的「文壇函授學校」，藉以得到充裕財源，用以增加雜誌每期容量，更經營「文壇社」的出版連鎖事業，使文壇社成為五〇年代最有活力的民間生產單位。

根據穆中南的回憶文字，最初是幾個工商界好友答應以廣告的方式支持他辦雜誌，《文壇》就壯著膽子開張了。《文壇》創辦的宗旨之一是「以文會友」，服務作家，期望『大家拿出作品來重建文壇』。因此《文壇》沒有創刊詞，穆中南希望提供作家自由創作的空間，他秉持「使作家發揮意志的具體作風」，提出：「第一，不限字數；第二，不限制作家的意志；第三，園地公開」等三大原則。此所以《文壇》一大特色是不怕刊載長篇鉅著，只要文章好，編者認為有價值的，就是數萬字長篇，編者也捨得一口氣將它一次刊完，這從「創刊號」琦君一篇小說〈姊夫〉，以及一次刊登了鍾肇政、葉石濤等新手的中篇小說，便能得到證明。整體而言，《文壇》在五〇年代全力支持反共文學，提倡戰鬥文藝，卻能兼顧藝術性與可讀性，有幾期「特大號」甚至辦得比公家雜誌還更有聲有色，也因此影響力有時還大於前述幾份雜誌。

〔1A〕《半月文藝》

《半月文藝》由台北師院附中（今師大附中）三民主義教師程大城一手創辦。內容有文藝理論、外國作家介紹、書評、文藝情報、散文、小說創作等。經常寫作的作家包括楚卿、何欣、王平陵、王藍、尹雪曼、陳紀瀅、馮放民、謝冰瑩、李辰冬等。程大城在他寫的發刊詞上，言明本刊宗旨在：「撲滅赤色思潮，建立民族文學」。他同五〇年代許多大陸來台知識份子如穆中南，有相似的出身背景：即早在大陸時期已有新聞工作經驗。程大城是河南人，開封中學後，考進國立西北大學政治系，來台之後，一邊在附中教書，一邊獨資創辦《半月文藝》，從編輯到發行業務，不但自己跑印刷廠發排校對，更自己一人包書送書。寒暑假期間，他還不辭辛勞，辦起「半月文藝之友」的聚會，齊集了來自全省各地的青年讀友，足見其辦刊物的熱誠。

《半月文藝》作家與後起的《幼獅文藝》作者群頗有重疊之處，但後者有公家的經費支持，發行順暢。獨資經營的文藝刊物，經費拮据，時常付不出稿費印刷費；是以無論從雜誌內外或質與量來比較，《半月文藝》遠比不上《幼獅文藝》的影響力。

〔2A〕《文藝列車》

《文藝列車》於一九五三年一月一日，由陳柏卿獨資創辦於嘉義。相較於《野風》，它屬南部地區刊物，資源與讀者皆少得多，雖然訴求同樣是「創造新文藝，發掘新作家」。《文藝列車》的創刊宗旨與五〇年代官方文藝雜誌似無不同——它「要跟戰士們一同站在反共抗俄的最前線……，共同爭取反攻復國的勝利」。創辦宗旨明寫著：

（1）爲了配合文化改造運動；（2）爲了加強反共抗俄而宣傳；（3）爲了鼓勵青年從事文藝創作的興趣；（4）爲了發掘新作家，培養新作家，共同爲祖國的「文藝復興」而努力。書寫內容亦不出：反共抗俄、懷鄉、青春與浪漫等主題。作家群有陳其茂、古之紅、郭良蕙、羊令野、丁穎、丹扉、楊念慈、楊喚、季薇、紀弦等。將近四年時間至少出版二十四期。第二卷第一期之後，讀者對象轉爲青年學生，與《野風》《半月文藝》相比，《文藝列車》因偏處嘉義，加上經費困難，時常脫期，影響力相對較小。

（三）學院派文藝雜誌及其「反對文化」位置

此一類刊物數量雖不多，對於推動一地區的文學發展，卻是舉足輕重，影響力比前兩類要大一些。此類雜誌成員以學院中人爲多，重視文學典律，講究藝術形式的創新，時時透過外文翻譯引進新思潮。此類雜誌多屬同仁性質，小眾團體，卻常能聚集一群理念相當的寫作菁英共同創作耕耘。而在五〇年代，很巧合的，《文學雜誌》、《自由中國》及《文星》文藝欄，三刊的作者群幾乎是重疊的。至於結構上將其擺在「反對文化」的陣營，除了夏濟安的雜誌在理念上及創刊詞上直接說明：「我們反對舞文弄墨，我們反對顛倒黑白，我們反對指鹿爲馬」;《自由中國》在一九五四年十月間亦刊出「我們需要一個文藝政策嗎？」的論文，質疑國民黨文藝政策的適切性。《文星》後期李敖的攻擊傳統文化，更顯其「反對位置」的尖銳性與難容於主導文化。

〔1〕《文學雜誌》

夏濟安與吳魯芹，劉守宜都是《文學雜誌》重要的創辦人，還請了余光中擔任新詩欄主編。於一九五六年九月開辦，一九六〇年八月停刊，四年總共出版了四十八期。這份刊物的刊期雖短，影響力卻長遠而鉅大。《文學雜誌》除了結合五〇年代文壇「學術」與「創作」兩界精英，更以學院中不容置疑的專業角色與位置，突破國家文藝政策的無形干預。尤其雜誌認真網羅了文壇一流作家與作品，揭諸『腳踏實地，崇尙樸實、理智，冷靜』的創辦理念，在文學場域裡無形中樹立了一種嚴正的文學態度與風氣。

看得出來，「吳夏劉」三人都從英文系出身，吳夏余都在大學英文系裡長期任教，創辦之時，夏濟安就正在台大外文系教書；看台灣文壇六〇年代以後許多響亮的作家名字：像聶華苓、於梨華、葉珊、瘂弦、葉維廉、劉紹銘、陳若曦、白先勇、王文興、歐陽子、叢甦等，都是當年《文學雜誌》的作者或夏濟安指導過的門生，影響力可知。正如夏濟安說的，《文學雜誌》的風格是朝向「樸素、老練、成熟」，它講究文學傳統，講究反映時代精神，對文字品味的要求十分嚴格。編者認爲，只有懷抱一種嚴肅的理想態度，「我們的文學才會從過去大陸那時候的混亂叫囂走上嚴肅重建之路」（致讀者）。

〔2〕《自由中國》文藝欄

《自由中國》是一份十六開本，三十二頁左右的半月刊，創刊於一九四九年十一月，於一九六〇年九月，雷震等人被捕後，雜誌不得不停刊，前後持續十年又九個月，總共出版了二百六十期。雖然以政治及思想爲重，但每期都以醒目的標題，刊登至少一至三篇文藝作品，從未間斷。文藝作品刊登的比例，約占總量的百分之十五到三十之間。

換句話說，十年間二百多期，登出大約三百篇文學作品，包括八部中長篇小說，三部劇本，及其他新詩、短篇小說、抒情散文、文學理論、書評等，隱然呈現五〇年代台灣文壇特定菁英階層的文學風貌，也可說是這十年文學歷史的縮影。目前幾本文學史論及五〇年代，都太偏重國民黨「文藝獎金委員會」頒發多少獎金，生產多少反共小說等「官方」資料。事實上，民間雜誌未嘗不也是反共文學生產的源頭。創刊詞寫道：

>「《自由中國》這個刊物，正是要闡明蘇俄對於世界——尤其是對於中國——的禍害，和中共對於國家和人民的罪惡。我們並要討論如何阻止這個禍害，如何洗滌這些罪惡。這個刊物所發表的文字，本著思想自由的原則，意見不必盡同，但棄黑暗而趨光明，斥極權而信民主，求國家民族的自由，求世界的和平，則是大家共同的主張。」

雜誌成立兩年後，聶華苓接任文藝部分主編，一九二五年出生的她是湖北人，畢業於國立中央大學英文系。她任編輯之後，拒絕反共八股，自己一邊寫作，也在幾個大學兼課。雜誌停刊後，一九六四年赴美，隔年與她的丈夫保羅．安格爾在愛荷華大學創辦「國際寫作計劃」組織。

《自由中國》文風還可從另一事件看出來。一九五七年二月的十六卷第三期，刊了一則由余光中帶頭，何凡、孟瑤、林海音、琦君、彭歌等作家共同署名的讀者投書，「建議推胡適先生爲諾貝爾文學獎金候選人」。五〇年代文壇是大陸來台作家的舞台，他們都是寫作圈的核心份子，此處顯現《自由中國》作家群與五四文學傳統的密切關係。

〔3〕《文星雜誌》

《文星》比較上是綜合性而非純文藝刊物。由蕭孟能、葉明勳等，在1957年11月創刊。創刊初期由葉明勳擔任發行人，何凡擔任主編，林海音負責文藝編輯，余光中擔任「地平線詩選」專欄編輯，陳立峰負責行政編輯。封面上，標明是「文學的、藝術的、生活的」：文學方面，包括長短篇小說、散文隨筆、詩歌、書評等；藝術方面，包含音樂、繪畫、攝影、木刻、舞蹈、影劇等藝術的欣賞、批評和研究。

這本十六開、約四十頁的綜合性雜誌，在創刊之初，何凡、林海音就對外說明，封面是以配合新聞、現今世界上知名的人物爲主，中國人不包括在內，因爲中國人大家都很清楚熟悉了。例如第一期的封面是甫得諾貝爾文學獎的美國作家海明威，之後有羅素、史懷哲等人。五〇年代的《文星》，除了封面人物介紹之外，尚有「文星畫頁」、「地平線詩選」，刊載現代詩，常見詩人有余光中、向明、辛鬱、洛夫、黃用、阮囊、夐虹、覃子豪、周夢蝶、葉珊、吳望堯、瘂弦、白萩、羅門、袁德星、蓉子、曹介直、鄭林等。

一九五九年起《文星》宗旨修改爲「思想的、生活的、藝術的」。李敖接編之後，編輯重心轉向思想與論戰，密集抨擊中國傳統文化，提倡全盤西化。至一九六五年十二月《文星》第98期因言論問題遭國民黨停刊處分。

〔4〕《筆匯》革新號

原於一九五八年創刊的《筆匯》，任卓宣爲雜誌發行人，一九五九年五月四日起，尉天驄接任主編後，開始了以文學評論及創作爲重心的「革新號」，大量介紹西歐文學新思潮、文藝理論，承襲夏濟安《文學雜誌》的風格，勇於刊登前衛性的文學創作，成爲六〇年代現代主義文學風潮的先鋒雜誌。作家群有陳映真、王文興、許國衡、劉國松、葉笛、辛鬱、張健、鄭愁予、大荒、白先勇、郭楓、劉大任、王憲陽、姚一葦、何欣等，這份名單看得出來幾乎就是《現代文學》的前身。

四、結論

從雜誌分類與分佈的情況，可以補足文學史書寫幾個裂縫。其一，「反共文學時期」應當比一般文學史裡呈現的要短一些。《文學雜誌》在一九五六年創刊，此時國民黨「文獎會」已經停辦，而反共文學在此之前也已明顯式微，聶華苓一九五三年即接編《自由中國》文藝欄，她也堅稱自己從不刊登「反共八股」。換句話說，其實不能說整十年的「五〇年代」就是「反共文學時期」。

其二，《文學雜誌》刊登過兩篇影響深遠的評論文章，一篇是一九五六年十月第二期刊出，由夏濟安執筆：〈評彭歌的《落月》兼論現代小說〉，另一篇爲夏志清寫的，〈評張愛玲的《秧歌》〉（刊於 2 卷 6 期，1957 年 8 月）。至今中生輩作家，對這兩篇文章仍津津樂道，承認其影響力的持久與長遠。目前各版文學史書在不同文學時期，總能羅列各流派代表性作家與作品，卻不太留意文學評論家的成就與影響力。其實評論家常常能主導某個時期的文學走向與思潮，文學史書寫不應當忽略這個層面。其三，從文化結構的角度，若單看一個時期的「主導文化」，這位置固然有其重要性，然而由於主導與反對位置是不斷變動的，因此文學史書寫是否在「主導文化」之外，應同時探討其對立面的「反對」或「另類」結構，例如也照顧到流行於讀者大眾間的暢銷作品，這樣才能更周全地呈顯一個時期完整而多面的文學歷史。

選自：中正大學中文系編《文學傳媒與文化視界國際學術研討會論文集》（台北：行政院文建會，2004）

王德威

哈佛大學東亞系教授

一種逝去的文學？

——反共小說新論

到了我們這個年頭還談反共小說，要從何談起呢？

那邊要統，這邊要獨。「漢」「賊」早已兩立，「敵」「我」正在言歡。四十年前的神聖使命，成了四十年後的今古奇觀。反共復國文學此時不銷聲匿跡，更待何時？文學律動是有生命週期的，政治文學尤其倉卒難測。觀諸反共小說的一頁消長，信然。

本土派與大陸派的評論者在意識形態上的差距不可以道里計，但論及反共文學的功過時，他們早就統一了。對他們而言，反共文學是一種附庸政策的「墮落」，是一種「歌功頌德」的「夢囈作品」，「令人生厭的、劃一思想的口號八股文學」[1]。這一文學潮流「不僅被廣大的台灣同胞所厭惡，而且被他們自己的第二代所唾棄」[2]。這樣的評論儘管不是無的放矢，但一再重複之下，已經形成一種批判八股文學的八股，了無新意可言。

不論我們如何撻之伐之，反共文學是台灣文學經驗中的重要一環。它的興起與「墮落」與彼時的政治環境緊緊相扣；它的「八股」敘事學是辯證國家與文學、正史與虛構的最佳（反面？）教材。在海峽兩岸一片重寫文學史的風潮裡，我們對反共文學的審思不應僅止於猛打落水狗的心態而已。我們要問，反共文學如何主導了一個時代台灣文學的話語情境？如何抹銷周遭的雜音？如何銘記歷史的傷痕？又如何迎向一己的宿命？更弔詭的是，反共文學真是一種已逝去的文學麼？本文將以小說為例，對上述問題試作解答。我的討論，當然會引出更多問題，因此不

---

[1] 葉石濤《台灣文學史綱》（高雄：文學界，1987），頁 88-89。黃重添等《台灣新文學概觀》（台北：稻鄉，1992），頁 69。鍾肇政《台灣作家全集》序（台北：前衛，1992），頁 3。

[2] 白少帆《現代台灣文學史》，引自龔鵬程〈「我們的」文學史〉，《中國時報·人間副刊》，1993.10.01。

妨視為我們繼續研究五〇年代反共文學的起點，而非結論。

一、

一九四九年大陸變色，國府遷台，數以百萬計的人民辭鄉去國，輾轉流離。多少恨事，因之而起。在這樣一段驚心動魄的歲月裡，寫作何能視為兒戲？同年十一月孫陵主編《民族報》副刊，率先喊出「反共文學」的口號。之後馮放民在其主編的《新生報》副刊，更提出「戰鬥性第一，趣味性第二」的宣言。以後的十數年間，有成千上百的創作蜂擁出現[3]，或控訴共黨暴虐，或緬懷故里風情，或細寫亂世悲歡，或寄望反攻勝戰。不論題材為何，這些創作的基調不脫義憤悲愴，而作家筆耕的目的，無非是求藉由文字喚出力量——反共復國，既是創作的動力，也是目標。

反共文學因應歷史環境而起，固然有強烈的自發性，但若無政治力量的因勢利導，亦不足以形成日後的氣勢。一九五〇年張道藩成立中華文藝獎金委員會，鼓勵反共文藝，七年之間，發掘不少健筆。作家如潘人木《蓮漪表妹》、《如夢記》、端木方《疤勳章》、王藍《藍與黑》、彭歌《落月》等，皆是一時之選。另由國防部設立的軍中文藝獎金又號召了一批軍中及軍眷作家，如田原、尼洛、朱西甯、司馬中原、段彩華、郭良蕙、侯榕生等。而各種雜誌及會社的此起彼落，也說明斯時文壇盛況之一斑[4]。至於一九五五年老蔣總統提出「戰鬥文藝」的號召，足可視作整個反共文化的終極意識形態依歸。

---

[3] 有關五〇年代反共文學的出現，可參見如司徒衛〈五〇年代自由中國的新文學〉，《文訊》7 期（1984.03），頁 13-24；李牧〈新文學運動歷程中的關鍵時代；試探五〇年代自由中國文學創作的思路及其所產生的影響〉，同上，頁 144-161。

[4] 李牧，頁同上。

作爲一種見證歷史創痕，宣揚意識形態的文學，反共小說蘊藏一套獨特的敘事成規，不是一兩句「夢囈」或「八股」可以一筆勾消的。它至少有三個層面，值得我們思考。第一，反共小說既以戰鬥爲目標、控訴爲職志，作家（與評者）所服膺的審美原則，自有其獨特方向。一反平常文學以曲折婉轉，隱喻多義爲能事，反共小說必須直截了當的劃分敵我，演述正邪。就算反攻必勝，復國必成的真理是「不言自明」的，把話說明白了畢竟有益無害。而政治的複雜運作往往亦化約爲簡單的道德選擇題。論者每每詬病反共小說千篇一律，重複累贅，其實正是在其一律性與化約性間，我們得見意識形態文學的重要特徵。

對於策劃、鼓吹戰鬥文藝的黨政機器而言，反共小說既是文宣的「武器」，營造不妨多多益善，以應付在所難免的損耗。這樣的態度與我們習知的文學創作目的，頗有差距。國難當頭，還能提文章是否成爲藏諸名山，以俟百年的大業？歷史的危機意識及意識形態的「環保」觀念，使反共小說「可以」成爲一項用完即棄的文藝產品——推陳出新，無非是重複回收創作資源，以確保政治環境的清潔。評論家每喜攻擊反共文學不能超越時空限制，觀照「永恆」的人性與歷史，殊不知是類文學的「千秋」，正是源於它是否能爭得「一時」的優勢。

我這樣的說法，並無意輕視反共作家的創作熱忱。恰相反的，我希望自不同的角度，肯定他們的存在意義。政治小說的難爲，恰在作家必須在政治信仰與個人情性、教條口號與美學構思間，尋找出路[5]。在反共

---

[5] 如龍應台讚美張愛玲的《秧歌》，謂其反映「人類歷史」的悲劇（《龍應台評小說》〔台北：爾雅，1985〕，頁 107）。龍的品評當然有其見地。但如果張愛玲的《秧歌》超乎了政治層次，不能緊扣一時一地的意識形態訴求，作爲反共小說而言，其效果豈不大打折扣？又如前引葉石濤的評論，謂「五〇年代所開的花朵是白色而蒼涼的，缺乏批判性和雄厚的人道主義關懷，使得他們的文學墮落爲政治的附庸」。墮落爲政策的附庸，是意識形態文學最惡劣的下場。但這不表示是類

抗俄的前提下，作家如何同中求異，已是値得注意的好戲。但更重要的是，在非常時期寫非常的作品，作家對一己的創作歷程，必有特殊寄託。反共題材未必人人能得而擅之，但這裡的問題不是會不會寫，或寫得好不好而已，而是基於另一種信念：作家若未能爲這樣的時代，留下片紙隻字的見證，才是真正遺憾。換句話說，作品寫得好，自然是反共抗俄的利器，即便寫得不好，不也可成爲一種自我犧牲，一種爲主義而明志的姿態？儘管預知自己的作品終將流於八股的危險，我以爲一批信仰堅定的作家依然會全力以赴。這一爲求全而自毀的寫作立場不能僅以「文學爲政治服務」一語帶過，而實已帶有荒謬主義意味。這種荒謬意味是現代中國政治小說中，不可忽視的傳統。從早期的批判現實小說到抗戰宣傳小說，都有前例可循。而晚近的各種「傷痕」文學（文革、白色恐怖、二二八等），也可置於其下觀之。

以上的論式，引導我們觀察反共小說的另一截然不同的層面。絕大部分的反共作家，都是四、五〇年代之交，倉卒來台的流亡者。他們有的少小離家，有的拋妻棄子，避亂海角，而對家國命運的憂疑，未嘗稍息。發爲文章，故園之思與亡國之痛，竟成互爲表裡的象徵體系。五〇年代懷鄉小說的興起，不是偶然。國共意識形態的鬥爭，由時空遽然的分裂睽隔所顯現，而文字可能解釋或彌補這一分裂睽隔的事實麼？

「勿爲死者流淚，請爲生者悲哀」，趙滋蕃《半下流社會》的開場白，道盡了流亡人士的辛酸。死者已矣，有幸苟存於亂世者仍需面臨茫茫生路，繼續行進。但對小說創作者而言，趙的話應別具意義。處身這樣慘

文學就缺乏「批判性」及「人道主義」關懷。反共八股對特定人或事的批判性豈可謂不強？而其批判的基礎往往就是標榜一己對「人道主義」、「人性」的關懷！自五四以來，批判、寫實、人道主義之類的字彙已不斷被各類作家及評者所引用，而指涉的對象往往相互衝突。在我們使用這些字彙來「批判」反共小說的同時，能不三思一己的政治立場，以免淪爲又一場政治辯論的附庸？

烈的歷史變動中，小說家有可能盡得其情麼？國家分裂了，家園離散了，僥倖逃脫者真能一點一滴的寫出「完整」的故事，記敘那分裂、離散、逃脫麼？痛定思痛，生者是可悲哀的。國破家亡，這一切究竟是怎麼發生的？他（她）的每一回憶的姿勢必定指向一歷史記憶的斷層，每一書寫的行為必定影射文字功能的匱缺。在表面的喧囂與憤怒下，五〇年代的小說難掩一股惘惘的悵然若失之感。

以往作者論及共黨暴行，每喜用「罄竹難書」一語狀其慘酷。暴行之所以難書，不只是因其超乎常情常理的負荷，也因其在犧牲者及倖存者間，畫下了難以逾越的鴻溝。身陷大陸者，或生或死，早已失去了說話的權利。身在自由地區的作家儘可按照自己的經驗代言他們的遭遇，卻不能代表甚麼或代替他們的苦難。越是虔誠堅貞的反共小說，也因此越難擺脫寫作上的道德兩難：不去鞭撻紅禍、控訴不義，何能一遣國讎家恨？但聲嘶力竭的反共文字徒然提醒我們，不該發生的已經發生，此岸渡不過彼岸，未來能救贖過去麼？

反共小說因此是一種文字的宣傳攻勢，也是一種文字的猶豫失落；它的誇張，來自它的焦慮。作家們一再的重複個人及群體的痛苦經驗，與其說是臥薪嘗膽，以俟將來，更不如說是自圓其說，重溯安身立命的源頭。他（她）們不斷的在紙上重回鄉土、追憶過去，歸納各種可能的因素，解釋眼前的困境。罪魁禍首當然是那萬惡的共產黨，但如何以文字鎖定亂源，並不容易。如前所述，反共小說如果讀來空洞或空虛，不只是來自文學為政治服務的動機，更有其歷史及心理的因緣。而這一點是歷來推崇或譏刺反共文學者，皆所未能企及的。

反共復國小說第三個值得探討的層面，是它對於歷史時間的演述與安排。顧名思義，「反」共與「復」國一詞已包含了時間的辯證向度。沒有共黨的坐大，何來反共之舉；不是國土已喪，怎需復國行動？這一反一復，實點出了空間的損失，時間的位移。所謂還我河山，不僅指的是收復故土而已，也更是一種「贖回」歷史的手段。

絕大多數的長篇反共小說都分享了如下的時間架構：共產黨崛起中國社會的浮動現象；共黨「邪惡」勢力的滲透；國共內戰期的悲歡離合；國府遷台後的復員準備。這基本上是個「失樂園」式的故事。不少作品，如姜貴的《重陽》(1961)、潘人木的《蓮漪表妹》(1952)，或潘壘的《紅河三部曲》(1952)都以初出茅廬的青年人由天真到墮落、從無知到有知的過程出現，也就不足爲奇了。這一認知的過程，也是重新銘刻歷史的過程。正本必須清源，歷史的真相必予重新發掘。如果當年國民黨統治下的中國未必是個安和樂利的社會，那麼強調其法統的正確性，以及歷史治亂相隨的必然性，都成爲作家回顧過去的方法。共黨的邪惡，因此不唯表現在其兇殘無道上，也表現在其「篡奪」了歷史命定的發展上。這一對「歷史」所有權的爭奪，無巧不巧的，也是彼時中共革命歷史小說的特色之一。

但反共小說不是簡單的歷史小說；未來的玄機早已埋藏在過去。無論「共匪」如何猖狂，小說家告訴我們，反攻必勝，暴政必亡。反共小說也因此是一種預言小說。它提示一明白的天啓訊息，從善惡有報到邪不勝正到否極泰來，在在可見端倪。回首過去的後見之明，因此也可以是一種預知未來的先見之明。反共小說之多有光明的尾巴，除了回應現實政治宣傳的需要外，也點出一代流亡作家汲汲於將歷史合理化的欲望。反共小說同時經營了一線性及循環性史觀：迎向未來也正是回到過去。

但反共小說的「現在」呢？擺盪於已失去的以及尙未得到的，歷史的回顧及神話的憧憬間，反共小說裡的現在，成爲一尷尬的環節。它或是歷史隕落的低潮，或是未來升揚的契機。所謂的生聚教訓、枕戈待旦，無非是相對過去與未來的過渡階段。除此，「現在」的其他層面都被有意或無意抹銷了。只有在四十年後，那影影綽綽的「現在」以說部形態出現在記述二二八或白色恐怖的文學中，反共小說在演義歷史上強烈的排他性，於焉浮現。

當然，反共小說最後的宿命是時間本身，設若反共大業真已完成，反共小說在理論上也完成任務，可以功成身退——它的成功帶來了它自身的消失[6]。但更弔詭的是，當那個「共」因內在或外在因素的使然，變成不能反，甚或不必反時，反共復國小說的存或歿，才真正成為一場徒然的辯證，一段無奈的遺事。惟從文學史的觀點來，也只有在急切政治因素沉澱後，我們可以平心靜氣的重估反共小說的意義。

二、

根據保守的估計，五〇年代台灣小說創作的字數總量，約有七千萬字，執筆為文的作者，也有一千五百人至兩千人之譜。反共小說是當時的主要文類之一，也得到最大的回響。這些小說的結論——控訴「匪」禍，宣揚反攻——並無二致，但作家如何運用不同人物素材來彰顯這一結論，永遠值得注意。融合五四以來的感時憂國精神，以及抗戰期間「為戰爭而文藝」的宗旨，反共小說所顯露的激憤沉鬱特色，可謂其來有自。在情節情境的安排上，我們可見以家族盛衰喻國運消長者，如陳紀瀅的《赤地》(1954)與姜貴的《旋風》(1957)；以農村鄉土的蛻變為民生的疾苦者，如陳紀瀅的《荻村傳》(1951)、張愛玲的《秧歌》(1954)、司馬中原的《荒原》(1961)；以匪窟紀實寫政治詭譎者，如尼洛的《近鄉情怯》(1958)、張愛玲的《赤地之戀》(1954)；以男女愛情的顛仆烘托

---

[6] 但反共小說也可能擔負新的意識形態任務而得持續存在。中共的革命歷史小說在革命成功後才源源出現，為毛的繼續革命論吶喊助威，在革命成為歷史後不斷號召革命，正是一例。見黃子平深刻的討論，〈革命歷史小說〉，《倖存者的文學》(台北：遠流，1991)，頁 229-245。

亂世悲歡者，如王藍的《藍與黑》(1958)、彭歌的《落月》(1955)；以天真青年的遭遇探索意識形態的罪與罰者，如姜貴的《重陽》(1961)、潘人木的《蓮漪表妹》(1952)、《馬蘭的故事》(1955)；以軍旅生涯申明反共事業，未有已時者，如朱西甯的《大火炬的愛》(1954)、端木方的《疤勳章》(1951)等。

尤其值得注意的有趙滋蕃的《半下流社會》(1954)、潘壘的《紅河三部曲》(1952；後改名爲《靜靜的江河》)，及鄧克保（郭衣洞）的《異域》(1961)。三書各以香港、越南、緬北爲背景，確能展現不同的地域風貌及政治關懷。《半下流社會》寫大陸淪陷後，一群避居香港調景嶺的難民，如何掙扎求存的故事。這些人來自不同背景，卻爲時局生計所迫，形成一「半下流」社會。全書不乏八股說教的篇章，但趙寫其中人物的種種遭遇，從鋌而走險到自甘墮落、從含冤自戕到苟且偷生，確鋪陳一怵目驚心的劫後浮世繪，煽情而不濫情，自有一自然主義特色。《紅河三部曲》則以越南爲背景，娓娓敘述一華僑子弟輾轉愛情與政治間的冒險。架構綿長、辭切情深。作爲一史詩式小說家，潘壘顯然力有未逮，但他能塑造一個有詩人氣質的主角，貫串全局，並點染異國情調，仍可記一功。

鄧克保的《異域》敘述大陸淪陷後，自黔滇撤退至緬北的一批孤軍，如何在窮山惡水的異域裡，繼續抗爭求存的經過。退此一步，即無死所，此書所展現的孤絕情境，扣人心弦；而部分角色知其不可爲而爲之的悲劇意識，此起彼落一片鼓吹反攻必勝的作品，誠屬異數。在反共文學式微之後，此書仍能暢銷不輟，除了得力於討好的戰爭場面及異鄉風情外，恐怕也正因其觸動了老一輩讀者難言的隱痛吧？

在我們重審反共復國小說時，至少下列作家如陳紀瀅、潘人木、姜貴、張愛玲、司馬中原的作品，不容忽視。這些作家或以生動鮮明的人物，或以驚心動魄的情節，或以寓意深邃的視景，一抒感時憂國的塊壘。

而筆鋒盡處，他們更能針對歷史的劇變、政治的遞嬗，提出一套論式，因此爲反共的前提增加了可資對話的餘地。

陳紀瀅應是當年反共作家的重鎮之一。由於他與黨政的密切關係，許多日後的批評往往因人廢言，其實並不公平。陳的作品雖乏一鳴驚人式的風采，但他經營文字場景，酣暢翔實，爲許多徒以呼口號爲能事的作家所不及。在他眾多作品中，我以爲《荻村傳》、《赤地》、《賈雲兒外傳》（1956）最値得一提。《荻村傳》以一北方農村爲背景，寫一憊懶無行的無賴傻常順兒如何藉著亂世發跡變泰，又如何難逃兔死狗烹的下場。此作上承魯迅《阿Q正傳》的傳統，看「小」人物在「大」時代中的升沉。笑謔無奈，兼而有之。陳不如魯迅般尖銳的追究國民性問題。他的關懷側重於市井人物的無知與殘酷；對他而言，這些道德上的缺陷成爲共黨得以成事的主因。《赤地》則走的是三、四〇年代家族小說（如《家》、《四世同堂》）的路子。而《紅樓夢》式的人物與場景，每每呼之欲出。此作另安排一群販夫走卒旁觀書中大家族的盛衰，兼評每下愈況的國事，可見巧思。陳寫東北保衛戰的始末，極見聲勢；而他刻意凸顯家族中靈魂人物二少奶的無力回天，終以身殉的故事，則顯然是搬演反共版的王熙鳳悲劇了。

反共小說（一如大陸的革命小說），每以忠奸正邪的道德尺度，衡量意識形態的左右衝突。陳紀瀅的《賈雲兒外傳》則另闢蹊徑，從宗教（基督教）的試煉與救贖入手，別有見地。故事中的女主角賈雲兒動心忍性，除了顯現亂世兒女的堅毅外，尤其見證了上帝選民的特殊情操。而小說終了，賈雲兒其人其事究是真是幻，引來讀者作者及書中人物「一齊」追尋，一方面說明反共事業，人（虛構或現實）同此心，一方面已具強烈後設小說風味——我們當代的後設作家果真其生也晚！

女作家潘人木的三部小說，《如夢記》、《蓮漪表妹》、《馬蘭的故事》都以女性在戰亂中的遭遇爲重心，鋪陳共黨禍國殃民的主題。與六〇年代以後，許多女作家勇於探索筆下人物的內心世界不同，潘人木的角色並不是精雕細琢的產品。她的世界是一正宗煽情悲喜劇（melodrama）的世界，情節曲折離奇，人物錯綜複雜，點題則務求絲絲入扣。而我以爲這正是潘之所長。身陷亂離，女性所可能遭受的痛苦，尤其較男性急迫。以往女性的生活重心，從家庭到婚姻到子女，皆受到重大衝擊。潘對政治的憂思，最後即落實到這些傳統女性活動的領域。以《蓮漪表妹》爲例，潘以一對表姊妹的成長爲主線，寫表妹的醉心政治，因之墮落而幾乎百劫不復；寫表姊的安守本分，終於歷盡艱辛而倖存於紅禍。潘的政治觀也許失之單薄，但她能娓娓敘述所見所思，並自其中淘揀出一套明白的道德意義，瑣細中見真章，是當年女性文學的重要聲音。

姜貴是反共小說中的一項異數。早於抗戰末期，他已開始創作，但要到《旋風》、《重陽》等作品，他才真正一顯所長。姜貴是忠貞的國民黨員，他爲反共而寫作的初衷，殆無疑義。何其反諷的是，他的反共作品最精采部分竟不能見知於當時的讀者。他困頓半生，日後雖得大獎（吳三連文藝獎），不免有事過境遷之憾。

姜貴作品最爲人忽視的特色有二，一是他把政治情欲化，或情欲政治化的傾向；一是他營造一鬼魅世界，群醜跳梁的用心。誠如夏志清教授所言，姜對共產革命者與色情狂一視同仁，因兩者皆有絕難饜足的（政治與身體）欲望，對人生百態，卻殊少同情寬貸。閱過《旋風》的讀者，不會忘記其中恐怖的姦淫及性虐待場景，而《重陽》中寫同性戀、亂倫、穢物狂、窺淫癖、通姦、強暴的情節，更是前所僅見。藉此姜貴寫出了變態情欲的蠱惑與共產意識形態的信仰，如出一轍。另一方面，姜貴將他的反共故事，沉浸在荒謬怪誕的敘述中。他所預期的讀者反應，恐怕不是淚，而是笑——令人慘然，駭然的笑。《旋風》、《重陽》中的角色不論正邪，都難逃墮落醜化的命運。歷史的無常，使所有的暴行或義舉皆沾染血腥的嘉年華魅影。

姜貴的立場，因此望之保守，實則激越。反共小說在醜化敵人的過程中，真能狀其邪惡者並不多見，姜貴的作品不容輕忽。而他寫革命庸俗的一面，理想齷齪的暗流，代表其人與歷史對話的激進姿態，也間接暴露了五〇年代多數反共或擁共的小說，故作「天真無邪」的教條真相。而他何以不受同道重視，亦可思過半矣。

反共小說的作家還應包括張愛玲。我們通常論張愛玲，多著重她寫上海繁華、人世風情的作品。事實上她的兩部反共小說，《秧歌》與《赤地之戀》，均各有可觀。《秧歌》寫農村土改，《赤地之戀》寫城市革命，雖然題材耳熟能詳，張卻能營造屬於一己的世紀末視景：穠麗卻荒涼，嘈雜卻空洞。《秧歌》描述一群農民在天翻地覆的改革中，盡其所能的適應新的環境，新的人際關係。然而他們的逆來順受終成一種荒謬的應景演出，一場黑色的秧歌戲。張雖寫農村，卻不走以往三〇年代作家故作質樸的風格。她盡情鋪張華麗的象徵場景，刻畫人物內心曲折，即對於所謂反派人物，她亦能施予有情眼光。這使全凸顯一極世故的面貌，因此獨樹一格。

但張所長的，畢竟是都市風景。《秧歌》善則善矣，仍不乏斧鑿痕跡。《赤地之戀》回到了張熟悉的上海——即便是（再度）淪陷後的上海——方才烘托出她所擅長的世派兼嘲弄風格。書中的主角，進行著一場又一場的情愛徵逐，這在一個新紮的共產社會中，不啻是一種絕望的，「美麗而蒼涼」的浪漫姿勢。〈傾城之戀〉的時代已經落幕，面臨一個改頭換面的共和國，張的主角們不能逃避他（她）們的宿命了。當她的男主角成了韓戰戰俘，不選擇去台灣「投奔自由」，而寧願回大陸從事地下反共工作時，張道盡了她獨有的荒涼心事。反共專家固然可藉此大吹此書犧牲小我、完成大我的涵義，但不知張的這樣安排，是否才真正成就了她的小我徜徉鬼域，極自毀也極自戀的姿勢？張本人是在五〇年代初才倉皇離滬赴港的，《赤地之戀》可曾寫下她個人生命中的另一可能？

近年以談玄說鬼而持續受到歡迎的司馬中原，早期也有如《荒原》般的小說，堪列反共文學的佳作。《荒原》以司馬中原所熟悉的家鄉（蘇北魯南）爲背景，自是懷鄉文學的正宗，但另一方面，他明白的在鄉土之上，架構了一國家興亡的寓言。全作上承三、四〇年代作家如蕭軍《八月的鄉村》、端木蕻良的《科爾沁旗的草原》敘述農民抗暴的史詩視野，穿插司馬獨擅的傳奇風格，筆觸沉鬱，論者謂之含蘊一股「震撼山野的哀痛」，誠不爲過。司馬將四〇年代中期的歷史空間化，於他的荒原中介紹了日寇、共匪、農民，及流浪的中央軍數股力量，看它們如何相互爭逐，未有已時。時代考驗英雄，司馬的英雄卻不能創造時代。小說結束於日軍偃退、赤禍將起之際。荒原大火，盡焚一切。撫今追昔，確令人油然而生天地不仁的慨嘆。小說最後一章卻以「這是一個結局的結局；另一個開始的開始」來破題，正一語囊括了彼時所有反共小說重塑歷史，「回到」未來的主要精神。

三、

在海峽兩岸交流日趨頻繁，在統獨爭辯方興未艾的今天，談反共復國文學還有什麼樣的意義呢？我們是否只能對這樣的一段文學經驗故作視而不見，或依賴「反反共」的新八股，斥爲胡言夢囈呢？反共復國小說既爲一種政治小說，自難免因意識而興，因意識形態而頹的命運。但口號之外，這些作品裡也銘刻上百萬中國人遷徙飄零的血淚，痛定思痛的悲憤，不應就此被輕輕埋沒。重思反共小說，我以爲它應被視爲近半世紀以來傷痕文學的第一波[7]，爲日後追憶、記述文革創傷，二二八事件、

[7] 傷痕文學以盧新華的小說《傷痕》（1978）而得名，指稱大陸文革後，作家揭露十年浩劫血淚的作品。本文擴大其意義，用以泛指一九四九年以來，海峽兩岸各時期見證政治動亂及迫害的文學。

白色恐怖、兩岸探親、乃至天安門大屠殺的種種文字，寫下先例。

「傷痕」一詞，源出於七〇年代末，八〇年代初一段時期，大陸作家回顧文革苦難的作品。十年浩劫，忽焉已過，卻留下無數血淚往事，有待作家勉力寫出。我刻意使用「傷痕」二字來泛指國共隔海對峙後，種種記述政治盲動與劫難的文學，無非是有感於中國人因黨禍政爭所經受的苦難，豈曾因時因地而異。我絕不忽視作家創作環境的差距，及訴求動機的不同。要強調的是他（她）們在浩劫之後，努力藉虛構方式重現那不可思議、也不堪一提的史實，藉敘述力量彌補那散裂的、崩頹的血肉犧牲，其哀矜之情，應如出一轍。傷痕原是不需要專利權的。

在過去數十年的文學史中，傷痕文學式的寫作風潮一再出現，不代表作家創造力的豐沛，而代表歷史對當代中國人的殘酷；不代表文學力量的強大，而代表文字下的血腥氾濫。傷痕文學有其創作上的弔詭。我們要問文字真能「起死回生」麼？小說真能讓歷史歸零麼？還有對傷痕的傳述，也需推陳出新麼？猶記魯迅的〈祝福〉裡，祥林嫂喪夫喪子，落得以她悼亡傷逝的「故事」，一搏聽者的眼淚，兼亦自遣悲懷。只是當她的故事一再重複後，竟成了鄉里的笑話，旁觀者的奇談。傷痕與表達傷痕的文學間，因此展開最無奈的循環追逐遊戲。

另一方面，傷痕也可以成爲意識形態文學的宣傳利器。所謂血債必須血還，反共八股中一再重複的生死亂離，是要喚起同讎敵愾的殺氣的，可爲一例。但對有心的作家而言，儘管主義口號因此得以申明，他（她）終必須意識到，以文字寫作來見證傷痕，畢竟只能寫出那寫作本身的「不可能」。而我以爲這是我們重估反共文學內蘊緊張性的開端。

在回顧二次大戰期間，納粹屠殺六百萬猶太人所造成的大浩劫時，法蘭克福學派大師阿多諾（Theodor Adorno）曾有名言：「在奧許維茲（Auschwitz）集中營大屠殺後，詩不再成爲可能。」浩劫之後，我們何忍再舞文弄墨，爲殘暴的生命真相，妝點門面？另一方面，阿多諾也藉此強調任何「事後」的文字書寫，不足以形容「事發」時的情形於萬一；而文學作者如果霸氣十足的以權威自居，企圖為浩劫下「定論」，非但不能為受難者平反，反有成為迫害者的同謀之虞。這並不是說我們無從再判斷歷史是非的歸屬。恰相反的，作家拒絕以文字為浩劫作定論，正是因為任何定論都將「賦予」強權暴政一意義範疇，反而歸結、了斷其歷史的罪愆。倖存者不能夠代理受難者的創傷，文學何能補償歷史的錯誤於萬一？浩劫的意義只有在我們一再「不成功」的書寫、敘述中，被不斷的重估與重寫。浩劫文學因此必須以自我質疑、否定其功能的姿態出現。

從反共小說以降的傷痕文學，是有與猶裔浩劫文學可資比附之處，但至少有以下的不同。浩劫文學關係到一亡國滅種的大災難，隱含其下的國族寓意，值得重視。而回頭來看有關反共、文革、二二八、白色恐怖及天安門事件的文學，我們不禁要慨嘆在台灣與大陸的中國人關起門來相煎相殘，真是何其忒甚。這一場又一場主義與政權的傾軋所造成的血淚創傷，恐較日寇侵華後果，尤為慘烈。不僅此也，傷痕文學意在療傷止痛，但卻可能以又一場意識形態之爭為其代價。兩者的糾結，從過去到現在，能不讓人怵目驚心？以反共文學為例，作家與政府聯成一氣，控訴共黨禍國殃民，固是良有以也。但在反共的大纛下，有多少新的傷痕被割裂？有多少異議的聲浪被消音？八〇年代末期以來，見證二二八及白色恐怖的文學開始浮現，無疑成了針對反共文學遲來的對話。看藍博洲的《幌馬車之歌》、陳燁的《泥河》、陳映真的〈山路〉這樣的作品，我們更意識到那個時代詭譎陰暗的一面，寧不令人三嘆！

彼岸的文學史論者在痛斥反共八股文學之餘，如不能對共和國文學的類似經驗多所反省，無異是五十步笑百步。罵陣四十年，是該換個調門的時候了。而另有一批以革命建國為職志的作家與評論者，將「傷痕」當作獨門企業來經營。他們儼然把反共老手們賴以鞏固權力，消除雜音的那套寫作、敘事策略，挪為己用。歷史的嘲弄，一至於斯！

我們在九〇年代讀反共復國小說，因此不只是承認其記錄一個階段的文學及歷史經驗，也更須檢討此一文類所顯現的寫作僵局或契機。如前所述，反共小說是一種意識形態文學，也同時是一種傷痕見證文學。前者強調對政治理念作斬釘截鐵的表態，後者卻藉不斷的「延宕」歷史事件的終極意義，來「延續」我們對傷痕的警醒與反思。兩者奠基於修辭的重複性，但其道德動機，何其不同。擺動在這兩種不同的訴求間，反共復國小說曾顯現了最好與最壞的可能，而其效應也可不斷的驗證於過去四十年來種種政治文學上。我們可以不（再）認同反共的意識形態，但卻不能看輕因之而生的種種，而非一種，血淚傷痕。明乎此，我們又怎能輕易的認為這是一種逝去的文學呢？如果我們希望在下一個世紀毋須再見到另一波的傷痕文學或意識形態小說，那麼正視反共小說的功過，正是此其時也。

選自：王德威《如何現代，怎樣文學？》（台北：麥田，1998）。

蕭蕭

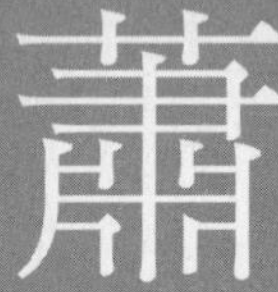

明道管理學院中文系助理教授

五〇年代新詩論戰述評

一九四九年十二月七日，國民黨政府匆急來台，孫陵主編的《民族晚報》副刊首倡「反共文學」，馮放民主編的《新生報》副刊鼓吹「戰鬥性第一，趣味性第二」。第二年四月，中央文運會主任委員張道藩領導的「中華文藝獎金委員會」，以優厚的獎金誘引作家寫作「蓄有反共抗俄之意義」的作品，五月四日「中國文藝協會」成立，繼此之後，「中國青年寫作協會」、「中國語文協會」、「中國婦女寫作協會」等文藝社團，陸續成立，政府全面掌控傳播媒體，制定文藝政策，全台迅即進入台灣文學的五〇年代，一種制式的、劃一的反共文藝、戰鬥文學爲主流的五〇年代[1]。

新詩活動最早展開，紀弦、鍾鼎文、葛賢寧三人發起，藉《自立晚報》副刊版面，每週一出刊新詩一次，定名爲《新詩週刊》，創刊號於一九五一年十一月五日推出，這是一九四九年國民黨政府遷台之後最早出現的一份詩刊。根據向明〈五〇年代現代詩的回顧與省思〉所分析：「此時大陸來台詩人如楊念慈、李莎、墨人、亞汀、季薇、覃子豪、鍾雷、上官予、彭邦楨，以及當時屬於年輕一代的蓉子、林郊、鄧禹平、方思、郭楓、梁雲坡、潘壘、楊喚、鄭愁予、童鍾晉、金刀、謝青等都常在上面發表作品。接著本省籍詩人也開始出現，首先女詩人陳保郁翻譯了日本詩人牧千代的〈少女的詩〉，接著大量翻譯後來成爲現代派中堅的林亨

---

[1] 五〇年代反共文學的相關評述，可參看下列篇章：[a] 司徒衛〈五十年代自由中國的新文學〉，《文訊》第 9 期；[b] 張素貞〈五十年代小說管窺〉，《文訊》第 9 期；[c] 李牧〈新文學運動歷程中的關鍵時代——試探五〇年代自由中國文學創作的思路及其所產生的影響〉，《文訊》第 9 期；[d] 向明〈五〇年代現代詩的回顧與省思〉，《藍星》詩刊第 15 號，九歌版，一九八八年四月；[e] 彭瑞金《台灣新文學運動四十年》第三章「風暴中的新文學運動」（65-101 頁），自立晚報出版，一九九一年三月；[f] 蔡芳伶〈五〇年代台灣文學析論〉，《台灣文學觀察雜誌》第 9 期，74-83 頁。

泰的日文創作詩。不久用雙語寫作的黃騰輝出現……。除了上述『跨越兩個時代』的本省籍詩人外，光復後第一代本省籍詩人，如女詩人李政乃，出版過《夜笛》的謝東戶主，後來成為『笠詩社』同仁的柯瑞雄、葉笛等都先後從《新詩週刊》出發。」[2]向明如此歸類，顯然有其「族群融合」之美意。實際上，根據蔡芳玲〈五〇年代台灣文學析論〉，遷台一系實已主導了整個五〇年代的文學走向，本土一系既無反共鬥爭經驗，又值語言轉換使用之期，二二八事件的恐怖陰影影響，發聲之肝膽、喉舌付之闕如，因此，聽不出台灣本土詩人的聲音。

五〇年代相繼成立的詩社、詩刊，先後計有：

（一）《現代詩》，一九五三年二月，紀弦為首。

（二）《藍星》，一九五四年三月，覃子豪、鍾鼎文、鄧禹平、夏菁、余光中為主。

（三）《創世紀》，一九五四年十月，張默、瘂弦、洛夫為軸。

（四）《海鷗》，一九五五年，陳錦標主編。

（五）《南北笛》，一九五六年四月，羊令野、葉泥主編。

（六）《今日新詩》，一九五七年元月，上官予主編。

真正具有影響力的詩刊，自以為三社為重，據向明統計，五〇年代出版的詩集中，「藍星」十七本，「現代詩」十六本，「創世紀」五本，「野風」九本，「大業書店」六本，足以看出「現代詩」與「藍星」在五〇年代舉足輕重的份量。其時，「創世紀」猶未展現他的狂野之力，而「笠」詩社則尚未誕生。台灣詩壇的五〇年代是屬於「現代詩」和「藍星」擅揚的時代。

五〇年代台灣詩壇最重要的兩件大事：一是現代派宣告成立，一是新詩論戰連續三場，前者由現代詩社的紀弦主導，後者則由藍星詩社的

---

[2] 見註 1 之 d 項。

覃子豪引發。兩者之間還有先後之因果關係，如果沒有「現代派」號稱一百零二人加盟的浩大聲勢，不會引起詩壇之外的作家眼紅，至於紀弦與覃子豪兩人的論戰，也有學子認爲是詩壇霸權之爭：「現代派成立時，號召不少詩人，使藍星勢力大減，紀弦與覃子豪之論爭，多少受此詩壇霸權紛爭而起。」[3]因此，想要了解詩壇三次論戰之原委，不能不先了解「現代派」成立的經過。

紀弦主編的《現代詩》自第 1 期至第 12 期，都能頗爲踏實地刊登早期現代詩壇重要詩人的作品，除了方思、鄭愁予、楊喚以外，後來屬於「創世紀詩社」的瘂弦、洛夫、商禽、季紅，屬於「藍星詩社」的蓉子、羅門、周夢蝶，屬於「笠詩社」的吳瀛濤、林亨泰、白萩等人，都在此一時期的《現代詩》嶄露頭角，紀弦所謂的「大植物園主義」，至少在這個時候，百花齊放，眾鳥爭鳴的現象是和諧的，兼容並蓄的。尤其是第 11 期刊載九十九位詩人的二〇一首詩，達至最高峰，不過，至此以後，一期一百首以上的現象只維繫到第 17 期而已。18 期以後則僅餘一、二十家，二、三十首詩，40 期以後，頁數與首數都成爲個位數字，疲乏之態，式微之勢，畢露無遺！

不過，《現代詩》第 13、14 期的出版，「現代派」的成立，卻是喧騰一時。《現代詩》13 期，出版於一九五六年二月一日，距第 1 期創刊，剛好整三年，這一期的出刊具有非凡的意義，根據載於封面裡的〈現代派消息公報第一號〉報導：現代派詩人第一屆年會，於此年元月十六日下午一時假台北市民眾團體活動中心舉行，宣告現代派正式成立，發起人是紀弦，並有九人籌備委員會協助，這九人是葉泥、鄭愁予、羅行、楊允達、林泠、小英、季紅、林亨泰、紀弦。第一次加盟名單刊於第一

[3] 陳玉玲〈紀弦與現代詩詩刊之研究〉，見《台灣文學觀察雜誌》第 4 期，第 30-31 頁，一九九一年十一月。

頁，共八十三名。同年四月三十日，14 期《現代詩》出版，〈現代派消息公報第二號〉報導：又有十九人加盟，增至一〇二人。

一百零二人的結派，當屬詩壇盛事，引人注目，自在意中，雜文作家寒爵撰文責難[4]，則顯示一般社會人士對現代詩壇的反應，也證明了紀弦轟轟烈烈的結派運動引起廣泛的注意，激發詩人相互結合以奮力創作之心，此一劃時代之創舉算是成功了。不過，洛夫在〈中國現代詩的成長〉文中，認爲現代派之所以始盛終衰，在尚未發生更深遠影響之前，即在無形中解體，是因爲結盟詩人「大多對現代主義的本質與精神無深刻之體認，在氣質和風格上彼此尤不相洽。」[5]倒也是事實。

「現代派」之成立，以「領導新詩的再革命，推行新詩的現代化」爲職志，曾發佈他們的「六大信條」：

第一條：我們是有所揚棄並發揚光大地包容了自波特萊爾以降一切新興詩派之精神與要素的現代派之一群。

第二條：我們認為新詩乃是橫的移植，而非縱的繼承。這是一個總的看法，一個基本的出發點，無論是理論的建立或創作的實踐。

第三條：詩的新大陸之探險，詩的處女地之開拓。新的內容之表現，新的形式之創造，新的工具之發現，新的手法之發明。

第四條：知性之強調。

第五條：追求詩的純粹性。

第六條：愛國。反共。擁護自由與民主。

檢討這六大信條，可分三部份來論列，首先，第一、二條肯定中國現代詩的發展源於橫的移植，標舉波特萊爾爲現代派始祖，完全拋除中國古典文學傳承，這是錯誤而大膽的信念。試觀詩經以降的中國詩史，

---

4 寒爵雜文〈所謂現代派〉，原載《反攻》雜誌 153 期。紀弦〈對所謂「現代派」一文之答覆〉，刊《現代詩》14 期。

5 此文爲《中國現代文學大系》詩序，一九七二年一月，巨人出版社出版。

幾次巨大的外來文化的衝撞：北方《詩經》與南方《楚辭》在有漢一代相互激盪，漢朝印度佛教文化輸入，蒙古新腔催生了元曲，清末民初西學勃興，顯然都曾產生了深遠的影響，但我們只能說這是「進步的累積」（Progressive cumulation），或「接合的累積」（Agglutinative cumulation），如果真要說成「累積演化為取代」（Cumulation becoming substitution），也要記得累積是一種歷程，是一種事後的結論，不是事前的預言。再察當時詩壇譯介波特萊爾以降的一切新興詩派之精神與要素者並不多，結盟的一百〇二人大部份不確切了解他們所執持的是什麼，從創作上來看，無法證明中國現代詩與現代主義之間的血緣關係，這是現代派自述淵源的不當。

其次，信條的第三、第四、第五，則鼓吹的表現方法的嘗試，強調知性的抬頭，放逐情緒，追求詩的純粹性，這三點，強而有力地影響現代詩壇至少十五年。新方法的發掘與啓用，使現代詩展現了各種殊異的面貌；知性的抬頭，則加深了現代詩難以喻解的艱深及晦澀程度；詩的純粹，使詩人遠離現實，棄絕大眾，直接影響了六〇年代台灣現代詩的走向。

至於，以「愛國，反共」為現代派信條之一，正可見證出五〇年代反共大纛無人不舉，現代詩人無法自外於社會現實，不能自闢藝術桃源。

「六大信條」公佈後之第二年，一九五七年，《藍星詩選獅子星座號》登載覃子豪的〈新詩向何處去？〉長文，正式掀開現代主義論戰的序幕。

〈新詩向何處去？〉這篇文章，是因為有感於「現代派」的「六大信條」不切現實而發，但不是針對六大信條而寫。覃子豪指出：「詩人們懷疑完全標榜西洋的詩派，是否能和中國特殊的社會生活所鍥合，是一個問題。」、「若全部為橫的移植，自己將植根於何處？」、「抒情在詩中，是構成美的主要因素。永遠抒情的論調，是受了西洋詩理性重於情感的主張而產生的偏激心理。」這些言論，顯然是因六大信條而起，但覃子

豪還有更積極的「六原則」:

第一、詩的再認識。以為「詩的意義就在於注視人生本身及人生事象,表達出一嶄新的人生境界。」

第二、創作態度應重新考慮。考慮「在作者和讀者兩座懸崖之間,尋得兩者都能望見的焦點,這是作者和讀者溝通心靈的橋樑。」

第三、重視實質及表現的完美。

第四、尋求詩的思想根源。

第五、從準確中求新的表現。

第六、風格是自我創造的完成。

覃子豪的六原則引來紀弦的兩篇萬言長論,其一「從現代主義到新現代主義」(發表於《現代詩》第 20 期,一九五七年八月出版),其二「對於所謂六原則之批判」(《現代詩》第 20 期,一九五七年十二月出版),前一篇文章立論的要點,修正爲:新詩橫的移植是由於史實的考察,接受外來影響須經吸收和消化之後變爲自己的新的血液,現代主義是革新了的,揚棄其消極的而取其積極的,可以稱之爲後期現代主義或新現代主義。仍然堅持的則是:「詩的本質不是散文所能表現的詩情,而是散文所不能表現的詩想。」繼續唾棄抒情主義,強調知性。至於後一篇「六原則」之批判,紀弦不表贊同的是第一、第二兩原則,他仍認爲現代詩派重視技巧,重視詩本身的把握與創造,詩人的任務只在於詩本身的完成。其後的四個原則,紀弦和覃子豪並無顯然的敵對意思存在,意氣之爭而已。

在這兩篇文章發表之間,《藍星詩選天鵝星座號》出版,黃用發表〈從現代主義到新現代主義〉,羅門發表〈論詩的理性與抒情〉,紀弦則在一九五八年三月出版的《現代詩》第 21 期提出反擊:〈多餘的困惑及其他〉,紀弦否認自己是一個超現實主義者,說現代派要揚棄的是超現實派的自動文字,象徵派的韻律及自由韻文,主張不妨以理性控制超現實精神,以象徵的手法處理潛意識，黃用則認爲主知與抒情，紀弦本身不夠徹底現代化，創作方面捨不得丟棄傳統的抒情主義，同時提出：如何將一切新興詩派的精神、特色加以揉合包容的問題？這是紀弦所最無法自圓其說的。這點，覃子豪在〈關於新現代主義〉(原刊於《筆匯》21 期，收入《覃子豪全集Ⅱ》文中，結論爲：「現代派所犯的錯誤，就是沒有從象徵派以降的許多新興詩派中去整理出一個新的秩序，把握時代的特質，創造一個更新的法則，作爲前進的道路。」

針對〈關於新現代主義〉一文，紀弦發表了〈兩個事實〉〈六點答覆〉，仍堅持現代派不以歐美新興詩派中任何一派的理論爲根據，亦不以各派理論之混合爲理論，只是取其長，去其短，但何者爲長，何者爲短，並未指明。在〈六點答覆〉中則贊同爲人生而藝術，但其出發點必須是「無所爲」而爲。

現代主義論戰至此告一段落，其後，余光中在《藍星》週刊 207 及 208 期刊登〈兩點矛盾〉，紀弦在：〈現代詩〉22 期反駁，題爲〈一個陳腐的問題〉，火氣太大，言語乖張，已失掉論辯的意義。這時是一九五八年年底。

列表以觀，可以更清楚地看見前因後果，來龍去脈：

現代派論戰表

人 物	論 題	刊 物	時 間
梁文星	現在的新詩	文學雜誌 1 卷 4 期	1956.12
周棄子	說詩贅語	文學雜誌 1 卷 6 期	1957.02
夏濟安	白話文學新詩	文學雜誌 2 卷 1 期	1957.03
夏濟安	對於新詩的一點意見	自由中國 16 卷 9 期	—
覃子豪	論新詩的發展——兼評梁文	筆匯	1957.02.01

	星、周棄子、夏濟安先生的意見		
紀　弦	現代派信條釋義	現代詩 13 期	1956.02.01
覃子豪	新詩向何處去	藍星詩選獅子星座號	1957.08.20
紀　弦	從現代主義到新現代主義	現代詩 19 期	1957.08.31
羅　門	論詩的理性與抒情	藍星詩選天鵝星座號	1957.10.25
黃　用	從現代主義到新現代主義	藍星詩選天鵝星座號	1957.10.25
紀　弦	對於所謂六原則之批判	現代詩 20 期	1957.12.01
紀　弦	多餘的困惑及其他——答黃用文	現代詩 21 期	1958.03.01
紀　弦	兩個事實	現代詩 21 期	1958.03.01
林亨泰	主知與抒情	現代詩 21 期	1958.03.01
覃子豪	關於「新現代主義」	筆匯 21 期	1958.04.16
紀　弦	六點答覆	筆匯 24 期	1958.06.01
余光中	兩點矛盾	藍星週刊 207、208 期	1958
紀　弦	一個陳腐的問題	現代詩 22 期	1958.12.20
林亨泰	鹹味的詩	現代詩 22 期	1958.12.20
陳世驤	關於傳統、創作、模仿	《詩論》文學雜誌社	1959.04
勞　幹	對於白話文與新詩的一個預想	《詩論》文學雜誌社	1959.04

根據此表，覃子豪與梁文星、周棄子、夏濟安之間有一場未引爆的論戰，梁、周、夏三人分別在《文學雜誌》、《自由中國》發表他們對新詩的看法，覃子豪則在《筆匯》評述，但未引起三人的駁斥。這一場未引爆的論戰，可以視爲舊詩人對新詩形式未能成型，新詩人對新詩走向未能確立，所共同顯現的焦灼之情，前者責之切，後者愛之深，雖擦槍

而未走火。

早在一九四一年，大陸時期，覃子豪就曾與曹聚仁有過一番小型論戰，相關文章還保留在《覃子豪全集》中[6]，因此，是否覃子豪素有好辯的個性，還是愛詩心切的另一種表現法，我們不得而知，但在這一場「現代派論戰」裡，覃紀兩人卯足力量奮戰，覃子豪以一萬字的長論〈新詩向何處去？〉責難用語不甚精當的〈現代派信條釋義〉，不擅長理論的紀弦更以兩篇合計兩萬字的論文去批判原則、解說信條。主知？抒情？未能得解；橫的移植？縱的繼承？爭議猶在。不過，兩個詩社卻因這場論戰而互有消長，詩理未能更明，詩社卻因而有了更迭的現象。

紀弦的論戰文章大抵出現在《現代詩》19、20、21、22 期，現代派同仁除林亨泰以兩篇不溫不火的短文助其聲勢之外，再無其他奧援，一個號稱百人結盟的詩派竟這樣無聲無息，面對其他團體對其結盟之信條質疑，彷彿一個政黨的黨綱受到挑戰，主事者努力辯解，盟員無人反應，必是信仰不足，當然也就欠缺因此而產生的力量。換句話說，現代派信條或許只是紀弦一個人的見解，因此，批判來時，也就只好一個人迎戰。經過這四期的孤軍奮鬥，再加上經濟的拮据，《現代詩》的出版與影響力，日漸減弱，淡化，終而消失於六〇年代初期的台灣詩壇。

反觀藍星詩社，在覃子豪的主導下，不僅爲論戰出版了兩大本《藍星詩選》，而且繼《藍星周刊》（一九五四年六月至一九五八年八月，借公論報副刊刊出，每週四見報，計出 211 期）之後，又出刊《藍星詩頁》63 期（自一九五八年十二月至一九六五年六月），持續其影響力並擴大之。藍星同仁黃用、羅門、余光中更積極加入論戰，與覃子豪結合成強而有力的陣線，此一陣線在五〇年代末期又積極發揮火力，共禦外侮，

---

[6] 《覃子豪全集》第二冊，375-383 頁，還保留覃子豪兩篇論文〈論詩的成長〉、〈論從小品文中去學習寫詩的方法問題〉，都註明寫於一九四一年，都有致曹聚仁先生的副題。《覃子豪全集》共三冊，出版於一九六五年詩人節。

形成第二波與第三波之論戰。

第二波論戰可以稱之為「象徵派論戰」，刊載論文的雜誌只有《自由青年》半月刊而已，擂台單純，而且無人擂鼓吶喊，正反主角惟覃子豪與蘇雪林，臨時「插花」的「門外漢」，泛談當時台灣新詩的幾個現象而已，未成漣漪。

蘇雪林〈新詩壇象徵派創始者李金髮〉一文，指陳象徵派三大特色：不講文法技巧，內容晦澀、朦朧、曖昧，涵意只能用猜的。而後筆鋒一轉，說李金髮是中國象徵派的創始人，將新詩帶進牛角尖，轉了十幾年，到於今還轉不出來，這些精靈東渡來台以後，新詩壇更走進了死胡同中。蘇文中還用了「巫婆的蠱詞，道士的咒語，匪盜的切口」來揶揄新詩。因而引起覃子豪撰寫〈論象徵派與中國新詩——兼至蘇雪林先生〉，其要點在宣明象徵派的主張為表現目不能見的世界，故有神秘傾向，強調音樂性，暗示，感覺交錯，形式方面則打破古典主義的格律，創立不定形的自由詩，但沒有「不講文法技巧」的主張。李金髮是中國第一個以象徵派技巧寫詩的人，但未學到其師魏爾崙鍛鍊語言的功夫，卻為五四之後的詩壇開拓了新路，戴望舒的現代派則徹底擺脫創造社陳腐的格調和新月派的形式主義，但台灣詩壇的主流不是以二派的餘緒，是兼容並蓄的綜合性創造，其趨勢是表現內在的世界，而不是表現浮面的現象世界，她在發掘人類生活的本質及其奧秘，而不是攝取浮光掠影的生活現象。

蘇雪林的第二篇論文〈為象徵詩體的爭論敬答覃子豪先生〉，以三分之一的篇幅再次證明象徵詩不講文法，其餘的篇幅在辯證魏爾崙（Paul Verlaine）與魏爾哈崙（Emil Verharen）之別，嘲笑覃子豪將 Impassibilite 譯為「無感不覺」的不當，最後論及：李金髮之評價已低，則其尾巴群必更遜色，因而譏諷台灣詩壇充斥偽象徵詩，是因為這體詩易如「續鬮遊戲」，可以「取巧」「藏拙」，沒有天才、學力、知識都不要緊，只須說些刁鑽古怪，似通非通的話便成。覃子豪不得不再覆以

〈簡論馬拉美、徐志摩、李金髮及其他〉，強力介紹馬拉美反對通俗用語，主張用暗示辭句，用語意前後顛倒之句法，用此喻體，用類推法，用抽象擬人法，所以思想神秘，語法特殊，不可斥之爲「咒語」。接著極力揚李（金髮）抑徐（志摩），說李詩外表襤褸而詩質豐盈，徐詩外衣美麗，格調油滑。最後以期待純正的詩評作結。

這波論戰從一九五九年七月開始，五個月內結束。來往論辯之論題，列表如次：

象徵派論戰表

人物	論題	刊物	時間
蘇雪林	新詩壇象徵派創始者李金髮	自由青年 22 卷 1 期	1959.07.01
覃子豪	論象徵派與中國新詩兼致蘇雪林先生	自由青年 22 卷 3 期	1959.08.01
蘇雪林	爲象徵詩體的爭論敬告覃子豪先生	自由青年 22 卷 4 期	1959.08.16
覃子豪	簡論馬拉美、徐志摩、李金髮及其他	自由青年 22 卷 5 期	1959.09.01
蘇雪林	致本刊編者的信	自由青年 22 卷 6 期	1959.09.16
門外漢	也談目前台灣的新詩	自由青年 22 卷 6 期	1959.09.16
覃子豪	論新詩的創作與欣賞	自由青年 22 卷 7 期	1959.10.01
門外漢	再談目前台灣的新詩	自由青年 22 卷 8 期	1959.10.16
覃子豪	致本刊編者一封關於論詩的公開信	自由青年 22 卷 9 期	1959.11.01

這兩次論戰發生在覃子豪來台第一部詩集《海洋詩抄》（一九五三年四月，新詩週刊社）及第二部詩集《向日葵》（一九五五年九月，藍星詩社）出版之際，這兩部詩集未受論戰影響，平白而抒情的語句，簡單而

直接的譬喻和意象，盈滿詩中，〈造訪〉一詩的意境，顯現了此一時期覃子豪及其同時代詩人的共同風格：

夜，夢一樣的遼闊，夢一樣的輕柔
夢，夜一樣的甘美，夜一樣的迷茫
我不知道，是在夢中，還是在夜裡
走向一個陌生的地方，殷殷地尋訪

雨底街，是夜的點彩
霧裡的樹，是夜的印象
穿過未來派彩色的圖案
溶入一幅古老而單調的水墨畫裡

無數發光的窗瞪著我，老遠的
像藏匿在林中野貓的眼睛在閃爍
發著油光的石子路是鱷魚的脊樑
我是驀然的從鱷魚的脊樑上走來

圍牆裡的花園是一個深邃的畫苑
我茫然探索，深入又深入
在一個陌生的小門前停了足步
像是來過，因為我確知你曾在這裡等我

——選自《覃子豪全集》第一冊，第 242 頁

一九五七年覃子豪與紀弦的「現代派論戰」之後，雖然主張「主知」、「橫的移植」的是紀弦，主張「抒情」、「縱的繼承」亦不可忽略的是覃子豪，其實，真正的走向是：紀弦以詩言志，詩中都有生活裡可以依循的本事；覃子豪則逐漸深化其詩，詩中的知性、思想愈增繁複而深濃。一九五九

年覃子豪與蘇雪林的「象徵派論戰」之徵，覃子豪的詩有了更大更深的轉變，他所論述的象徵派技巧一一在其詩中演練、印證。《畫廊》是他的第三部（也是日沒一部）詩集，出版於一九六二年四月，藍星詩社發行，他將《畫廊》分為三輯，表示他的探求經過了三個階段：「第一個階段：我頗為強調詩的建築性和繪畫性，有古典主義的嚴密和巴拿斯派刻畫具象的傾向。」、「第二階段：我所探求的是人們不易察覺的事物的奧秘。」、「在第三個階段中，我由神秘、奧義中發現事物的抽象性。」[7]經由論戰的洗禮與反思，覃子豪的詩：繪畫性→建築性→奧秘性→抽象性，如此「深化」的過程，正是五〇年代末期台灣新詩的重要表徵，這時覃子豪對詩的定義已經變成：「詩，是游離於情感和字句以外的東西。」（同註7）

以一首〈域外〉見證五〇年代詩的螺旋已鑽入心的底層，近似的詩風成為詩壇上最流行的主旋律：

域外的風景展示於
城市之外，陸地之外，海洋之外
虹之外，雲之外，青空之外
人們的視覺之外
超 Vision 的 Vision
域外人的 Vision

域外的人是一款步者
他來自域內
卻常款步於地平線上
雖然那裡無一株樹，一匹草

[7] 此段引言，錄自《畫廊》〈自序〉，見《覃子豪全集》第二冊，第 259 頁。

而他總愛欣賞域外的風景

——選自《覃子豪全集》第一冊297頁

域外的風景不在視覺之內，應該是冥想的風景，透過事物內裡找尋新的視野，相對於同時代的反共篇章：「創緹大時代的詩人／你呼吸時代的氣息／朗誦時代的聲音」、「用你尖銳的筆／剷去枯萎的野草／採摘群花的精英／花朵是那麼豐盈／果實是那麼遒勁」[8]。其間之差距不可同年而語。

這兩場以覃子豪為主軸的論戰，看起來似乎偃旗息鼓了，卻在別的文學媒體爆發了第三波的混戰。蘇、覃在《自由青年》的論戰於一九五九年十一月一日終止，同年十一月二十日言曦卻在《中央日報》副刊上又引起戰火，這次戰火蔓延更廣，不過，主導者卻是同為藍星詩社的余光中，根據余光中的回憶：「在那次論戰的開始，藍星詩人並不是遭受攻擊的主要對象，可是奮起守衛第一線的，大半是藍星詩人，因為那時，藍星作者能發表文章的刊物很多，也確實舉得起幾枝能言善辯的筆。」[9]

根據現有資料，我們將這次混戰的論題，依序列表，可以重新鳥瞰論戰之始末：

新詩論戰表

人物	論題	刊物	時間
言　曦	新詩閒話（四篇）	中央日報	1959.11.20-22
余光中	文化沙漠中多刺的仙人掌	文學雜誌7卷4期	1959.12
虞君質	談新藝術	台灣新生報	1959.12.30
余光中	新詩與傳統	文星雜誌27期	1960.01.01
陳紹鵬	略論新詩的來龍去脈	文星雜誌27期	1960.01.01

[8] 見《六十年詩歌選》第344頁，一九七三年四月，正中書局印行。

[9] 見余光中〈第十七個誕辰〉，《現代文學》46期（一九七二年三月）。

張隆延	不薄今人愛古人	文星雜誌 27 期	1960.01.01
黃　用	論新詩的難懂	文星雜誌 27 期	1960.01.01
夏　菁	以詩論詩——從實例比較五四與現代的新詩	文星雜誌 27 期	1960.01.01
覃子豪	從實例論因襲與獨創	文星雜誌 7 期	1960.01.01
葉　珊	自由中國詩壇的現代主義	大學雜誌	1960
言　曦	新詩餘談（四篇）	中央日報	1960.01.08-11
孺　洪	「閒話」的閒話	中華日報	1960.01
余光中	摸象與畫虎	文星雜誌 28 期	1960.02.01
黃　用	從摸象說起	文星雜誌 28 期	1960.02.01
李　素	一個詩迷的外行話	文星雜誌 28 期	1960.02.01
虞君質	解與悟	台灣新生報	1960.02.18
白　荻	從新詩閒話到新詩餘談	創世紀 14 期	1960.02
張　默	現代詩藝術的潛在面	創世紀 14 期	1960.02
陳紹鵬	由閒話談到摸象	文星雜誌 29 期	1960.03.01
陳　慧	有關新詩的一些意見	文星雜誌 29 期	1960.03.01
孔東方	新詩的質疑	文星雜誌 29 期	1960.03.01
錢歌川	英國新詩人的詩	文星雜誌 30 期	1960.04.01
陳　慧	現代·現代派、及其他	文星雜誌 30 期	1960.04.01
余光中	摸象與捫蝨	文星雜誌 30 期	1960.04.01
言　曦	詩與陣營（二篇）	中央日報	1960.04.10-11
夏　菁	詩的想像力	自由青年	1960.04.16
張明仁	畫鬼者流	自由青年	1960.04.16
紀　弦	表明我的立場	藍星詩頁 18 期	1960.05
李思凡	新詩論辯「旁聽」記	聯合報	1960.05.03

上場參加論戰的人物、刊物，看起來很多，實際上可以約化為言曦（中央日報）與余光中（文星雜誌）；抨擊新詩的文章大抵是一千至一千五百字的短篇雜文，保衛新詩的文字，往往是五六千字的長論；抨擊的文章刊佈在一般日報上，保衛的作品則發表於文學性的雜誌上；抨擊的文章多引用中國古詩為例，保衛的多採西方典故及當代新詩；抨擊的是唐吉訶德式的個人，保衛的則是以藍星詩社為主的集團。不過，雙方都是有策略性的作戰，如言曦在中央日報的四篇〈新詩閒話〉:〈歌與誦〉,〈隔與露〉,〈奇與正〉,〈辨去從〉，自有其先後關係，其後再持續〈新詩餘談〉四篇:〈辨與辯〉,〈悟與誤〉,〈進與退〉,〈愛與恨〉，雖被白荻譏為二元價值的固愚與專斷，文理混亂，用語曖昧，論斷偏頗，不過，仍可看出寫作時的計畫安排；余光中的戰術從《文星》27 期可以見識他的謀略，要從新詩與傳統談起，中西文學史都含括其中，其次專論難懂，再次以實例舉證，新舊好壞就可清楚判分，剛好可以擊破言曦的歌、誦，隔、路，奇、正，去、從的迷障。

這一場論戰，其實可以說是新詩教育的推廣，一個詩門外行人的幾句閒話，引起熱心的詩人跳出來詳細說解新詩歷史，賞析詩句，甚至於還提示創作方法，以學術性的專論去面對信口的雌黃，雖然「摸象」、「畫虎」、「捫蝨」的調侃語彙，顯然已動了氣，但猶能保持詩人的「教育工作者」之身分。

不過，可悲的也在於詩人必須自己站出來說：新詩比古詩好，比舊詩進步。選手兼裁判，說服之力其實也相當有限。

這樣的論戰意義到底在哪裡？年輕學子的觀察認為:「論戰的意義，不在於分判勝負，而是透過不同的文學理念導引出不同的觀察與論證，激發出人類永恆的人生哲理與信仰，以匯成文學的巨流。」[10]

---

[10] 見林淑貞所撰〈覃子豪在台詩論及其實踐活動探究〉，發表於《台灣文學觀察

向明在〈五〇年代現代詩的回顧與省思〉專文中作了以下的結論：

（一）五〇年代無疑是中國新詩從沉寂轉向興起的時代，從保守邁向開放的時代。

（二）五〇年代新詩的現代化運動為台灣整個的文化藝術產生全面現代化的影響。

（三）五〇年代新詩的全面復甦，不但大陸來台詩人重新出發，培植新一代詩壇傳人，也刺激本省籍詩人漸次適應以中文為寫作工具。

（四）五〇年代新詩接受外來的技巧，向個人極端的內在生命作探求，使年輕的大陸來台軍人紛紛學寫現代詩。

（五）蔚為風尚的現代主義，迷惑了許多人，在精神上裝出鬱悶難解狀，在文字誤把晦澀難懂當成現代精神。

（六）現代派強調主知，使很多盲目追求現代感的人，一昧不必要的壓抑自己抒情的本能，使詩變得冷漠如冰，缺少人氣。詩人的孤絕感更加嚴重。這種發展深深影響到六〇年代的詩。（同註 1）

這六點結論的前三項是新詩自然演化的結果，後三項則不能不歸功（或諉過）於三次新詩論戰，經過三次論戰，詩人更加意氣風發，不論是什麼權的主義，詩人運用起來，都顯得振振有詞，赫赫有聲，橫衝直撞，肆無忌憚，文壇上再也沒有人敢過問了！就創作的自由與勇氣而言，論戰使台灣詩人獨立了，個人意志與才氣得到最大的發揮，不必再統一於反共文學的旗幟下。新詩第三場論戰結束，五〇年代的反共文學也等於宣告結束了，只是新詩的問題：大眾化與否？晦澀還是艱深？主知或者抒情？依然是無可解的論題，等待著另一次的論戰。

選自：文訊編《台灣現代詩史論》（台北：文訊，1996）

雜誌》第 4 期（一九九一年十一月）。

劉正忠

清華大學中文系助理教授

主知・超現實・現代派運動：

台灣，1956-1969

林亨泰（1988）曾將台灣詩壇的「現代派運動」分爲兩個時期：一九五六年元月由紀弦發起組派，提出「六大信條」，至一九五九年三月，《現代詩》季刊在出版了二十三期之後突然中斷，是爲「前期現代派運動」。同年四月，《創世紀》十一期推出「革新擴版號」，延續現代派的創新精神，直到一九六九年一月，第二十九期出版之後，宣布停刊，是爲「後期現代派運動」。前期以現代詩社爲主軸，爲期約三年；後期則以創世紀詩社爲重心，持續了十年之久。[1]此說將現代派運動作較廣義的闡釋，並標出兩個重心，是他系列論述的基本假說。

「六大信條」之中，林亨泰認爲，最重要的乃是第四條：「知性之強調。」（1976：177）這不僅是對治浪漫派的利器，更是取得現代性的重要手段。然而「知性」是否能夠包容「一切新興詩派之精神與要素」，卻也有待進一步釐清。[2]這項難題尤其表現在對「超現實主義」的態度上。對於《創世紀》改版後積極接納「西方現代思潮」的態度，林亨泰作了概括的描述：「進行得比現代派還現代派，提出『超現實主義』的主張」。（1990：83）似乎是說後期現代派超出前期的部份，便在於對超現實主義的提倡。

---

[1] 此說首見於〈新詩的再革命〉（1988），《林亨泰全集》第五冊，頁 5-6。同書〈從八〇年代回顧台灣詩潮的演變〉（1990）、〈現代派運動與我〉（1994）等文亦迭有發揮。根據他的闡釋，這種斬截的斷限方式，可以把「運動」的主體與後續的「影響」區別開來，進而突顯其意義。又案洛夫更早亦曾提到：「不論精神上或實際創作上，真正繼『現代派』以推廣中國現代詩運動的是『創世紀詩社』」。（1972：頁 6）

[2] 柯慶明就曾指出：「作爲移植對象的「一切新興詩派之精神與要素」，「一旦作了『知性之強調』與『追求詩的純粹性』的限制，則所謂『詩的新大陸之探險，詩的處女地之開拓』，新的『內容』、『形式』、『工具』、『手法』等等的追求，事實上都受侷限。」（頁 398）

然則「超現實」與「知性」之間，又存在著怎樣的辯證關係呢？它們的歷史脈絡如何？在所謂「前後期現代派運動」中，又分別居於何種地位？而「前期」與「後期」之間，除了承續之外，是否也牽涉到理念的齟齬？紀弦從一九六〇年開始，立論明顯大異於前，原因何在？本文即從上述問題出發，延著林亨泰建構的系譜，考查若干運動主將的理論內涵，期能在一般所謂「知性超現實」的共相之外，呈現些許殊相。

一、

紀弦的文壇生涯始於上海，當時施蟄存、戴望舒、杜衡等人創辦的《現代》(1932-1935)雜誌，集結了許多優異的詩人小說家，構成所謂「現代派」群體。一九三四年，紀弦(這時還叫「路易士」)的作品始見於《現代》，從此成爲「自由詩的選手，『現代派』的一員」(紀弦 2001：頁 63)。作爲一名新人，他深受「老大哥」們的影響，逐步養成自己的詩學理念與創作技巧。日後他在台北重新燃起現代派運動的火苗，若干主張便可溯源於此。

上海現代派的組織並不嚴格，但就詩而言，反新月派的自覺則頗爲一致。他們吸收的，主要是美國意象派與法國象徵派的理念。形式方面，提倡自由詩，反對嚴整華麗的格律詩；內容方面，則注重詩素，反對感情的直陳或吶喊。戴望舒在〈望舒詩論〉中指出：「新的詩應該有新的情緒和表現這情緒的形式。」(2 卷 1 期，1932/11) 施蟄存則說《現代》上的詩，「是現代人在現代生活中所感受的現代的情緒，用現代的詞藻排列成現代的詩形」。(4 卷 1 期) 杜衡爲戴望舒的詩集作序，提到：「當時通行一種自我表現的說法，做詩通行狂叫，通行直說，以坦白奔放爲標榜。我們對於這種傾向私心反叛著。」(4 卷 3 期) 這些言論都反映出一種追求新感性的企圖，爲主知風潮奠立契機。

其實南北兩方的詩人，對於西方當代詩學的潮流，都頗爲關注。《新月》介紹了利威斯（F. R. Leavis）的《英詩之新平衡》一書，對艾略特（T.S.Eliot）的《荒原》頗致推崇之意，並謂：「現代詩人不再表現那單純的情緒，他們重視機智，智慧的遊戲，大腦筋脈的內感力。」（4 卷 6 期，1933/3）幾乎同時，《現代》刊出了阿部知二的〈英美新興詩派〉（高明譯），對於主知傾向，著墨頗多：「近代派的態度，結果變成了非常主知的，他們以爲叡智（Intelligence）正是詩人最應當信任的東西。他們以爲，在包在我們周圍的某種漠然的感覺和感情的世界，換言之，即潛在意識的世界——這些黑暗——之中，像探海燈一般地放射叡智，而予這混沌的潛在的世界以明晰性，予這混沌的潛在的世界以方法的秩序，便是現代知識的詩人該做的純粹的工作。」（2 卷 4 期，1933/2）按阿部知二乃是日本《詩與詩論》集團倡導主知論的代表，巧合的是，這篇文章後來又在台北的《現代詩季刊》被重新刊一次。（18-19 期，1957）

稍後戴望舒結合包含紀弦在內的南北詩人，創辦《新詩》月刊（1936-1937）。對於主知觀點，續有介紹。周煦良翻譯了艾略特的〈詩與宣傳〉，文中提到詩的情緒應被理智認可；詩的美感應被思想所認可。（1 卷 1 期，1936）柯可（金克木）發表〈論中國新詩的新途徑〉，提倡一種「新的智慧詩」，「以不使人動情而使人深思爲特點」（1 卷 4 期，1937）。戴望舒則曾譯介梵樂希（瓦雷里）的〈文學〉，其中提到：「一首詩應該是『智』的祝慶。它不能是別的東西。」（2 卷 1-2 期，1937）（陳丙瑩，137）日後徐遲提出了「抒情的放逐」的口號（《頂點》1 期，1939/7），在此已奠立契機。

另一方面，上海現代派對前衛思潮的推介，亦復不少。《現代》便曾刊載玄明的〈兩種主義〉，粗略介紹「大大主義」與「超現實主義」。並引述勃勒東的話說：「狂人心中的觀念頗能合於我的某種本能的假設。隨口的亂說會造成驚人的效果。我們絕對不接受什麼東西。我們相信我們能夠滅絕理性。」（1 卷 1 期，1932/5）

戴望舒譯介過〈世界大戰以後的法國文學〉，對「立體主義」與「達達主義」的風潮頗多著墨（1卷4期，1932/8）。高明撰有〈未來派的詩〉，大幅徵引馬利內底等人的詩和理論。（5卷3期，1933/7）作品譯介方面，從《現代》到《新詩》，譯介過的法國詩，有波特萊爾（charles Baudelaire, 1821-1867）、保爾・福爾（Paul Fort, 1872-1960）、耶麥（Francis Jammes, 1863-1938）、瓦雷里（Paul Valery, 1871-1945）、阿波里奈爾（Guillaume Apollinaire, 1880-1918）許拜維艾爾（Jules Superville, 1884-1960）、艾呂亞（Paul Eluard, 1985-1952）、比也爾・核佛爾第（Pierre Reverdy, 1889-1960）等人，這個名單包含後期象徵派、立體派的到超現實派的詩人。後來《現代詩》季刊譯介許多法國詩，實際上也以這些詩人為主。[3]

抗戰中期，紀弦由香港回到上海重續文學活動。在淪陷期的上海，創辦了《詩領土》（1944/3-1944/12）發表了百餘首詩和數十篇詩論。他大力鼓吹「現代詩」，特別強調的是「全新的立場」，他說：「內容形式上兩者都新——這就叫全新」（《詩領土》5號；1944/12）所謂內容的新，主要指「詩素」要放棄了過去的抒情的田園，來把握現代文明的特點，科學上的結論和數字」（《上海藝術月刊》，1943/1）；至於形式的新，則是「沒

---

[3] 戴望舒等人的譯詩，不僅影響紀弦，甚至直接影響商禽、瘂弦等人，這條脈絡不宜輕忽。商禽曾說：「我自己就是從書、雜誌、大陸上的詩刊看到超現實主義詩作、詩論。大陸大約四〇年代戴望舒等人已經翻譯了許多西方超現實主義、未來主義的詩⋯⋯。」瘂弦也說：「超現實主義的詩，像聶魯達、阿拉貢、希伯維爾的詩，戴望舒很早就翻譯了，約是《現代》和《新詩》月刊的時代。」（胡惠禎，頁5）不過，從瘂弦援舉之例看來，所謂「超現實主義的詩」取義甚廣。此外，戴望舒並未譯過阿拉貢的詩，卻譯過另一位超現實主義健將艾呂亞（Paul Eluard）的多篇作品。無論如何，瘂弦與商禽很早便接觸到這些大陸時期的文學刊物，應當是可以肯定的，至於其管道，則是商禽趁職務之便，得自官邸圖書館（瘂弦 1999，頁 242）。旁證之一是瘂弦早年的〈詩人手札〉與《創世紀》早年刊登的譯詩，有些資料便得自這些期刊。

有固定的詩形，不押韻，以散文的句子寫。」(《詩領土》4 號；1944/9）這份刊物曾公布過三則「同人信條」,「詩領土同人錄」由二十七人累積到七十餘人（陳青生：頁 272-273），作風與日後在台北刊行的《現代詩》季刊頗爲類似。

另一方面，日治下的台灣，由楊熾昌主編的「風車詩刊」，受到日本《詩和詩論》集團的啓發，異軍突起，較諸中國詩壇更爲「前衛」。在發行宗旨上即標明「主張主知的『現代詩』的敘情，以及詩必須超越時間、空間，思想是大地的跳躍。」並揚舉法國的超現實主義宣言以爲創作圭臬（羊子喬：頁 44）。楊熾昌不滿社會寫實主義或自然主義者的藝術表現「停滯在強烈的主觀表現而缺乏表現技巧。」（頁 168）因此主張：「所謂詩的才能就是於其詩的純粹上，非最生動的知性的表現不可。」（頁 138）他的部份作品仍然具有批判性，有意以曲折隱蔽的技法來「透視社會現實，剖析其病態，分析人生」（葉笛：頁 27-28），其間展露的知性思維頗爲圓熟。然而由於此一風潮的規模稍小，開展不足，旋爲當時更加旺盛的現實主義潮流所掩蓋，「對戰後詩人並未直接有所影響」(陳明台：頁 61）。

林亨泰在銀鈴會時期的作品（1947-1949），主要繼承了賴和以降，批判現實的新文學傳統。（呂興昌，頁 273）但這時或更早以前，同樣透過《詩和詩論》等文學雜誌，他對於日本近代詩壇的理念與方法，其實頗有認知。（呂興昌 1998：170）反抒情、主知的語言傾向在當時已見端倪。（林燿德，153）不過，嚴格來講，相關的理論陳述與創作實踐，則是五〇年代中期復出詩壇以後的事情。

按林亨泰一九五五年春始在《現代詩》發表作品，[4]隨後才與紀弦通

---

[4] 《現代詩》第 9 期（1955 春），以筆名「恒太」發表〈回憶〉。第二期以本名所刊〈第一信〉，係葉泥譯自舊作，林亨泰並不知情，見張默《夢從樺樹上跌下來》，頁 213。（按：張默謂林亨泰正式用中文發表的詩作是第 11 期的〈心臟之什〉，

信，展開理論的交流。[5]從紀弦創立現代詩社（1953/2），到正式組織「現代派」(1956/1），約有三年之久，可以視爲現代派運動的準備期。這段時間，紀弦曾以筆名「青空律」發表〈沉默之聲：保爾．梵樂希〉，介紹象徵派大師崇尚知性的觀點，(5 期：頁 31)。並發表〈把熱情放到冰箱吧〉的社論，強調新詩之所以爲新，除了利用散文以爲新工具之外，尚有一大特色，那便是：

> 理性與知性的產品。所謂「情緒的逃避」，殆即替此。同樣是抒情詩，但是，憑感情衝動的是「舊」詩，由理知駕馭的是「新」詩。作為理性與知性的產品的「新」詩，決非情緒之全盤的抹殺，而係情緒之微妙的象徵，它是間接的暗示，而非直接的說明；它是立體化的，形態化的，客觀的描繪與塑造，而非平面化的，抽象化的，主觀的嘆息與叫囂。它是冷靜的，凝固的，而非熱狂的，焚燒的。因此，所謂「熱情」，乃是最最靠不住的東西。(《現代詩》6 期:頁 43，1954/5)

此外，在《紀弦詩論》(1954）中，也曾引述過梵樂希有關「情緒客觀化」的詮釋(頁 19、頁 37)。上述言論對知性的強調已經十分清晰而強烈了，這時，紀弦尚未與林亨泰見面或通信。因此，提倡知性確實是對抗浪漫

則顯然有誤）關於這一點，另可參見呂興昌編訂〈林亨泰生平著作年表〉，頁186-7。

[5] 林燿德作〈林亨泰繫年〉，將林、紀通信繫在 1953 年，殆根據林亨泰接受訪談時所言：「一九五三年（或者一九五四年？）我到彰化任教，向《現代詩》郵購方思譯的里爾克作品，直到報上刊出了出版廣告，我仍沒有收到書，就去信問紀弦。」但他在〈現代派運動與我〉中，則明確指出先以筆名「恒太」發表作品，才與紀弦通信。此外，方思譯里爾克《時間之書》開始徵求預約，在現代詩《二十期》(1957.12)，林亨泰所購應爲《夜》(徵求預約見 7、8 期，宣告已出版則在第九期)。

派的利器，但此一策略基本上延續了上海「現代派」的舊軌，遠紹梵樂希、里爾克、艾略特等大師的理念，與二十世紀西方詩學的主潮相合。惟林亨泰來自不同背景的理論支援，經常展現比紀弦更寬的視野、更深的思維，確實使現代派運動的聲勢壯大不少。

按「詩和詩論」集團，基於其具有集結當時主要的前衛詩人，含各流各派大融合的混雜性格，雖以主知來統一其詩觀，事實上分爲三大傾向，即形式主義方向、超現實主義的方向和新即物主義的方向。（陳明台：頁 43）就五、六〇年代的林亨泰而言，對知性美學的張揚頗多，對超現實技法的提倡較少。紀林兩人對主知的主張，雖然「不謀而合」，但亦自有差距。紀弦理解的主知，主要是通過理智的作用，避免情緒的直陳，而以「詩想」爲實質。林亨泰則進一步以「批判性」來詮釋「主知」的內涵。在他的理論架構中，即使動用超現實主義的「非理性」技法，仍然可以展現特殊的批判性格，仍是知性的。

二、

紀弦創立現代詩社，發行《現代詩季刊》（1953/2），提倡寫作「現代化」的「現代詩」，這是繼《新詩週刊》之後，最重要的詩壇大事。稍後則有覃子豪結合鍾鼎文、鄧禹平、余光中、夏菁等人，組成「藍星」詩社（1954/3），並借得公論報版面創辦《藍星新詩週刊》（1954/6）。藍星諸子的「結合」，據余光中的講法，乃是針對紀弦的一個「反動」：

> 紀弦要移植西洋的現代詩到中國的土壤上來，我們非常反對。我們雖不以直承中國詩為己任，可是也不願意貿然作所謂「橫的移植」。紀弦要打倒抒情，而以主知為創作的原則，我們的作風則傾向抒情。紀弦要放逐韻文，而用散文為詩的工具。對於這一點，我們的反應不太一致，只是覺得，在界說含混的「散文」一詞的

> 縱容下，不知要誤了多少文字欠通的青年作者而已。(1971：頁187-188)

但這時現代派尚未成立，六大信條尚未提出。《現代詩季刊》已發行五期，雖宣稱要「向世界詩壇看齊，學習新的表現手法」(創刊號，〈宣言〉)，尚無「橫的移植」之說。至於倡導「自由語」(否定韻文)的「自由詩」(否定格律)，覃子豪基本上是贊同的，余光中反而成了他們共同攻擊的對象。惟有反對「放逐情緒」之說(或對紀弦不滿)，才算是藍星諸子初期的共識。

藍星詩社向以沙龍式的鬆散組織著稱，這可能跟他們基於反對而結合，缺乏共識有關。根據余光中的講法，創社之初，覃子豪覺得「堂堂如藍星詩社應該有一套基本的理論，因此在聚會的時候他幾度提出自己的理論，似乎希望大家接受，成爲詩社的信條。幸好鼎文，禹平，夏菁屢加阻止，他才作罷。」(1971：頁 188) 由此看來，覃子豪確有積極推拓理念的意圖，但藍星內部的問題不少，至少余光中、黃用等人對於覃子豪的理論，便頗不能佩服(1971：頁 190)。

「藍星」既擺出抵制之勢，紀弦的主張更趨於斬截。組「社」創「刊」尤有不足，乃進而開宗立「派」，提出震動一時的「六大信條」。最先發動攻擊的，是代表官方立場的雜文家，譬如寒爵。從詩學內部提出質疑的，仍不得不推藍星諸子。論題除了爭論「橫的移植」與「縱的繼承」之外，主要集中於兩點：一是「主知」與「抒情」的輕重，另一則是「自波特萊爾以降的一切新興詩派」的內容。(陳玉玲：頁 317) 按紀弦嘗逐條撰作「釋義」，此處僅將主知一條徵引如下：

> 第四條：知性之強調。這一點關係重大。現代主義之一大特色是：反浪漫主義的。重知性，而排斥情緒之告白。單是憑著熱情奔放有什麼用呢？讀第二篇就索然無味了。所以巴爾那斯派一抬頭，

> 雨果的權威就去作用啦。冷靜、客觀、深入、運用高度的理智，從事精微的表現。一首詩必須是，一座堅實完美的建築物，一個新詩作者必須是一位出類拔萃的工程師。而這就是這一條的精義之所在。(《現代詩》13 期，1956/2)

所謂主知，排斥情緒的告白，但並不等於反對抒情。這裡的觀點基本上延續了《現代詩》創刊以來的主張，符應現代詩學的主潮，可堪指摘之處不多。覃子豪的挑戰文章，與此有關的言論如下：

> 現代詩有強調古典主義的理性傾向。因為，理性和知性可以提高詩質，使詩質趨醇化，達於爐火純青的清明之境，表現出詩中的含意。但這表現非藉抒情來烘托不可。浪漫派那種膚淺的純主觀的情感發洩，固不足成為藝術。高蹈派理性的純客觀的描繪缺乏情緻。最理想的詩，是知性和抒情的混合產物。(1957：頁 128-129)

這一段話，顯示覃子豪對於現代詩的理智性格，頗有認知。雖然在知性與抒情間試作調和之論，但以抒情爲「烘托」，實質上已與紀弦之說相距未遠，反浪漫派的觀念更是一致。因此，這裡其實不能搖撼主知的理念，只能轉而提出被稱爲圓融穩當的所謂六原則。

倒是黃用針對紀弦常寫抒情詩的事實，質問他「多少有點不夠徹底現代化，有點捨不得丟棄傳統的抒情主義。」(1957) 這裡並不攻擊主知的理論，而從創作與理論的矛盾著手，使紀弦有些難以辯駁，只能說自己「常寫抒情詩以練習練習我的文字、我的筆力。」(1958：頁 103) 相對之下，林亨泰的火力支援，便顯得十分得宜。他認爲：「主知」之於「抒情」，猶如「社會」之於「個人」，都是強調前者的「優位性」，而非拋去後者。(1958a：頁 27) 他又提出「不慰藉讀者而只給予不快的」鹹味的詩，它是「批判的」，而紀弦的「一些詩」正具有這樣的特徵。(1958b：

頁 31）這裡一則導入艾略特「非個性化」的理念，一則強調提博德（Albert Thibaudet）所謂「批判的感覺」，實質上已對「知性」作了更深刻的界定。比起紀弦提倡「理智」以對治「情緒」的理念，是要顯得更加積極了。

實際上，林亨泰覺得，紀弦對主知的理解，也還不夠透徹。在七〇年代的一篇論文裡，林亨泰回顧紀、覃的論戰說：「對於『知性』這麼一個重要的問題的探討，他們始終停止於巴爾那斯派（亦即高蹈派）階段。」（1976：頁 179）這是說知性不僅是理性的純客觀描繪而已，還有更重要的東西。他認為格律工整的韻文宜於抒情，相反的，「白話工具」卻擁有「語言意義的連貫性」、「思維邏輯的抽象性」、「心理意識的時間性」，這正適於「主知」的寫作過程。也就是說，現代詩的主知傾向，並非出自詩人的好惡，乃隨工具的特性而來。（頁 180-181）從這個觀點看來，中國現代詩風格與理論發展，便是由抒情而主知不斷深化的歷程。他將浪漫派、象徵派分別歸入一、二階段，從戴望舒到紀弦的現代派則為第三階段，這時雖有「主知傾向」，但主要由「氣質」這人格的力量統御而來。（頁 182）（按紀弦曾說：「詩就是通過詩人氣質所見的人生與自然之象徵。」又有「氣質決定內容，內容決定形式」之說。）第四階段還是朝著主知要素深入發展，但「技法」在作品中逐漸佔得優勢，「氣質」、「個性」不再那麼重要了。（頁 182）這裡並援引艾略特「非個性化」的理論為依據，並舉余光中的〈火浴〉、〈敲打樂〉，洛夫的〈石室之死亡〉、〈長恨歌〉以為例證，詳加推論。（頁 183-202）這篇文章已大致可以解釋，所謂後期現代派與前期的不同，主要便是主知，林亨泰所定義下的主知。

至於另一個問題，「波特萊爾以降一切新興詩派」的內容。紀弦在「釋義」中指出：「這些新興詩派包括十九世紀的象徵派、二十世紀的後期象徵派、立體派、達達派、超現實派、新感覺派、美國的意象派、以及今日歐美各地的純粹詩運動。總稱為『現代主義』。」當時，代表官方立場的雜文家寒爵，指其移植的乃是頹廢意識，根本是「背逆時代的反動行為」。並譏此為「五六十年前法國炒剩的冷飯」，「現在竟有人重新一顆顆的撿了起來，想要加火再炒，那恐怕不但攝取不了營養，而且還有傷胃之虞的話！」（頁 125）紀弦這樣答覆：

> 法國的現代派——主要是以興起於本世紀二十年代至三十年代的立體派、達達派、超現實派為代表——目下雖無具體活動，但其精神依然遍在於今日法國的詩壇，尤以超現實派的表現方法為新銳而純正，已經超越了三色旗的國界，和美國的意象派的表現方法同樣成為今日世界詩壇一般的方法了。（1956：頁 71）

單從這段言論看來，紀弦對於「超現實派的表現方法」是頗為推崇的。但當藍星詩人主進一步質疑：面對波特萊爾以降種種特質相異的流派，如何能取得協調？紀弦的說辭立刻有所不同。覃子豪批評：「所謂中國的『現代派』就熱中於忽視時代外貌的超現實主義」。（1958：頁 141）黃用則直接斷定他是一個「超現實主義者」（1957），紀弦竟以誇張的口氣回答：「確實不是！確實不是！簡直應該大聲地喊起來：確實不是。我也從未在筆端或口頭上主張過要用什麼『自動文字』來表現『潛意識』如法國超現實派之所企圖了的。在我看來，所謂『潛意識』也者，固然是真實地存在於人類心靈深處的現實之一種，但是完全不受理性控制的『自動文字』則為事實上的不可能。」（1958a：頁 96）幾經思索，紀弦的結論是：揚棄超現實派的「自動文字」，而取其「潛意識」與「超現實精神」；揚棄象徵派的「音樂主義」，取其「象徵的手法」及「理智主義」。總歸一句話，便是「以理性控制『超現實精神』，以象徵的手法處理『潛意識』」（1958a：頁 101）。這個答案實際上是向象徵主義趨近，（參見 1959b：頁 93）稍早被視為「新銳而純正」的「超現實派的表現方法」，似乎已被揚棄，至少不再提起，剩下的便只是抽象的「精神」而已。

紀弦之所以對超現實手法感到遲疑，主要應當來自於對現代派第四信條的執著。他相信「知性」乃是現代主義的本質，關係重大，不容折扣。他說：「事實上我對梵樂希的理智主義這一深深影響了國際現代主義的要素，毋寧看得比其他的因素更重。」（1958a：頁 96）又說：「超現實派的『自動文字』和象徵派——特別是梵樂希——受高度理性控制的文字，這其間，倒的確是相對立的，而且是兩個極端。」（1958a：頁 101）兩相權衡之下，只有選擇理智主義，壓制超現實技法。這些觀點原本是用來反抗浪漫主義者情緒氾濫的餘毒，卻也與超現實主義者的非理性傾向形成對蹠。

林亨泰對「新興詩派」的看法，也與紀弦不盡相同。他將現代派分為三期，分別指立體派、達達派、超現實派，並謂：「『超現實』，乃是自立體派至超現實派的一連串運動所一貫的精神。」（1957a：頁 6）紀弦在答覆黃用的文章裡，卻替林亨泰解釋說：「他之無意於提倡超現實主義甚明」。（1958a：頁 97）。林亨泰發表「符號詩」，提出「符號論」（1957b），又揚舉「阿保里奈爾的新精神」：字體的大小、排列、書寫都經過設計。（1957c：頁 25）紀弦在答覆覃子豪的文章裡，卻說：「對於只有破壞毫無建設表現為藝術上極端虛無傾向的達達主義，以及阿保里奈爾試作美術之行動的立體詩，現代詩是從未『標榜』過的，僅對其反傳統的勇氣寄以同情而已。而這，就是有所揚棄。」（1958b：頁 92）由此看來，林亨泰的某些觀念或試驗，紀弦並無法充份理解。以後在所謂「後期現代派運動」中，林亨泰不斷以理論支援洛夫等人，紀弦則有譏評洛夫的言論，立場之不同，在此或可見其端倪。

三、

《創世紀》創刊時（1954/10），《現代詩》已發行六期，紀弦則是詩壇動見觀瞻的人物。藍星詩社雖然剛起步不久，但詩社同仁大多具備豐富的創作經驗與學養基礎。[6]反觀創世紀詩人群卻多爲未經學院陶冶的青年官兵，對於現代詩的認知尚屬有限。作爲「代發刊詞」的〈創世紀的路向〉一文，提出「確立新詩的民族路線」等三項立場，便都顯得生嫩拘謹。不過，他們最大的資本也正是年輕人的理想與衝勁。「代發刊詞」中就曾提到：「我們認為現今的詩陣營還呈現著雜蕪的現象，致產生有『詩壇霸主』的怪現象。」（頁 3）這種「反霸」的言論當然針對紀弦而發，流露出年輕的軍旅詩人力求自主的願望。

整個試驗期的《創世紀》，經常浮現著與主流詩壇對話的意圖。創刊號有關「新詩民族路線」的提法，與紀弦所說的「向世界詩壇看齊」，已成異趣。第二期刊頭短論則說：「我們絕不要今天的詩人還往唐宋詩人的故紙堆鑽，也絕不願看到今天的詩人專聞西洋詩人的臭屁」。同期另有洛夫的〈關於紀弦的「飲酒詩」〉（頁 60-62），批評頗多，或可視爲年輕詩人對於前輩的挑戰。不過洛夫選擇這首政治抒情詩來作文章，僅是攻其末端，並無損於紀弦的權威，惟對藝術性的強調，反而顯見年輕詩人正逐漸向前輩的主張靠攏。至於第四期製作的「戰鬥詩特輯」，則使這份詩刊與軍中雜誌無甚差別，等於向後再退一步。

《創世紀》第五期出刊於現代派成立之際，對於不能無視於這件詩壇大事的發展，在洛夫執筆的〈建立新民族詩型之芻議〉（1956/3）中，把當時新詩類型分爲商籟型、戰鬥型、現代型三種，並謂其中除現代型之外均不值一談。他所定義「新民族詩型」，形式要素有二：

> 一、藝術的——非純理性之闡發，亦非純情緒之直陳，而是美學上的直覺的意象的表現，主張形象第一，意境至上。且必須是最精粹的、詩的，而不是散文的。乾乾淨淨、毫不蕪雜。

---

[6] 這時藍星的影響力主要來自詩社同仁個別的文學活動。例如覃子豪自一九五三年十月起，即擔任文壇函授學校詩歌班主任，余光中則主持《文學雜誌》之詩版。

二、中國風、東方味的——運用中國語文之獨特性，以表現東方民族生活之特有情趣。中國人以自己的工具表達自己的思想與情感，用中國瓶裝中國酒，這是應該的也是當然的。(頁3)

這篇社論，顯然是對於〈現代派六大信條〉的回應，第二點所謂「中國風、東方味」正與紀弦的「橫的移植」說對立。但第一點對於「藝術」純化的追求，卻與現代派的第五信條相一致，至於對純理性與純情緒的否定，提倡「美學上的直覺」，則有修正現代派第四信條的意圖。相較於稍後覃子豪逐條唱反調的作法，創世紀詩人的態度已顯得較爲溫和，但仍傾向於反對。同一期以「本刊集體創作」名義發表的〈創世紀交響曲〉[7]，亦採折衷修正的論調，例如：

我們絕不贊同象徵主義，／如波特萊爾，如梅特林，／如梵樂希，如魏爾崙，／他們的詩過於雕鑿，過於暗示，／愚弄讀者的情感，讀詩等於猜謎：／故弄玄虛，不可思議，／但是我們卻佩服他們，／追求新的詩想，創造新的意象，／晶瑩透剔，／自我，純粹和精練！（頁6）

這種觀點其實仍是「有所揚棄並發揚光大」之意，然而紀弦乃是棄其病態因素而取其技巧，年輕的軍旅詩人卻認爲象徵派的技巧「過於雕鑿，過於暗示」，而僅取其求新求純的精神。由此看來，創世紀初期種種主張理論意義其實不大，卻一再透露出不肯隨人俯仰的意氣。就在公開提出「新民族詩型」之際，洛夫曾在一封書函中提到：

這期的內容不壞，尤其是我們自己的幾篇東西，均與我們的理論相符，我們有我們的獨立性和另一新型風格，別人看了以後，就

---

[7] 據張默表示此篇「原標明爲集體創作，實係出自瘂弦一人之手。」（1976：頁90）

> 會知道《創世紀》與別的詩刊是迥然不同的，唯一遺憾的是我們的理論基礎不夠，假若沒有什麼精闢而不同凡響的理論，那就乾脆不要，……。(1956/3/12 致張默信，見《創世紀》65 期：頁 337)

這封私人信函實際上比公開的社論更能反映詩人當時的心理：一方面想要提出全新的路向，維持獨立性，以免被巨大的陰影吞併或覆蓋；一方面又自覺理論基礎不足，難以爭雄取勝，必須在創作上多下工夫。曾經以「觀察員」身份參與現代派成立大會的洛夫，其實受到相當大的震撼[8]。稍作嘗試之後，他便迅速發覺以稚嫩的理論與現代派對抗，並不可行，甚至有自我侷限之虞。不如改變策略，讓創作跑在前頭，或能走出嶄新的局面。因此，他雖開頭拋出「新民族詩型」的社論，但稍後數期高聲呼應此說的，反而是別人了。

美學基礎的不足，確實是年輕的軍旅詩人起步時最大的困境，他們對於西方文學現代流派的認識有限，只能從調和中西優點，折衷知性與感性等常識性觀點立說。不過，儘管檯面上《創世紀》不斷提倡新民族詩型，直到第十期，仍然登載出張默的〈新民族詩型之特質〉。私底下，詩社同仁正在努力地接觸「波特萊爾以降」的新興流派。例如瘂弦的〈詩人手札〉雖然發表於一九六〇年，卻是前此數年讀書筆記的菁華。這時洛夫也正在學習外文，培養閱讀原典的能力。這種美學基礎的準備與強化，奠立了《創世紀》轉型的契機。

就在軍旅詩人藝術自覺逐漸醒轉之際，詩壇情勢也有了變化。鼓動一時風潮的《現代詩》季刊，在出版了 23 期（1959/3）之後，突然宣布

---

8 洛夫曾經回憶當天的心理感受：「當紀弦以主席身份宣稱，請與會四十餘位詩人以鼓掌承認入盟，並宣告現代派正式成立時，臺下頓時響起一片熱烈掌聲，唯獨我在座中四顧茫然，竟然生出一種被遺棄的難堪，但隱約中似乎又有一種傲然獨立之感。」(1981：頁 8)。

停刊。《創世紀》11 期隨即推出「革新擴版號」(1959/4),在發展取向上有了鉅烈的變動。曾經極力鼓吹的「新民族詩型」,從此不再提起。根據張默事後的歸納,「世界性」、「超現實性」、「獨創性」和「純粹性」即是改版後一直提倡的方向。(1972:426) 惟考諸文獻,這些方向其實很少形諸「社論」,而係直接表現於創作實踐。這種創作跑在理論前頭的發展方式,與紀弦恰好相反。

《創世紀》的年輕詩人,對於「純粹性」的追求,基本上接受了紀弦的主張。但對於主知說,則採取逆反的態度。紀弦用力稍懈的超現實「手法」,恰好留給他們寬廣的開發空間。經歷一連串急速而猛烈的試驗之後,《創世紀》竟然取代了《現代詩》,成爲後期現代派運動的主導者。這時原本站在右邊的軍旅詩人突然向左跳躍,而現代派的首倡者紀弦則被擠到右邊,對「僞現代詩」提出猛烈的批評。稍後《現代詩》繼續推出 24-26 期合刊(1960/6),紀弦的角色丕變,開始指責「現代詩的偏差」,其中最嚴重的是「虛無主義」,這又與「超現實」有關,紀弦認爲:

> 所謂「超現實的精神」對於國際現代主義,乃至近年抬頭於中國的後期現代主義,當然不是沒有影響的。但是國際現代主義,並不等於法國的超現實主義。而我們的新現代主義,則尤其不是法國的超現實主義之同道。但在我們的詩人群中,就頗有一些人在啃著法國的超現實麵包乾而自以為頗富營養價值,這是很不對的。(1960)

如果說「法國超現實派」是「西洋舊貨」,那麼,「波特萊爾以降一切新興詩派」怎麼會是「新」的?紀弦的論調,令人聯想他早年面對的敵論。當現代派成立不久,寒爵就曾譏此爲「五六十年前法國炒剩的冷飯」,「現在竟有人重新一顆顆的撿了起來,想要加火再炒,那恐怕不但攝取不了營養，而且還有傷胃之虞的話！」(125)。紀弦在答辯文章中宣稱現代派的精神「依然遍在於今日法國的詩壇」,「尤以超現實派的表現方法爲純正而新銳」(1956：頁 71)。時移勢易，曾經認爲高蹈派、立體派、超現實派早已被無情的歷史浪潮捲走的《創世紀》詩人(〈剷除詩的「錯誤思想」〉,《創世紀》第 9 期(1957/6)卷前社論，頁 5)。如今竟大倡超現實性，而紀弦則反過來以他從前收到的批評，加諸年輕的軍旅詩人。冷飯、舊貨乃至營養不營養的話，簡直與寒爵如出一轍了。

這時有《創世紀》有〈第二階段〉(14 期，1960/2)、〈實驗階段〉(15 期，1960/5)兩篇社論，偏向於強調繼續追索試驗，表現了年輕詩人求戮力求新的意圖。紀弦則提出所謂三階段說：第一階段是「自由詩運動」，第二階段是「現代詩運動」，第三階段則是「古典化運動」。(1961a) 所謂「古典化」，並非古典主義化的意思。而是要使現代詩成爲古典，「永久的東西」，不可止於「一時的流行」而已。(1961b) 換句話說，便是追求「典律化」。他認爲「現代詩運動」已經完成階段性任務，繼續推拓，徒增流弊而已。接下來，應當進入第三階段。於是他公開宣布解散「現代派」，[9]主張「回到自由詩的安全地帶」。但這時火勢早已燎原，不是點火人所能控制了。就連藍星詩社也展現了極爲進取的面貌，覃子豪、余光中、羅門的作品都大幅躍進，《藍星季刊》、《現代詩》也曾登載關於超現實主義的介紹，稍後創刊的《笠》，對於日本現代詩學的推介最爲熱心。整體而言，詩壇「現代主義」的潮流還在大舉展開。

洛夫認爲紀弦是因爲「後來遭到圍攻窮於肆應」(1981：頁 8)，遂宣布取消現代詩，似乎並不精確。實際上，現代派遭受最猛烈攻擊的時期

[9]「本社啓事」第二條：「從今年起，本社同人，對外一律稱『現代詩社同人』，而不再使用『現代派』這一事實上早已不存在的歷史性名詞了。」(《現代詩》37 期，1962/2)，後來又曾主張「取消現代詩」(《星座》10 期，1966)，將現代詩正名爲「新詩」(《海洋詩刊》6.6 期，1968/3)。

早已過去。六○年代備受詬病的「晦澀」與「虛無」，多半針對以洛夫爲代表的《創世紀》詩人群而發。[10]正因爲紀弦對於從「超現實」導向「虛無」的路數深感不滿，爲了撇清關係，表明立場，乃有取消現代詩的猛烈動作。也就是說，此舉未必是屈服於保守勢力，反而是爲了牽制更激進狂飆的勢力。類似言論不斷出現，至少持續了八年之久，也很難說是一時情緒反應。[11]

由上述論述可知，創世紀詩社之所以能夠取代現代詩社，成爲後期現代派運動的核心，不僅在於《現代詩》的休刊，《創世紀》的改版而已。更因爲後者作了更爲「偏激」的實驗路線，引進更多的「異端」成份，從而奪取了所謂「前衛」的地位。在革命時期，激進者總是比以穩健中庸自居者更能取得領導權，五○年代的紀弦如此，六○年代的洛夫亦復如此。

四、

洛夫有「知性的超現實主義」之說，瘂弦有「制約的超現實主義」之議，但我們將文獻略按年代排列，便可以發覺他們對於「超現實主義」

---

[10] 批評者以《葡萄園詩刊》爲大本營，紀弦嘗以「詩神之園丁」自居，在此發表多篇清除「病蟲害」的詩論。他稱那些「打破一切文法成規」的詩，爲「猴子用打字機亂打一陣」。又說某些詩人「思想錯誤」，「他們將人性裡的獸性之衝動予以神聖化。他們的內容是撒但之勝利，是惡魔之舞蹈，是肉慾之狂歡。他們的主題是『恨』，是不斷的報復，而且是永遠的唱反調。」（1962：頁 5）這一段公案，基本上在《紀弦回憶錄》裡被略過了。

[11] 從 1960 年算起，直到 1967 年，仍然憤慨地說：「邈視人生，游離現實，不知身在此時此地，甚至連駕馭文字的能力都還差得遠就在那裏抹上一鼻子的白粉開口現代閉口意識流的扮演前衛狀，以及那些一個勁兒地死跟在早沒落了的法國超現實派屁股後頭跑的，那些中國的艾略特，中國的什麼什麼的，那些販賣西洋舊貨到中國市場上來冒充新出品的，皆不足以言詩。」（1967：頁 3）。

的態度，基本上，呈現出逐漸修正的態勢。相對於〈深淵〉、〈石室之死亡〉這些更早完成的「超現實」作品，所謂「知性」、「制約」的說辭其實居於後著（詳下文）。更早提出類似口號的，反而是紀弦所謂：「以理性控制『超現實精神』，以象徵的手法處理『潛意識』」（1958a：頁 101）。有意識地運用象徵手法，並增強其理性成份，則所謂超現實精神自然也要爲之削減了。[12]紀弦對理知在詩中的作用執之甚深，勢不能高舉超現實主義的大纛。

但洛夫等年輕詩人則捕怪獵奇，無所顧忌，至少在超現實風潮鼎盛的十年之間（1956-1965）（張漢良：頁 75-83），他們最看重的乃是直覺，而非理性或知性。在正式涉及「超現實主義」的〈《天狼星》論〉一文中，洛夫明確指出：

> 現代詩是非邏輯的，在創作過程中似不可能預先有所安排、有所設計，更不可能在事先蒐集知識與文字的資料，因為你根本不知道你的觀念與表現這一觀念的意象何時湧現。（1961：頁 108）

以「非邏輯」來界定一切現代詩，當然是偏見。但這種重視直覺感發，輕視思力安排的講法，卻頗能符應超現實主義者的主張。在他們看來，惟有擺脫理性的束縛，扭斷邏輯的連鎖，才能使人們從習以爲常的麻木狀態下驚醒過來，感受到更高層次的的真實。借用紀弦的話來說：「超現實派無視於邏輯，除了一個所謂『潛意識』的夢境或囈語，便沒有什麼要說的東西。」（1958a：頁 106）洛夫指出余光中的〈天狼星〉「面目爽朗，脈動清晰」，「流於『欲辯自有言』，『過於可解』的事的敘述」，乃是構成它「失敗」的基本因素。（頁 109）這顯然是以一家一派之言作爲普遍的文學法則，自然難以服人，頂多表達出個人在創作取向上的主觀抉

---

[12] 按布勒東〈第一次超現實主義宣言〉（1924）有謂：「它是思想的騰寫，完全不受理性控制，也不受一切美學觀或倫理觀的支配。」（柳鳴九：頁 236）。

擇而已。

在超現實主義者慣用的手法中，「自動寫作」(automatic writing) 經常被視爲核心。但此一技巧不難上手，卻也最容易引發流弊，紀弦很早便指出：「所謂潛意識也者，固然是真實地存在於人類心靈深處的現實之一種，但是完全不受理性控制的『自動文字』則爲事實上的不可能。」(1958a：頁 96) 因此他明確主張此一技法應在揚棄之列。由於他一貫採取反對態度，未蒙其害，卻也未獲其益。至於年輕的軍旅詩人，一開始即採取比較開放的態度。瘂弦和洛夫都曾引用過高克多下面這一段話：

> 此種潛意識世界極為混亂，未經整理，亦無法整理。詩人為『傳真』此一沒『過渡到理性』的世界，每每不再透過分析性思想所呈備的剪裁和序列，便立即採取快速的自動語言，將此種經驗一成不變地從它自身的繁雜蕪中展現出來。(瘂弦 1960：21；洛夫 1961：106)

從未及徵引的前後文看來，瘂弦與洛夫對於此說，都是抱持著同情與嚮往的態度。不過瘂弦一方面固然嚮往超現實主義者對於「無意識心理世界」的揭露，一方面也警覺到「假冒品製造者每每在詞彙的胡亂排列與刻意地打破語意間之合理關係中喬裝了自己」(1960：頁 24)。洛夫更激進些，甚至以此說來否定「有人認爲〈天狼星〉某些部份具有超現實主義的趨勢」的說法 (1961：頁 106)。在這個階段裡，「知性」與「超現實」顯然未能融合無間，余光中就曾反詰洛夫：「一方面私淑高克多即興的自動語言，一方面又佩服梵樂希審慎的、循序漸進的、耐心處理的方式，多麼矛盾！」(1961：頁 171)。

隨著藝術體驗的深化以及外界批評的轉劇，他們逐漸發現不能全盤而盲目地接收外來的影響，必須有所選擇或改造。在〈詩人之鏡〉一文中，洛夫主張：「『自動語言』並非超現實詩人必具之表現技巧。」(1964：

頁 43）這段話實際上並未採取絕決反對的立場。他一方面指出：「對於超現實主義的詩人，邏輯與推理就像吊刑架上的繩套，只要詩人的頭伸進去生命便告結束。」（1964：頁 43）另一方面也開始認識到此說潛在的問題，下面一段話，或可視爲對余光中的答覆：

> 我們也會憂慮到如果純訴諸潛意識，未經意志的檢查與選擇而將其原貌赤裸裸托出，勢必造成感性與知性的失調，詩生命的枯竭，而語言技巧對於詩的功能亦無從顯示。然而我們仍認為唯有潛意識中的世界才是最真實最純粹的世界，如純出諸理性，往往由於意識上的習俗而使表現失真。因此，我們主張一首詩在醞釀之初，獨立存在之前，必須透過適切的自我批評與控制，似此始克達到「欣賞邊際」而產生一種如艾略特所追求的介於「可解與不可解」之間的效果。(1964:44)

這裡已採取折衷的立場，對於「純訴諸潛意識」及「純出於理性」的弊端皆有批評。「未經意志的檢查與選擇」，其弊在於混亂失調；但經過「意識上的習俗」過濾之後，則有「失真」之虞。兩相權衡，洛夫主張在騎上潛意識的虎背之後，應當適度控以理智的韁繩。也就是說：「完全乞靈於潛意識或夢幻勢必有更多的僞詩假其名而行之」，故須通過「批評與控制」，達到「超現實主義的修正」（57-58）。這裡雖然還沒正式打出「知性超現主義」的旗幟，相關的概念已見芻形。至於正式把「知性」、「制約」安裝在「超現實」上頭，則差不多是七〇年代的事了。

瘂弦所謂制約或約制，首見於〈美國詩壇的新流向〉：「（美國）新超現實主義者不像舊日超現實主義者那樣，主張意象的刻意遊戲和語字的揮霍，而主張節度的發揮，故有人稱他們爲約制的超現實主義者。」（1969：頁 23）再見於〈中國象徵主義的先驅〉：「用絕對的超現實主義觀點來創作，事實上是不成的（『制約的超現實主義』之出現，可以說明布氏理論的偏頗而有修正之必要)」(1973：頁 100)。這裡原是採用轉述的筆法，介紹外國文學的情況，或許瘂弦本有類似的觀念，至此乃正式使用其語。

洛夫則在〈超現實主義與中國現代詩〉一文中說：「一個廣義的超現實主義者究竟不是一個人鳥或夢遊者，他不時會在創作中以知覺調整感覺，清醒而適切地操縱他的語言，在感情中透露出知性的光輝。」(1969：頁 165)這是他首度提到「知性」在「超現實」中的作用。在這篇文章中，他對於自動寫作的表現技巧，同樣是一方面強調其魅力，一方面則提出修正制約的立場(頁 272)。數年後在《魔歌．自序》〈我的詩法與詩觀〉中則說：「我對超現實主義者視為主要表現方法的『自動語言』，尤為不滿，但我卻永遠迷惑於透過一種經過修正後的超現實手法所處理的詩境(我不否認我是一個廣義的或知性的超現實主義者，『知性』與『超現實』也許是一種矛盾，我企圖在詩中使其統一)。」(1974：頁 5-6)這裡才是「主知的超現實主義」的正式提出。斷然宣稱對自動語言「不滿」，論調大異於前期。[13]

綜上所述，洛夫對超現實主義的態度，大致可依這幾篇論文，區分為三段：從開始寫作《石室之死亡》到發表〈《天狼星》論〉(1961)為止，強調「非理性成份」(包括虛無感與自動性)，持論最猛。翻譯范里(Wallace Fowlie)的〈超現實主義之淵源〉(1964)，發表〈詩人之鏡〉(1964)，逐漸修正與調整，但虛無思維依然強烈。從〈超現實主義與中

---

[13] 精確來講，洛夫對「自動性」(automatism)技巧的態度，並非全然「不滿」，而是在有所約制的前提下，適度乘用。張漢良甚至認為：「洛夫自己可能不知道，他一九七〇年以後的作品，有相當自動語言的運作。」(頁 156)。驗諸「把妻子譯成爐火／把乳房譯成茶杯／把鏡子譯成長髮／把街道譯成冰雪」這類詩句(〈翻譯祕訣十則〉(1973)，見《魔歌》，頁 164)，張漢良的判斷當非無據。這種傾向在洛夫五、六〇年代的作品中，同樣歷歷可尋。

國現代詩〉(1969)到〈我的詩觀與詩法〉(1974),所謂「知性的超現實主義」正式定調,將「超現實技巧中國化」的理想,逐漸完成。

從創作實踐來觀察,發表〈《天狼星》論〉(1961.7)時,《石室之死亡》初稿已寫出一半以上。[14]這時他持論激切,強調詩的非邏輯性與非意向性,立場與《石室》完稿後所寫的〈詩人之鏡〉並不相同。也就是說,〈詩人之鏡〉以下的修正觀點未必足以涵蓋整部《石室》的寫作實況。在〈關於「石室之死亡」〉(1987)一文中,洛夫就曾如此回顧:

> 藝術創作之成,有其天機因素,也有其人機因素。早年寫《石室之死亡》時,一直隱隱感到有一隻無形的手操縱著我,意象之湧現,有如著魔,人機失去控制,自己未能成為語言的主人。(1987:頁200)

創作時得利於天機的狀態乃是許多詩人藝術家共有的經驗,這其實便是一般所謂的「靈感」,就此而言,超現實主義者的自動寫作理論不過重申了歷代作家的經驗之談。不同的是,靈感乃是一種突然而至的的契機,狂迷之間,意識仍悄悄運作。但在超現實主義者那裡,自動寫作則是一種「表達思想的真實活動情況」的可靠途徑,也是一種追求自由,擺脫陳規,解放創作潛能的有效方法。天機壓倒人機,這絕非主知的路數,自己未能成爲語言的主人,實已接近於自動寫作的狀態。「石室之死亡」之所以獨多渾沌難解的片斷,此即關鍵因素,但也由於未經理智的污染,使得全詩富於原始的生命力,血氣淋漓,天機獨具。[15]

---

[14] 在推出〈《天狼星》論〉時,以「石室之死亡」名義發表者雖僅廿七節,但若計入以其它題名發表者,則在卅六節以上。例如〈致 A.卡西〉(結集時修訂爲兩節),〈早春〉(三節)、〈睡蓮〉(四節)等。

[15] 原詩發表以後,洛夫曾屢次興起「修改」的念頭,一九六五年結集的版本與原始版本便有很大的不同,直到一九八六年,還曾「許下全面改寫的宏願」。(頁

即使在「知性的超現實主義」定調以後，洛夫依然說：「以純技巧觀點來看，超現實主義不僅不是洪水猛獸，且自有它特殊的、非其他主義所能取代的優點，主要的是它突破了知性的範疇，豐富了表現的方法。」（〈詩壇春秋〉：頁 24）。看來上了韁繩之後的蠻牛，可堪珍視仍是蠻野之力，不是韁繩。紀弦再三護衛知性，洛夫則以突破知性為可貴，這當中確實是有些距離的。

五、結語

林亨泰不僅是現代派運動的推動者，更是重要的詮釋者（無論當時或事後，直到現在）。他在所謂「後期現代派」中的理論介入，大抵以譯出《保羅・梵樂希方法序說》為起點，以《現代詩的基本精神：論真摯性》（1968）為初步的總結。後面這篇長文，以真摯性統合紀弦、瘂弦、商禽、洛夫的作品，解釋現代詩的發展。所謂「真摯性」，對照林亨泰的理論脈絡，其實是知性精神的另一種講法。後續的總結性詮釋，尚有〈我們時代裡的中國詩〉、〈中國現代詩風格與理論之演變〉、〈現實觀的探求〉等數文。其間一貫而強烈地流露出歷史發展的觀念，論題雖有真摯性、批判性、現實觀等變化，而皆以知性的深化為理論的核心。詩例由上述四人擴及張默、余光中、錦連、桓夫、白萩等人，也就是說，後期現代派雖以創世紀詩刊為主要場域，實際範圍則遍及三大詩社。

超現實主義只是達成知性的手段之一（在林亨泰的理論中可以，在紀弦的觀念中則有困難），林亨泰甚至發明「大乘的寫法」一詞來取代超現實的字眼。相對下，洛夫則認為優秀的的現代詩差不多都具有超現實主義的精神，超現實比知性更能籠罩全局。洛夫又將超現實導向純詩或純粹性（1964：41-46），他所理解的純詩，路數較接近葉維廉，與林亨泰

200）或可旁證這組詩永遠是「知性超現實」未定調以前的作品。

所謂知性相比，一主退離，一主介入，理論型態其實有些不同。而無論林亨泰或洛夫，有意無意間都在建構（或想像）前衛運動的系譜。林亨泰主要通過論述，洛夫及其同志，則除了創作、論述、詩刊之外，又有選本的編定：《六十年代詩選》(1961)、《七十年代詩選》(1967)、《中國現代詩論選》(1969)。這些書具有收編（或封神、點將）的功能，坐實了所謂「後期現代派運動以創世紀詩社爲重心」的講法。

【參考書目】

羊子喬（1983）《蓬萊文章台灣詩》，台北：遠景出版社。

陳玉玲（1991）〈紀弦與《現代詩》詩刊之研究〉，原載《台灣文學觀察雜誌》4 期，收入《台灣文學的國度：女性·本土·反殖民論述》：295-354，台北：博揚文化公司，2000。

余光中（1961）〈再見，虛無！〉，原載《現代文學》10 期，收入《掌上雨》：165-178，台北：時報出版公司，1986。

余光中（1971）〈第十七個誕辰〉，原載《現代文學》46 期，收入《焚鶴人》：167-184，台北：純文學出版社，1972。

林亨泰（1957a）〈關於現代派〉,《全集七》: 6-13。

林亨泰（1957b）〈符號論〉,《全集七》: 14-16。

林亨泰（1957c）〈中國詩的傳統〉,《全集七》: 17-26。

林亨泰（1958a）〈談主知與抒情〉,《全集七》: 27-28。

林亨泰（1958b）〈鹹味的詩〉,《全集七》: 29-33。

林亨泰譯（1960）《保羅·梵樂希方法序說》,《全集十》: 66-108。

林亨泰（1968）〈現代詩的基本精神：論真摯性〉,《全集四》: 2-83。

林亨泰（1973）〈我們時代裡的中國詩〉,《全集四》: 84-135。

林亨泰（1976）〈中國現代詩風格與理論之演變〉,《全集四》: 136-203。

林亨泰（1980）〈現實觀的探求〉，《全集四》：204-226。

林亨泰（1988）〈新詩的再革命〉，《全集五》：2-29。

林亨泰（1990）〈從八○年代回顧台灣詩潮的演變〉，《全集五》，頁 76-116。

林亨泰（1994）〈現代派運動與我〉，《全集五》，頁 143-153。

林亨泰（1998）《林亨泰全集》，呂興昌編訂，彰化縣立文化中心，1998。

紀　弦（1956）〈對「所謂現代派」一文之答覆〉，《現代詩》14 期：70-74。

紀　弦（1957）〈從現代主義到新現代主義〉，《現代詩》19 期，收入《紀弦論現代詩》：57-71。

紀　弦（1958a）〈多餘的困惑及其他〉，《現代詩》21 期，收入《紀弦論現代詩》：95-107。

紀　弦（1958b）〈六點答覆〉，《筆匯》24 期，收入《紀弦論現代詩》：91-94。

紀　弦（1962a）〈本社啓事〉，《現代詩》37 期，頁。

紀　弦（1962b）〈回到自由詩的安全地帶來吧〉，《葡萄園》1 期，頁 3-6。

紀　弦《紀弦詩論》，台北：現代詩社，1954。

紀　弦《新詩論集》，高雄：大業書店，1955。

紀　弦《紀弦論現代詩》，台中：藍燈出版社，1970。

紀　弦（2001）《紀弦回憶錄》，台北：聯合文學出版社。

洛　夫（1961）〈《天狼星》論〉，原載《現代文學》9 期，收入《詩人之鏡》：99-176，高雄：大業書店，1969。

洛　夫（1964）〈詩人之鏡〉，原載《創世紀》21 期，收入《創世紀四十年評論選》：29-48，台北：創世紀詩社，1994。

洛　夫（1965），《石室之死亡》，高雄：創世紀詩社。

洛　夫（1969）〈超現實主義與中國現代詩〉，原載《幼獅文藝》詩專號，收入張漢良、蕭蕭編《現代詩選讀．理論史料篇》：151-172，台北：故鄉出版社，1979。

洛　夫（1972）〈中國現代詩的成長〉，《中國現代文學大系．詩卷》：1-25，台北：

巨人出版社。

洛　夫（1974）〈自序〉（或題〈我的詩觀與詩法〉），《魔歌》：1-13，台北：蓬萊出版社，1981。

洛　夫（1981）〈詩壇春秋三十年〉，原載《中外文學》10 卷 1 期，收入《詩的邊緣》：5-39，台北：漢光文化公司，1986。

洛　夫（1987）〈關於《石室之死亡》〉，收入侯吉諒編《石室之死亡及相關重要評論》：192-203，台北：漢光文化公司，1988。

洛　夫、瘂　弦、張　默編（1967）《七十年代詩選》，高雄：大業書店。

洛　夫、張　默、瘂　弦編（1969）《中國現代詩論選》，高雄：大業書店。

柳鳴九編（1990）《未來主義・超現實主義・魔幻寫實主義》，台北：淑馨出版社。

柯慶明（1995）〈六十年代現代主義？〉，原發表於「四十年來中國文學會議」，收入《中國文學的美感》：389-460，台北：麥田出版社，2000。

張漢良（1981）〈中國現代詩的「超現實主義風潮」〉，原載《中外文學》10 卷 1 號，收入《比較文學理論與實踐》：73-90，台北：東大圖書公司，1986。

張　默（1972）〈「創世紀」的發展路線及其檢討〉，原載《現代文學》46 期，收入張漢良、蕭蕭編《現代詩選讀・理論史料篇》：415-428，台北：故鄉出版社，1979。

張　默（1976）〈「瘂弦研究資料初編」補遺〉，《書評書目》33 期：89-95。

黃　用（1957）〈從現代主義到新現代主義〉，原載《藍星詩選・天鵝星座號》，原未見，轉引自紀弦 1958a。

陳丙瑩（1995）《戴望舒評傳》，重慶：重慶出版社。

陳青生（1995）《抗戰時期的上海文學》，上海：上海人民出版社。

陳明台（1994）〈楊熾昌・風車詩社・日本詩潮——戰前台灣新詩現代主義的考察〉，發表於「賴和及其同時代作家——日據時期台灣文學國際學術會議」，收入《台灣文學研究論集》：39-64，台北：文史哲出版社，1997。

瘂　弦（1960）〈詩人手札〉，原載《創世紀》14-15 期，收入《創世紀四十年評論選》：13-28，台北：創世紀詩社，1994。

瘂　弦（1969）〈美國詩壇的新流向〉，《幼獅文藝》182 期：20-27。

瘂　弦（1971）〈詩人與語言〉，《中央月刊》3 卷 7 期：175-176。

瘂　弦（1973）〈中國象徵主義的先驅——「詩怪」李金髮〉，原載《創世紀》33 期，收入《中國新詩研究》：99-106，台北：洪範出版社，1981。

瘂　弦、張　默編（1961）《六十年代詩選》，高雄：大業書店。

葉　笛（1995）〈日據時代台灣詩壇的超現實主義運動——風車詩社的詩運動〉，收錄於《台灣現代詩史論》：21-34，台北：文訊雜誌社，1996。

寒　爵（1956）〈所謂現代派〉，原載《反攻月刊》153 期，收入《寒爵自選集》：128-130，台北：黎明文化公司，1978。

覃子豪（1957）〈新詩向何處去〉，原載《藍星詩選・獅子星座號》，收入《論現代詩》：126-138，台中：曾文出版社，1982。

覃子豪（1958）〈關於「新現代主義」〉，原載《筆匯》21 期，收入《論現代詩》：頁 139-142，台中：曾文出版社，1982。

劉紀蕙（2000）《孤兒・女神・負面書寫》，台北：立緒文化公司。

選自：《台灣詩學學刊》第二期（2003.11）

李豐楙

中研院中國文哲所研究員

民國六十年（一九七一）前後新詩社的興起及其意義

——兼論相關的一些現代詩評論

一、

在台灣的新詩史上，民國六十年（一九七一）是一重要的分水嶺，在這段期間，基於前二十年現代詩的發展出現了前所未有的危機，因而激發當時新生代的詩人的反省，組織新詩社，尋找新方向。其中自然兼有現代詩理論的重新檢討與探索，也在實際的創作活動中嘗試加以實踐。這一新詩社崛起的運動與前此所發生的數次新詩論戰，具有本質上的差異，它是在政治、經濟、社會等錯綜複雜的變因，與文學內在發展的不得不變的變局下，所激發而成的文學運動，具有深刻的文化振興運動的意義。對於這一文學運動，近年來雖也有向陽、李瑞騰等專家學者，從新詩史的立場加以考察，但總是未能完全解析其中的複雜性。[1]因此，有必要重新作更深入的研究。

對於台灣的詩史研究，之所以特別標舉「民國六十年前後」作爲考察的時間範圍，絕非只是著眼於「六十」的神秘年分的意義；而是這一變革的年代，剛好可以檢討台灣詩史上的現代主義的功過，也可以考察接下蓬勃興起的鄉土文學論戰中，現代詩的特殊處境及其所激發的現實主義的創作方向。對於這一段錯綜複雜的歷史，新詩社的興起自不是歷史的全部，卻是當時的重要標幟，具有里程碑的作用。而有關這一歷史的評價，史家卻有不同的因應態度，當時的新詩社運動原是伴隨著一些深刻的詩評的，包括了關傑明事件、唐文標事件等，與詩社的評論文字、評論專號一起出現，所以並非是單一的人物或團體能造就新時勢，而是詩壇內、外一些有心人士的有意義的批判行爲。

對於這些問題，有關鄉土文學的不同立場的討論集。[2]大多著眼於現

---

[1] 向陽曾撰〈要土地，也要香火〉、〈塵土與雲月〉及〈康莊有待〉等文，均收於《康莊有待》（台北：東大，1985.5）。

[2] 目前所見的鄉土文學論集，尉天驄的《鄉土文學討論集》（台北：遠景，1978.4）

代小說，及文學理念、文學路線之爭，而較少及於現代詩。至於與現代詩有關的，則蕭蕭、張漢良兩位「導讀師」所編集的《現代詩導讀・理論史料篇》，都有意不收錄這些史料，[3]這是代表的一種態度、一種立場。另一立場則是掛名「趙知悌」所編撰的《現代文學的考察》，將相關史料中最關鍵性的多予收錄。[4]不過另一批雖不是出現於「民國六十年前後」，而是稍後才陸續出現的陳映真的詩評，卻敏銳地指出問題癥結的評論文字，在尋找、重建新詩的新風格時，提出了深刻的對於現代主義的反省。

本文作者的考察，其主要的出發點是基於參與者、過來人的立場，重新檢討這一新詩社運動的真正意義，以免專就不完全的史料所作的推測。而這一立場又受到學術研究者的制約，將儘量以史的立場，客觀而超然的剖析其中的意義。由此將會發現現代詩的發展，是眾多的詩人、詩評家在複雜而多變的時代變遷中，共同推動、共同努力的成果；而不是一、兩位天才或一兩個團體的獨領風騷，造就時勢。歷史是由某一特定時空的一群人所寫成的，這是研究「民國六十年前後」新詩社運動的歷史的啓示。

二、

中國詩人的文學活動，本就具有詩社式的結社傳統；民國以後歐西倡導文學主義的文學集團輸入，組織詩社、發行刊物更成為一種普遍的文學活動的形式。所以從文學史的觀點考察，詩社的崛起正標幟著一群詩觀相同或相近的文學工作者所開展的活動，甚而是一種積極而有效的

屬於在野立場；另一代表官方立場處是彭歌等著，由中華民國青溪新文藝學會印行的《當前文學問題總批判》（1977.11）。

[3] 張漢良、蕭蕭編選《現代詩導讀・理論史料篇》（台北：故鄉出版社，1979.11）。

[4] 趙知悌為尉天驄等化名所編，在序及再版序中說明其編選的原則，《現代文學的考察》（台北：遠景，1978.12）。

文學運動。其中的主要凝聚力的強弱與久暫，又繫於這一文學信念的堅持程度。對於「民國六十年前後」新詩社的崛起與解體，基本上也與這一文學史原則相符合，只是它的倏起倏落，是根本於新興文學團體的反動性、革命性，因此，一旦革命的目標達成後，這一階段性的任務完成，就會在不同的情況之下解體，而不必苟延殘喘或借機復起以重領詩壇盟主的霸權，這是理解新詩社的一大契機。

「民國六十年前後」崛起的新詩社，按照成立時間的先後，最早的是「龍族」，該一詩社「於民國六十年元旦正式成立，並於同年三月三日推出第一期《龍族詩刊》，從此，便以季刊的方式定期出版，每期出刊可謂守時不爽。」[5]選擇這一具有聖數式的年分創社出刊的，還有分別在中、南部的另兩個詩社：一是社址設於台中市的「主流詩社」，七月三十日出版創刊號；另一則是遠在屏東市的「暴風雨詩社」。「龍族」的活動區域主要是在台北市，主流的編輯部也設在台北木柵；而另一典型的台北市詩社的「大地」，在民國六十一年（一九七二）開始籌備、成立，也在九月一日出版了創刊號，開始是雙月刊，一年後第七期改為季刊。

這一新詩社的運動雖以台北這一中心文化區為主要，但在台灣並不太遙遠的省市距離，卻易於造成相互的衝激，而在不同的需求之下繼續下去，還可包括「草根社」，它要遲至六十四年（一九七五）五月四日才出版第一卷第一期。至於從前面已成立的新詩社中，由於見解不同或地區不同而分離出來的，就因地制宜另與其他詩人組社出刊的，還有《詩脈季刊》、《詩人季刊》——《詩脈》是在六十五年（一九七六）七月創刊，而《詩人季刊》則在六十三年（一九七四）十月出版第一期，此外還可包括高雄地區的《綠地》、中南部的《風燈》：而以民國六十八年（一九七九）結集於《陽光小集》標幟下的新組合，作為「十年新詩社運動」

---

[5] 有關「龍族」的創社經過，參見《龍族詩選》陳芳明所撰序〈新的一代新的精神〉，張漢良、蕭蕭前引書也收錄此文。

的結束。

這些組織新詩社的主要成員，不論其學歷、職業的差異，但都具有一共同點：年輕。這一綠色年齡的標幟，是他們所共同體認的，陳芳明明確地分析「《龍族》的組成分子是以年輕人爲中心，年紀最大的不超過三十二歲，最小的不低於二十二歲，其間的差距只有十年，在思想上和精神上都沒有所謂代溝的問題發生，恰好可以自成一代。」[6]這種年齡的自我剖析，絕非只是描述表面的現象而已，而是有意的強調他們是「自成一代」的龍的傳人，而背後所指涉的是這一代與上一代存在著「代溝」。這一自覺年輕的性格，更明顯地表現在更年輕的組合「主流」同仁的身上。試以第二期〈編輯寫的話〉作一檢驗，六條之中突顯的句子就是年輕——「我們是一群狂熱於詩的年青人」、「年輕的，且把你心中尖銳的語言投擲來。」這種以年輕的標幟呼朋引伴，集結年輕詩人的呼喊，是狂熱而有力，它要對照的又是什麼？

對於自覺的年輕、青年，要加以劃分年代，並賦予一適切的名辭，自是作爲語言的創造者的詩人所擅長的看家本領；陳芳明在當時提出「戰後的一代」，代表年輕史學家的歷史分期法。[7]這一看法也是活躍於「笠」詩社的李敏勇的同一體認。[8]所謂戰後的一代指陳的是第二次大戰以後、台灣光復以後成長或出生的新世代，這是從歷史的弘觀的觀點，將當時活躍於詩壇的青年詩人作時間的區劃。但戰前戰後絕非只是時間的區分法，而更重要的是要區分在兩種不同經驗之下成長的詩人，會分別表現出不同的精神、不同的創作，誠如陳芳明所代表的告白：戰後的一代對於戰爭可以說缺乏體認，生活空間也僅限於土生土長的台灣，自然就沒有受到苦難和鄉愁的濡染；因此，作品所顯示出來的，也沒有像上一代

---

[6] 陳芳明前引文。張、蕭前引書，頁 437。

[7] 同上，頁 439。

[8] 李敏勇在多次座談中，提及要以「戰後的一代」舉辦研討會。

那樣激進而極端了。[9]這是一位治史者觀察之後有感而發的肺腑之言，借此表示戰後的一代要自覺地與上一代有所不同。

同樣描述這一群，而提出另一強調兩代之間的關係的辭語，是「新生代」，當時在策畫《中外文學》的詩專號時採用，也成爲通用的這一辭彙，是爲了與「前行代」相對照而偶用的。前行代與新生代之間，自是一種時間延續的關係，其中隱含著兩種世代之間如何接續的問題：前行代所創造的成果，新生代如何接受？在這新、舊對照、對立、對應的意義下，使用「新生代」這一詞彙確可表現他們內在的情結，所以李國偉把「目前大約三十歲以下」的稱爲「新生代」，《詩人季刊》的掌杉也以「探求新生代血液的脈源」，解析新生代的作品，可見新的一代、年輕的一代也在經歷一番的辨證之後安然接受這一辭彙。後來「草根社」在一篇充滿了自我期許的〈草根宣言〉中，就這樣地自稱「我們這一群三十幾年以後出生的『新生代』——也可稱爲『戰後的一代』——正在迅速成長」。[10]從這些在勇於創社、發布宣言時，自覺地發現他們是新的世代，可證當時的年輕人之急於爲自己定位，這一現象毋寧說是成長、成熟的必然情況，原無足緊張之處，但在當時確實存在著兩代之間的代溝。

新的一代爲什麼不願意平白接受這些曾象徵歷史的頭冕——「現代詩社」、「藍星」、「創世紀」或者「笠」，這些才氣、霸氣的名字何嘗不是輝煌一時，只要加盟於旗下，就可在護翼之下成長、迅速成長，而這些年輕人卻偏要在拮据的生活情況下自食其力，他們自組詩社、自辦詩刊，當然絕不是宗派意識在作祟，也不是全是爲了沽名釣譽，而是爲了一種覺醒、一種自我要求，只要分析一下每一個匯聚群智所構想出來的新冠冕，就會發現新世代都是頭角崢嶸、氣象萬千：如《龍族》，陳芳明在詩

---

[9] 陳芳明前引文。張、蕭前引書，頁 439。

[10] 「草根社」的〈宣言〉，發表於創刊號（1975.05.04）；該文獻也收於張、蕭前引書，頁 449-461。

社成立三年後，特別說明《龍族》命名的緣起：「龍」意味著一個深遠的傳說、永恆的生命、崇敬的形象，「象徵我們任重道遠的使命」。[11]《主流》，也是一個以今日看我的姿勢勇敢地站出來。[12]《大地》，在創刊號就顯眼地印出他們的標幟——「厚載萬物的大地充滿著蓬勃的生命力」，而且希望《大地》的創刊，是「中國現代詩的再出發」。[13]至於《草根》，是要在任何地方，「向下紮根，根根相連；向上開花，朵朵不同」、「只要我們能活下去，我們就儘力的生存」。[14]甚或到《陽光小集》出現，仍是以「我們歡欣鼓舞地走在這條充滿陽光的道路」，要為詩壇帶來明朗和希望。[15]

「民國六十年前後」的詩壇確實存在一些嚴重的問題，促使年輕的一代加以深刻的反省，陳芳明感嘆民國五十九年（一九七〇），「那年是詩壇是黯淡的一年，我們意識到，年輕的創作者應該起來，分擔一部分繼起的工作。」[16]施善繼所寫的一首小詩，為他們的信念寫下了注腳：

我們敲我們自己的鑼打我們自己的鼓，
舞我們自己的舞
（怎麼啦！）
我們還是敲打我們自己的
舞我們自己的
這就是龍族

---

[11] 陳芳明，〈《龍族》命名緣起〉；發表於一九七三年七月，《詩和現象》（台北：洪範，1977.2）。

[12] 《主流》創刊號（1971.7.31）；又二號〈編輯室的話〉（1971.10），也有明白的宣示文字。

[13] 《大地》創刊號有〈發刊辭〉（1972.9.1），其標幟刊於封面底，為傅金福設計。

[14] 〈草根宣言〉，小標題（十）。

[15] 《陽光小集》創刊號，在一九七九年十二月於高雄出版。

[16] 陳芳明註 11 前引書，頁 199。

這就是《龍族》的信念，「怎麼啦！」當然是回應那些指指點點的，其中有相當的成分是對前行代而發。

《主流》則明白說明他們的集結，「除了純粹在詩壇上播送出深藏於年輕一代的詩語言外，我們不炫耀些什麼，上一代的詩人曾給我們營養，而我們需要的是另一具更美的形體之塑造。」這種要求走出上一代的影子之外的聲音，普遍存在於年輕詩人之間，他們並不否認，「在年輕一代的血管裡都奔騰著一股叛逆的潮音」。[17]叛逆正是一種面對前行代的姿勢，而出身於學院的《大地》詩人，是比較沈穩，但也承認希望能在當時苦悶的創作低壓之下，「希望能推波助瀾漸漸形成一股運動。」[18]掌杉也認爲新生代的最重要的任務，「在於如何承受前行代遺留下來的詩的遺產，如何再避免走入前行代已走過且業經評定爲錯誤的路線」。[19]判定前行代是有成績的，但也在路線上走錯路的。而〈草根宣言〉更是雄辯地提出主張，認爲上一代「他們已盡了他們的力量，且留下了豐富的遺產」，但新一代進一步表明現階段的看法，認爲「一切終將成爲歷史，歷史終將成爲廢墟，廢墟終將爲我們所占領」。這就成爲「鍛接的一代」——「以我們的詩篇，來鍛接中國的過去，和未來的中國」。[20]

對於這些文學的新生代的叛逆，當時確實在兩代之間產生心理調適的問題。這種緊張的關係表現在上一代的詩人的反應中，可以洛夫爲其典型，他在被叛逆的姿勢激怒時，就會說：領中國未來風騷的自然有待另一批新的詩人，但他們決不是「今天詩壇上年輕的一代」。[21]「在民國

---

17 《主流》創刊號。

18 《大地》創刊號，發刊辭。

19 掌杉，〈探求新生代血液的脈源〉，收在張漢良和蕭蕭編《現代詩導讀‧批評篇》（台北：故鄉，1979），頁456。

20 〈草根宣言〉，（十）。

21 洛夫的評論，見《中外文學》現代詩專號。

六十年前後」，到底是什麼樣的發展趨勢，激發出這種調適不良的狀態？這是史家所感到興趣的事。

三、

新生代紛紛成立詩社的同一時期，另一股批評的力量來自關心詩的命運者，對於業已發現的錯誤作更嚴苛的摧枯拉朽的破壞工作。由於關傑明、唐文標等人不約而同地指摘弊病，採用的「矯枉過正」的批評，有較爲激烈的否定方式？尤其是唐文標在文壇的活動力，讓新生代的詩人面臨一次又一次坦率而直指核心的逼問時，不能不更認真檢討創刊辭中的未盡之處；這一股批評的旋風已然爲早已蓄勢待發的詩壇增加強烈的催化作用，在詩壇內部也引發前行代詩人的強烈回應，不過這一批評性的持續發展，直到陳映真的評論發表後，又破又立地產生可觀的成就。

新詩社的創刊辭、宣言，以及每期都有的詩評，基本上仍可視爲詩壇內部新、舊兩代之間的自我調適，他們的反動、叛逆，只是一種過於關心詩的命運的呼籲，由於詩壇的傳承與活動，兩代之間的關係，其實是處於又緊密又緊張的狀態；一方面彼此都相互交往、熟識，而且在學習寫作的過程中，確也有取法於前行代之處，所以存在的緊密關係，使得他們的批評較留情面、較不徹底。但另一方面卻是不易解決的，因爲新生代確實清晰的指出前行代的錯誤，只有勇敢地揚棄、批判，才有可能找出一條新方向。這種尋求新路的舉動，無疑地爲詩壇帶來了相當程度的緊張。這一錯綜複雜的情結，確使新一代的叛逆有了不徹底、不深入之處。而關傑明、唐文標與陳映真的批判，則是與台灣的詩壇有一段距離，因此，反而能從另一個否的角度指陳其中的癥結所在。

關傑明的三篇文章適時的發表於民國六十一年（一九七二），從他所題的醒目標題：〈所謂中國現代詩的困境〉、〈中國現代詩的幻境〉及〈再談中國「現代詩」〉，都明白指出現代詩人以「世界性」、「國際性」掩護他們的西化，而忽略了「民族特點」；這種對於中國傳統的歸屬感的喪失，使得一些《中國現代詩選》成爲「文學殖民地主義」的產品。[22]唐文標的一些批評，也是寫於「民國六十年前後」，在海外是保釣運動、中國退出聯合國的特殊時代情境；而回國後，他在遇見一些寫詩的年輕朋友後，先會給「大地的朋友們」一封〈大地書簡〉，逼問他們「爲什麼要寫詩呢？在什麼時候、在什麼地方寫詩呢？寫詩是給誰看的呢？而且，若果不寫詩，又怎樣呢！」同時也勉勵：「《大地》確實是廣大的、新的一代應有新的聲音。」這是他較早發表的論詩文章——民國六十一年（一九七二）十一月。此外，他發表了〈現代詩的沒落〉，尖銳地指出現代詩人的弊病就是逃避現實。由於現代詩人思考的晦澀，也造成現代詩的晦澀。[23]

對於關、唐以及同樣的批評如高準等，在詩人、詩評家中確能引發相當程度的回應；而且由於本身的實際創作經驗，對於問題之所在能作深入的思考，像陳慧樺以「林澗」的筆名發表〈現代詩裡的時代社會意識〉，就是回應關傑明的批評。指出洛夫等人的詩，雖有些時代精神、社會意識，但缺乏空間意識？而且在使用所謂超現實手法時，更讓人無法理解他們要表現什麼；等而下之，如碧果以及一些越寫越狹窄的作品，更無足論矣。基於長期的惡化，詩壇所顯示的弊病深重，陳慧樺發現「最近這兩年來，國難重重，因而激發青年一代的熱血，對所賴以生存的周遭發生關懷的心。」這種「缺乏對周遭人類的憐憫或關懷」是「現代詩最大的弊病之一」，當然也就不能成爲「這個時代的證人、這個時代心靈

---

[22] 關傑明的三篇評論，一九七二年二月先在高信疆主編的《中國時報·人間副刊》發表〈中國現代詩的困境〉；同年九月，又發表了〈中國現代詩的幻境〉；後來又在《龍族詩刊評論專號》發表〈再談中國現代詩〉。

[23] 唐文標的評論多篇，其中較具代表性的有〈詩的沒落——台港新詩的歷史批判〉，原刊《文季》季刊第一期；〈甚麼時代甚麼地方甚麼人——論傳統詩與現代詩〉，原刊《龍族詩刊評論專號》，趙知悌前引書均予收錄。

的代言人」。[24]這是民國六十二年（一九七三）五月的詩評家的覺醒的呼籲：距離新詩社的崛起，詩評的出現，剛好是一、二年內的事。這一期間重要的評論，最少還有高準〈論中國新詩的風格發展與前途方向〉(《大學雜誌》)、李國偉〈文學的新生代〉、〈略論社會文學〉(《中外文學》一九七三年二月、六月)、顏元叔〈期待一種文學〉(《中外文學》一九七三年六月)，而民國六十二年(一九七三)七、八月間，歷經長期籌畫的《龍族評論專號》，可見為新詩社所作的總檢討的一個成果。

這種批評風尚自然對於詩壇構成震撼，顏元叔曾拈出「唐文標事件」一辭，並指出唐文標的批評是「偏狹的霸道作風」；而余光中則有〈詩人何罪？〉，指出「近兩年來，我們的現代詩進入了空前嚴厲的『批評時代』」[25]稍後，楊牧也有〈致余光中〉書呼應。這些批評陳芳明以治史者的眼光，曾在〈檢討民國六十二年的詩評〉中加以綜述。[26]大抵說來，「龍族」、「大地」兩詩社中不乏受過學院訓練者，因而陳慧樺、陳芳明等會對這些批評加以檢討，然後再針對其中的問題重作思考。

其實現代詩的積弊之重，並非詩人本身都不自知，余光中在〈詩人何罪？〉一文中，以具有長期創作、批評經驗的身分也知道現代詩積習難返的種種病態：「晦澀、虛無、惡性西化、形式主義、暴理作用」，這些弊病早在前行代的詩社之間的論戰就一一被揭發；而且由於病象過深，已產生嚴重的危機，誠如李弦檢討「民國六十年前後」詩壇存在的諸般不景氣現象——「(前行代)詩刊大半停刊、報章雜誌拒載詩稿、詩人多數封筆，加以詩社之間、詩人之間相輕互難的芥蒂」，[27]凡此都使年

---

[24] 陳慧樺（林澗），〈現代詩裡的時代社會意識〉，《大地》(1973.5)，頁 74-83。

[25] 顏元叔，〈唐文標事件〉，刊於《中外文學》二卷五期，趙知悌前引書收錄，頁119。余光中〈詩人何罪？〉刊於《中外文學》二卷六期，趙知悌前引書，頁 125。

[26] 陳芳明〈檢討民國六十二年的詩評〉(1974.5)，前引書，頁 41-72。

[27] 李弦為《大地之歌》(台北：東大，1976)所撰的序記，頁 1-10。

輕一代的詩人感到黯淡、危機、沒有希望。這種苦悶使得新一代不再盲目迷信前行代的那一套表現。陳慧樺以「林澗」之名發表短論，說明詩刊的發行是新一代的自覺及認識，「由於世局已激盪，一些年輕詩人開始意識到，創作方向已經到了非變不可的時候了。」[28]

對於這些積弊的深入分析，當時的檢討尚未徹底，這一些情形在「龍族」、「大地」及「草根」等詩社中都可見到：就以民國六十四年（一九七五）的〈草根宣言〉，分別就「在精神和態度方面」、「在創作和理論方面」提出洋洋灑灑的各四點，其中充滿了高度的綜合性、妥協性，一方面要涵融前行代的優點，也指出其中的弊病；另一方面則要廣泛地開拓更寬廣的諸多可能。[29]類此多方面性的、寬廣的新視野，顯示當時的年輕詩人已是有意識地要在宣言之下勇於嘗試。這一類批評在李弦爲同仁詩選集《大地之歌》所作的序中，也有所批判：他指出台灣的詩人引進一些片面的、偏差的洋化觀念，誤以爲是「世界性」，「他們的意識形態是西洋的，而非中國的。」從而呼籲早早揚棄「世界性」的枷鎖，而要關懷現實，寫出這一時代、這一地域的作品。[30]

在現代詩崛起的時期，新一代大多能認識前行代的錯誤，有些在理論、批評上努力，有些則專心於創作，尋找新方向，這些評論文章大多出於陳芳明（龍族）；陳慧樺、古添洪、李弦（大地）；羅青（草根）；掌杉（詩人季刊）之手。惟較具弘觀式的考察，就不能不推陳映真，民國六十四年（一九七五）他從離島返台後，對於文學、社會的關懷，使他在數量可觀的批評文章中，也透過對蔣勳、吳晟、施善繼三位年輕詩人的作品的檢討，透視了台灣詩壇的諸般弊病：其中的論點包括西化的時代背景、現代主義的謬說，並由此析論現代詩的諸多錯誤。基本上，台

---

[28] 陳慧樺前引文。

[29] 詳參〈草根宣言〉。

[30] 李弦前引文。

灣現代詩人所謂的「現代化」、「國際化」或「世界性」，可說是「西化」、「美國化」的美稱，而美國化的形成則與一九四九年以後的國際情勢有關，隨著美軍駐防、美援進入，美式的文化、生活也滲入台灣社會，因而一些流行思想、美學信條等片斷而不完整地輸入，這種以美國爲代表的西方文化的強力支配，對於台灣詩壇在語言、思想兩者的貧困的情況造成了畸形的發展。舉凡存在主義、佛洛依德心理學以及現代主義等均曾在現代詩中有過影響、一種「畸型卻不可忽視的存在」。

陳映真銳利地指出現代主義的生長，以台灣當時的社會、經濟條件，是不具備其發展條件的，他無情地指陳一個事實：「台灣現代主義和文學，是一種虛構的文學與藝術，缺少正常的、合理的土壤。」[31]所以現代詩所呈現的極端的形式主義、個人主義及晦澀的語言、自我孤立的心態，都是些畸型的、怪誕的果實。他也廣泛閱讀了這些相關的新詩論戰的史料，發現較多著力於批評，即「破」的一方。而他特別選取蔣勳、吳晟及施善繼的作品作一詳細的批評，主要的動機自是爲了建立「立」的一方，嘗試找出新的創作方向。[32]毫無疑問的，「民國六十年前後」，吳晟既已嘗試寫作一系列的鄉土詩，而且是在瘂弦主編的刊物上發表，並且得到吳望堯的詩獎，都顯示前行代到新生代都在求變。問題是如何變？

「民國六十年」之前，由於思想、語言的雙重貧困，以及政治、思想的雙重禁忌，連瘂弦都承認晦澀的主因是「社會因素」——在「五〇年代，如果寫東西赤裸的話，保守的社會、文學界不接受，政治當局也不一定接受。」他指出類似商禽〈逢單日的夜歌〉、洛夫《石室之死亡》，都因爲「那時候的詩人不能把話說得太明白，才把真正想說的話隱藏在意象的枝葉背後」，用象徵的手法，把自己對社會的抗議、人生的批判帶

---

[31] 陳映真的評論見於〈試論吳晟的詩〉，爲吳晟詩集序，收於《孤兒的歷史，歷史的孤兒》（台北：遠景，1984.9），頁 175-228。

[32] 陳映真〈試論蔣勳的詩〉、〈試論施善繼的詩〉均爲詩集序文，收於上引評論集。

出來。而到了瘂弦爲編選《當代中國新文學大系》詩部作導言時，就已發現「整個台灣文學的表現及一般言論的尺度，漸漸在改變中。」[33]這種改變，「民國六十年」以後還只在進行中，因爲新詩論戰之後，接下開展更大規模的「鄉土文學」的提出與論戰。這是台灣文學史上較大的一次論爭，陳映真指出新詩論戰延續爲「鄉土文學」論戰，就是從文學思想史的觀點考察的，[34]看出台灣在朝向更開放的思想天地邁進的過程，還要一關關的突破。「民國六十年前後」是解嚴之前值得注意的階段。

新詩社的崛起與發展，從台灣的政治、經濟史加以考察，就可發現是在關鍵的階段，爲什麼當時的詩評家要指出那些年分是國難？是世居激盪？因爲前此詩壇上的黯淡、不景氣是遠因，呈現出迷濛、低迷的局面，瘂弦所說的「保守的文學界、社會對言論的忍受程度」，[35]所指的就是政治、社會、文化相當程度地干涉詩人的創作；其中顯然具有嚴重的政治陰影，因此，在泛政治的文化中，詩中的意識、詩所表現的風格就成爲晦澀、虛無。「民國六十年前後」，重大的事件接踵而來：保釣運動（一九六九）、退出聯合國（一九七一）、中日斷交、尼克森訪平並發表〈上海公報〉（一九七二），這些國難感是一股激發新詩社崛起的力量。至於適時的強力的批評，可說是及時風、及時雨，讓《大地》、《草根》更具有活力，讓《龍族》、《主流》更易造成激盪。

從文學史的觀點考察，文學思潮的匯成、激盪是群眾的力量所鼓動的，所以年輕一代要紛組新詩社，或在舊詩社進行接棒的工作，都不是偶然的因素，而是大家所同具的期望，如何在困境中求新、求變？是前行代所困擾了一段時日，如說上一代完全不知弊病、不想求變，這是不公平的；只是新生代更具衝決的勇氣，才想利用新詩社鼓動風潮，造就

---

33 瘂弦編選《當代中國新文學大系・導言》（台北：天視，1980.4），頁 22。

34 陳映真前引書，頁 175-176。

35 瘂弦前引文。

新的文學方向。

四、

新生代在「民國六十年前後」熱心地尋找創作的新方向，造成台灣新詩史上組社的高潮：從文學史的立場考察，可說它是一段活力充沛的轉變期，預示著新的風格將要誕生，新的風騷將要輪替，因而其中自是江河夾泥沙以俱下，會產生諸般奇特的現象，然後較爲傑出的就會從文學歷史中突顯出來。因爲這股衝決的力量非一、二人所能造成，乃是多少具有創作熱忱、創作才華的年輕人共同參與，因此遽然預告：其中不會有帶領風騷的，是武斷；而想指導他人如何閱讀、創作，也是多餘的。這次新詩社的崛起，從文化學的觀點考察，是具有「振興運動」（revitalization movement）的意義。

李亦園先生曾論及振興運動，是指當自己的文化產生危機而想把它挽救起來的運動，它有三種型態：本土運動（nativistive movement）、綜攝運動（syncretic movement）及創新運動（innovative movement），其中的創作運動就是要認清自己的文化，找出可變或不可變的軌跡，並配合時代需要，加以復振而利用到新的方面。[36]從文化變遷考察這一次新詩社的運動，可說它具有創新的意義，對於新、舊傳統是經歷一番辯證之後，肯定其中可用的，也揚棄其不可用的；而更重要的就是他們並非完全反傳統，而是更正視當前的時代環境：認清什麼時候、什麼地方，怎麼寫、爲誰寫。因爲時代在變，新生代在戰後的世代中所培養的精神、氣象，勢必表現在作品中。

陳芳明在檢閱了「龍族」成立一年餘的同仁作品時，以「新的一代

---

36 李亦園所論的是文化復興的問題，但可用以評論文學現象，見其〈文化變遷與文化復興〉，收於《信仰與文化》（台北：巨流，1978.8），頁 209-220。

新的精神」說明他們理想中要走的方向，第一是具有國籍的作品，而不是西方的傳聲筒；第二是走民族風格的路線；第三是寫出時代性。也就是具有「入世的精神」，要和上一代承受西方影響的有所區別。[37]而同一情況的是「大地詩社」，也在成立四年時，編選了一本《大地之歌》，在序言中重新強調創刊辭所說的，現代詩需要在「重新正視中國傳統文化以及現實生活中獲得必要的滋潤和重生」，進一步指出他們的創作所要堅持的，就是「回歸傳統文化與關懷現實的兩大課題」。[38]「草根社」所揭舉的〈草根宣言〉前四條中，也可歸納而得：一是反映人生、反映民族；二是擁抱傳統，但不排斥西方，「批判這個我們親身經歷的生存環境，我們向過去發掘，爲將來設計。」這一共同的精神傾向，也可簡括在李國偉所說的兩句話：「走回十字街頭，走進人群。」

這些新的精神一言以蔽之，就是爲了彌補前行代精神的晦澀、精神的貧困，而有意建立一種表現中國的、民族的、現實的新風格中，可說是強調這一時代、這一地方的入世精神，是現實主義的作品。爲了因應這一新精神、新風格，他們在語言、文字的風格也有所呼應：陳芳明強調語言的運用，是走樸素、明朗的路線，要求詩的口語化、意象的簡化；題材則走多樣性的路線，向各個層面探索。大地則強調重視中國語言的特質，適度的條理、秩序化，在創新求變中，「從而創造出足以表現當代中國的作品」。所謂「當代中國」，正是強調時代環境中健康的語言、現實的題材。而草根社也強調詩的語言「應當避免謎語式的割離和矯柔式的造做」，要求將一切適用於中文特性，諸如音樂性、新民歌等，均可接受，藉以開創新的局面。

綜上所述的代表性的理論，可以看出新生代已經除去「橫的移植」、「國際性」的文化貧困症，而要求正視傳統的中國，吸收新的文化，在

---

37 陳芳明前引文。

38 李弦前引文。

尋找出其中可變與不可變的，就可要求一種具有中國氣派、當代中國風格的作品。這一強烈的聲音也讓前行代的楊牧、余光中、瘂弦等有所反省，一度在「現代中國詩」或「中國現代詩」的名稱討論中，想標幟出又是現代又是中國的特質。[39]新生代從理論的建立落實到實際的創作中，自有一番轉化的過程，這些都是一種實踐。

前行代的詩人中有些「大兵詩人」，多少經歷過戰爭，但由於當時他們所處的環境，又加以舶來的一些美學信條，因此，將這些極現實性的題材隱藏在意象的背後，像商禽〈逃亡的天空〉、〈逢單日的夜歌〉，其實就是逃亡的經驗，以及戰地的深刻感受；而這些對於戰後的一代，「由於沒有經過戰火的洗禮」，自然不會採用那種隱晦的手法表現那種深邃的人生體驗；但這些土生土長的新一代有另一種生活的時空，不是拘限在軍營的封閉世界，也尚未完全走出學院的門牆，或完全完成美式的留學教育，他們對於戰後的台灣，對於島上的土地、人民，則有一種切身的感情。因此，新生代不可能完全接受虛構的現代工業文明下的假象——陳映真稱爲「城市生活中人的疏離、孤獨、精神薄弱、感官倒錯等等感情的移植和國際化」——這是從西洋作品獲得，經過玄想而被誇張的，瘂弦筆下的〈深淵〉、羅門的〈都市之死〉都屬這類作品。

新生代所面臨的是台灣社會中農業轉型爲工商業的新型態。

吳晟就是一個例子，瘂弦的推介、陳映真的評介，都是認爲吳晟風格的形成大約在「民國六十年前後」，尤其是〈吾鄉印象〉系列，他以〈吾鄉印象〉、〈一般之歌〉（一九七三）、〈植物篇〉（一九七四）獲得第二屆中國現代詩獎，評審會的評語是「詩風樸實，自然有力，以鄉土性的語言表現時代變化中的愁緒，真摯感人。」只要對照另一名得獎者管管，

---

[39] 楊牧〈現代中國詩〉，原刊《聯合副刊》，又載於《創世紀》四十三期；李弦〈「現代中國詩」之提出及其意義〉，原刊《長廊》創刊號，又刊於《大地》十八期（1976.10）。

強調「詩思奇拔，風格獨特，充分把握語言的異趣，表達了率真的原性世界」。[40]就可發現新生代的特色，從選擇題材到表達手法，是完全循著反映現實、關懷現實，寫出轉變中的典型農村的精神、面貌，這是前行代的評審者所感覺的另一種風格、另一種聲音，已經在論戰所不易波及的地方自自然然誕生。

吳晟所經歷的成長期，正是現代主義由盛轉衰的階段，他的教育環境、性格、職業等，讓他跨越過現代主義的魔咒，自顧自地寫他的鄉土事物、現實感受；與之相較，施善繼的轉變就要艱辛得多，從熱衷於現代主義表達手法，到參加「龍族」，又在論戰中認識了唐文標受到一連的衝激，因而陷入深刻的反省，而陳映真的建議更使他的寫作風格蛻變。從「龍族」晚期他所反映市民階層的詩開始出現，像〈景安路的冬天〉一類，關注現實生活，使用明朗的語言寫平常、平凡的小市民生活，但其中卻關注公寓外另一真實世界，〈小耘周歲〉、〈小耘入學〉是家庭生活；〈早晨的中和〉是家庭外的社會，真實而親切。而這些改變卻讓「導讀師」期期以爲不可。[41]其實這是一個轉變的個案，他們只有運用自己的語言才能寫出自己的風格。

當時成立的新詩社中，年輕的詩人都在求新、求變，極力想跨越出前行代的陰影或感情的羈絆。「龍族」中的林煥彰、喬林等與「笠」詩社有所往來；陳芳明在評論中對於余光中、楊牧的深情，蘇紹連的早期作品籠罩著「創世紀」詩社，如洛夫等人的慣用手法。而「大地」詩人，林鋒雄的少作一再得到《創世紀》同仁的揄揚，將他當作明日之星。陳慧樺也與前行代詩人余光中、羅門等熟識，他的卓越的評論更是這些前行代詩人所期望的，類此兩代之間的人際關係，不管其間的熟識程度如何，當他們要自組詩社，發表宣言，就表示一定要重新建立新的風格；

---

[40] 同註 32。

[41] 《現代詩導讀．導讀篇二》，導讀施善繼詩〈啊！馬車伕〉，見該冊頁 198。

其中前行代的影響有好有壞，經歷這一番創組詩社的活動，多少提醒他們趕快建立屬於自己的詩觀。

「主流」詩社的詩人相較之下，並不在評論上見長，也沒有雄心建立一套詩觀，但他們實際的寫作卻是可印證一些不同於前行代的創作觀念，黃進蓮的《蓮花落》早在民國六十年（一九七一）就出版了；其他如羊子喬在民國六十四年（一九七五）出版的《月浴》所收的都是民國六十年前後寫成的；至於莊金國的《新土與明天》——早見於《主流》民國六十二年（一九七三）的廣告中，卻遲至民國六十七年（一九七八）出版；德亮的《書室》也是民國六十七年（一九七八）問世的，此外還有其他詩人發表於《主流》之上。他們大多在「民國六十年前後」寫詩，由於《主流》的發行不廣，而他們的詩集也不易傳布，但仍可看出一些特色，就是其中有些是不趕時髦，不搞現代詩的一套，以莊金國為例，就喜以社會性較強烈的為題材，像〈插秧女〉、〈自耕農〉、〈適度麗蘭〉、〈安娜豔舞〉、〈落翅仔〉及〈踏風水的地理師〉等，都可看出其中的鄉土性、現實性。這類題材及與之配合的形式，都是「現代詩」、「藍星」、「創世紀」等詩社中人所不能、不敢寫的，由於戰後的一代自有其成長的環境自會調整出屬於自己的文學表達方式。相對於台北或學院中的詩人，他們另一種草根性格，樸質而有力。

最後需一提活動方式奇特而且在寫作風格上也另有格調的草根社，羅青是以「靈巧的手法和豐富的理趣」寫成〈吃西瓜的方法〉，得到第一屆中國現代詩獎時，被評為「為中國的現代詩，尋找到另一個新的方向」。這種以機智（wits）為詩，居然會被前行代接受，可以想見當時詩壇需要變革的情況。不管「草根」同人能實踐多少宣言中的理想，他們確實想以較寬廣的題材、較活潑的活動來推動現代詩，這群也是以台北為主要的活動區域的詩人，基本上在反晦澀一點具備有共同性，但他們表現的都市中產階段的生活情趣，確實是都市生活一部分，表現的多樣化，是符合他們在宣言中所說的：「了解城市的寫城市，熟悉鄉村的寫鄉村。」既然是活動在城市，自然寫些城市詩，這比粉飾、虛假的鄉土詩，更能切合實際。

其實新生代的詩人大多具有從鄉村到城市的經驗，最能了解這一時空中的變化，因而反較前行代詩人能把握這些變化中的愁緒。吳晟以〈吾鄉印象〉寫都市文明逐漸伸展入鄉村，而李弦則以〈吾街吾巷〉系列，寫鄉村、市鎮中的鄉親遷入城市的變遷，這些都是把握變化的時代中一些觸動詩人的現象。至於寫城市、鄉村中的人、事，也都有新一代的嘗試，林鋒雄、古添洪都曾試著批判社會現象。前行代或許會覺得這些題材不易入詩，但就因前二十年無人嘗試，也就值得表現，這一點求新、求變的精神，正是新詩社的特色。

五、

新詩社的起落，固然有些前行代會有所疵議，但從詩史的發展考察，詩社的崛起與解散是常事，當時新詩社的組合固然各有其動機，而分分合合也有內在的動因，但從弘觀的看法，其聚其散都會透露出一些訊息，提醒史家注意其中存在著歷史發展的必然性。反動、叛逆大概是其共通的特質，反抗前二十年的僵化與沒落，也會帶給前行代一些壓力，讓他們調整自己的詩觀；而重要的目的是讓自己走得穩健、平實，其中是否出了可以領風騷的並不重要，但至少啓發更新的一代，在一九八〇年代重新審議台灣詩史時，會看得真切一些，也更能放手開創天地，所以「民國六十年前後」新詩社的興起與新詩論戰，是具有其歷史意義的。

選自：陳鵬翔、張靜二編，《從影響研究到中國文學》（台北：書林，1992）

李癸雲

政治大學中文系助理教授

詩和現實的理想距離

——一九七二至一九七三年台灣現代詩論戰的再檢討

一、前 言

在一九七二、七三兩年間，台灣現代詩壇湧起一陣全面檢討之聲，這在台灣的現代詩批評史上是一筆重要的紀錄，也是台灣現代詩發展過程中一個重大的轉捩點。其實，早在一九五七、五八年覃子豪與紀弦已展開關於現代主義的「現代派論戰」、一九五九年蘇雪林與覃子豪的「象徵派論戰」，緊接其後的是一九五九年底至一九六〇年五月由言曦〈新詩閒話〉和〈新詩餘談〉所引發的較大規模的「新詩論戰」[1]。這幾次論戰的爭議主要在於新詩該如何發展的新秩序問題，以及詩的回歸傳統與反傳統、詩的可解不可解以及詩的小眾與大眾等問題上，尤其可見「新詩論戰」的兩方陣營圍繞著詩的創作和閱讀的層面互相指責與回應，誤讀與澄清，可視爲單純詩觀點之爭。在經過二十年的創作累積之後，七〇年代初登場的「現代詩論戰」，才真正有建立各自詩的「典範」(canon)的意圖，尤其詩的社會使命的議題更指涉出論者如何以「現實」爲尺碼衡量詩的價値。

「現代詩論戰」[2]的歷史意義，已有許多學者作過分析，如還在論戰期間，高上秦便指出這次論戰的特殊性：「一方面，它展示了台灣現代詩已開始進入學術研究的範疇，不再是詩人自己的事了；一方面，卻也顯現了年輕一代的詩論者、詩作者，對於起步階段的中國現代詩，意圖作

---

[1] 五〇、六〇年代詩的論戰經過與內容可參見以下文章：蕭蕭，〈五〇年代新詩論戰述評〉，收於文訊雜誌社主編，《台灣現代詩史論》(台北：文訊雜誌社，1996)，頁 107-121；劉紋綜，〈五〇年代末至六〇年代初期新詩論戰編目〉，楊宗翰主編，《文學經典與台灣文學》(台北縣：富春文化，2002)，頁 181-189。

[2] 這場論戰主要集中在一九七二年到一九七三年之間，論者彼此指責回應的文章整理，可參見本文附錄。

一重新評估與認真檢討的試探。」[3]，以及陳芳明〈檢討民國六十二年的詩評〉[4]一文先綜述與分析各家的論點與得失，其中兩條主要的論戰路線「爲人生而藝術」和「爲藝術而藝術」，充份顯出現代詩發展的掙扎跡象，預言將爲日後的詩論留下重大的影響力。而到了當代，奚密〈台灣現代詩論戰——再論「一場未完成的革命」〉[5]一文重新反省，提出它在文學史上的關鍵位置：「一九七二～七三年的現代詩論戰不僅深刻的影響了此後現代詩的發展方向，它更爲鄉土文學運動吹響號角，鋪路造勢，是整個台灣文壇七十年代轉向的主要因素之一。」現代詩論戰之後，波濤更加洶湧的「鄉土文學論戰」在一九七七年緊接而來，其中的脈絡發展誠如向陽所言：「在政治威權宰制下，『新階級』試探性地由反西化的『民族的』論述，逐步轉移到反霸權的『現實的』論述，最後辯證地形成了反中國的『本土的』論述之出現。」[6]現代詩論戰主要議題，簡而言之，是現代詩的歸屬性問題，在時間上圍繞著民族性、傳統性的議題；在空間上，則是反映現實與社會使命的要求。這些議題銜接並發展成日後的鄉土關懷、寫實、本土論述等內容，檢討這場論戰的重要性不言而喻。筆者認爲上述的檢討之文，事實上已深刻的討論了七〇年代新興詩社與五、六〇年代創作主流的歧異、時代環境與民族認同的背景、西方現代主義的誤讀與在地化等等的相關問題，然而詩基本的本質問題卻常只是附帶的舉例，並未被專文檢討，因此本文欲從詩論建構的角度，談談那場論戰對詩與現實的爭議，檢視寫實與超越寫實兩方如何理解、提出、

---

[3] 高上秦，〈探索與回顧——寫在「龍族評論專號」〉，原發表於 1973 年 6 月，後收入趙知悌編，《現代文學的考察》（台北：遠景，1976 年 7 月），頁 162-171。

[4] 《中外文學》第三卷一期（1974.06），頁 31-53。

[5] 《國文天地》第十三卷十期（1998.03），頁 72-81。頁 72。

[6] 向陽，〈微弱但是有力的堅持——七〇年代台灣現代詩壇本土論述初探〉，文訊雜誌社主編《台灣現代詩史論》（台北：文訊雜誌社，1996），頁 365-375。頁 365。

建構、調整、定位詩與現實最理想距離的過程，以此作爲當前現代詩書寫與批評的理解基礎。

「現實」[7]，是每個人每日面對的現存時空，所謂現實感即是對此時此地存在實況的一種現實感觸。人與現實的關係緊密，就像果實和樹，不論長成的果實滋味是甜、酸、苦、澀，離枝或垂墜在枝頭，都是樹所孕育出來的「結果」。什麼樹長什麼果子，什麼時代什麼人。而文學？尤其是跳躍性高的詩，與現實關係較爲曖昧，當詩的本質不必然是寫實時，現實實況可能在詩中用不同的面貌示人。因此更值得關注的問題是，有關現實的內容，如關懷現實的思想、現實生活的題材、現實時空的歷史感等，是否在詩中有跡可循。詩與現實的關係，不僅是詩人創作時要量測精準的心靈尺度，更是詩作被檢驗時的必要觀察視角。即使在八〇年代以後，台灣文學批評已漸漸從現代主義與鄉土論述的二元主題轉向後現代、後殖民與女性主義等新興討論，現代詩也熱絡的參與了，「現實與詩」兩者的關連仍是批評者首先必須面對的基本觀測點。直至今日，詩人與詩評家似已理所當然的直接進入詩的世界，即使分歧可能仍然存在，是超現實抑或寫實？已無須再整裝備戰了。因此，回過頭來，重新檢視三十多年前的那場論戰的意義便相對重大，檢討其中「現實」的內涵如何被具體的充實，「詩和現實」的理想關係如何被逐步理解、建構、調整，站在今日肥沃的土地上，重返戰場的煙硝，檢視養份的來源。最後，本文希望提出詩的本質意義，將論戰紛爭中對立的單一觀點，詮釋其可能的交錯性。

二、戰火延燒的「現代詩論戰」

「現代詩論戰」的事件牽涉多個議題，由傳統的銜接問題、外來思

---

[7] 此處對「現實」（reality）一詞的意義界定是：現存實體的，事實。

潮移植，到現代詩內在語言結構和外在應有的社會責任，甚至討論到時代需要什麼詩，以及討論熱烈的本土意識的覺醒等等。本文爲討論方便和避免模糊焦點，將論述範圍收束在與詩和現實有關的討論文章，也不企圖指涉論戰兩方（現代主義和社會寫實）是截然二分的立場，其中成員的觀點具有某些交互性，在此只以論戰當時呈現的詩觀加以分類討論。

（一）是該論功行賞還是走錯路？——關傑明的發難

這場論戰首先發難的是新加坡大學英國文學教授關傑明，他在中國時報《人間副刊》陸續發表了〈中國現代詩人的困境〉和〈中國現代詩的幻境〉二文，主要在批評當時的現代詩割斷傳統、惡質西化和缺乏民族風格的問題。關文認爲現代詩人是「一種個人與社會脫節的千篇一律的病態傾向，以及必然會因此而產生的偏差——對於生活、愛情、死亡與生命等各種重要現實問題的不當看法。」[8]並且「在智能方面的努力只帶進了一條死胡同」[9]。這樣的論點主要針對當時詩壇「詩人們努力做著籌備工作，要大張旗鼓肯定二十年來現代詩的成就」[10]的現象。當時張默主編《中國現代詩論選》[11]、洛夫和余光中主編《中國現代文學大系》詩選[12]以及葉珊在《現代文學》主編「現代詩回顧專號」。這些編選的工作，一方面打著「中國」的正統名號，一方面爲現代詩人作詩史的定位。其中最引起嘩然的是洛夫在詩選序中的結語：「除非社會性質與型態起了

---

[8] 關傑明，〈中國現代詩的幻境〉，《中國時報人間副刊》（1972.09.10-11）。

[9] 關傑明，〈中國現代詩的困境〉，《中國時報人間副刊》（1972.02.28-29）。後收入趙知悌編，《現代文學的考察》（台北：遠景，1976），頁137-142。頁142。

[10] 趙知悌，〈文學，休走〉，趙知悌編，《現代文學的考察》序（台北：遠景，1976），頁1-13。頁2。

[11] 張默主編，《中國現代詩論選》（高雄：大業，1969）。

[12] 洛夫和余光中主編，《中國現代文學大系》 詩選（台北：巨人，1972）。

遽變，我想即使再過二三十年，我們詩壇恐怕難有『新一代』出現。」原因在於「他們的努力仍然只是前輩詩人事功的延續。」[13]

關傑明所指出的問題，其實在詩壇早有所感，只是關傑明站在砲火的前端，爲現代詩爭論點燃引線，他的意義在於啓發。接下來，論者們才有意識的一一爲文展開現代詩的論辯。如化名爲「史君美」的唐文標將詩的走向指向社會：「這是時候了，我們來接收這場挑戰！止謗莫如自修，我們希望有良心的作家們，自我檢討，自我批評，希望他們能撕破或被文字埋葬了的社會意識，或被教育僵冷了的他們原有的社會關心。」[14]高準、林梵、周寧、陳芳明等也朝向此方向繼續立論，而劉菲的一篇〈有感於中國現代詩的批評〉暫將詩從社會國家意識轉向審美思考時：「古往今來，純藝術品的創造不是在國家的意識下完成的，而是在審美的要求下完成的。」[15]馬上引來陳芳明爲文剪掉此種思考的辮子：「近年來清醒的批評都強調文學與社會具有密切的關係。國家在最近兩年內迭遭巨變，深深刺激了從事文學的工作者，無論是創作者或批評家，都有一個共同的目標，即回歸到中國的時空。」[16]因此，我們可以說由關傑明所發起的這一連串論辯文章，大致成爲現代詩論戰兩方陣營中走向社會關懷的寫實路線這一方的主要立論。

(二)「期待一種文學」——顏元叔的幾點批評

---

[13] 洛夫，〈中國現代詩的成長〉，後收錄於洛夫，《洛夫詩論選集》(台南：金川，1978 再版)，頁 29-60。頁 60。

[14] 唐文標，〈先檢討我們自己吧〉，《中外文學》一卷六期(1972.11)頁 4-7。頁 7。

[15] 劉菲，〈有感於中國現代詩的批評〉，《中外文學》一卷十一期(1973.04)，頁 96-99。頁 97。

[16] 陳芳明，〈剪掉批評的辮子〉，《中外文學》一卷十二期(1973.05)，頁 92-100。頁 100。

在關傑明討論現代詩的傳統與西化、民族性與國際化之時，這場論戰的另一條批評戰線是顏元叔與幾位詩人的論辯。首先他先以〈對於中國現代詩的幾點淺見〉來涵括當時現代詩的問題，主要是缺乏嚴謹結構、意象破碎、文白摻雜和題材侷限於死亡課題等等。另外，顏元叔也由現代詩的結構和語言層面討論個別詩人如洛夫、羅門、葉維廉等人的詩，認爲洛夫〈手術台上的男子〉意象晦澀：「無論超現實或不超現實，描繪方式與描繪對象之間，必定要有某種相關性。由這首洛夫的詩裡，相關性卻稀薄的很。」[17]；並以邏輯常理批評羅門的幾首死亡詩對生死的價值混淆，質疑〈都市之死〉一詩「究竟現代都市文明，是否完全代表死亡呢？也許，都市代表死亡卻也代表生命，則片面視都市爲死亡，是否太單純了些？也許，採取一種對都市的『反諷』看法，把生死溶入同一結構，比較接近事實。」[18]；而葉維廉「詩以文字藝術取勝，反過來說，他在題材與主題上，是比較缺乏時代性的。」[19]這些針對詩人的批評自然引起詩人的反駁，洛夫首先攻詰顏文相當情緒化而且比較適合於批評小說，並自釋其詩：「事實上這些意象語都有其密切的關連性，它們的關係是建立在戰爭的荒謬性上。」[20]羅門也提出：「實在不能站在僵化的觀念中去判視生命，應到人的『心臟』與『脈搏』裡去傾聽生命真實的迴音，去面對冷酷的事實。」[21]

---

[17] 顏元叔，〈細讀洛夫的兩首詩〉，《中外文學》一卷一期（1972.06），頁 118-134。頁 123。

[18] 顏元叔，〈羅門的死亡詩〉，《中外文學》一卷四期（1972.09），頁 62-77。頁 77。

[19] 顏元叔，〈葉維廉的定向疊景〉，《中外文學》一卷七期（1972.12），頁 72-87。頁 86。

[20] 洛夫，〈與顏元叔談詩的結構與批評——並自釋「手術台上的男子」〉，《中外文學》一卷四期（1972.09），頁 40-52。頁 51。

[21] 羅門，〈一個作者自我世界的開放——與顏元叔教授談我的三首死亡詩〉，《中外文學》一卷七期（1972.12），頁 32-47。頁 45。

這一條批評戰線不管理性或情緒化也好，至少是貼近詩本身的批評，尚能提出理想的詩的本質探討來彼此回應。即使顏元叔否定當時文學的成績而語重心長提出「期待一種文學」，一種具有社會意識的文學，而：「社會意識文學是以超然的地位忠實紀錄人生，分析人生。」[22]相較於稍後上場的唐文標論點：「僵斃」、「腐爛的藝術至上理論」、「都是在逃避現實中」等全面否定，我們仍能在此戰線找到詩觀的建構與開放性。

（三）「都是在『逃避現實』中」——唐文標事件

「現代詩論戰」的高潮是唐文標在台客座結束返美前夕，所投的三篇文稿——〈詩的沒落——台港新詩的歷史批判〉、〈論傳統詩與現代詩——什麼時代什麼地方什麼人〉[23]和〈僵斃的現代詩〉[24]，前兩篇較長的文章由顏元叔首先駁斥而以「唐文標事件」名之。

唐文標認爲現代詩最大的毛病是「都是在『逃避現實』中」，並細談幾種類型的逃避：「個人的逃避」（指「個人顧影自憐的傷悲」、「逃避歷史與時代」）、「非作用的逃避」（指「小市民式娛樂性的逃避，不帶任何作用指向的文字遊戲」）、「『思想』的逃避」（以所謂「思想」的寫作來逃避歷史上的政治黑暗時代）、「文字的逃避」（指文字的變形來掩飾內心的空虛，以及文字的無作用性）」、「抒情的逃避」（指將抒情的、空洞的風月「詩境」消除和代替他們所處的社會）」、「集體的逃避」（指作者逃避連鎖反應到讀者集體的逃避）[25]。此文將詩觀帶到「必須爲群眾服務」的社會性的顛峰，由此見解，唐文標宣布當時現代詩已經「僵斃」。如此

---

[22] 顏元叔，〈期待一種文學〉，《中外文學》二卷一期（1973.06）頁 4-7。頁 5。

[23] 此二文原發表於《文季》第一期（1974.08），後收入趙知悌編，《現代文學的考察》（台北：遠景，1976），頁 46-94，95-118。

[24] 《中外文學》二卷三期（1973.08），頁 18-20。

[25] 〈詩的沒落——台港新詩的歷史批判〉，頁 69-88。

強烈的論點當然掀起軒然大波，兩方陣營加強詩觀的辯護與再疏通。連一向強調文學的社會意識的顏元叔也承認：「唐文標是從社會看文學，而非從文學看社會」[26]，並反對這種「社會功利主義」的文學觀。接下來，余光中、傅禺、周鼎紛紛爲文攻詰唐文，其中余光中以「詩人何罪」來卸下詩人使命的重擔和「大騙子」的罪名：「就本身的定義說來，『詩人』只要把詩寫好，就已善盡自己的責任了，正如一位獸醫，只要把一頭狗醫好，便已盡了獸醫的責任。要詩人去改造社會，正如責成獸醫去維持交通秩序，是不公平的。」[27]

「唐文標事件」在此次論戰中，代表著一種意識型態而非文學內涵的批評視角，無助於釐清或闡述詩的美學觀點，因爲其完全否定現代詩的成長，認爲二十世紀不是詩的世紀，詩是消閒階級的產物，詩是不需要存在的。但是，唐文標的極端論述卻讓站成兩邊的批評者，一面倒的爲文學辯護、捍衛現代詩的存在價值，如顏元叔原本批判了幾位創世紀詩人缺乏社會意識，因此事件，他申言：「現代詩都是脫離了時空的嗎？現代詩都沒有反映當代人生嗎？假使我們睜開眼睛看箇真切，便會發現大量的現代詩正是時代之反映，甚且批評。有些人如余光中，寫得很露骨；有些人如洛夫，寫得十分含蓄；現代人生顯然時常在其念中，在其筆端。」[28]從批判到辯護，我們可以說這場論戰的諸多觀點，不僅是檢討過去二十多年的創作，也是鋪設未來詩觀的理想大道，創作者應該如何寫詩，批評者應該如何看詩，在論戰中彼此修正，逐漸塑形。

在此事件之後，詩壇開始爲這兩年的論戰作檢討工作的有陳芳明〈檢討民國六十二年的詩評〉、余光中〈詩運小卜〉[29]和楊牧〈致余光中書〉

---

[26] 顏元叔，〈唐文標事件〉，《中外文學》二卷五期（1973.10）頁 4-8。頁 6。

[27] 余光中，〈詩人何罪？〉，《中外文學》二卷六期（1973.11），頁 4-7。頁 6。

[28] 〈唐文標事件〉，頁 5。

[29] 《中外文學》三卷一期（1974.06），頁 2-5。

[30]，現代詩論戰至此就算落幕了。

三、詩與現實的理想距離——詩觀的提出與建構

> 我們的詩人還堅持於乘雲氣御飛龍不食五穀的超然虛幻，造些野馬塵埃般的茫茫傑作……。但願詩人們能夠一貶其仙風道骨，回首凡塵，救救世人，救救詩吧！
>
> ——劉漢初〈敢請詩人一下凡〉[31]

> 除真摯性之外，詩中還必須具有一項更為重要的特性，那就是詩的超越性……，所謂「超越性」，就是詩人站在高處來觀察世界，來欣賞生命各種姿態，也就是詩人利用暗示手法，通過有限性以表現無限性。
>
> ——洛夫〈中國現代詩的成長〉[32]

> 我們期待的文學，應該是寫在熙攘的人行道上，寫在竹林深處的農舍裡。然而，我們應該提醒自己：社會意識文學是文學，而不僅是社會報導或批評。
>
> ——顏元叔〈期待一種文學〉[33]

由上述的現代詩論戰過程，我們可以看出爭鋒相對的論戰雙方，在現實議題上，很明顯的形成寫實／非寫實，個人的／社會的，邏輯語言／非邏輯語言此類的相對立場，雙方各自陳述詩的作用、意義、手法等層面的標準。此節將簡要剖析雙方陣營在詩與現實的距離設定的重要內容。

---

[30] 《中外文學》三卷一期（1974.06），頁 226-231。

[31] 《中外文學》二卷二期（1973.07），頁 174-179。頁 179。

[32] 同註 13，頁 43-44。

[33] 同註 22，頁 7。

（一）寫實——語言貼近．思想介入

寫實主義（Realism）除了指西方在十九世紀中葉對許多不寫實的傳統[34]的一種反動，也著重在寫作者的態度和表達方式上。寫實主義除了特指文學史上的運動外，也可當成一個普遍的文學概念，「指在文學作品中忠實地將生命現象再現出來（representation）。」[35]我們可以注意到兩個問題：「忠實的」和「生命現象」，表達方式與題材。在當代文學理論的思維裡，要將主體性從作品中泯除可說是不可能的，任何語言文字都是作者主觀選擇過，意義的傳達不斷指涉作者的動機和意圖。即使是描述性的傳記文學，仍有特意凸顯部分事略來加強效果的現象，標榜全面寫實恐怕流於瑣碎零散，所謂原原本本的描摹實際上是不可能的。既然在忠實的要求無法達成下，那麼「寫實主義者寧可選擇一般常見的日常生活現實。他們認為，這樣的選擇，是正確的反映現實問題的一個充分條件。」[36]因此，一般常見的生活現實的取材得是寫實的大前提。有趣的是，法國寫實主義者原本是對保守的道德體制的反動，在俄國的寫實主義者卻將表達方式和題材指向社會性的要求：「屠格涅夫，杜思妥耶夫斯基與托爾斯泰的作品，使用愈來愈嚴謹的寫實主義，與社會意識的批評尺度。這些批評家所要求於文學的，是經驗性的真實，歷史的使命，社會與國家的需求，及相應而生的文學的各種責任。」[37]不同的寫實文學觀順應了不同的政治社會情況。

在「現代詩論戰」中，持詩必須有社會意識觀點的這一方，其主張

---

[34] 指的是哥德式的浪漫故事、流浪冒險的故事與寓言的幻覺故事。可參見衛姆塞特和布魯克斯所著的《西洋文學批評史》（台北：志文，1995），頁 417。

[35] 蔡源煌，〈寫實主義與自然主義〉，《從浪漫主義到後現代主義》（台北：雅典，1994），頁 23-29。頁 23。

[36] 同上，頁 25。

[37] 同註 34，頁 411。

近似於俄國寫實主義的批評者。這當然牽涉到七〇年代台灣政治經濟社會背景因素的潛在運作，以及新興詩人的成長與民族認同問題，到了鄉土文學論戰，時代與民族認同的議題[38]更加突顯，本文限於篇幅與焦點集中，無法延伸討論。此處僅將焦點落在已產生的觀點，藉此理解其立場主張。在主張詩應該貼近現實的這一方，認爲詩言表現必須是貼近現實的，林梵在溫任平指其詩過於明朗鬆散，是散文而不是詩時，高喊：「我以爲詩應該是赤裸裸的一刀刺中要害！而不必躲躲藏藏在一些失敗的晦澀的表現，以拐彎抹角取勝」[39]，並認爲二十年來現代詩移植的表現手法不是唯一的道路而是死胡同。現代詩晦澀的原因主要在於對日常語言邏輯的破壞，「有些現代詩人以這些破壞當作建設的手段，卻在最後把詩導向怪誕和晦澀，背棄了詩的任務與目標，鑽進了象牙塔裡面。」[40]詩語言表現認知的落差，使現代詩人經常被比成所在象牙塔中或鑽進死胡同，這類喻詞影射的便是對現實的背離，自然也是對社會大眾責任的叛逃。

由語言的否定進而否定現代詩思想的論述比比皆是，又如高準認爲二十年來現代詩流行的各種弊病，列舉了八項主要缺失，其中第八項爲：「摒絕社會，麻木不仁——由於『強調詩的純粹性』之走火入魔，致於力求成爲一種『超脫時空』的『姿勢』，遂使許多的現代詩人之作品不但與民族之歷史命運及社會之廣大人民完全脫節，而且有意的摒絕社會而

---

[38] 鄉土文學、本土論述和國族認同等研究至今已有可觀的成果，此處不再贅述，可參考如尉天驄編，《鄉土文學討論集》（台北：自印，1978）；游勝冠，《台灣文學本土論的興起》（台北：前衛，1996）；楊曉琪，《七〇年代鄉土文學論戰暨文學場域的變遷》，國立暨南大學中所碩論，2002。等完整的論述。

[39] 林梵，〈從否定出發〉，《中外文學》一卷十期（1973.03），頁119-125。頁121。

[40] 周寧，〈或許這才是管管應該走的路〉，《中外文學》一卷十期（1973.03），頁126-139。頁128。

以服用迷幻藥式的玩弄文字自我陶醉。」[41]其實這裡所提出的純粹性、超脫、迷幻藥式的，都是針對當時現代詩的語言而發，然而語言的批評後來都會走入意識的批評。

強調忠實描繪當代現實的論者，常常因為語言表達的認知落差，除了斷言現代詩與世隔絕，甚至宣稱現代詩人也是病態的。「現代詩人最大難題，不是他們（超現實主義詩人）的詩——而是他們的人，他們的生命，他們的詩只是他們的生命在某一時期的表現，所表現的如果真的是病態，也只是他們腦中毒瘤的癥象——這些詩人是活在另個國度裡。」[42]

主張寫實的論者對當時晦澀虛無詩風的批評之後，他們也建構了一種詩觀，如顏元叔提出他的主張：「社會意識文學的創作斷不能但憑所謂的感性，更不能但憑所謂純粹經驗；它必須是以知性領導感性的創造活動，它必須是為人生而創造的藝術；它有一個使命，便是反映與批評人生。」[43]詩的使命觀的提出，讓詩肩負起文學的責任來，詩成為「公物」，既然它必須介入社會，那麼詩便必須對眾人負責，個人孤絕的心靈或個人獨特的表現方式這種私密性便要盡量去除。「讀者、作者，都共同要求現代詩的『歸屬性』。就時間而言，期待著它與傳統的適當結合；就空間，則寄望於它和現實的真切呼應。」[44]詩人必須體認到詩原有的擔負，一旦公開發表，詩人就無法只對自己負責任了。甚至創作過程中，詩的書寫便已隱含實用性：「寫詩，如今是他對國家負責，對社會交代，對其他同時代人服務的工作。」[45]

---

[41] 高準，〈論中國新詩的風格發展與前途方向（下）〉《大學雜誌》第六十二期（1973.02），頁 60-71。頁 68。

[42] 唐文標，〈論傳統詩與現代詩——什麼時代什麼地方什麼人〉，頁 117-118。

[43] 顏元叔，〈期待一種文學〉，頁 7。

[44] 高上秦，〈探索與回顧〉，頁 166。

[45] 唐文標，同上註，頁 106。

（二）超越寫實——語言變形・思想抽離

在關傑明一文引發各方對現代詩的攻詰之中，劉菲首先由社會意識的要求中反思社會的虛妄性：「不檢討我們社會在新興中的虛飾性，而偏偏去責難在文學領域上具有創造性的現代詩」[46]，並設法由國家社會意識的籠罩中脫逃出來：「藝術家和詩人不是每秒都在『國家意識』下活動，他必然有超越國家的其他意識，在作爲社會人時，詩人和藝術家與其他人並沒有什麼分別，同樣的有某些信念。」[47]主張即使詩人把詩由社會國家的意識中析離出來，也無礙於他作爲一個社會人的資格，這觀點將作品與作者品德的問題分開來。在辯護中，我們也可聽到質疑對方文學觀的論點，李國偉建議作者在發揚社會意識之前，必先磨利筆尖並加強識見，否則會有這種現象：「加強社會意識的文學，如果掌握不住深邃的人性，很容易流於淺薄的報導，更糟糕的，甚至有成爲政治宣傳品的可能。」[48]李文在此觸發了作者本身識見和文字表達能力的問題，這種藝術性的思考可以余光中的觀點作論證。余光中認爲所謂『社會寫實派』的詩人杜甫在三吏三別之類[49]的三四十篇的作品缺乏深厚的個性和高妙的藝術。如果杜甫只寫那樣的作品，那麼「那樣的杜甫只能算是『詩史』，卻不能稱『詩聖』。」[50]認爲杜甫地位之重要取決於深厚的個性和高妙的藝術。

在這場論戰中被攻詰的現代詩人主要是所謂超現實主義詩人，再來就是所謂逃避現實，遁入禪思、古典或浪漫神思的詩人。前者如洛夫、

---

[46] 劉菲，〈有感於中國現代詩的批評〉，頁 96。

[47] 同上，頁 97。

[48] 李國偉，〈略論社會文學〉，《中外文學》二卷二期（1973.07），頁 55-59。頁 58。

[49] 此處以余光中所引白居易論杜詩的：「然撮其新安吏、石壕吏、潼關吏、塞蘆子，留花門之章朱門酒肉臭，路有凍死骨之句，亦不過三四十首。」（1976，p127）歸此爲「三吏三別」之類。

[50] 余光中，〈詩人何罪〉，頁 5。

管管、碧果……等人；後者則是周夢蝶、余光中和葉珊等人（唐文標主要攻詰對象）。超現實主義詩人的觀念和語言更是首當其衝，洛夫曾試著解釋超現實主義的基本觀念：「不論是反對邏輯知識的可能性，肯定潛意識中的真實性，或把現代人存在的荒謬性，超現實主義者自始即在扮演一個叛徒。但他們仍有積極的一面，例如在詩的創造上，它有助於詩人心象的擴展，詩的意象之濃縮，詩純粹性的加強等。另一項最大的貢獻就是語言的創新。批評家認爲超現實詩人都是奇蹟的創造者，像巫師一樣，在語言的操縱上他們都具有呼風喚雨，指鐵成金的神力。」[51]基於此種神力的自信，台灣受超現實主義影響的詩人在語言上極盡顛覆之能事，欲將詩由表象現實中抽離，進入超越寫實的境界。其中不乏實驗失敗者，因此有怪誕晦澀之譏。

辯證的是，超現實主義（surrealism）的定名由布雷東（Andre Breton）在〈超現實主義宣言〉中說：「夢境與現實這兩種狀態似若互不相容，我卻相信未來這兩者必會融爲一體，形成一種絕對的現實，亦即超現實」[52]。這段話一方面可察知現代詩爲何有「夢囈」之批評，一方面可發現他們相信的是詩中的現實，只是換了角度觀察現實並無背離現實之主張。其實，一九二〇年代初期法國這群超現實主義者有多人是激進的共產黨員，社會主義者。當然，西方思潮運動的發展和移植到台灣詩壇上的發展，因引介管道、翻譯誤差和國情不同而有不同，台灣的超現實有自身的塑形與轉化，形成不同的表現模式。但是，西方這股超現實思潮確實影響了台灣詩壇詩觀的建立，尤其是對現實的思考方式。

---

[51] 洛夫，〈超現實主義與中國現代詩〉，《洛夫詩論選集》（台南：金川，1978），頁 83-105。頁 90。

[52] 柳鳴九主編，《未來主義，超現實主義，魔幻寫實主義》（台北：淑馨，1990），頁 145。

四、詩是最危險的語言——現實與詩的鍛接

沒有現實就沒有詩人，但寫詩又要從現實中逃脫，詩因此是現實與超現實間的辯證。

——簡政珍〈詩和現實〉[53]

立足於二十一世紀的現代詩美學思維，寫實與超越寫實的文學價值並非二元對立，只是語言表達與文類特質的差異問題。雙方各自陳述的詩觀，把詩和現實的美學問題給充實了，論者圍繞著「現實」和「詩」，以不同的期許鍛接兩者，事實上，現實不曾遠離，詩也沒有淪落。以詩來定位詩人的時空，展現詩的歷史意識和社會關懷，這是讓詩得以深厚的基礎，但是超越史實，重整秩序，也是詩的語言魅力的所在。「現代詩論戰」緣起於失衡的個人獨白和語言實驗，在強力補強社會意識與貼切表達的訴求後，筆者認爲當代提及詩與現實的關係，已鮮少有偏於一方的論述，思想與語言的尺度已逐漸被修正、校準。

奚密曾回頭檢視這場論戰，將其放在現代漢詩發展的歷史語境，澄清本土論者對現代主義的誤解，並試圖爲被攻訐的超現實主義詩人辯護：「台灣現代詩中的現代主義和反對它的社會寫實也好、鄉土文學也好，其實是現代性之表現的兩端，現代主義演變過程中的兩股潮流。」[54]她認爲「現實」不該是反映現實或寫實那樣狹隘或一元的觀點，「不管是瘂弦、商禽，還是紀弦、洛夫，他們詩中對現代文明的物化異化與道德虛僞的諷刺，對心靈與想像力自由的追求，又何嘗不是對當時現實的回應？」[55]這個論點的確具有翻轉固定文學史觀的意義，超越現實時空的表象，進入心靈的「現實」呈現，也是一種對現實的回應。如果我們再

[53] 簡政珍，《詩的瞬間狂喜》（台北：時報文化，1991），頁 34-37。頁 37。

[54] 奚密，〈台灣現代詩論戰——再論「一場未完成的革命」〉，頁 76。

[55] 同上，頁 77。

放大對現實的認知，不以社會、事件等具體時空為依，而能擴及人，這些超現實或遁入神思的詩人在當時現實裡這樣寫詩，這不也是一項值得探討的現實現象。以人為現實，觀察並理解其詩的存在方式，未必直接要求社會批判意識或道德倫理，詩人的處境便是一種現實。

本文絕非意在重判論戰的勝負，只想從詩和現實的論點爬梳中，檢視雙方提出的內容，希望能釐測兩種對立的論點，置入現代詩的特質中，重新觀察，理解並說明理想距離的非單一性，而詩語言的特殊性也讓論戰雙方即使各執一方，極端卻彼此一體兩面的辯證性。

（一）詩的危險本質

詩歌本質的想像性和虛構性，讓二千多年前的西方哲學家柏拉圖就意識到其危險性，反對詩人進入他的理想國。柏拉圖對藝術的要求偏重於內容的道德和教育價值，一切形式的美都要歸於善，善與真則是一體的。在此論點之下，詩歌荒謬、不理性、不合邏輯的表現特質，無益於善與真的發揚。柏拉圖從倫理、實用與教化的角度，批判了悲劇詩歌，卻同時點破詩歌的本體意義。

現象學大師海德格（Martin Heidegger）曾在討論賀德齡（Holderlin）的詩時，提出這樣的看法，寫詩是「一種無邪的工作」，卻又是「一切所擁有的東西中最危險的」。因為「寫詩是完全無傷的，……它並沒有任何行動，而行動卻是能直接把握現實、改變現實。詩是夢境，卻非真實，是文字的遊戲」[56]，然而，「首先創造了威脅存在，使存在發生了混亂的明顯情景的是語言，而甚至有喪失了存在的可能性，這就是說——喪失存在的危險。」[57]這其中的矛盾性，在於詩本身被賦予的跳脫

[56] 海德格，〈賀德齡與詩之本質〉，鄭樹森編《現象學與文學批評》（台北：東大，1991）頁1-28。頁11。

[57] 同上，頁13-14。

現實秩序的文學本質，但是它又僅僅是紙上的混亂。簡政珍轉化此觀點，具體以詩的意象來深刻闡釋：「當客體的形象轉成意象，語言展示了它的生命。意象是詩語言的存有狀況。但由於意象所構築的現實是基於既有現實的重整。詩的語言將帶來現實世界的危機，形象勢必被意象所取代，命名的過程意味許多名詞的塗消。事物在詩行中重組，以另一種面目呈現」[58]。詩無力成爲社會革命的行動，卻經常以文字構築另一種現實秩序，這種虛構的秩序，因其可能的想像與混亂，又呈現「危害」或「逃離」現實的樣貌。

所以，當我們在審視現代詩與現實的關係時，明顯的現實題材與口語表達的詩，當然能輕易的掌握現實的存在，而從當下時空潛逃的主題與斷裂意象的詩，應再循跡捕捉現實可能的行蹤。我們可以再參酌克莉絲蒂娃（Julia Kristeva）所提出的創作場域是主體兩個面向——「記號界」（the semiotic）和「象徵界」（the symbolic）[59]——彼此分裂、互動、矛盾、角力之處的論述。她的《詩語的革命》（*Revolution in Poetic Language*）觀察了馬拉梅等現代主義詩人的作品，申明：「他們的詩語言力如狂濤巨浪，斷裂性與潛在的躁狂過程都一一譜出…。這些過程都在『突顯』存在於說話主體活動『內』的『否定性』時刻」[60]。簡言之，如果詩表現出主體的「記號界」，那麼潛意識裡的許多混亂會奔竄出來，崩解了「象徵界」，同時顯出荒謬的姿態。然而，如果「象徵界」在角力間取得了勝利，詩的語言便能被客觀規範所理解。克氏是肯定詩歌的革命

[58] 同註 53，簡政珍〈詩是最危險的持有物〉，頁 44。

[59] 「記號界」指壓抑在潛意識的慾望，所以有些學者譯爲「慾流系統」；「象徵界」則是指主體之外的一種社會功效，透過生理（包括性別）差異與具體的歷史性家庭結構的客觀規範所建立起來的。

[60] Michael Payne 著，李奭學譯，《閱讀理論：拉康、德希達與克麗絲蒂娃導讀》（台北：書林，1996），頁 279。

潛質的，因此舉現代主義詩人為例，說明其向象徵的意義秩序挑戰，試圖指出更深層、真實的主體需求。對於穩定的象徵系統而言，詩的斷裂或躁狂可能被視為荒謬或瘋狂，遠離了實存的時空。因此，如果活動在潛意識裡的記號系統完全接管主體，主體可能產生精神疾病，無法與社會溝通，此時主體所寫的詩不是文學的文類，而成了精神分裂語言的記錄。克氏將主體分裂為二，除了提示象徵秩序與慾望系統的同等重要性，創作場域也成為一個合理的分裂處所，創作的主體必然得分裂為真實主體、敘述主體等多種面向，尤其是具有強烈主觀性、語言自由的詩歌體裁，若能善用主體分裂的情境為書寫策略，離析出主體內在的異質，抵制外在象徵秩序的成規，自由的形構主體性。

觀察以上論述，詩的特質容易被冠以逃避或超脫的罪名，也是晦澀、心靈囈語的潛在因素，我們可以藉此理解當年幾乎被全面圍剿的現代主義陣營，罪名部份源於詩的原罪。然而，我們也必須嚴格的要求詩的品質，完全無法與讀者溝通的詩難以定位為文學，而只是個人心靈的記錄。在這場論戰之中，兩方的煙硝，都成了今日詩學的養份，寫實陣營的反省，拉回了詩的失衡脫序，超越寫實陣營的申辯又強化了詩本質的內涵。在現實時空的關懷上，兩方也許只是直接與迂迴的不同呈現，在肯定現代詩可以不理性、混亂、重組等不寫實的手法來書寫現實之後，我們回頭觀察雙方現實詩學建構的一體兩面性。

（二）兩種現實書寫

1、忠實反映／跳脫審視

當唐文標發問著：「中國現代詩人，能不能把我們這一代充滿詩素材的生活，忠實的描繪出來？」[61]同時期的論者李國偉也批評了超現實主

[61] 唐文標，〈先檢討我們自己吧〉，頁7。

義詩人是「鴕鳥式的迴避」，但是他說明「忠實描繪」不是對待詩素材生活的唯一方式，「雖然要加強對社會的描述，但並不必然是寫實主義。我們要從人的實存處境出發，分析時代加給他的壓力和他與周圍的掙扎……從各種角度看清現實，才真正能使我們超越現實。」[62]持平討論詩的美學與詩人的獨特性者，大多能看出關懷社會現實未必是忠實反映，其實「忠實反映」所能具體掌握的，大抵是詩是否觸及現實題材爲標準[63]，而觸及的方法便如鏡子或湖面的反射行爲，讓讀者立即看出社會現實情況。然而視角若由直接反射轉爲折射，那麼反映出的影像必有不同，但不可否認的其仍以現實客體爲對象。若不只是視角的轉變，而是超越現實表象黏著的寫實，採用相當距離的觀察來審視現實，所表現的現實是處理過的，但是終究在現實社會的制約中。正像劉菲所提倡「文學藝術雖然不是現實的寫照，但卻從現實中攝取了素材，如果批評者能夠從素材中通過美感的經驗去觀照，必然會產生較作者更超越的視界。……詩人是社會的一份子，在社會變遷和文化的更替中，某種影響必然會投射在作品上。」[64]由此看來，超越現實的表達策略與其看作逃避，無寧視爲現實的隱喻。

「跳脫」的說法，關係著語言使用的問題，當欲忠實反映日常事物時，語言的表現層次必有所制約，而跳離之後，語言的線性邏輯打破、

---

[62] 李國偉，〈文學的新生代〉，《中外文學》一卷十二期（1973.05），頁 80-91。頁 89。

[63] 林亨泰在〈現實觀的探求〉一文中對詩評也有此觀察：「如果評者願意用心去推敲的話，我想必能體會出現代詩人探求『現實』乃至『社會』之苦心與熱誠的。然而令人失望的是：評者之討論往往脫離不了一種『惡習』——及一味地 僅以詩人對現實乃至社會所作的外在描寫的多寡作爲判斷作品中現實觀乃至社會性之有無憑據。」（1994，p118）

[64] 劉菲，〈有感於中國現代詩的批評〉，頁 98。

意象的組合隨意化，象徵和暗喻大量運用，甚至以夢和潛意識的紛亂來趨近現實本質。因此，重新檢閱超現實詩人們的語言時，批評者或許可以從「死胡同」中轉將出來，進入語言策略性的課題。洛夫在捍衛自身詩作時，呼籲論者：「在作評價之前，至少應具有一份同情的瞭解，盡可能探索作者創作之動機，與他所欲表達的企圖，而不僅限於字面意義的詮釋。」[65]在這裡，「同情的瞭解」不正是透露所謂跳脫者似有被理解的基礎，評者與被評者實立於相同的出發點。

2、外在介入／內心探索

本文在上節所引證的論述中，可見主張寫實反映者認為文學具社會性、現實性的標準是外在介入式的，是批判式的關懷。詩的作用被向外延伸到具有實際作用的行動性，如楊照所提出新名詞：「七〇年代從關傑明、唐文標發難的『現代詩論戰』，到引起整個社會騷動的『鄉土文學論戰』，一脈相承的發展方向是文學的意義不斷被擴大解釋，也一再被附加愈來愈多的行動性格，可以稱之為『文學行動主義』的逐步形成。」[66]在這裡，我們可以再以高準的批評來佐證這種行動性格的現實詩觀：「他們首先則根本否認國父中山先生所揭櫫的『人生以服務為目的』之理想，於是又根本否認人生應有追求真、善、美、聖之目標之努力，一心一意的要作醜惡與病態之傳播者而堅拒為建設人類之光明前程及民族之健康前途而盡絲毫之本份。」[67]「服務」和「建設」正說明了其觀察詩的角度是應向外介入現實，並發揮詩的群眾作用，甚至有教化的倫理意義，與柏拉圖的想法不謀而合，超現實主義詩人當然會遭受抨擊。

---

[65] 洛夫，〈與顏元叔談詩的結構與批評——並自釋「手術台上的男子」〉，頁 52。

[66] 楊照，〈從「鄉土寫實」到「超越寫實」——八〇年代的台灣小說〉，《夢與灰燼：戰後文學史散論二集》（台北：聯合文學，1998），頁 179-197。頁 180。

[67] 高準，〈論中國新詩的風格發展與前途方向（中）〉，頁 73。

相對於詩向外參與社會建設或改革的現實觀，在超越寫實這一方則表現了詩向內心探索，由個人處境的刻畫來體現現實的詩觀。陳芳明在歸類二十多年來新詩發展的路線時，分析了兩種詩人：「民族詩人關心中國的命運，關心鄉土，關心現實；世界詩人關心人類的命運，藉由自我的心理意識，超越到任何時空之外，這方面以『超現實主義』爲其主流」[68]，而所謂「世界詩人」，是否也可以是「民族詩人」？

語言就風箏一樣，飛得高遠，幾乎看不出地面的風景和放風箏之人，卻不表示這是一個脫線的箏。羅門開放自我創作世界與顏元叔談詩的內涵時說：「一首詩的精神意義與價値，往往只由詩人的心感活動來形成，同時也只能靠靈悟與感知，當然這種具超越性的『感知』，仍是可以歸返到思想世界中去獲得相當程度的指認的」[69]。超越的高度，可以是一種批判的距離。當他們以內心挖索的深度爲語言超越的高度，並非是旁觀者或操控者的角度，而是同樣犀利的批判之筆，指向自己。當外在的象徵秩序、社會實象被超越時，介入並非行動，而是透顯一種抵制和否定。

3、脫逃現實的可能？

在上述高準的論述中，我們看到了醜惡／光明、病態／健康的二元對立，這個評價部份原因來自於超現實詩人寫作的題材，死亡、虛無、戰爭、荒謬的存在等。「我們必須承認死亡是古今文學的大主題，我們也不能非議讀者的悲劇胃口；但是，假使只願意接受上述的作品爲詩，則讀者的胃口未免太狹隘了些。我們應當讓詩在題材上，攏括人生中的一切，我們的讀者應當也能接納悲劇情感以外的作品。」[70]相對於五六〇

[68] 陳芳明，〈剪掉批評的辮子〉，頁 97。

[69] 羅門，〈一個作者自我世界的開放——與顏元叔教授談我的三首死亡詩〉，頁 42。

[70] 顏元叔，〈對於中國現代詩的幾點淺見〉，頁 43。

年代的反共文學的光明號召，以及寫實訴求的社會關懷題材，悲劇和悲觀的書寫真如奚密所言的「純黑的美學」[71]。所有的人生題材都無法脫離人生現實，只是有些詩表達了人道主義的關懷精神，有些詩著眼於時代與人生的荒謬性。超現實主義詩人也許無法認同於光明的、健康的，以及服務性的詩觀，但是可以可以直擊生命底層的殘酷性，「攬鏡自照，我們所見到的不是現代人的影像，而是現代人殘酷的命運，寫詩即是對付這殘酷命運的一種報復手段。」[72]。無論如何，詩的位置在哪裡，都無法隱藏其對人生的指涉。

在建構完不同詩觀之後，批評者也許可以問，「詩人真能完全脫逃於現實？」詩評未必得做出價值評斷，帶著探索的趣味，審視現實兩端的詩作，寫實或超越寫實的手法與策略，理解並探索，這其中有許多絕佳的議題。「奇詭的是，作者雖欲疏離現實，其實完全為現實所模造，這種矛盾本身就是一個絕好的悲劇題材。」[73]

五、結 語

走過「現代詩論戰」，必有諸多層面的議題仍待重新檢討，本文限於篇幅只討論詩與現實關係的問題。不可諱言的，文學，尤其是一樁文學事件的產生，背後免不了有政治性的運作，文學不能自外於現實，當然也不能自外於政治現實，如陳芳明所言：「七〇年代初期發生的現代詩論戰，一九七七年爆發的鄉土文學論戰，基本上都是台灣作家在扭轉偏頗的官方體制而出現的思想鬥爭。……在論戰如火如荼進行之際，文學創

[71] 奚密，〈邊緣，前衛，超現實——對台灣五、六十年代現代主義的反思〉，《現當代詩文錄》（台北：聯合文學，1998），頁 155-179。頁 176。

[72] 洛夫，〈石室之死亡〉自序，侯吉諒主編，《洛夫石室之死亡及相關重要評論》（台北：漢光，1988），頁 196。

[73] 李國偉，〈文學的新生代〉，頁 84。

作中所表現出來的本土精神與現實主義，也比任何一個時期更明確呈露出來。」[74]說明文學與政治現實的相關性。但是在宏觀的文學史或國族意識與認同的研究角度之外，本文希望以細究的方式，討論「現代詩論戰」內部文學觀點的興衰攻詰，如何化入文學批評思維發展中，以及在炮聲隆隆的事件表象中，是否有許多精闢的論點被逐漸建構，而這些論點在與文類差異交互檢測後，是否能重整觀點，互爲表裡。本文認爲現代詩文體的獨特性，讓它游移在現實與想像之間，當詩人或詩評欲清楚定位它與當下時空的關係時，必然會有相當的困難度和曖昧性。詩與現實的關係或近或遠，忠實反映或超越抽離，都是一種距離，現實無法全然逃避。

或許，詩與現實最理想的距離，是結合寫實與超越寫實兩方的論點，將現實充份在詩中體現出來，既要介入現實，也要忠實的面對時空，但是詩的意象卻具有游離與跳躍的沉澱，並能暗示出一種生命普遍的深度。具現實感的詩，是個人與社會一體，人性與歷史性的連結，語言表達卻不膠著，不是現實的影像，而是心象或意象，詩才具有社會性和藝術性。詩不是工具，詩也不該是與讀者的絕緣體，現實的位置極其微妙，在詩之中，也要在詩之外。七〇年代的論戰雖還在拉距詩與現實理想距離的課題，到了八〇年代，越來越成熟茁壯的創作陸續發展，已經無須再議，詩作就代表了詩學，「八〇年代是詩人的意象看世界，經由意象思維使詩體現了『現實詩學』的深度和廣度。這是文本和社會辯證，美學和哲學辯證。」[75]八〇年代以降，更多的外來思潮帶入，影響了批評視角更加多元化，寫實與超越寫實的二元對立雖已歸入文學史的一頁，這

---

[74] 陳芳明，〈七〇年代台灣文學史導論：一個史觀的問題〉，《典範的追求》（台北：聯合文學，1994），頁 222-234。頁 233。

[75] 簡政珍，〈八十年代詩美學——詩和現實的辯證〉，文訊雜誌社主編《台灣現代詩史論》（台北：文訊雜誌社，1996），頁 475-497。頁 476。

場論戰的養份仍值得珍視，台灣現代詩的思想內涵也要至此爬梳脈絡。

六、附 錄

發表日期	發表人和篇名	原發表地
1972/2/28-29	關傑明〈中國現代詩的困境〉上下	《中國時報·人間副刊》
1972/3	顏元叔〈對於中國現代詩的幾點淺見〉	《現代文學》第 46 期
1972/6	顏元叔〈細讀洛夫的兩首詩〉	《中外文學》1 卷 1 期
1972/7	劉菲〈讀「對於中國現代詩的幾點淺見」後的淺見〉	《中外文學》1 卷 1 期
1972/9	洛夫〈與顏元叔談詩的結構與批評——並自釋「手術台上的男子」〉	《中外文學》1 卷 4 期
1972/9	顏元叔〈羅門的死亡詩〉	《中外文學》1 卷 4 期
1972/9/10-11	關傑明〈中國現代詩的幻境〉上下	《中國時報·人間副刊》
1972/10	鄭炯明〈批評的再出發〉	《笠》第 51 期
1972/11	史君美(唐文標)〈先檢討我們自己吧〉	《中外文學》1 卷 6 期
1972/11、12、1973/2	高準〈論中國新詩的風格發展與前途方向〉上中下	《大學雜誌》第 59、60、62 期
1972/12	羅門〈一個作者自我世界的開放——與顏元叔教授談我的三首死亡詩〉	《中外文學》1 卷 7 期
1973/3	林梵〈從否定出發〉	《中外文學》1 卷 10 期
1973/3	周寧〈或許這才是管管應該走的方向〉	《中外文學》1 卷 10 期
1973/4	劉菲〈有感於中國現代詩的批評〉	《中外文學》1 卷 11 期
1973/5	陳芳明〈剪掉批評的辮子〉	《中外文學》1 卷 12 期
1973/5	李國偉〈文學的新生代〉	《中外文學》1 卷 12 期

1973/5	陳慧樺〈現代詩裡的時代社會意識〉	《大地》第5期
1973/6	顏元叔〈期待一種文學〉	《中外文學》2卷1期
1973/7	劉漢初〈敢請詩人一下凡〉	《中文文學》2卷2期
1973/7	李國偉〈略論社會文學〉	《中外文學》2卷2期
1973/7	高上秦〈探索與回顧〉	《龍族評論專號》
1973/7	余光中〈現代詩怎麼變〉	《龍族評論專號》
1973/8	唐文標〈論傳統詩與現代詩——什麼時代什麼地方什麼人〉	《文季》第1期
1973/8	唐文標〈詩的沒落——台港新詩的歷史批判〉	《文季》第1期
1973/8	唐文標〈僵斃的現代詩〉	《中外文學》2卷3期
1973/10	顏元叔〈唐文標事件〉	《中外文學》2卷5期
1973/10	傅禺〈一棒子打到底〉	《中外文學》2卷5期
1973/11	余光中〈詩人何罪？〉	《中外文學》2卷6期
1973/11	周鼎〈為人的精神價值立證〉	《創世紀》第35期
1974/1	李佩玲〈余光中到底說了什麼〉	《中外文學》2卷8期
1974/6	余光中〈詩運小卜〉	《中外文學》3卷1期
1974/6	凝凝〈舊調重彈——重談「橫的移植」和「縱的繼承」〉	《中外文學》3卷1期
1974/6	陳芳明〈檢討民國六十二年的詩評〉	《中外文學》3卷1期
1974/6	楊牧〈致余光中書〉	《中外文學》3卷1期

選自：《台灣文學學報》第七期（2005.12）

呂正惠

淡江大學中文系教授

七、八〇年代台灣鄉土文學的源流與變遷

——政治、社會及思想背景的探討

一九七〇年前後崛起於台灣的鄉土文學運動，與當時台灣知識分子正在進行的，對台灣處境的總反省有著密切的關係；而這些反省，又是受到台灣政治、社會情況急遽變化的刺激而來的。後來，鄉土文學的發展與演變，也跟七、八〇年代台灣政治氣候的激化息息相關。檢討鄉土文學的流變，如果不能從這些方面入手，恐怕不能直探問題的核心。

本人過去曾寫過兩篇論文，分析鄉土文學的發展過程，並批評一些代表作的優劣得失[1]。論文的著眼點主要集中在文學上，因此，在論文寫成後，總覺得深度不足。現在想藉這個機會，從政治、社會與文學互動的關係，重新來探討「鄉土文學」這一文學史的現象，希望彌補前兩篇論文的缺失。

一、知識分子的「回歸」運動

一九七〇年左右，知識分子對台灣問題的總反省，導源於當時台灣在政治、社會方面所面臨的大變局。這一變局動搖了前二十年國民黨威權體制所建立的穩定局勢，暴露了台灣社會所潛藏的種種問題，因而改變了知識分子整體的思想傾向。

一九四九年以後台灣二十年的發展，可以用兩句話來概括：政治保守、經濟、文化西化。

自從對內進行農地改革、對外有美軍協防台灣海峽以後，國民黨在台灣的統治已經穩定下來。從此以後，國民黨以黨、政、軍結合的方式，在台灣厲行威權統治。雖然有按時舉行的地方選舉，但絲毫影響不了國民黨掌控一切的局勢。國民黨的基本方針是：發展經濟，讓人民富裕起

1 〈七、八〇年代台灣現代主義文學的道路〉、〈八〇年代台灣小說的主流〉，見《戰後台灣文學經驗》，台北：新地出版社，1992。

來，但不允許他們插手於政治；另一方面則鞏固國防，先求自我防衛（針對中共而言），再伺機反攻大陸。

這種政策在推行了將近二十年之後，累積了不少問題。首先，隨著經濟的發展，必須有各種現代化的改革來進一步配合未來的前景，並且改善一般民眾的生活需求（如居住條件與交通等）。但是，由於蔣介石把重點擺在「國防」，這些問題（可以總稱之爲「建設台灣」）都受到漠視。長期下來，等到這些問題一齊爆發的時候，就成爲整體的政治問題，而不是個別的社會問題。

其次，長期的威權統治，剝奪了許多人參與政治的機會。有三種人對此特別不滿：首先，本省人覺得自己長期受「外省人」統治，心懷不平；其次，在經濟發展過程中產生出來的許許多多的中、小企業主，認爲自己沒有像大財團那樣受到政府的照顧；最後，知識分子長期被迫躲在學術與藝術的殿堂中，也想伺機爭取公共事務的發言權。（這三種人有相當的重疊性，以上只是就「性質」來加以說明。）

社會上有許多心懷不滿的人，社會上也累積了許許多多的大、小問題，等到時機成熟，就會一起爆發出來，而且必須進行長期的改革。這個決破口終於出現，時間上就在一九七〇年左右。

危機第一次出現的地方是在國民黨一直引以爲傲的經濟上。中東戰爭引發了阿拉伯國家的石油戰，由此產生了第二次大戰以後西方經濟的第一次普遍危機，從而波及到台灣，使得戰後台灣「經濟起飛」的神話首次遇到挑戰。從這個時候開始，才逐漸有人意識到台灣經濟對美、日倚賴過深的情況，才了解到台灣經濟基礎的不穩定性。

危機的正式出現還是在政治上，並以兩個焦點作爲代表：中共終於取得了中國在聯合國的代表權，台灣被迫退出聯合國；以及，美國與中共建交，承認中共爲代表中國之政權。二十多年來台灣人民一直習慣在這樣的觀念下生活；台灣的中華民國是世界五強之一（聯合國安全理事會的五個常任理事國之一），是中國唯一合法的政府，對大陸廣大的土地與眾多的人民擁有正當的統治權——只是暫時被「共匪」「竊據」而已。這樣的神話在幾年之間突然破滅，現在的人很難想像當時一般人心理所受到的衝擊：台灣似乎一夜之間從世界強國的位置上被拋棄，不知該處身於何地？

這樣的危機引發了戰後台灣第一次大規模政治改革的契機：許多重大的政治問題開始被提出來（包括持續了二十年的中央民意代表全面改選的問題）。當時剛接掌行政院的蔣經國，甚至還利用了這一股「革新」的熱潮，來和黨內保守的元老對抗。（代表當時革新理念的，是集結在《大學雜誌》周圍的一群知識分子，包括後來退出國民黨的張俊宏和許信良。）

以上所描述的是，七〇年代初期台灣社會「山雨欲來」那種一觸即發的局面，正是這種局面導致了台灣知識分子對台灣整體問題的大反省。

自從國民黨在五〇年代初期對島內左翼進行大整肅以後，台灣知識界基本上噤若寒蟬。台灣知識分子的希望轉而寄託在知識上——不管大家是否清楚的意識到，一般總把追求西方現代知識當作進步的象徵，並模模糊糊的相信，這樣的追求不但可以對抗保守的政治，甚至還可能反過來改變保守的政治，把這種信念表達得最明確的殷海光和李敖，長期被國民黨視為危險人物，就是這種傾向的證明之一。

這種「向西方學習」的知識探求，雖然隱含了某種「對抗政治」的潛意識，但也造成知識分子普遍不了解現實，不了解經驗，不了解「本土」的缺失。在文學、藝術上，表現為一面倒的「模仿」西方的現代主義，最能清楚看到知識分子「失根」的病徵。

台灣知識分子的這種偏失，跟五、六〇年代西方世界及台灣普遍的反共浪潮有著密切的關係。在美、蘇兩大集團的對抗及海峽兩岸對峙的局面下，知識分子一面倒的接受西方的自由主義思想。在這種情形下，他們所想的「中國」問題，其實只是「台灣如何現代化」的問題；他們不了解造成兩岸對峙的歷史因素，更不會從更高一層的角度，把大陸包括進來，而思考真正的中國問題，以及因此而引發出來的台灣問題。

當七十年初期台灣各種政治、社會問題一一呈現出來的時候，一向習慣於「向外」追求知識、習慣於自由主義思考的知識分子，突然之間不得不轉回來「面向本土」，並尋求另一種思想（社會主義）的可能性，從而因此找到了「大反省」的契機。

從實際歷史來看，知識分子這一反省運動的「源頭」可以追溯到六、七〇年代之交的海外釣魚台運動，海外釣運激發了留學生的民族主義意識，開始反省民族主義和現代化（即「西化」）的微妙關係；同時也激起了一些知識分子對「中國」問題的關係，並開始想要去了解中共及左翼思想。

釣運對知識分子所進行的「再洗禮」作用，也逐漸影響到台灣，慢慢改變了台灣知識界的氣候。剛好這時候台灣的社會局勢也產生大變化（如前所述），兩相結合之下，更加促進了台灣知識分子思想的改變。

這種改變所形成的「運動」，剛開始還是相當模糊的，而且範圍也相當廣泛，並不僅限於文學。這一種氣候，我們可以用當時流行的口號，稱之爲「回歸鄉土」運動。這是一種模糊的意識，只想到從西方轉回眼光來關心自己，但至於回歸所要採取的理論與步驟，大家並沒有想得很清楚；對於這一運動所潛藏的各種彼此矛盾的傾向，也看得不夠透徹。

七〇年代初期的「回歸」現象，是非常複雜而有趣的，有林懷民企圖表現中國風俗的雲門舞集、有黃春明早期鄉土小說的結集出版與暢銷、有台北市茶館的鄉土式陳設、台灣早期歷史與文學的再發現，等等。真是五光十色，異象雜陳。當時知識界的表現也是相當複雜的，有《大學雜誌》的偏重現實政治批判，有《仙人掌》雜誌的力圖重現五四的文化批判與愛國主義傳統，也有《夏潮》雜誌所表現的泛左翼色彩，可以看出知識分子急於尋找出路的傾向。

二、左翼鄉土文學

七〇年代「鄉土文學」是前面所述知識分子「回歸」運動的一部分，是「回歸」潮流在文學上的表現。

在此之前二十年，居於台灣主流地位的是現代主義。正如當時一般的知識分子，以追求西方的現代知識爲進步，作家們也以模仿、學習西方現代主義文學爲榮。他們把這種文學視爲「進步」文學的模範。

「鄉土文學」興起的第一個徵候，就是對這種「向外看」的文學傾向開始加以整體性的抨擊。在一九七二年，關傑明、唐文標先後發表文章，強烈批評現代主義色彩最爲鮮明的台灣現代詩[2]。關傑明認爲，台灣的現代詩完全是西洋詩的翻版，一點也看不到台灣的特質，看不出這是「台灣的」詩人寫的。

當時，要求作家從模仿西方轉回來關心自己身邊的現實問題，這樣的呼聲，並不僅限於關傑明和唐文標兩人。譬如，在一九七三年，我們又看到李國偉和顏元叔有類似的意見，只是語調比較溫和而已[3]。且看顏元叔在〈期待一種文字〉一文裡所作的具有典型性的期盼：

> 讓我們的雙目注視著時代，近五年，近二十年……
>
> 我們期待的文學，應是寫在熙攘的人行道上，寫在竹林深處的農舍裡。

從這裡可以看到，「回歸」潮流對文學的第一個影響是，要求文學「回歸」到台灣的現實上來。

---

2 關傑明〈中國現代詩的困境〉、及〈中國現代詩的幻境〉，分別刊於《中國時報．人間副刊》（1972.02.28-29; 1972.09.10-11）。唐文標（筆名「史君美」）〈先檢討我們自己吧〉，見《中外文學》一卷六號，1972.11。

3 李國偉〈文學的新生代〉、顏元叔〈期待一種文學〉、李國偉〈略論社會文學〉，分別見《中外文學》一卷十二期（1973.05）、二卷一期（1973.06）、二期（1973.07）。

在這種潮流的影響下，人們終於重新發現了黃春明在六〇年代後半期所寫的一些描寫台灣鄉土小人物的小說。這些小說以前曾經結集出版過，但並未引起注意。七〇年代初，由於遠景出版社的重新出版，居然成為暢銷書。在黃春明熱的推動下，王禎和以前所寫的鄉土小人物故事也由遠景出版社重新結集。就這樣，以黃春明、王禎和的鄉土小說為代表，「鄉土文學」的名號終於登上台灣的文壇。

事實上，黃春明、王禎和的早期小說，主要都刊登在《文學季刊》（1966-1970，共十期），現在回顧來看，以尉天驄、陳映真為首的《文學季刊》同仁，在六〇年代後半期已在探索著：如何讓文學從現代主義走回現實主義的道路。鄉土文學的興起，黃春明、王禎和早期小說的受到重視，終於把《文學季刊》同仁過去的努力推向前台，讓他們在鄉土文學的發展中繼續扮演領導者的角色。

在這個時候，這一群人的中心人物陳映真又恰好回到台灣文壇上來。一九六七年，他由於政治案件被捕；繫獄七年後，終於在一九七三年釋放。兩年後，遠景出版社把他早期的小說結集為兩冊出版，而他也開始恢復寫作。

就在一九七五年前後，舊《文季》的同仁開始對新興的鄉土文學產生另一種新的指引作用。以陳映真、尉天驄、唐文標為代表的文藝理論，越來越無忌諱的表現他們對「階級」文學的關懷。在創作上，黃春明、王禎和、陳映真的新作，則轉而描寫台灣殖民經濟性格對小人物命運的影響。另外，新起的作家，如王拓、楊青矗、宋澤萊，又以階級觀點來表現漁民、工人、農人的生活。

就這樣，到了七〇年代中期，鄉土文學已經具有了明顯的左翼色彩，強調文學的社會功能與階級性，揭發台灣經濟發展中所隱含的殖民地性格與階級剝削問題。這樣的意識形態，限於當時的政治環境，雖然不能講得過分明白，但也昭然若揭了。

這種情形，國民黨是非常清楚的，並且伺機想要加以整肅。於是，就在一九七七年，彭歌率先在聯合報副刊上發動攻擊，因而就引發了鄉土文學論戰。論戰持續了一年，國民黨懾於輿論，終於不敢「整肅」，不了了之，不久之後，在一九七九年發生了政治上的高雄事件，從而左右了鄉土文學的發展，使得鄉土文學的左翼色彩逐漸喪失影響力，而爲強調台灣本土色彩的「台灣文學論」所取代。

綜合來看，可以說，「回歸」運動到七〇年代中期，由具有左翼色彩的鄉土文學取得了思想上的主導地位。但進入八〇年代以後，由於台灣「本土」文化與文學論述的急遽興起，左翼思想逐漸喪失影響力，到八〇年代將近結束時，已成爲台灣知識界的極少數派。我們如何來解釋這種大起大落呢？

左翼鄉土文學在思想上蘊含了兩種傾向：民族主義和社會主義。七〇年代台灣社會開始發生巨變的時候，這兩種傾向可以說是絕大部分知識分子所關懷的焦點。只是，基於當時的現實條件，大家還不能看到這兩種因素將來可能的發展；都還不能了解到，他們接受這兩種思想傾向時，可能是基於不同的理由。也就是說，「回歸」運動是一個包含眾多矛盾因素的含混的大運動，這樣的「真相」大家還未完全認識到，因此，基本上還願意接受當時基於主導地位的左翼鄉土文學思想的「指引」。

譬如說民族主義的因素。民族主義的復活，首先是釣魚台運動激起的，接著則是「中華民國」在外交上的挫敗（以退出聯合國及「中」、美斷交爲頂點）所激發的。當鄉土文學在呈現民族主義的因素時，主要是強調台灣對美、日依賴所形成的殖民經濟的性格，還未能及到，基於民族主義應該認同於那一個「中國」的問題。也就是說，兩岸的「矛盾」還沒有浮現出來。因此，擁抱台灣的「中華民國」，爲「中華民國」的受挫而憤怒的民族主義，和已經暗中（當然還不能明講）認同彼岸「中華人民共和國」的民族主義，都可以在「鄉土」的模糊意義下「和平共存」。

再說到社會主義。這是知識分子在長期忽視現實的情況下的一種「反彈」，知識分子「覺醒」了，基於「自我救贖」，基於知識分子先天具有的「人道主義」關懷，他們很容易轉而同情下階層人民，並開始注意到台灣經濟發展中的階級剝削問題。事實上，知識分子對社會主義的認識還是相當模糊的，經不起考驗的。

從另一個方向來看，也可以了解到鄉土文學的「含混」性格。這個「鄉土」文學運動，如前所述，是針對台灣社會情勢的大變化而發的「反省」運動。在性格上，這是一個知識界的「反對」運動——反對國民黨的現行體制。這吸引了先天性格上傾向於反對國民黨的本省籍知識分子。

對這些知識分子來說，「鄉土」意謂著「台灣鄉土」，「鄉土小人物」意謂著他們從小所熟悉的，佔台灣人口絕大比例的台灣父老。在台灣內部的省籍矛盾還沒有因爲高雄事件而表面化時，在兩岸矛盾還沒有鮮明化時，他們可以接受鄉土文學的左翼思想，沒有感到有什麼不妥的地方。就這樣，左翼「鄉土文學」影響了（甚至可以說「培育」了）一些年輕的、本省籍的知識分子反對派。

這些知識分子，思想上接受鄉土文學，政治上支持日漸發展的黨外運動，一點也不會感到自我矛盾。實際上，在高雄事件之前，泛左翼知識分子領導的知識反對運動，和本土人物領導的黨外政治反對運動也是彼此呼應，互相支援的。這就可以看出，左翼鄉土文學運動在七〇年代台灣社會所扮演的複雜角色[4]。

三、「台灣文學」論的興起

綜合以上所說可以知道，七〇年代的鄉土文學是整個「回歸鄉土」

---

4 我最近參加一個「左統」派前輩的葬禮告別，發現有幾個民進黨員也來了。從讀祭文中可以了解到，他們的深厚友誼是在七〇年代的反對運動中建立起來的。

運動的一環，而這個運動，又是知識界面對台灣的變局而發的，兼具反省與反對性質的廣泛運動。不過，就「現象」而言，其理論及作品則表現了相當明顯的左翼色彩；並且，這樣的風格被當時「進步」的知識界所普遍接受。

這一鄉土文學運動，在七、八〇年代之交發生大變化，從而改變了「鄉土文學」的面貌與詮釋方式。用最簡單的話來說，就是：「鄉土文學」的領導權與解釋權從「左派」轉移到「本土派」手中，而「鄉土文學」的名號也逐漸改爲「台灣文學」，最後終於被「台灣文學」所取代。

這個變化的大關鍵就是一九七九年的高雄事件，不過，在這之前不久，分化與轉變的痕跡已露出端倪。

在鄉土文學論戰的高潮中，葉石濤發表了〈台灣鄉土文學史導論〉，談到台灣文學的「特殊性」問題（針對中國文學而發）。由於葉石濤的文章具有分離主義的色彩，陳映真即爲文加以批評，並引發了鄉土文學內部的爭議。但由於爲了共同對付國民黨，矛盾並沒有進一步激化。

不久之後就爆發了高雄事件，國民黨爲壓抑方興未艾的黨外政治運動而對其領導人物展開大規模的逮捕行動，由於黨外運動主要是本省人想爭取自己的政治權力，這樣的逮捕立刻激起了強烈的省籍矛盾，並且對本省籍知識分子產生極大的衝擊，使他們不得不重新思考一些問題。

七〇年代支持鄉土文學的本省籍知識分子，其動機包含了兩種心理因素：由於長期受到壓抑而蘊藏的反國民黨傾向，以及，基於知識分子的理想色彩而懷抱的對下階層的人道主義的同情。這些知識分子有許多出身於台灣較貧窮的農村、小鎮，因其生長背景，他們很容易把這兩種因素融合在一起。

但是，現在面對像高雄事件這種赤裸裸的政治迫害，基於最直接的現實利害，拋棄模糊的社會主義理想，而選擇省籍對抗，是不難理解的。何況，在心理上他們還可以認爲：一旦「台灣人」出頭天，也就是台灣的窮人出頭天，這跟他們模糊的人道主義理想並不衝突。以前，他們可以同時是知識上的反對者，又是政治上的反對者；現在，他們主要是政治上的反對者，而且是站在省籍立場上的反對者。

於是，我們就看到，在進入八〇年代的前幾年，葉石濤的「台灣鄉土文學」理念逐漸產生影響力。其跡象有二：首先，「鄉土」兩個字慢慢消失於無形，而成為「台灣文學」，原本還兼帶階級色彩的「鄉土文學」，成為完全以區域為中心的「台灣文學」了。其次，追溯台灣文學的歷史，建立台灣文學的傳統，使台灣文學成為「台灣政治實體」的文化支柱。

到八〇年代將近結束後，這種論述方式已經完全成形，並且成為台灣文壇的主流。因此，我們可以說，當鄉土文學向台灣文學過渡時，鄉土文學正在日漸消蝕；當「台灣文學」的理念完全確立時，「鄉土文學」時期也就結束了。

這種說法還可以從陳映真的文學發展得到證明。當陳映真還在寫《華盛頓大樓》系列「殖民經濟」小說時，他並未脫離「鄉土文學」的範圍。可是，當他轉向五〇年代白色恐怖的題材時，「國家認同」已經成為主要焦點了，其情形正如本土派的「台灣文學」一般——雖然兩者的立場剛好截然對立。

所以，我們可以說，「鄉土文學」運動的理念，起源於七〇年代左右台灣知識分子對台灣問題的初步回歸與反省，而結束於八〇年代中期「國家認同」問題的尖銳對立與分化。

這種尖銳對立，促使原本基於省籍立場而產生的「台灣文學」理念的進一步擴大，而為省籍意識較為模糊的知識分子所轉化、所接受。在了解八〇年代的台灣文學發展上，這一點是非常重要的，因為這牽涉到八〇年代台灣政治處境、焦點的轉移——從內部的「百病俱發」，轉移到對彼岸「大陸」的矛盾上。

八〇年代人們對台灣問題注意的焦點，已和七〇年代有所不同。七〇年代的衝擊，對外來自於外交的挫敗，對內來自於反對力量（政治上以及知識上）的挑戰。到了八〇年代中期，當反對力量已經站穩了腳步（以民進黨組黨爲代表），台灣內部的矛盾已經部分得到緩和時，人們開始注意到中共對台灣的「威脅」問題了。

以前台灣對大陸的印象非常模糊，由於兩岸完全隔絕，也由於心理上覺得有美國在協防，很少人會從實際上去思考兩岸關係。美軍退出台灣海峽、中共進入聯合國、美國承認中共，這一切雖然引起一陣恐慌；但由於兩岸並未開始接觸，這種恐慌還沒有「現實」基礎，過一些時候也就淡忘了。但等到兩岸開始接觸，中共的形象就變得具體起來。報紙上每天都有關於大陸的報導，每天都有人到大陸去；大陸人民的眾多、土地的廣大、軍事、外交力量的強大、經濟潛力的雄厚，逐漸被人們所體認到（當然口頭上不一定承認）。但是，基於以前三十多年的反共宣傳，這又是一個落後而野蠻、高度集權而沒有個人自由的國家。更糟糕的是，這個國家又宣稱對台灣擁有主權（凡與中共建交的國家都承認這一點），總有一天，它要「統一」台灣。每當台灣明顯的表現「自主性」時，它就放話說，在必要時它不放棄「武力」統一。總之，一句話，中共對台灣的「威脅」日漸清晰而具體起來。

這種可能被「併吞」的危機感，使得內部黨派的矛盾變得次要而可以妥協了——內部頂多是「執政」之爭，中共問題則是「存亡」的關鍵了。

「自決」、「獨立」的主張雖然是反對派的民進黨先喊出來，但「危機」日深時，也就變成朝、野及一般人日漸明顯的隱憂了。因此，我們可以說，「台灣意識」雖然首先起源於內部的省籍矛盾，但到八〇年代，隨著兩岸矛盾的發展，已經成爲一般人的「共識」了——當然，其程度有強弱之別。

在中共威脅之下日漸強固的台灣「主體」意識，使得一般人很容易接受「台灣文學」的理念，因為「自主」的文學正是「自主」的台灣「實體」的一部分。於是，原來起源於本土反對派知識分子的「台灣文學」理念，也就逐漸成為大家共同的觀念了。所不同的是：本土派所詮釋的台灣文學傳統要比一般人狹窄得多。

所以，簡單的說，在高雄事件之後，由於省籍矛盾而激發出來的「台灣文學論」，到了八〇年代中、後期，基於中共的威脅、基於台灣的「存亡」，逐漸為一般人所廣泛接受——當然，每種黨派的人在接受時可以隨著自己的立場，變更其所包含的內容。

名號上從「鄉土文學」轉變成「台灣文學」，而「台灣文學」的適用性又從較狹窄的本土派擴大到更多的台灣知識分子的觀念中。在這一過程裡，我們清楚看到「鄉土文學」原有的左翼色彩的消蝕。

不但如此，即使就知識分子的所謂「左」的傾向而言，我們也看到，八〇年代逐漸出現一種迥然不同於七〇年代鄉土文學左翼的所謂「新左派」。

七〇年代的左翼知識分子，由於當時台灣政治環境的限制，對於馬、恩、列、毛的著作並不一定非常熟悉，理論素養不一定好。但他們對階級性、對第三世界問題，對中國社會主義的民族主義色彩，都相當了解，也相當堅持。

八〇年代台灣的「新左」派的性質則完全不同。由於社會越來越開放，他們更容易看到馬、恩、列、毛的著作。但同時，他們也閱讀在西方資本主義社會興起的「西方馬克思主義」的經典。當歐美的「西馬」熱潮逐漸讓位給所謂「後現代主義」時，他們又接受了「後現代主義」。簡單一句話，八〇年代的「新左派」在意識形態上更傾向於「西方」，不同於七〇年代左翼的「鄉土」色彩。

所以就「鄉土」一面而言，新起的「台灣文學」以「本土」取代之，就「左」的一面而言，「新左派」以西方馬克思主義及後現代主義來取代。

在兩頭落空的情況下，七〇年代的左翼就成爲「孤立」於時代之外的極少數。他們所倡導的那種左翼鄉土文學當然也就無形中瓦解了。

選自：張寶琴、邵玉銘、瘂弦編《四十年來中國文學》（台北：聯合文學，1995）

許琇禎

台北市立教育大學中文系教授

從民族、寫實到本土

——台灣「鄉土文學」之歷史考察與評析

一、前 言

文學體類的區分，向來是文學研究工作中極爲重要又複雜的課題。通過對作品間同異關係的考察，它一方面思考並形成了文學創作理念的通則；一方面則揭示了文學作品獨創的價值所在。然而，由於文學體類之區分，是以作品的積累爲基礎的，因此在分類標準的建立上，它必然要將作品的實際狀貌和歷史條件作爲主要的考量和依據。也就是說，文類區分往往是當代文學觀與作品間對應關係的呈現，是以任何分類原則，基本上都受到作品與時代的制約而顯得缺乏全面性。文學類型在歷史的發展中，一方面承繼著既有的概念，一方面也因爲作品的不斷增生變化而消長，因此文類區分既不可能是跨越時空的，更無法涵蓋所有作品而成爲一種恆常不變的準則。

在明瞭了文學類型的時代侷限與變動特質之後，我們檢視「鄉土文學」此一文學類型時，便無法從單純的詞義辨析來著手。「鄉土文學」作爲文學類型之一，一開始就不是著眼於體裁特點立論的。由於它是一種以「鄉土」爲表現主體的文學類型，所以在範疇上必然要指涉兩個層次的問題：其一，是「鄉土」一詞之所指，究竟是一種題材傾向？還是區域劃分？其二，是「鄉土文學」的類型意義，是來自於對既有作品的整合分析？還是作爲一種主導文學創作的既成概念？前者使「鄉土」一詞的意念，有了「鄉村」與「風土」的區別。「鄉村」與「都市」相對，是一種取材上的不同；然而「風土」則與「非風土」或「世界」相對，著眼在作者對生活範疇的表述，是一種人我生活認知上的區域性區別，因此它既可以是鄉村的也可以是都市的。至於後者所引發的爭議，則在於：當「鄉土文學」是就既有作品而歸納出的文學類型時，它的意義便在於呈現類型的特點與價值。如果「鄉土文學」是被作爲一種創作理念來提倡，那麼它就必然會因提倡者個人的主觀認知和時代因素導致鄉土文學範疇的分歧，這就使得「鄉土」一詞的概念更加複雜化，並且與既有的文學作品間形成無法完全統合的扞格狀態。

事實上，由於「鄉土文學」的範疇涉及了作家與作品、歷史與時代等複雜的辯證關係，要為它尋求一種在概念與創作上一致的定義範疇，確實有其困難。但是如果「鄉土文學」要成為一種文學類型並作為文學創作傾向的主導理念，就不能在義界上含混不清或各說各話。既然任何文類的區分都無法脫離時代與作品，我們在論述台灣鄉土文學的概念與內涵時，自然要立足於歷史與作品的基礎來考量。為了釐清台灣現代文學在「鄉土文學」此一創作理念上的意義與價值，本文擬從「鄉土文學」之歷史發展、內涵與表徵三方面著手，一方面說明台灣鄉土文學觀的緣起和流變；另一方面揭示台灣鄉土文學創作的具體成就與影響。

二、鄉土文學之歷史發展——緣起與分期

自民國九年台灣新文學運動萌發，經日據時期結束、國民政府播遷來台，到解嚴後的九○年代，台灣鄉土文學的發展與討論，一直是在歷史與時代的主導下進行。從三○年代到八○年代解嚴之前，台灣文學的發展，基本上都受到政治的嚴重干預，再加上席捲全世界的資本主義與社會主義思潮的影響，台灣文學的創作取向一方面與三○年代的中國作家一樣，有著強烈反資本主義經濟掠奪的色彩；但另一方面卻由於台灣在政治與農村結構上的特殊性，而使得台灣文學的描寫，傾向於對問題和現象面的表述，而少有具哲學底蘊的強烈批判和明確理念主義的提倡。因此，當「鄉土文學」在三○年代被提出之後，經過七○年代的論爭，到九○年代的再討論，可以說都是把「鄉土文學」當作一種創作理念來思考的。由於這種企圖主導文學創作傾向的寫作要求，並不是從文學內在規律的發展來考量，因此它必然要著眼於作者寫作意識的部分多，而對作品實際表述部分的討論少，這就使得實際作品與倡導的理念

定義間無法完全切合。事實上，理念的提倡並不是不可以作爲一種創作的指導，然而理念一旦變成爲對創作意識的要求，就淪爲一種以作家爲主體的文學思考，而這種追究作家意識的觀點，不但缺乏客觀性，也顯然是不尊重作品本身整體表述及價值的作法。爲了呈現台灣鄉土文學觀與作品間的依違狀貌，我們就以三〇、七〇及九〇年代這三階段的鄉土文學觀加以概述。

（一）第一階段

涉及鄉土文學討論的第一階段，其實並不是一開始就以鄉土文學爲主體的。日據時期，台灣新文學運動展開（一九二〇年），雖然在時間上稍後於民國六年（一九一七）由陳獨秀、胡適等人所倡導的新文學運動，但在精神、主張與過程上二者卻顯得一脈相承。精神方面，台灣新文學運動也是以反古典爲中心，希望藉文學作爲開通民智、反映生活、傳達理念的工具，並進而達到改革政治社會的目的。於文學主張上，則是提倡以白話語體爲文學語言，並強調文體的解放。至於發展過程，則又同受戰亂與帝國主義的壓迫，而引發了文言、白話、方言的論爭；以及文學藝術性與實用性的價值討論。

一九二〇年，《台灣青年》在日本的創刊，揭開了台灣新文學運動的序幕，當時陳炘發表的第一篇文學論文〈文學與職務〉，便完全採用了大陸新文化運動中，對新舊文學的對立觀點，將文言文視爲死文字，提倡活的白話文學。一九二二年，陳端明發表了〈日用文鼓吹論〉更進一步揭示了文言在表達和創造上的缺失。一九二五年張我軍於《台灣民報》上發表〈新文學運動的意義〉一文，更指出：

> 我們的新文學運動有帶著改造台灣語言的使命。我們欲依傍中國的國語來改造台灣的土語。換句話說，我們欲把台灣人的話統一

於國語。再換句話說，是用我們現在所用的話改成為與中國語合致的。只不過我們有種種不得已的事情說話時不得不使用台灣之所謂「孔子曰」罷了。倘能如此，我們文化就不與中國文化分斷，白話文的基礎又能確立，台灣的語言又能改造成合理的，豈不是一舉三四得嗎？[1]

張我軍此處的觀點，雖然是從台灣與中國文化的同一性出發，提出以白話語體來從事文學寫作，但在文學語言這個問題上，卻已經呈現出台灣在日本殖民統治下的語言複雜性，也就是說，在台灣所要發展的文學語言，並不僅只是涉及文言如何轉化爲白話的問題而已，它實際上還面臨了對日語的對抗和依賴，以及台灣方言在實際上較白話普遍的優勢狀態。我們可以說，台灣新文學運動的中心理念，雖然與中國大陸的文學革命運動沒有太多的歧異，但是在這種看似同一的路線中，卻隱伏著「台灣話文」這個在文學語言上更複雜的環境和課題。

至於「台灣話文」的正式引起論戰，則可以追溯到一九二四年。連溫卿於〈言語之社會性質〉一文中，已經從「保護民族獨立精神」就必須「極力保護自己民族語言」的立場，強調整理台語、保存台語的重要性。連雅堂則進一步指出：

比年以來，我台人士，輒唱鄉土文學，且有台灣語改造之議，此余平素之計劃也。……夫欲提倡鄉土文學，必先整理鄉土語言。[2]

隨著對台灣話文整理和保存的重視，一九三〇年才真正開始有了以「鄉土文學」爲名的創作理念提倡。葉石濤先生於《台灣文學史綱》中曾對當時強調鄉土文學創作的黃石輝、郭秋生等人的觀點提出說明，他認爲：

---

[1] 陳少廷，《台灣新文學運動簡史》（台北：聯經出版社，1977），頁 36。
[2] 同註 1，頁 64。

> 黃石輝和郭秋生的主張，是紮根於台灣殖民地社會的特殊環境和時代需要而萌芽的。黃石輝曾經寫過：「台灣在政治關係上不能用中國話來支配，在民族性上不能用日本話來支配，為適應台灣的現實社會情況，建設獨立的文化」起見，所以不得不提倡鄉土文學。郭秋生也曾寫到：「他極愛中國白話文，每天生活在白話文裡，但是白話文不能滿足他的需要，時代不許他心滿意足的使用白話文」，由此看來，他們兩人之所以提倡鄉土文學是「歷史性的權宜措施吧？」[3]

我們從黃、郭二人的意見中，可以發現日據時期鄉土文學的提倡，有兩項重要的意義：其一，是台灣新文學的發展面臨著更爲強烈的時代與環境因素。對於生活在中國大陸的人民而言，雖然遭受著西方列強的欺凌，但國家主權既未完全喪失，方言與外語就不可能藉由政治力量取得全面的推行。然而對台灣人民而言，日本殖民者所掌控的是對這塊土地的主權，統治者藉政治力量推行的不僅只是語言而已，更是希望通過語言達成日本文化移植的目標。加以一九三六年皇民化運動的禁用漢文，也使得漢文生存發展的空間完全禁絕。如此一來，無論白話或文言，都無法繼續作爲文學書寫的主要語言，更遑論在生活中去取代台灣話文的實用性與普遍性。其二，本階段鄉土文學的提倡，既然受時代與環境因素的主導，所以在對鄉土文學之內涵思考上，著眼於創作理念者多，形式技巧者少。這種將台灣話文視爲鄉土文學特點的觀點，使台灣鄉土文學一開始就呈現出濃厚的民族意識與區域考量。這裡所謂的民族意識，其實是一種基於歷史文化認同度的中國意識。而所謂區域考量，則是對台灣本土生活的實際關注。此二者在日據時期的鄉土文學觀中，本不具有矛盾衝突，這些提倡台灣話文的學者，也並沒有呈現出明顯的中國意識或

---

[3] 葉石濤，《台灣文學史綱》（台北：文學界出版社，1996 再版），頁 34。

台灣意識的區別，故而在日據時期的文學創作中，我們所見到的「鄉土」，其實是對台灣農村經濟與生活的描寫和思考，尤其在反資本主義經濟體制的社會主義路線上，有明顯的強調。如呂赫若的《牛車》，就不涉及所謂的台灣意識或中國意識；而楊逵的《送報伕》則更是跨越了民族與國家的界線，提倡一種無產階級社會革命的改革道路。

事實上，台灣日據時期的鄉土文學觀，可以說是基於傳承與保存台灣歷史文化的立場，對異族殖民文化與資本主義掠奪的反抗和思考。其於實際文學創作上的意義，並不是對台灣文化根源的追溯，而是對台灣人民生活的描寫。即使如龍瑛宗在《勁風與野草》這部小說中，論及了台灣在中日戰爭中複雜矛盾的立場，但仍然是一種國際觀點，而非台灣意識或中國意識。也就是說，日據後期的鄉土文學觀中，雖然有基於民族主義的一種反資本反殖民意識存在，它呈現的社會主義色彩卻遠較民族抗爭來的濃厚，雖然對於所謂的「民族」，並沒有明顯的「中國」或「台灣」的強調，但是反異族的統治與批判階級欺壓的意念，仍然在對台灣人民生活的描寫中得到了彰顯。

這種隱伏在整個對異族統治下的民族概念分裂，隨著戰後台灣之回歸中國，以及隨之而來的二二八事件，才開啓了「中國意識」與「台灣意識」的對壘。四○年代末的鄉土文學論爭，基本上是對「台灣意識」的提出與討論的起始。葉石濤在〈接續祖國臍帶之後〉一文中，描述了這次論戰的內容：

> 他們所討論的範圍很廣，從台灣文學的歷史意義，她的全體性和特殊性，她的寫作模式，台灣文學是不是邊疆文學？以至於方言的應用，幾乎在七○年代的鄉土文學的論爭裡也提到的所有問題都出現了，但是問題的癥結似乎圍繞著「中國意識」和「台灣意識」的頡頏上。不管是外省作家和台灣作家們都有一個共識：那

便是「台灣文學」是「中國文學」的一環的認知。然而台灣作家卻不贊成以「中國意識」來涵蓋台灣文學的一切。台灣作家總是認為台灣有其歷史性遭遇，有其獨特的社會結構和與大陸截然不同的生活模式，他們希望建立富於自主性的台灣文學。[4]

從這段記述中，我們可以發現四〇年代的文學論戰，是一種確立台灣文學獨特發展方向的討論。在精神上，它一方面承襲了日據後期發揚台灣話文的概念；另一方面則顯然試圖從台灣文學是中國文學的附庸地位中掙脫出來，提倡一種對本土的關懷和對台灣文化的重視。

「中國意識」與「台灣意識」的區隔，嚴格來說，並不能被視爲是一種針對純文學內涵的討論，因爲此二者與政治、社會和文化的體察，有著非常密切的關係。台灣鄉土文學觀從一開始，便被導入了非文學本身的討論之中，它就像三〇年代左翼作家聯盟與民族主義陣線一樣，將政治理念強加於文學的創作和批評之中。當然，文學不可能離開時代與環境，但是「鄉土文學」被以台灣意識或中國意識來定義，顯然是一種偏執，畢竟台灣文學的獨特性，必須著眼於台灣本身複雜變遷的歷史與文化狀態，它不全然是區域性的，也不是一種抽象概念可以含括的，「意識」並不專屬於文學，也無法爲文學創作的發展和事實下定義。

（二）第二階段

鄉土文學的第二階段發展，在七〇年代。而此次鄉土文學的再度成爲文學創作之主體，實肇因於更複雜的時代因素。

一九四九年國民政府撤退來台，對於台灣文學的發展具有解放和控制這兩方面的意義。所謂解放，是指去除了殖民統治時對白話語文的種

---

4 葉石濤，〈接續祖國臍帶之後〉《走向台灣文學》（台北：自立晚報出版社，1990），頁 70。

種限制；而控制則是指國民政府播遷來台後，並沒有將文學創作的自由空間還給文學，而是在另一種政治因素主導下，將文學視爲反共抗俄的宣傳利器。五〇年代由官方主導的文學思潮，對文學創作的最大影響就是由寫實主義所含括開展出的反共懷鄉與情愛生活這兩種主題。當時能熟練運用白話創作且符合官方宣傳意念的作家，大多爲大陸來台的第一代作家，且在二二八事件的陰影下，除鍾理和（笠山農場）、廖清秀（恩仇血淚記）等描寫日據時期生活的作家作品外，日據時期的台灣本土作家創作幾乎銷聲匿跡。在這樣一個政治力量籠罩的文學環境中，那些不願意在反共前提下創作的文人，便選擇了以家庭、愛情、倫理爲主題的情感寫作路線。

六〇年代的台灣文學，在逐漸厭棄了反共宣傳的主題後，陷入了思鄉與失根的迷惘之中。一九六〇年，在白先勇、王文興等人創辦的「現代文學」倡導下，開始大量移植、模仿西方現代主義的文學創作。這使得長久以來主導台灣文學創作的寫實主義路線，受到了極大的挑戰。王文興的《家變》可以說是當時最具現代主義特點的創作，他不但語言上大量使用歐化語法，甚至自創新字，作品的內容更直接發掘了個人心理意識與倫常社會的衝突。就在這一片取法西方、提倡現代主義思潮的創作風氣中，一九六四年吳濁流等台灣本土作家創辦了「台灣文藝」。由於組成分子大多爲日據時期的老作家，故而「台灣文藝」在精神及理念上都承襲了台灣話文的觀點，且更強烈地從台灣立場出發，思考文學創作的方向。就在「現代派」向西方取經、「台灣文藝」強調台灣精神的激化下，七〇年代遂爆發了更激烈的「鄉土文學」論戰。

事實上，台灣七〇年代的鄉土文學論爭，在精神上仍是整個中國新文學運動的承繼。六〇年代盛行於台灣的現代主義思潮，可以說是現代中國文學發展過程中，第一次具有主流特點的脫離寫實路線的嘗試。六〇年代現代派的最大意義，除了是西化觀點的再次興起外，它其實具有為文學創作，開拓一種在寫實之外自由空間的意義。然而由於台灣當時在政治外交上，都處於篳路藍縷的艱辛時刻，因此現代派那種關注於虛無自我、強調自由形式、向西方取法的創作理念，必然要引起那些憂國憂民、關懷鄉土者的反對，加以帝國主義者在結束武力侵略後，轉以經濟掠奪作為另一種方式的殖民，更激化了知識份子的反美反帝情緒。就在這種既希望依賴美援美保，一方面又反對西方經濟文化入侵的矛盾心態下，七〇年代的鄉土文學論爭，就必然要著眼於「鄉土文學」與「寫實主義」、「民族主義」間的複雜關係。

七〇年代的鄉土文學論爭的對立觀點，原是寫實主義與現代主義的美學路線之爭，但是在觀點的提出上，卻始終被政治意識的對立所主導。反對鄉土文學論者，以鄉土文學為「工農兵文學的復辟」為口實，試圖張起反共大旗而取得自身的合理性。而同為倡議鄉土文學者，所持立場也不盡相同，就其立論的角度可大別為三類：第一類是以「民族主義」的立場來界定鄉土文學。第二類是以「寫實主義」作為鄉土文學的主要表現方式。第三類則是以「台灣意識」來規範鄉土文學的意涵。

以「民族主義」為出發點的知識份子，對鄉土文學的概念是從反西化、維護民族獨立精神和發揚民族文化的立場來思考的，它在精神上是對「中國意識」的強調，只是在內涵上，「中國意識」已經有了更明顯的區域範疇和政治統攝的意義。由於強調文學是大中國文化與社會生活的表現，因此在寫作上強調寫實主義路線，在概念上則反對有所謂具「台灣意識」的「鄉土文學」存在。陳映真在〈文學來自社會反映社會〉一文中指出：

> （保釣運動）使年輕的一代，從原本只知引頸「西」望反轉來看自己的本身、自己的社會、自己的同胞和自己的鄉土，他們喊出了一個口號：「要擁抱這個社會，要愛這個社會。」……在這樣的

> 思潮下，台灣文學也有了轉變，那就是以黃春明、王禎和為代表的「鄉土文學」。這一個時期的文學作家，全面地檢視了在外來的經濟、文化全面支配下，台灣的鄉村和人的困境。他們不再支借西方輸入的形式和情感，而著手去描寫當面台灣的現實生活和生活中的人。在文學形式上，現實主義成為這些作家強有力的工具，以優秀的作品，證實了現實主義無限遼闊的可能性。

然而：

> 說到「鄉土文學」，有趣的是：一般所稱「鄉土文學」的代表作家如黃春明和王禎和等，都不同意將他們的文學稱為「鄉土文學」。中國新文學在台灣的發展，有一個過程。經過六〇年代晚期以前的「西化」時代，在七〇年前夕和七〇年代初年，作家開始以現實主義的形式，以台灣社會的具體生活為內容，檢視西方支配性影響在台灣農村所造成的人的困境。七〇年代以後，楊青矗的工廠和王拓的漁村成了小說的主要場景。他們在現實生活中找題材，找典型的人物，在現實的生活語言中調取文學語言的豐富來源。在這一個意義上，王拓說：「是現實主義的文學，不是鄉土文學」。對「西化」的反動和現實主義，是這一時期文學的特點。[5]

我們從這兩段論述中，可以清楚的見出七〇年代的鄉土文學觀並不是建立在實際作品的體察上。黃春明的〈兒子的大玩偶〉、〈蘋果的滋味〉與王禎和的〈嫁妝一牛車〉等作品，雖然是以台灣鄉村生活爲描寫主體，但是「鄉村生活」顯然不是此二人作品被視爲鄉土文學的主因。對當時許多將黃、王二人列入鄉土文學作家的人而言，他們所強調的其實是作

---

[5] 陳映真，〈文學來自社會反映社會〉，收錄於《鄉土文學討論集》（尉天驄自印本），頁 64-65。

品中那種在忠實呈現的社會生活，以及可能具有的反美反帝意識。

如果我們就以這樣的概念來爲鄉土文學定義，首先面臨的困難就在「鄉土文學」與「寫實主義文學」的概念重合，因爲反西化，不應只限於「寫實主義」的路線。其次是鄉土文學如果只是著眼在民族主義的立場，那麼以都市生活爲描寫的作品就不應該被排除在外，如陳映真在〈夜行貨車〉〈萬商帝君〉中，對帝國主義跨國公司經濟侵略的抨擊，又何嘗不能納入鄉土文學的範疇中呢？

至於第三類以台灣意識爲鄉土文學意涵的主張，其實與民族主義者的觀點極爲密切，只是在以「台灣意識」爲思考中心時，更凸顯了區域性的考量。葉石濤認爲：

> 台灣的鄉土文學應該有一個前提條件：那便是台灣的鄉土文學應該是以「台灣為中心」寫出來的作品；換言之，它應該是站在台灣的立場上來透視整個世界的作品。儘管台灣作家作品的題材是自由、毫無限制的，作家可以自由地寫出任何他們感興趣及喜愛的事物，但是他們應具有根深蒂固的「台灣意識」，否則台灣鄉土文學豈不成為某種「流亡文學」？我們以為一部份留美作家的作品，假若缺少了這種堅強的「台灣意識」，那麼縱令他們所寫的在美國冒險、挨苦、漂泊、疏離感等的經驗和記錄何等感人，也不算是台灣鄉土文學；因為他們的作品跟居住在此地的現代中國人的共通經驗，壓根扯不上關係，無異是使用中國語言去寫的某種外國文學罷了。不過這種「台灣意識」必須是跟廣大台灣人民的生活息息相關的事物反映出來的意識才行。既然整個台灣的社會」轉變的歷史是台灣人民被壓迫、被摧殘的歷史，那麼所謂「台灣意識」——即居住在台灣的中國人的共通經驗，不外是被殖民的，

受壓迫的共通經驗。[6]

以台灣意識界定鄉土文學，基本上具有兩個很大的缺失：其一，如葉石濤先生所言，若台灣意識是指非個人的一種存在台灣人民心中的普遍意識，並且此一意識是以「反帝反殖民」爲內涵的的，那麼作家作品如何在這種意識要求下，享有題材和創作的自由？其次，一種基於共同生活經驗而假設的集體普遍意識，究竟存不存在？有多少真實性？這種意識如何通過已成的作品結構去尋繹？換言之，以台灣意識爲鄉土文學之創作要件，最後終必淪爲個人意識和個人經驗的一種決斷，反而爲整個台灣鄉土文學的發展，帶來了更多的侷限。

其實，七〇年代鄉土文學論戰中的「民族主義」和「台灣意識」，最大的不同在於對台灣文化歷史的根源認知，持民族主義立場者，把台灣的歷史文化納入中國文化的範疇，故而將反殖民反資本主義的文學都視爲鄉土文學。而強調台灣意識者，則是著眼於認同台灣獨特文化意義與價值爲前提的，以「台灣爲中心」所寫出的作品。這兩種立場，雖然都有其足以成立的論據，但也都與三〇年代左翼文學家一樣，把文學概念置於政治與文化概念下來思考，將文學作爲改革或提倡理念的工具，忽視了文學創作的自由和對藝術價值的考量。其討論的主體，雖然已經從文學語言轉移到作者意識和作品表現方法的問題上。但對於台灣意識與中國意識的強調，卻同樣是基於不尊重個體差異、忽視文學獨立價值的一種背離文學藝術本質的討論。

（三）第三階段

第三階段的鄉土文學概念，其實是「台灣意識」進一步成爲「本土意識」的發展。八〇年代末，政治上的解嚴，使文學思想和創作進入了

[6] 同註 4，頁 72。

眾聲喧嘩的戰國時代。然而自由開放的創作空間，也隨著政治生態的變化，更凸顯了中國與台灣意識的衝突性。台灣長期的日據殖民，對於文化體質的改造不可謂不大，加以台海兩岸長期的軍事對立，都促使台灣文化的發展更趨於本土化。經過了七〇年代的反西方之後，台灣的被殖民意識也逐漸消融，再加上經濟起飛，物質文明主導了整個社會型態，使得台灣本土意識所要排拒的對象便由西化意識轉化爲對中國意識的排抵。

從精神上來說，八〇年代末到九〇年代末的鄉土文學觀，其實就是七〇年代台灣意識的再強調。從語言上來說，則是日據時期台灣話文的再推展。張文智在《當代文學的台灣意識》中就指出：

> 八〇年代台灣文學上所要表達的族類認同的主題，從另一層面更直接地被以「文化」的主張揭示出來。這是一種文學的領域與族類認同體系的道德、價值訴求領域結合的趨向，後者是以台灣認同的信仰為基礎的反省。

又：

> 台（母）語運動在近年來的發展中，是與「台灣認同」、「台灣人權」的潮流密切關聯的。這牽涉到國民黨政權素來在台灣的語言政策，把台語視為「方言」，在教育過程中強加壓制。而歸根究柢，乃由於台灣「族群」之間政治權力不平等的關係，使得語言問題也在族群對抗的過程中有其重要的意義。

而且：

> 台語文字化及文學化的問題，自日治時期三〇年代有新文學運動以來，即受到爭論。自戰後鄉土文學時期之後，一直方興

> 未艾，可說是股無可避免的趨勢，有心人士的台語創作，從未曾間斷過；有人用夾雜台語的方式創作（如黃春明、王禎和等）；也有人完全以台語寫詩（如向陽、林宗源等），但直到八〇年代才蔚為創作風潮，並引起廣泛討論。[7]

在這裡張氏指出了台灣鄉土文學走上本土道路的政治因素，然而值得思考的是：文學作品的藝術價值及文學語言和口語言說的差異性，始終在政治訴求的考量下被忽略了。

在語言之外，八〇年代鄉土文學論戰的其他內涵，嚴格說來已經與「鄉土」一詞無甚大的關連。與其說是「中國意識」和「台灣意識」的對壘，不如說是「中國文學」與「台灣文學」的思考更為貼切。李喬就指出：

> 從歷史來考察：「台灣文學」的性格是反封建、反帝、反迫害的文學，更是特別關心大眾疾苦的文學。從現實角度看，「台灣文學」的性格是生活在台灣的人們苦樂悲歡的發言人，理想與期待的發言書。至此「台灣文學」已經確有其獨特的位置、意義、價值，以及充滿可能性的文學實體。從現階段的努力重點看，「台灣文學」的性格，仍然繼承它的歷史，注意反映現實，關心多元社會的諸象，以期繼續提昇生活素質，改進大眾生活。另一方面又是醫治懷有流亡心態的人們，拾回面對現實積極人生的靈藥。[8]

宋澤萊則提出台灣文學具有：為台灣人擺脫異族控制作見證、為台灣人爭取政治民主作見證、為台灣人爭取經濟平等作見證的傳統，故而：

> 在這種傳統中，台灣的文學價值就隱約可見了，它豈不在：（一）

---

[7] 張文智，《當代文學的台灣意識》（台北：自立晚報社，1993），頁 75,83-84。

[8] 李喬，〈我看台灣文學〉《台灣文藝》革新第二十期，1981。

> 擺脫弱小民族的桎梏（二）朝向富足的天地的大道上邁進。基本上，台灣文學是屬於所謂「第三世界」的，既不類歐美及其附庸，更不類蘇共及其邦國。台灣文學有她的獨特經驗，在血淚中提供了未來即將邁向自主的第三世界國家一種寶貴的範例。而有哪一個人膽敢宣稱台灣文學是一種「支脈的」、「附屬品的」文學呢？[9]

「鄉土文學」所討論的主體一旦被納入「台灣文學」的範疇中，原有的爭議便得到了抒解。然而從李喬與宋澤萊先生的觀點中，我們仍然見出了一種凸顯區域爲「思考中心」的觀點。無論台灣文學在傳統精神上如何具有第三世界文學的共同特點、無論台灣文學如何具備反封建反帝反迫害的性格，從區域文化的獨特性出發，必然會形成與複雜歷史淵源斷裂的危機。我們確實應該拒絕片面地將「台灣文學」簡化爲「中國文學」附庸的觀點；但我們卻不能因此否認「中國文學」與「台灣文學」二者，在歷史與文化上的密切關連。尤其要注意的是，隱伏於「台灣文學」此一籠統概念中的「本土意識」和「中心意識」，仍然在「排他性」上對台灣文學的創作前景持續帶來侷限性的影響。

我們可以說，整個台灣鄉土文學的發展，是從「台灣」的獨特地位來思考的。在這三階段的鄉土文學論爭中，文學若不是被作爲民族主義的附庸，就是作爲「台灣」獨特區域文化地位的凸顯。事實上，七〇年代以前的第三世界國家，都面臨著帝國主義與資本主義的掠奪壓迫，因此反帝反封建的文學意涵，並不是台灣文學所獨有，而是一種時代思潮下的共同處境。至於以台灣意識爲中心的主張，則又顯然是用土地或政治意識來主導文學創作。我們當然承認並希望台灣文學能表現自己獨特的文化和價值，也不否定文學與社會生活的密切關連，更不反對文學符

---

[9] 宋澤萊，〈文學十日讀〉收錄於《禪與文學體認》（台北：前衛出版社，1983），頁 14。

合社會改革的需要，但是完全著眼於文學的區域特質與功利性，則必然要失去了對文學藝術創造價值及意義的客觀思考。

三、鄉土文學之內涵——作家及作品

在總述了台灣鄉土文學的階段性發展之後，我們可以清楚地見出整個台灣鄉土文學的思考主體，一直圍繞在「意識」與「語言」問題上。而且顯然對作者創作意念的重視大於對作品整體表現的理解。事實上，創作意識與語言問題，並不屬於同一個層次，至少創作意識是著眼於作者的文化社會認知，而文學語言則見於作品的結構。爲了進一步辨析台灣鄉土文學內涵在發展過程中的得失，我們就從作家與作品兩方面加以論述。

（一）作家方面

台灣鄉土文學一向強調作家在創作時的民族意識與本土意識，此一觀點的成立，從文學的立場來看，是一種將作品作爲作家思想情感表述結果來立論的。也就是說，作品的意義與價值不是從作品的結構本身來尋繹，而是就作品能否真確地表現作家思想的角度來衡量。這種「表現理論」的觀點，其實就和傳記批評法、道德批評法、歷史批評法所具有的缺失一樣，它必然要使對作品的瞭解遠少於對作家和時代背景的依賴。

台灣鄉土文學中的意識問題，如果作爲文學創作的指導或作爲文學作品優劣的評斷，基本上都形成三項重大的危機：其一，意識的主觀性和獨立性，能否作爲一種普遍合理的文學批評標準。其次，是意識在作品中的表述，會不會受到語言結構的影響而形成扭曲變化。其三，讀者的思考閱讀是否能經由作品來忠實觸及作者意識中的民族或本土立場。這些涉及表現與被表現、主體與對象間的複雜關聯，顯然無法經由對鄉土文學概念的簡單化而得到解決。可見把鄉土文學的「鄉土」侷限在「本土意識」或「中國意識」上，是很容易將之導入政治性社會性而非文學性的反文學思考中。

此外，本土意識所具有的「台灣中心」論，以及「認同」台灣、「根植」台灣的立場，也無可避免地要形成對其他文學視野的排抵。以對「帝國主義者殖民」一事的思考爲例，本土意識的捍衛者就絕對不可能容許任何折衷的或非完全對立的立場和觀點。如此一來，意識變成了一種概念的權威，無論從什麼角度來看，都與五○年代反共宣傳的創作主張沒有差別。

當然，我們並不是完全否定本土觀點存在的必要性，只是本土觀點必須嚴守在它僅是一種個人觀點與意識形態的份際上，一旦試圖將之擴大作爲普遍性且絕對性的文學主張，文學自由創作的空間便受到威脅。大陸新文學運動中，左翼作家對工農兵文學的強調，就是一個值得借鏡的例子。寫實主義作爲一種表現方式，它並不是唯一的，當然也絕不會是最好的方式。

（二）作品方面

台灣鄉土文學的內涵，在作品方面最直接的問題便是台語的使用。但實際上，鄉土文學作品所涉及的問題，並不全在文學語言的差異，它至少要包含題材和語言這兩部份。

如果從「鄉土文學」的字面意義來看，「鄉土」所指稱的題材部分是比較明顯的。也就是說，「鄉土」一詞涵蓋了「風土」「本土」「鄉村」等意念的可能性。撇開創作理念的提倡不談，我們如果就七○年代被視爲鄉土文學代表的黃春明作品來看，可以清楚地發現他在精神上雖然承襲了日據時期作家所思考的主題，但出發點卻未必是反美反帝的。以〈溺死一隻老貓〉來說，黃春明所要彰顯的其實是現代化過程中，因經濟所導致的城鄉文化差距與異變，以阿盛伯爲龍泉村風水而作的努力及犧牲，指斥了城市住民自私功利的心態。這和楊守愚在〈決裂〉中與封建體制的對抗，雖然對象不同，精神及手法卻有相當的一致性。又如：在〈兒子的大玩偶〉這篇小說裡，作者運用了大量的心理獨白和意識流描寫，深入了坤樹的心理狀態，並從而表述人在經濟階級的壓迫下異化爲物的無奈和掙扎。從表現手法而言，意識流是現代主義作品最常使用的手法，但是黃春明在〈兒子的大玩偶〉裡，卻顯然是以此種手法作爲主要的表述方式，因此它固然仍是一篇寫實主義的作品，但卻不是傳統概念中的鄉土寫實。再看〈蘋果的滋味〉一文，雖然在題材情節上涉及了美國人，但是整個車禍事件的處理過程中，我們並沒有見出如賴和在〈一桿「秤仔」〉裡所描述的異族欺凌，若真要說這篇小說有著對異文化的排抵，也只有篇末所述：

> 咬到蘋果的人，一時也說不出什麼，總覺得沒有想像那麼甜美，酸酸澀澀，嚼起來泡泡的有點假假的感覺。但是一想到爸爸的話，說一隻蘋果可以買四斤米，突然味道又變好了似的。[10]

這篇小說中美國人對受傷者阿發的照顧，以及阿發家人對美國人賠償的感覺，都在這蘋果的滋味上有了清楚的說明。它固然有對帝國主義者表裡不一的殖民心態有所嘲諷，但做爲主體架構的，仍在於整個社會結構和價值觀的反省。

我們從黃春明這三篇膾炙人口的小說中，可以瞭解置身在七〇年代的鄉土文學觀中的黃春明，何以不認爲自己是鄉土文學作家。如果我們一定要將之納入鄉土文學的範疇，那麼鄉土文學的內涵，應該不能單以創作意識或寫實主義作爲主體的判斷的，至少就黃春明的作品來說，鄉土文學應該是一種以農村生活風土爲基調的作品。至於爲何要強調這

---

[10] 黃春明，〈蘋果的滋味〉，收錄於《台灣當代小說精選第二集》（台北：新地出版社，1989），頁337。

點？其實是與台灣農村經濟主體的歷史性密切相關的。也就是說，七〇年代都市經濟的蓬勃發展，大大打擊了長久以來作爲社會經濟主體的農業經濟型態，故而著眼於逐漸式微變遷的農村風土，便有別於對都會生活型態的描寫和探索，且更能觸及對整個社會型態轉變的思考。黃春明等人之所以被歸之爲鄉土文學作家，應無關乎所謂的創作意識，而是作品所關注的主體，具有對文化社會轉型及衝擊的價值思考，那種對土地及生活的濃厚情感，才是鄉土文學之所以別樹一格的主因。八〇年代以「台灣文學」來取代「鄉土文學」，顯然與作品的實際狀貌較爲切合，但是隨之而強調的以「台灣爲中心」的思考，則又陷入將複雜文化特質概念化的危機之中。

至於所謂的文學語言問題，由於語言與生活密切相關，因此許多提倡或詮釋鄉土文學內涵的人，往往把口頭上的言說簡單地等同於文學語言的使用。事實上，作爲文學書寫的語言，它需要具備兩方面的考量：其一，是口語與書面語的差異；其二是一種文學藝術性的要求。也就是說，文學語言它一方面絕對不可能是「我手寫我口」的，另一方面在表意之外，還要考量藝術的創造與價值。如此一來，無論是文言、白話或方言，在被納入文學語言的範疇之前，都必須經過文字系統的建立和藝術形式的揀擇錘鍊。在日據時期的台灣話文運動中，所強調的是對台語的整理保存，因此涉及文學語言的部分很少。但是八〇年代的強調母語，由於在精神上涉及了平衡族群與政治權力的思考，所以母語不僅僅是作爲一種整理和保存的對象，它更被要求作爲一種普遍書寫的文學語言。於是八〇年代作家以母語寫作的狀況，遂不同於七〇年代鄉土文學作家只在對話或名詞中雜用母語，而是企圖從一種非文學性和藝術考量的立場出發，將文學作爲母語書面化的嘗試。雖然整個漢語語系自有其穩定性與一致性，但作爲口頭語言的母語，在成爲文學語言之前，其實需要先在文字及語音上建立一套系統，並在普及推廣後才能成爲文學語言的一種。

整體而言，台灣鄉土文學在台問題上所產生的缺失，其實與三〇年代中國大陸許多左翼作家，爲了結合工農兵而提倡的工農兵文學之用意和理念如出一轍。欲以方言的區域普及性和重要性來凸顯區域價值，根本上就已經將文學作爲一種服務於社會、政治的工具。台灣八〇年代的鄉土文學，由於已經不再有都市經濟與農業經濟間的轉型和對抗問題，所以農村特點便由區域風土所取代。這時的鄉土文學就無所謂城鄉之分，而是一種寫實與非寫實的區別。然而若從文學語言來說，母（台）語的使用又逐漸成爲鄉土文學的主要內涵。如果我們一定要爲八〇年代鄉土文學尋求一合理的內涵特點，似乎只能從寫實和母語使用這兩方面來考量，或許一種對台灣社會生活的忠實表述，又符合文學藝術要求的母語寫作，才可稱之爲八〇年代鄉土即本土的文學特點。

四、鄉土文學之表徵——本土與回歸

在縱述了台灣鄉土文學之歷史階段和內涵之後，我們不難發現整個鄉土文學觀的主要表徵，即在於「本土」與「回歸」這兩個意念之上。

（一）在「本土」方面

「本土」一詞，具有非常強烈的主體性和區域性。相對於「本土」這個概念，舉凡土地或文化上的他者，便都失去了重要性。也就是說，「本土」意味著一種與自己生活密切相關的土地主權意識，它不但排拒他者的入侵和影響，而始終固守著本位；而且還試圖居於對其他區域文化的統攝和主導地位。如果就個人的生活而言，本土的範疇比較單純，它決定於個人對生活土地的認同與情感，因此無所謂對他人的統攝和主導。但是如果本土的意念涉及了不同民族、文化甚至政治體系的認同時，其區域界定就顯得極爲複雜。

台灣鄉土文學的本土意識，在日據時期是以文化爲區隔的。相對於日本殖民者的文化，台灣人民的本土認同是與同文同源的中國合一的。然而到了八〇年代，在兩岸長期政治、文化、經濟方面的歧異發展和對立關係影響下，本土的區域性特點逐漸超越了在同文同種上的歷史考量。這使得台灣鄉土文學的本土，從附屬於中國大陸的文化體系，轉變爲以台灣爲區域獨立的思考。然而無論「本土」的內涵如何改變，「本土」始終具有與他者間強烈的對抗、排斥色彩。

其實台灣鄉土文學之所以一直受到本土意識主導，和台灣的歷史有非常大的關聯。自清代以來，台灣在區域主權上，始終居於次等或被殖民的地位。台灣人民長久以來認同的文化主體及所形成的民族意識，並未在實際生活中提供台灣人民應有的保護。經歷了日據殖民，以及國府遷台後的二二八事件，族群因土地認同和語言區隔所產的分裂意識於焉產生。八〇年代的台灣雖然已經離開殖民階段，卻進入了後殖民時期，爲了徹底掙脫殖民壓迫，身處後殖民時期的台灣，便積極要藉語言粉碎存留在社會與生活中的殖民文化建構。邱貴芬在〈發現台灣——建構台灣後殖民論述〉一文中，就指出：

> 殖民壓迫既然透過語言階級制完成，後殖民論述意圖瓦解殖民壓迫自然要從瓦解語言階級著手。在策略上，後殖民論述更替、並重新定位語言。主要步驟有二：第一，抵制殖民語言本位論調；第二，進行語言文化整合，建構足以表達本身被殖民經驗的語言。運用於台灣文學論述之上，亦即破除國語本位政策所造成的語言階層迷思，並以台灣經驗出發，定義最足以貼切表達台灣經驗的台灣語言。[11]

---

11 邱貴芬，〈發現台灣——建構台灣後殖民論述〉，收錄於《後殖民理論與文化認

我們可以說：台灣鄉土文學是一種基於反殖民立場而呈現的本土強調，而伴隨著本土而來的，就是「回歸」。

（二）在「回歸」方面

無論「回歸」一詞所指稱的對象是時代或文化，「回歸」本身都是從與現代對抗的立場出發的。「回歸」理念的產生，涉及了兩項重要的因素：其一，是對現狀的不滿；其二是一種對完美過往的存在假設。由於「回歸」是通過對時空差異的忽略所做的今昔對比而形成，因此它往往是一種超越現實的理想投射。

台灣鄉土文學的概念中，一直具有濃厚的回歸色彩。日據時期在文化上的回歸中國（或台灣）、七〇年代基於反現代、反西化，而回歸寫實和鄉土，以及八〇年代的回歸於地理和文化上的台灣，都顯示了台灣鄉土文學對歷史和過去生活的一種既抗拒又依戀的矛盾心態。它一方面要求文學作爲對過去殖民歷史的反抗和反省，一方面又迫切希望回到殖民以前的美好生活。這種漠視人文社會自然轉變的思考，必然使得回歸本身變成一種不斷希冀下的挫折。這種爲了「抵殖民化」的回歸路線所帶來的最大危機，是另一種殖民文化的出現。邱貴芬以語言爲例，指出：

> 如果台灣的歷史是一部被殖民史，則台灣文化一向是文化雜燴，「跨文化」是台灣文化的特性，「跨語言」是台灣語言的特質。在破除殖民本位迷失的同時，我們亦需破除「回歸殖民前淨土淨語」的迷失。一個「純」鄉土、「純」台灣本土的文化、語言事實上從未存在過。所謂「殖民前」的台灣語言早已是多種文化語言的混合。G.C.Spivak 論文化再現問題，認為所謂的「印度特質」並非一個既存的實質而是代表一個政治立場。同樣的，所謂的「台灣

同》（台北，麥田出版社，一九九五年）頁175。

> 本質」所指亦只是抵制中國語文本位主義的一個立場，「台灣本質」事實上等於台灣被殖民經驗裡所有不同文化異質的全部。台灣語不是俗稱台語的「福佬話」，企圖以福佬話取代國語的權威正統性，無異複製另一版本的殖民壓迫。[12]

對於台灣鄉土文學的這種本土回歸，如果從打破單一文化觀點壟斷、提供多元思考來說，是有其正面意義的。然而如何在回歸本土的過程中，擺脫本土意識裡的獨大與壟斷心態，則顯然是一件不容易的事。因此，所謂的回歸本土問題，不僅是在文學創作上應該謹慎思考，對於整個台灣文化的走向，它也是個不可輕忽的問題。

五、結 語

在經過歷史、內涵與表徵的考察之後，「鄉土文學」這個原本極具題材特點的文學類型，卻在台灣文學的發展中，被賦予了不同的概念。整體而言，台灣的鄉土文學是以反殖民的立場出發的。在反殖民的前提下，它包容了反現代化、反西化、甚至以台灣意識來反中國意識。它表現在實際創作上的具體特點，有三個部份：

（一）階級對立和城鄉對比

台灣鄉土文學作品中，階級對立和城鄉對比，一直被作爲表現的主體。它可以說是對殖民者和帝國主義經濟掠奪的最直接反抗。從日據到七〇年代，即使環境有所變遷，但是就台灣的資本主義市場而言，經濟利益所形成的階級衝突卻始終是存在的。因此，無論是基於反抗地主之剝削、資方之掠奪或是爭取政治權力、生活權力，都可以視爲台灣鄉土

---

[12] 同註 11，頁 176。

文學的主要課題。

（二）台灣本土的關懷和思考

文學本身就是一種人文精神的呈現，無論關注的對象是人是物、著眼於個人或群體，只要通過藝術創造，以文字為媒介，就可以稱之為文學。台灣鄉土文學觀，雖然一直強調本土意識，但本土意識畢竟是一種主觀抽象的東西，我們很難據此斷言作品的意識傾向和優劣。故而從廣義來說，台灣鄉土文學是一種以台灣這塊土地及人民生活為關注主體的思考。它是一種對土地和人民群體的觀察和表述，這就有別於凸顯個人生活經驗或強調心理意識描寫的其他文學類型。

（三）母語書寫的大量使用

母語入文，是台灣鄉土文學發展過程中愈趨重要的特點。至少在當前的鄉土文學認知中，母語寫作常被視為台灣文學的重要表徵。但是這種強烈的以母語為文學語言的創作，我們只能將之視為鄉土文學的類型之一，而不可把它當作鄉土文學必備的條件。換言之，在母語取代國語之前，它仍只是方言書寫的一種。因此，它固然可以用之於鄉土文學的表現，卻不能作為一種絕對的鄉土文學語言。

事實上，從台灣鄉土文學論戰的歷史發展中，我們所見到的其實是關於「台灣文學」而非「鄉土文學」的討論。在作品的實際成果上，所謂的「台灣意識」和「以台灣為中心」的特點，也並不全然與所謂的鄉土文學作家的創作意識相切。雖然農村題材和方言使用，可以被視為鄉土文學的特點之一，但顯然在整個鄉土文學討論中，此二者並不居於主體的地位。無論將鄉土文學納於現實主義文學、台灣意識文學或本土文學的旗幟之下，鄉土文學在台灣的階段性討論，都呈現出一種地域意識的侷限。即或將之作為第三世界文學的代表，表面上跨越了國界與區域，其實仍在一種絕對獨特的文化認知觀點上演繹。對於台灣文學的思考，當然不能不涉及對台灣文化的認知，而文化本身基本上就是由複雜變動的社會現象及精神所構成，是以若從關愛台灣的立場出發，則台灣文學不定然要以「台灣爲中心」；若從今日交通與資訊所構成的地球村來看，各文化間的區隔已逐漸縮小，相互影響的範疇則更趨擴大，「台灣文學」的獨特性該從何處思考和建立，並不能被簡單的歸併在「反封建、反帝、反資本」的概念之中，尤其是與「中國文學」的關係，更需要從歷史、語言、甚至政治等方面來體察。以今日台灣文學與中國文學的交流狀態來看，九〇年代的文學現象，是很難在「中國意識」和「台灣意識」上著墨的。我們對台灣文學的獨特性認知，不能只建立在某些歷史現象的片面判定上，任何一種存在概念中的假設，都必須經由審慎全面的考察，才不至於流爲理所當然的偏執。或者，所謂「台灣文學」的獨特性，並不見得要從歷史的故紙堆裡尋找，「台灣文學」的獨特，也許更應該是一種新文化精神的創造和體現。如何在歷史的淵源關係和異文化的同異關係上平衡思考，使台灣文學成爲世界文學的一環，才是決定台灣文學能否朝向自主自由的方向發展之重要關鍵。

選自：《中國學術年刊》第十九期（1998.03）

邱貴芬

清華大學台文所教授

「發現台灣」

——建構台灣後殖民論述

本文嘗試以後殖民論述觀點看待台灣文學，首先強調，台灣過去幾百年的歷史、文化、演進，主要基於外來殖民勢力與本土被殖民者之間文化和語言衝突、交流的互動模式。台灣文學流變過程中，文學典律的形成與重建和台灣的被殖民經驗有密切關係，從抗日文學、反共抗俄文學、現代文學、鄉土文學到目前台灣的種種文學活動，台灣文學的流變處處顯示政治氣候對台灣文學生態的影響。論台灣文學不可忽視文學體制與權力政治投資之間的密切關係，討論台灣社會的權力投資形態不可將之自台灣的被殖民經驗抽離。

本文以後殖民論述抵中心（de-centering）觀點出發，一方面抵制殖民文化透過強勢政治運作，在台灣建立的文學典律，另一方面亦拒絕激進倡導抵殖民（decolonization）文化運動者所提倡的「回歸殖民前文化語言」的論調。如果台灣的歷史是一部被殖民史，台灣文化自古以來便呈「跨文化」的雜燴特性，在不同文化對立、妥協、再生的歷史過程中演進。一個「純」鄉土、「純」台灣本土的文化、語言從來不曾存在過。本文以此論點爲理論基礎，首先討論後殖民時代有關台灣文學典律瓦解與重建的問題，隨後討論王禎和《玫瑰玫瑰我愛你》如何呈現後殖民文學精神。小說透過語言運作，一方面凸顯台灣被殖民經驗所塑成的台灣語言，另一方面以種種「抵中心」的語言姿態批判、顛覆殖民者文化本位的思考模式。

從殖民到後殖民論述

後殖民時代台灣文學典律的瓦解與重建

「發現台灣」似乎是一九九二年台灣政治文化的一個熱門話題。《天下雜誌》一九九一年歲末的一本專刊以「發現台灣」爲標題。既謂「發現」，顯然台灣過去一直處於被遺忘的狀態。台灣的過去被遺忘。李鴻禧爲自立報系出版的《台灣經驗四十年系列叢書》所寫的序裡，慨嘆老一輩的台灣人對日本歷史略知一二，新生代對中國歷史所知甚詳，唯獨台灣歷史是這個社會被遺忘（被壓抑）的群體記憶。台灣原本有史，只是幾百年來的被殖民經驗迫使它的歷史回憶被壓抑放逐。在解嚴之前，「台灣」兩個字是禁忌符號。不管在日據時代或政府遷台後的數十年間，尋根溯史的工作動輒得咎（彭瑞金，1991：38-69；葉石濤，1990：13），台灣的歷史遂有失落之虞。一直要等到最近行政院搜集並公布二二八史料，台灣塵封的過去才有再被發現，被合法納入官方論述的跡象。

「無史」、「歷史消跡」是所有被殖民社會的共同經驗。最近一篇討論英人「發現」新大陸殖民論述問題的文章裡，作者辯證，英人「發現新大陸」，事實上，「發現」只是個藉論述行爲產生於文字的動作。在英國人「發現」「新」大陸之前，「新」大陸早已不新，早已存在，早已擁有自己的人民及歷史文化。但是，在英人「發現新大陸」的這個歷史時刻裡，「新」大陸也同時發現它頓時化爲一張白紙，它原有的歷史、文化從此消跡，從此印在這張紙上的將是殖民者所記載的歷史（Montrose 1991）。「無史」是所有被殖民社會的歷史。而重建、重新發現被消跡的歷史，則是所有被殖民社會步入後殖民時代，從事「抵殖民」文化建設工作的第一步（Ashcroft 1989）。

但是，歷史放逐不過是殖民論述引發的眾多效應之一。以後殖民地觀點討論台灣的文化論述活動，必然面對台灣文學典律和其被殖民經驗的密切關係。典律（canon）一詞，根據西方學者考證，源於希臘文 kanon，意爲量杖，後引申爲律法，乃教堂用以分辨「正統」與「異端」，篩選宗教經典的一套原則。典律的形成因而極具排他性，和宗教正統（orthodox）的建立息息相關。典律的運作因而具有某種政治意義（Kermode 1983; Guillory 1990）。文學典律的形成運作亦然。Arnold Krupat 認爲典律和其他文化產品一樣，無法排除意識形態的介入。典律運作並非單純地篩選所謂最好的作品，而往往有意無意間將強勢意識形態產品加以美學包裝，供大眾消費，間接鞏固強勢文化。Henry Louis Gates 即宣稱傳授文學事實上即是傳授一套美學和政治的秩序，文學活動無法避免政治干預。近年來，已有不少女性主義批評者和少數民族文學研究者詳細剖析政治介入典律運作的情形（Showalter, Kolodny, Krupat, Henry Louis Gates, Jr., Saldivar），此處不庸贅言。

誠然，文學批評絕不能輕率地化約為不同政治團體權力鬥爭的文化劇碼而已（Altieri 1984: p.41），但是，文學活動只是文化論述的一環，不可能脫離意識形態錯綜糾纏的廣大網絡而超然獨立。文學典律的形成固然不取決於任何個人的品味或利益團體的壟斷，但卻和文化產品的創作、再製及市場消費有必然關係。換言之，討論典律亦即討論外在種種社會體制在文學作品的產生、流傳、消費過程裡所扮演的角色（Guillory 1990: p.237）。

就本文關切的台灣文學典律問題而言，台灣的被殖民經驗不僅影響台灣文學作品的創作情形，更在作品消費和評斷上扮演不可忽視的角色。不少學者在提及台灣的被殖民經驗時，總將這段經驗鎖定於日據時代（馬森，1992）。但是，如果我們瀏覽台灣過去的歲月，我們發現台灣自鄭氏父子時代，歷經天津條約的開港時期、日據時代，到國民政府遷台初期，一直持續扮演被殖民的角色。數百年來台灣的執政者多以此地為經濟資源之地，鮮少作久留之計（林鐘雄，1987）。此處，「被殖民」經驗已不限於兩國相爭所產生的政治效應。在後現代用法裡，被殖民者乃是被迫居於依賴、邊緣地位的群體，被處於優勢的政治團體統治，並被視為較統治者略遜一籌的次等人種（Said 1989）。以此為定義，台灣的被殖民經驗不僅限於日據時代，更需上下延伸，長達數百年。後殖民文學論述者指出，殖民壓迫的最大特色即是將語言書寫化為文化意識鬥爭的戰場（Ashcroft 1989）。殖民者透過強烈政治運作，壟斷媒體，並且樹立己方語言系統的權威，打壓被殖民者的語言文化。日據時代，一九三七年日本總督府下令廢止漢文，強力壓迫台灣作家的思想寫作空間即是一例。而國民政府遷台初期的種種策略無異複製了台灣日據時代的被殖民夢魘。「綏靖工作」大量關閉台灣報社，以外省作家主掌報刊雜誌編輯（彭瑞金，1991：44-46）。媒體壟斷和國語本位政策的推行不僅主宰台灣文學往後數十年間的發展，更決定了台灣文學典律的運作。在外省編輯主掌文學管道和「國語」本位的文學生態裡，台灣本地作家糅合鄉土俗語、日文、漢文的文學語言往往被斥爲摻有日本殖民遺毒的不正確中文（彭瑞金，1991：54-58），本省作家往往遭受退稿經驗，作品既無管道問世，更難得流傳。如是，台灣文學的創作與消費均受深富政治意義的語言政策影響。閱讀作品本是種社會活動，讀者對作品的反應絕非完全訴諸所謂客觀的美學標準（Spivak 1990: p.50; Schweickart 1989）。讀者面對作品時，潛藏於文學品味之中的政治因素便浮上檯面。戰後台灣文學典律的運作並非是單純脫離意識形態的篩選作品的過程而已。作爲典律運作基礎的美學品味乃建立於國語本位之上，而語言政策，就後殖民論述觀點論之，所關心的並非單純的語言問題，而是一個本身即極富意義和影響力的政治運作（Ashcroft 1989; Zentella 1988）。鄉土文學論戰裡，從語言牽扯出來的意識形態糾結和有關台灣文學傳統的種種問題強力印證台灣文學典律運作和政治不可切割的關係（尉天驄，1978）。

如果台灣文學典律的形成與運作深受其被殖民經驗影響，那麼，文化工作者將如何建構台灣後殖民論述架構，介入基於殖民論述價值體系的台灣文學典律？後殖民理論家認爲，後殖民論述脫胎於被殖民經驗，強調和殖民勢力之間的張力，並抵制殖民者本位論述（Ashcroft 1989: p.2）。換言之，後殖民論述有兩大特點：第一、對被殖民經驗的反省；第二，拒絕殖民勢力的主宰，並抵制以殖民者爲中心的論述觀點。如果我們將後殖民論述納入一個更寬廣的文化思考空間，我們發現後殖民論述呼應了後現代文化「抵中心」的強烈傾向。後現代文化強調文化的差異多樣性，並以文化異質爲貴。後現代文化「抵中心」論一一解構各類中心論——包括男性中心論、異性戀中心論、歐洲中心論、白人中心論等等——的迷思以及潛藏於此類迷思之中的政治意義（Hutcheon 1988）。此「抵中心」傾向可謂後殖民論述的原動力。被殖民者在殖民論述裡，往往被迫扮演邊緣角色。當不同文化對立衝突時，勢力強大的一方經常透過論述來「了解、控制、操縱，甚至歸納對方那個不同的世界」（Said 1979: p.12）。這個論述行爲往往以強勢文化團體爲中心觀點，把弱勢文化納入己方營建的論述，並藉政治運作壟斷媒體，迫使對方消音，辯解不得其門（Said 1985）。位居劣勢的一方唯有抵抗「消音」（silencing），抵制以對方爲中心觀點的論述，才有奪回主體位置，脫離弱勢邊緣命運的可能。台灣歷史的失落和文學典律涉及的語言階級正是此類殖民「消音」動作之成果。

以「抵中心」出發的後殖民論述因而視論述架構之重整爲當務之急。殖民壓迫既然透過語言階級制完成，後殖民論述意圖瓦解殖民壓迫自然要從瓦解語言階級著手。在策略上，後殖民論述更重新定位語言（re-placing language）。主要步驟有二：第一、抵制殖民語言本位論調；第二、進行語言文化整合，建構足以表達本身被殖民經驗的語言（Ashcroft 1989: p.38）。運用於台灣文學論述之上，亦即破除「國語本位政策」所造成的語言階層迷思，並以台灣經驗出發，定義最足以貼切表達台灣經驗的台灣語言。就前者而言，拒絕國語本位的文學論調更可延伸成爲抵制中國本位的文學觀。此類文學觀對台灣文學所造成的窘境可從王德威最近一篇論文〈現代中國小說研究在西方〉（1992：14）裡所提及的經驗略見眉目。當王德威在一場討論中國文學會議裡企圖把台灣的鄉土文學納入中國文學視野時，他的英國講評人「以一種非常犬儒的口氣暗示：台灣根本沒什麼東西，我何必多費脣舌？……他在會場上還特別念了一段李永平的作品，然後以一種訕笑的態度說：這樣的作品，連文字都寫不好，我們怎麼能夠拿來當做是當代中國文學的傑作來討論呢？」。文學意爲學文，Literature 意爲 the culture of letters，文字的培育（Krupat 1984: p.310）。文學首重文字，海峽兩岸隔離四十多年，其間語言的發展日趨分歧已是不爭事實。在中國本位學者眼裡，大陸以外地區之中文必不純正，其文學作品必難和大陸本土中文作品媲美。台灣的國語（中文）是名副其實的台灣國語，是拙劣的次等中文。強調中國語文的正統權威性，強將台灣文學納入中國文學傳統，則以中國美學標準衡量，台灣文學充其量只是「次等邊疆文學」，無法與發展於大陸「人文薈萃中心」的正統文學相比。

後殖民論述 re-placing language 的動作因而重新定位語言，破除「國語是正確中文」的迷思。流行於台灣的「國語」事實上已結合了台灣經驗，背負了台灣被殖民歷史，是台灣的語文，和世人所稱正統中文頗有差距。中文的權威性既被瓦解，以往中文本位政策所造成的語言階級制度裡被壓抑貶低的語言自然亦得解放。replacing language 的另一意義爲語言更替。在摒棄「國語爲台灣正統語言」的同時，我們亦須思考取代「國語」的台灣語言爲何。不少後殖民論述者認爲，後殖民社會「抵殖民化」運動並非回歸殖民前文化。以台灣爲例，如果台灣的歷史是一部被殖民史，則台灣文化一向是文化雜燴，「跨文化」是台灣文化的特性，「跨語言」是台灣語言的特質。在破除殖民本位迷思的同時，我們亦須反省「回歸殖民前淨土淨語」的迷思。一個「純」鄉土、「純」台灣本土的文化、語言事實上從未存在過。所謂「殖民前」的台灣語言早已是多種文化語言的混合。G. C. Spivak（1990: 39）論文化再現問題，認爲所謂的「印度特質」（India-ness）並非一個既存的實質，而是代表一個政治立場。同樣的，所謂的「台灣本質」所指亦只是抵制中國語文本位主義的一個立場，

「台灣本質」事實上等於台灣被殖民經驗裡所有不同文化異質（difference）的全部。台灣語不是俗稱台語的「福佬話」，企圖以福佬話取代「國語」的權威正統性，無異複製另一版本的殖民壓迫。此一問題，李喬（1992）和彭瑞金（1992）在最近一期的《台語文摘》已詳加闡述，此處不贅。

Bill Ashcroft（1989:36）等人談論後殖民社會，認爲「後殖民社會是個從文化對立轉爲以平等地位對待並接受彼此文化差異的世界。文學理論家和文化歷史學者逐漸意識到，建設和穩定後殖民世界的基礎在於『跨文化性』；對跨文化性的共識可能終止人類被『純種』迷思所惑所造成的互相鬥爭歷史」。台灣從殖民進入後殖民時代，必須達成「台灣文化即是跨文化」的共識。有此共識，則台灣語是糅合了中文、福佬話、日語、英語、客家語及其他所有流行於台灣社會的語文，而台灣文學如葉石濤定義，是「不受膚色和語言等束縛……是以『台灣爲中心』寫出來的作品。」

一九九二年馬森論台灣文學，強調作家創作的自由和政治超然的態度。但是，論述本身是個社會活動，不可避免採取立場。Macdonell（1987: 47）便認爲「論述不是作者個人透過語言表達自我的行動。只有在『意識形態』對立與衝突的關係中，文字的意義方能產生，論述方能完成」。Spivak（1990: 72）亦認爲所謂「中立的對話」（neutral dialogue）是不可能產生的狀況，作家的活動必然在意識形態架構裡方得產生。誠然，文學不必也不該淪爲政治附庸，但否認文學活動必然隱含作者意識形態立場的問題，徒陷入新批評的美學迷思。後殖民論述以抵殖民出發，本身即是個政治行爲。以後殖民論述觀點討論台灣文學，是對台灣典律問題的反省，在此反省過程中，迴避政治問題，否認政治因素與台灣典律運作的問題，毋寧是自欺欺人的作法。

《玫瑰玫瑰我愛你》和台灣後殖民文學

底下，我將以王禎和《玫瑰玫瑰我愛你》爲例，看看後殖民論述理論如何實際運用於文學作品閱讀。我將著重這部作品的幾個層面，討論此小說展現的後殖民文學色彩。《玫瑰》自一九八四年出版以來，毀譽參半，龍應台（1985）和王德威（1988）可謂評者兩極反應的代表。龍應台的批評固定暴露了寫實本位傳統批評的局限，王德威所謂《玫瑰》意求「渾然忘我」的笑鬧境界的論調亦未免簡化了此部小說複雜微妙的意識形態布局。在迴避本書的政治問題之時，王德威亦將一本嚴肅思考台灣文化傳統問題的文學論述化約爲「博君一笑」的笑話而已。以後殖民論述觀點閱讀《玫瑰》，我們將發現本書不僅意在「把歡樂撒滿人間」（王德威，1988：240），更在笑鬧聲中從事台灣文化歷史傳統的批判。

1. 小說論述的「抵殖民化」傾向

這部小說的時空背景是數十年前的花蓮。擁有高等學歷，外文系畢業的英文老師董斯文受花蓮地方權勢人物之託，開設一班以當地妓女爲訓練對象的吧女速成班，準備迎接從越南來台度假的美國越戰大兵，進行一宗以性易金的國民外交。從後殖民論述觀點而言，小說劇情以嬉笑怒罵的方式演出幾百年來台灣被殖民史裡外銷主導的商品貿易經濟模式。自鄭芝龍以降，統治台灣者往往採殖民經濟政策，外銷台灣本土資源（林鐘雄，1987）。《玫瑰》所敘述的妓女美軍間的國際貿易正諧擬了（parody）台灣被殖民歷史裡的基本經濟模式。小說裡，本土資源是花蓮妓女，妓女被當做台灣商品推銷給美軍。事實上，吧女訓練班的全套課程設計（包括英語、國際禮儀、美國文化簡介、中國文明概論、生理衛生、法律課、基督教祈禱方法等等）完全本於商品行銷的包裝設計概念。龜公大鼻獅轉述董斯文的話給他姘婦聽時，「妓女等於商品」的概念表露無遺。

> ……他講什麼？他講做生意最重要的一個原則就是要先確確實實了解我們要推銷的是什麼樣的商品。了解了以後，便要了解我們商品的銷售對象……你聽莫，他的意思是：先要決定你的商品要賣給誰。這樣講，懂了吧！講了一大篇產銷理論……他講，現在我問各位一個問題。我們要推銷的商品是什麼？是吧女？對不對？——吧女是人怎麼是商品？你問得好，但是這是那斯文老師講的呀！（頁 169）

Montrose（1991）指出，殖民論述常以性別區分爲架構。具侵略性的殖民者被比爲男性，被殖民者被區分爲女性。往往土地被女性化，征服一塊土地和征服女人在殖民論述裡經常具有類似的象徵意義。從鄉土論戰開始，即有人提出「反美帝、反經濟殖民」的理論。小說裡以妓女爲商品換取美金外資的經濟活動可視爲台灣淪爲美國次殖民地的表徵。在殖民論述裡，被殖民的一方，不論男女，都被女性化。吧女訓練班主任董斯文考慮周詳，爲了應付美國大兵可能的需求，除了準備一群如花似玉的年輕妓女，還想預備幾位年輕男性和年紀稍長的女人。爲了實現這個構想，龜公老鴇競相提供親人，甚至連自己的兒子姘婦都列上名單。小說暗示，台灣既是美國的次殖民地，台灣人面對美國大兵時，不管男人女人，妓女非妓女，都扮演被嫖的女性角色。就小說情節而言，《玫瑰》挖苦台灣人被殖民的奴性。在此範圍裡，美國扮演殖民角色，但是在其他層面上，扮演台灣殖民者的不僅是美國人。小說借此隱指台灣在歷史上輪遭蹂躪的被殖民模式。這點我在下一段討論小說語言時，將加以闡述。

2.「抵中心」的小說語言

《玫瑰》最引人注（側）目之處，不在情節，而在小說奇特的語言。

夾雜大眾日常生活低俗語言的小說文字凸顯了這部小說「抵中心」的傾向，是巴赫汀（Bakhtin）在 Rabelais and His World 裡所說的以「鬧熱滾滾」的大眾喧譁笑聲抵制、瓦解官方設定的論述階級。此外，這部小說堪稱巴赫汀所謂「眾多語言的交響曲」（1981: 259-422）。小說語言包羅萬象，敘述者的語言以中文爲主，兼雜台語製造戲劇效果。除此之外，並時常將當時的語言和台灣數十年後的語言對照並列，藉以凸顯台灣的歷史演進。例如：

> 你們的生活可以期許改善啊！（那時還沒有人說過「生活的品質」的話，不然董斯文一定會多加這麼一句的：啊啊！你們的生活品質隨之可以絕對地提高起來啊！）（頁 65）

又如：

> 「可是不穿衣服不是不好看嗎？」（這時節，「形象」一詞尚未流行。要不然他一定會這麼說：「可是這樣一來，不是醜化了我的形象嗎？」）（頁 37）

除了敘述者此類極富時間感的敘述語言之外，小說語言還包括了董斯文英語化的國語（如：「多麼胡說」，「我很高興你跟我同意」，「這是我的認爲」等等），以及其他應劇情需要出現的日語、英語、台灣化日語、台灣國語、福佬話、客語等。王禎和在一場訪問裡曾提及，他之所以在這部小說裡製造如此語言雜燴，主要想忠實呈現小說世界的時代語言。從後殖民論述的觀點，我們可以說這部小說的語言事實上是台灣幾百年來被殖民歷史的縮影，融合了台灣的過去、現在、未來，以不同語言的混合代表台灣被殖民史所熔鑄而成的跨文化特質。這套雜燴語言不僅道出台灣歷史的演進，更反映了台灣歷史裡，多種文化交錯、衝突、混合，一再蛻變重生的文化模式。

另一方面，這套雜燴式的小說語言亦可視爲一種政治姿態。多種語言交織成的小說語言無形中打破了政府遷台以後以中文爲本位的語言階級制。原本在那個階級制裡強被壓抑的各階層人民生活語言因而得以解放，眾聲喧譁，形成「抵中心」的鮮活畫面。前文提及，在「國語本位論」主宰文學管道的情況下，台灣具有濃厚歷史意味、多音化的語文一直處於被壓抑的狀態，在《玫瑰》裡，這種帶有強烈台灣特色的語言再度成爲文學語言，戲劇性地凸顯台灣被殖民經驗裡語言之間的張力和其中隱含的文化差異。《玫瑰》裡語言雜燴的功能因而不僅在傳神刻畫小說人物。這組語言由代表不同意識形態的語言構成，其中每一種語言，每一個字都具有巴赫汀所謂的「潛在對話性質」（internal dialogism）。王德威（1988：249）論《玫瑰》，雖一再引用巴赫汀的理論，讚賞《玫瑰》「甘居異端」的想像力，卻始終忽略（迴避？）本書語言的政治意義。台灣批評家面對此部政治企圖如此明顯的作品時，對其政治層面的異常沉默，著實令人玩味。Ashcroft（1989）等人引用 Todorov 的論點，認爲言論（包括文學）管道控制所造成的強制沉默是所有被殖民社會的共有經驗。《玫瑰》借語言雜燴突破「國語本位政策」規畫的單一官方論述方式，解放了被壓抑、被歧視的台灣多音語言，其中的政治意義值得再三推敲。

3. 以諧擬爲底的敘述架構

《玫瑰》除了語言特異，敘述架構亦異於一般小說。本書開場描述吧女速成班開訓典禮開始時的情形，一直寫到典禮結束。小說敘述和吧女速成班的開訓典禮共始終，其間只涵蓋了四小時，但敘述當中夾雜許多倒敘，回述速成班從構想到開班的過程。

開訓典禮假花蓮一座教堂舉行，教堂名爲「得恩堂」。典禮開始，牧師娘以一首聖歌掀開序幕：「來信耶穌，來信耶穌……」（頁 213）。隨後，眾人禱告：「我們在天上的父，願人都尊您的名爲聖！」、「願您的國降臨！」（頁 213）。基督教來自西方，西洋宗教侵入花蓮妓女的世界有如美軍夾帶雄厚財力登陸花蓮一樣。期待美軍到來的妓女在「得恩堂」裡祈禱，願上帝的國降臨，形成一幅滑稽的諧擬場面。

禱告進行同時，吧女速成班主任董斯文正絞盡腦汁，思索他的吧女該用哪一首歌來歡迎美軍。典禮結束之前，他靈機一動，想到「玫瑰玫瑰我愛你」。蕭錦綿（1984）指出，這首歌原是二次世界大戰末期風行中國的歌曲，後來轉譯成英文，傳入美國。把這首深具國際文化交流意味的歌曲曲名定為小說書名，一方面呼應董斯文所說「我們這是在替國家辦外交咧！務必拿我們最好的去款待人家」（頁 104）；另一方面，更諷刺地點出這宗「國際貿易」的污染本質。小說裡明示暗喻，女人即是鮮花。董老師再三強調，精心挑選的妓女「除了年紀要像花，面貌要像花，而身子也要像花，像玉蘭花那款乾乾淨淨，不可以有一點髒」（頁 84）。玫瑰在書裡因此象徵如花似玉的台灣女人。除此之外，玫瑰另有所指。書中妓女雖然熱中這筆國際交易，卻也擔心。她們除了美金之外還會附帶賺進美軍從越南帶來的超級梅毒——別號「西貢玫瑰」。為妓女講授衛生課程的惲醫師再三警告：「西貢玫瑰。西貢玫瑰。這名字實在取得好。大家都曉得玫瑰是很美麗的花，但你要小心，玫瑰是有刺的。各位，請千萬小心，這種西貢玫瑰，這種最毒的西貢玫瑰，你們千萬不可以去摘哦！千萬不可以去愛哦——」（頁 257-289）。玫瑰有刺傷人，而刺的英文 prick 正巧隱喻男人的性器！《玫瑰》描寫一宗玫瑰對玫瑰的國際交易，間接諷刺台灣長久被殖民歷史培育出來的台灣人急功近利，不作長久打算的心態。小說諷刺台灣人甘為美國次殖民地的奴性和種種醜態，但這種被殖民心態其實根於台灣悠久的被殖民史。

小說結尾是個五彩繽紛的高潮。董斯文眼前出現一個異象：「五十名他一手精心調製出來如包裝講究的日本商品的 Bar-girls 穿著顏彩繽紛、珠光四射的旗袍，穿著色澤綺麗原始味濃的山地服飾，每一個 Darling

Bar-girl 都頭簪一朵盛開的鮮玫瑰，胸別一抹嬌麗的紅玫瑰，整整齊齊排成三行隊伍站在碼頭上……」（頁 264）。在百人樂隊響亮的伴奏下，吧女們齊聲歡唱「玫瑰玫瑰我愛你」，歡迎來自越南，可能懷有「西貢玫瑰」的美軍。小說敘述裡，「玫瑰玫瑰我愛你」的歌詞和教堂裡莊嚴禱告詞交織進行。小說在此聲色俱全的戲劇高潮戛然而止。吧女速成班的開訓典禮轉化為一場宗教儀式，吧女們隱含性喻的歌詞諧擬教堂裡的禱告。不論歌詞或禱告詞都表達了一種渴望，美軍的到來和上帝國度的降臨混為一體，台灣人民面向西方，唱出他們渴望「得恩」的祈求。

典禮開始時，牧師娘吟唱「來信耶穌」。在基督教信仰裡，耶穌是上帝和人之間的媒介。信耶穌者有福了。小說裡，擔任耶穌角色，進行穿針引線工作，精心設計這宗國際貿易的正是董斯文。董老師把吧女帶入具有文化交流功能的禮拜堂，在引介西方上帝的同時也引介美軍，使吧女同時認識上帝和美軍，她們的禱告也同時對上帝和美軍發出。小說結構暗示，董老師教導吧女英文，正如耶穌傳播福音，把上帝的話語傳遞給世間子民。耶穌董斯文立志把台灣妓女送進福樂天國，脫離貧窮苦難：

> ……最叫斯文想不到的是：搬進飯店才不到幾個小時，他竟猛然記起大學上「西洋文學概論」時教授講到《聖經》那一段耶穌治療痲瘋病人的奇蹟：耶穌往耶路撒冷去，經過撒瑪利亞和加利利。進入一個村子，有十個長大痲瘋的迎面而來，遠遠站著，高聲說：耶穌！夫子！可憐我們罷！耶穌看見，就對他們說：你們把身體給祭司察看。他們去的時候就潔淨了！記得這麼樣清晰！彷彿他曾親眼見過，親耳聽到。還有讓他想不到的是：記起這段故事後，他就緊接著目睹到一個異象——四、五十位四大公司的小姐，迎面而來，遠遠站著，高聲說：老師，可憐我們罷！然後他真地開口說：啊啊！我非常十分可憐你們啊！所以我要盡我所能救贖你

們啊！潔淨你們啊！傾囊相授要成功地把你們訓練成最具水準的吧女啊！每一位的你們都要用功努力，以期獲致最大的成就，職是之故，啊啊！你們的社會地位可以獲得昇高啊！你們的生活可以期許改善啊……（頁 64-65）

值得注意的是，處處流露媚外心態的董斯文雖是作家嘲弄挖苦的對象，但這個角色亦有他曖昧的意義。在小說裡，董斯文推動了整個小說世界，活絡了侷促一隅的花蓮，似乎象徵文化更新綿綿不絕的一股活力。

董斯文曖昧複雜的角色帶出了殖民地被迫文化交流所產生的複雜議題：一方面，殖民壓迫對本土文化的斲傷固然必須正視檢討，但這過程所產生的一些多元文化正負面課題也值得細膩探討。如何進入這些複雜的議題，多層次地反覆辯證台灣文學在多方殖民勢力衝擊下所形成的多元面貌和生態，正是有志於以後殖民理論角度切入台灣文學論述者可努力耕耘的方向。

【參考書目】

王禎和，《玫瑰玫瑰我愛你》，台北：遠景，1984。

王德威，〈玫瑰，玫瑰，我怎麼愛你？一種讀法的介紹〉，收於《眾聲喧嘩：三〇年與八〇年代的中國小說》，台北：遠流，1988，頁 251-256。

———，〈現代中國小說研究在西方〉，《聯合文學》87 期，1992，頁 8-16。

李　喬，〈寬廣的語言大道：對台灣語文的思考〉，《台灣文摘》革新 1 號，1992，頁 14-16。

李鴻禧，〈台灣經驗四十年叢書序——人類寶貴的台灣戰後歷史經驗〉，收於《台灣經濟發展四十年》及《台灣新文學運動四十年》文前。

林鐘雄，《台灣經濟發展四十年》，台北：自立晚報，1987。

彭瑞金，《台灣新文學運動四十年》，台北：自立晚報，1991。

———，〈請勿點燃語言的炸彈〉，《台灣文摘》革新 1 號，1992，頁 17-18。

葉石濤，〈台灣鄉土文學史導論〉，收於胡民祥所編《台灣文學入門文選》，台北：前衛，1989，頁 21-43。

———，《台灣文學的悲情》，台北：派色文化，1990。

尉天聰，《鄉土文學討論集》，台北：遠景，1978。

龍應台，〈王禎和走錯了路——評《玫瑰玫瑰我愛你》〉，台北：爾雅，1985，頁 77-82。

蕭錦綿，〈滑稽多刺的玫瑰——細讀王禎和新作《玫瑰玫瑰我愛你》〉，收於王禎和《玫瑰玫瑰我愛你》文後，1984，頁 279-295。

《天下雜誌》，〈發現台灣專刊〉，1991 年 11 月號。

馬　森，〈「台灣文學」的中國結與台灣結：以小說為例〉，《聯合文學》第 8 卷第 5 期，1992，頁 172-193。

Altieri, Charles. 1984. "An Idea and Ideal of a Literary Canon." *Canons*. Ed. Robert von Hallberg. Chicago: U of Chicago pp.41-64.

Ashcroft, Bill Garetg Griffiths, Helen Tiffin. 1989. *The Empire Writes Back: Theory and Practice in Post-colonial Literatures*. London and New York: Routledge.

Bakhtin, M. M. *The Dialogic Imagination*. 1981. Trans. Caryl Emerson and Michael Holquist. Austin: U of Texas P.

—.1984. *Rabelais and His World*. Trans. Helene Iswolosky. Bloomington: Indiana UP.

Gates, Henry Louis, Jr.1988. "On The Rhetoric of Racism in the Profession." *Literature, Language, and Politics*. Ed. Betty Jean Craige. Athens and London: U of Georgia pp.20-26.

Guillory, John. 1990. "Canon." *Critical Terms for Literary Study*. Ed. Frank Lentricchia and Thomas McLauhlin. Chicago and London: U of Chicago pp.233-249.

Hutcheon, Linda. 1988. *A Poetics of Postmodernism: History, Fiction.* New York and London: Routledge.

——.1989. *The Politics of Postmodernism.* London and New York: Routledge.

Kermode, Frank. 1983. "Institutional Control of Interpretation." *The Art of Telling.* Cambridge: Harvard UP. pp.168-184.

Kolodny, Annette. 1985. "A Map for Rereading: Gener and the Interpretation of Literary Texts." *The New Feminist Criticism.* Ed. Elaine Showalter. New York：Pantheon Books. pp.46-62.

Krupat, Arnold. 1984. "Native American Literature and Canon"*Canons.* pp.309-336.

——.1989. *The Voice in the Margin: American Literature and the Canon.* Berkeley: U of California P.

Macdonell, Diane. 1987. *Teories of Discourse: An Introduction.* London: Basil Blackwell.

Montrose, Louis. 1991. "The Work of Gender in the Discourse of Discovery." *Representations* 33 (Winter): pp.1-41.

Said, Edward W. 1979. *Orientalism.* 1978. New York: Vintage Books, 1979.

———. 1985. "An Ideology of Difference." "Race" , *Writing, and Difference.* Ed. Henry Louis Gates, Jr. Chicago: U of Chicago. pp.34-56.

———.1989. "Representing the Colonized: Anthropology's Interlocutors." *Critical Inquiry* 15:205-225.

Saldiver, Ramon. 1990. *Chicano Narrative: The Dialectics of Difference.* Madison: U of Wisconsin P.

Schweickart, Patrocinio P.1989. "Reading Ourselves: Toward a Feminist Theory of Reading." *Speaking of Gender.* Ed. Elaine Showalter. New York and London: Routledge. pp.17-44.

Showalter, Elaine. 1977. *A Literature of Their Own: British Women Novelists from Bronte to Lessing.* New Jersey: Princeton UP.

Spivak, Gayatri Chakaravorty. 1990. *The Post-colonial Critic: Interviews, Strategies, Dialogues.* Ed. Sarah Harasym. New York and London: Routledge.

Zentella, Ana Celia. 1988. "Language Politics in the U.S.A. : The English-Only Movement." *Literature, Language, and Politics.* pp.39-53.

作者按：本文原發表於一九九二年「比較文學會議」，後收入邱貴芬《仲介台灣．女人：後殖民女性觀點的台灣閱讀》（台北：元尊，1997），此為二〇〇三年修訂版。

陳芳明

政治大學台文所教授

後現代或後殖民

——戰後台灣文學史的一個解釋

引言

文學的歷史解釋，並不能脫離作家與作品所賴以孕育的社會而進行建構。戰後台灣文學史的評價與解釋，也應放在台灣歷史發展的脈絡中來看待。有關台灣文學史的評價與討論，必須等到跨入八〇年代之後才獲得較為廣闊的空間。這是可以理解的，特別是在一九八七年政治解嚴之後，台灣社會開始見證兩個事實，一是經濟生產力的勃發，一是文化生產力的倍增。相應於如此的變化，台灣文學的內容在質與量方面都有了長足的發展。從而，有關台灣文學的討論與爭辯也急速提升。

潛藏於社會內部的文學思考，雖曾受到長達四十年戒嚴體制的壓抑，在解嚴後卻立即釋出豐饒的能量。鍛鑄單一價值觀念的威權統治，曾經要求文學工作者必須服膺於合乎體制（conformity）的思維模式。但是，這並不意味台灣社會毫無異質思考的存在。暫時的失憶，絕對不等於沒有記憶。戒嚴體制一旦瓦解後，一度被視為屬於思想禁區的題材，都次第滲透於文學創作之中。台灣意識文學、原住民文學、眷村文學、女性意識文學、同志文學、環保文學等等的大量出現，不僅證明一個多元化思考的時代已然到來，並且也顯示文學創作的豐收時期即將浮現。

面對如此繁複的文學景觀，有關台灣文學性質的辨識與論斷就成為學界的重要焦點。最能表現這種繁榮景象的一個事實，莫過於許多作家對於既存的霸權論述不約而同展開挑戰。對長期占有支配地位的中華沙文主義進行顛覆，是台灣意識文學的重要目標。對於偏頗的漢人沙文主義表示徹底的懷疑，則是原住民文學在現階段的重要關切。對福佬沙文主義不斷膨脹的憂慮，是眷村文學的顯著議題之一。對傲慢、粗暴的男性沙文主義迫切質問，是女性意識文學的優先任務。對異性戀中心論的抗拒，是當前同志文學的主要工作之一。無論是採取何種文學形式的表現，去中心（decentering）的思考幾乎是所有創作者的共同趨勢。恰恰就是具備了這樣的特徵，八〇年代以後發展出來的台灣文學，往往被認爲是屬於後現代文學。

然而，後現代文學（postmodern literature）一詞的使用，並不是從台灣社會內部釀造出來，而純粹是從西方——特別是美國——輸進的舶來品。後現代文學的誕生，在西方有其一定的歷史條件與社會經濟基礎。遽然使用後現代一詞來概括台灣文學的性格，是否能夠真正掌握創作者的思考與立場，恐怕有待深入的討論。本文的目的在於指出，現階段台灣文學發展出來的盛況，與整個台灣的殖民地歷史有密切的關係。這種殖民地歷史的性格，不僅來自日據時期總督體制的遺緒，並且也來自戰後戒嚴體制的影響。要討論今天文學的多元化現象，必須把文學作品放在台灣社會的脈絡中來閱讀。

從台灣殖民史的角度來看，在這個社會所產生的文學，應該是殖民地文學。如果這個說法可以成立，則今天的文學盛況，就很難定位爲後現代性格（postmodernity）。因此，要討論八〇年代台灣文學盛放的景象，與其使用後現代文學一詞來概括，倒不如以後殖民文學一詞來取代還較爲恰當。基此，戰後台灣文學史的發展過程，究竟是後現代文學的形成史，還是後殖民文學的演進史，就是這篇文章探討的重心所在。

戰後或再殖民？

台灣文學是殖民地社會的典型產物。在整個發展過程中，不斷出現中心／邊緣的緊張對抗關係。居於權力中心的統治者，總是無可自制地要支配居於邊緣地位的台灣作家。同樣的，台灣文學工作者也常常採取各種文學形式向權力中心挑戰。這樣的歷史延續，就不能不使台灣文學成爲各方政治力量的角逐場域。站在被殖民者立場的文學工作者，自日據時代以降，就一直努力爲台灣文學下定義，並且也嘗試爲文學史做階段性的解釋。日本學者使用「帝國之眼」（imperial eyes），並根據「內地延長論」來解釋台灣文學，將之定位爲「外地文學」[1]。所謂「外地文學」是指日本籍作家在台灣所產生的文學作品，並不是指台灣的本地作家。如果日據時期台灣作家的作品都不能躋身於「外地文學」的範疇，其邊緣性格自是可想而知。中華人民共和國的學者，則以中原史觀來看待台灣文學，以「中國文學的一個分支」做爲歷史解釋的基礎[2]。台灣本土作家也因歷史觀點與政治立場的歧異，在八〇年代展開統獨撕裂的論戰，爲台灣文學史預留更大的解釋空間[3]。

在如此龐雜的史觀爭執中，有關文學史的工作就更加成爲一種冒險的任務。無論這種爭論是何等多樣而豐富，一個不能偏離的事實是，台灣文學所沾染的殖民地性格是無可抹煞的。

對於台灣文學的解釋，筆者曾經有過這樣的提法：「二〇年代的素樸文學，三〇年代的左翼文學，四〇年代的皇民文學，五〇年代的反共文學，六〇年代的現代文學，七〇年代的鄉土文學，八〇年代的認同文學，都代表了不同時代的不同文學風格。」[4]這種斷代的標籤方式，事實上是只爲了求其方便，僅側重於該時期的主流風格，而未兼顧到每一時代的

[1] 日據時期最能代表殖民者觀點的台灣文學分期，當以台北帝國大學擔任講師的島田謹二，他把台灣文學納入日本領台後的政治解釋之中。參閱島田謹二，〈台灣文學的過去現在未來〉，原發表於《文藝台灣》第二卷第二期（1941），頁 156-157（此處轉引自尾崎秀樹著，《舊殖民地文學研究》，東京：勁草書房，1971）。有關島田謹二文學史觀的討論，參閱葉寄民，〈日據時代的「外地文學」論考〉，《思與言》第三十二卷第二期（1995.06），頁 307-328。

[2] 中國學者的台灣文學觀點，相當具體表現在劉登翰、莊明萱、黃重添、林承璜等主編的《台灣文學史》上卷（福州：海峽文藝，1991），特別是總編的第一節〈文學的母體淵源和歷史的特殊際遇〉，頁 3-13。

[3] 文學的統獨之爭，參閱施敏輝編，《台灣意識論戰選集》（台北：前衛，1989）。有關這場論戰的概括介紹，參閱謝春馨，〈八十年代初期台灣文學論戰之探討〉，《台灣文學觀察雜誌》第九期（1994），頁 51-63。

[4] 陳芳明，《典範的追求》（台北：聯合文學，1994），頁 235。

邊緣文學。這種分期方式不僅是斷代的，而且是斷裂的（rupture），似乎難以尋出前後時代發展的關聯性[5]。每十年做爲一世代，很明顯的，絕對不是準確的分期。如果要達到精確的目的，恐怕需要把文學與政治、經濟、社會等各層面的發展結合起來，才能獲得眉清目秀的解釋。

倘然不要在時間斷限上做嚴苛的要求，則一九四五年後，台灣社會在一定的時期裡出現過反共文學、現代文學、鄉土文學，應該是無可否認的事實。以這些名詞來界定每個時期的文學風格，幾乎是文學工作者所共同接受的[6]。不過，以這樣的名詞來定義文學史，顯然不足以呈現台灣文學發展的延續性，而毋寧是一種跳躍的、懸空的演變。因此，如何建立一個較爲穩定的史觀，以便概括台灣文學的全面成長，似乎就值得嘗試。

台灣在日據時期淪爲殖民地社會，這樣的社會所孕育出來的新文學運動，就不能與一般社會的文學活動等量齊觀。以整齊劃一的中華民族主義來解釋台灣文學的起伏消長，顯然忽略了其中複雜的微妙的文學內容。同樣的，以中華民族主義來概括日據時期文學到戰後文學的過渡，似乎也刻意抹消了台灣社會本身的真正性質[7]。是不是日本殖民者離開台灣以後，殖民體制從此就消失了？是不是國民政府來台接收後，殖民地傷痕從此就痊癒了？台灣文學史上最難解釋的時期，恐怕是發生太平洋

---

[5] 對於斷代式文學分期的商榷，參閱孟樊、林燿德編，〈以當代視野書寫八〇年代台灣文學史〉，收入《世紀末偏航：八〇年代台灣文學論》（台北：時報，1990），頁 7-12。

[6] 有關反共文學、現代文學、鄉土文學等詞的普遍使用，見諸葉石濤，《台灣文學史綱》（高雄：文學界，1987），以及彭瑞金，《台灣新文學運動四十年》（台北：自立，1991）。

[7] 以中華民族主義來解釋台灣歷史的演進，最近的典型代表作當推陳昭瑛，〈論台灣的本土化運動：一個文化史的考察〉，《中外文學》第二十三卷第九期（1995.02），頁 5-43。

戰爭與二二八事件之間的四〇年代。對於這個時期的歷史解釋，幾乎所有的研究者都採取切斷方式予以截然劃分。彷彿日據時期的台灣作家隨日本軍閥的投降而宣告消失，等到國民政府接收台灣，這些作家又立即迎接新的時代。在思想上、心靈上，台灣作家處於兩個時代的交錯中，似乎沒有產生任何變化。

如眾所知，太平洋戰爭期間，日本戮力推行皇民化運動，曾經在台灣作家心靈上造成無可言喻的衝擊。即使是批判精神特別旺盛的作家如楊逵、呂赫若者，都分別留下所謂皇民文學的作品。當大和民族主義以強勢姿態凌駕台灣社會時，殖民地作家簡直失去了抵抗的能力[8]。皇民文學在台灣文學史上造成國家認同的動搖與民族主義的困惑，無論如何都不能以簡化的中華民族主義觀點去評價。然而，必須提醒的是，戰爭結束以後，台灣作家精神的再動搖、再迷惑，是不是能夠與太平洋戰爭時期的發展全然一刀兩斷？

一九四五年國民政府來台接收時，強力把中華民族主義引進台灣。爲了壓制大和民族主義思潮在台灣的殘餘，官方正式在一九四六年宣布禁用日文政策，距離一九三七年日本軍閥的禁用漢語政策，前後未及十年。時代改變，政府體制也發生改變，唯獨定居於台灣的作家，卻必須在最短期間內適應兩種不同的語言工具，並且也必須同時適應語言背後所隱藏的兩種敵對的民族主義。國民政府推動的中華民族主義是武裝的方式，充滿了威權與暴力。這個事實不僅反映在政府體制如台灣行政長

[8] 關於戰爭期間的台灣文學發展，可以參閱兩篇碩士論文：王昭文，〈日治末期台灣的知識社群（1940-1945）：《文藝台灣》、《台灣文學》及《民俗台灣》三雜誌的歷史研究〉（清華大學歷史研究所碩士論文，1991.07）；柳書琴，〈戰爭與文壇：日據末期台灣的文學活動〉（國立台灣大學歷史語言研究所碩士論文，1994.06）。最新的皇民文學研究應推日本學者垂水千惠著，涂翠花譯，《台灣的日本語文學》（台北：前衛，1998）。

官公署的設計之上，同時也反映在國語政策所挾帶的對台人的歧視態度。一九四七年爆發的二二八事件，可以說是文化差異所造成的悲劇，相當徹底暴露了國民政府的殖民者性格。在台灣殖民史上，外來統治者不乏以屠殺手段來鎮壓台灣居民的先例。在十九世紀的荷蘭時期，就有過高度的殖民主義存在於台灣。爲了泯除殖民與被殖民之間的文化差異，就必須訴諸武力以達到統治地位鞏固的目的[9]。

中華民族主義在台灣的灌輸，甚至還是一種虛構的（fictional）與一種黨派（factional）的傳播。具體言之，國民政府高舉的民族主義旗幟，只是歡迎有利於其統治地位的文學作品，而對於政府體制採取批判的作家，必予以強烈排斥。以魯迅作品爲例，官方對這位批判精神濃厚的作家進行了封鎖圍剿，不容許在台灣流傳[10]。這充分說明國民政府的中華民族主義是一種分裂的、區隔的政治理念，是基於黨派利益的考量，而不是從所謂的民族利益出發。居於優勢地位的中華民族主義，對於台灣作家的鎮壓與凌辱，絕對不遜於太平洋戰爭時期的皇民化運動。除了中華民族主義的名稱分屬大和與中華之外，日本軍閥與國民政府推動的國語政策與文化運動，可謂不分伯仲。

因此，從文學史的分期來看，把一九四五年定義爲「戰後」，乃是一中立客觀事實的描述，並不能觸及台灣作家內心世界的幽黯，更不能觸

---

[9] Leonard Blusse, "Retribution and Remorse: The Interaction between the Administration and the Protestant Mission in Early Colonial Formosa," in Gyan Prakash, ed., *After Colonialism: Imperial Histories and Postcolonial Displacement*（Princeton: Princeton U.P., 1995）,pp.153-182.

[10] 關於魯迅作品在戰後初期的介紹，可以參閱黃英哲，〈魯迅思想在台灣的傳播，1945-1949：試論戰後初期台灣的文化重建與國家認同〉（宣讀於中央研究院近代史研究所主辦「認同與國家：近代中西歷史的比較學術討論會」，1994.06）。關於近四十年來官方反魯迅運動的研究，參閱陳芳明，〈魯迅在台灣〉，收入《典範的追求》，頁 305-339。

及台灣作家所處社會環境的困頓。從一九三七年到一九四五年的文學發展，日本學者尾崎秀樹曾經命名爲「決戰下的台灣文學」[11]。如果「決戰」一詞是可以，當不只用來描述這段時期的戰爭狀態，還應該包括了台灣作家內心的痛苦掙扎。他們的心靈決戰，恐怕是面對強勢民族主義的推銷而必須在抵抗與屈從之間做一番抉擇吧[12]。這種精神層面的對決，事實上並沒有因爲戰爭結束而終止。相反的，中華民族主義取代大和民族主義君臨台灣時，作家在思考上所產生的混亂矛盾，豈可以「戰後」一詞來概括？他們面對的毋寧是一個再殖民的時代。

以「再殖民時期」一詞替代「戰後時期」的用法，應該可以較爲正確看待一九四五年之後的台灣社會。使用這個名詞，既可接上太平洋戰爭期的皇民化運動的階段，同時也可聯繫稍後五〇年代反共文學的戒嚴時期。具體而言，過去的解釋往往把日本投降的歷史事件做爲台灣文學史的一個斷裂。戰爭期間成長起來的作家，如呂赫若、張文環、龍瑛宗，以及較爲年輕一輩的吳濁流、鍾理和、鍾肇政、葉石濤，就因爲如此的解釋而被切割爲二。他們在戰爭期間的苦悶，以及在被接收後的幻滅，可以說是一種同質情緒的延伸。楊逵的判刑、張文環的被捕、吳新榮的受到監禁、呂赫若之投入游擊隊，朱點人之遭到槍決，都足以說明再殖民時期台灣作家命運之險惡。張恆豪在評論呂赫若與朱點人的文學生涯時，提出了如此冷酷的質疑：「他們都是殖民時代真誠的紀錄者及思考者，雖然他們不曾真正的投入反抗的社會運動的行列。但頗堪玩味的，當日本支配勢力在戰後被陳儀政權取代之時，他們卻不謀而合的做了同一選擇，在文學生命漸臻於絢燦豐實之際，毫不遲疑的告別創作美夢，

---

[11] 尾崎秀樹，〈決戰下的台灣文學〉，收入《舊殖民地文學研究》，頁 54-220。

[12] 台灣作家在太平洋戰爭期間的抵抗與屈從，已受到學者的廣泛注意。參閱林瑞明，〈騷動的靈魂：決戰時期台灣作家與皇民文學〉，收入《日據時期台灣史國際學術研討會論文集》，國立台灣大學歷史學系編，頁 443-461。

以實踐的力量，躍入動亂的洪流，高唱起解放之歌，這真是耐人迷思的問題啊！」[13]

張恆豪之所以感到迷惑，無非是不知道如何詮釋國民政府的統治性格。如果進一步把反共時期的文藝政策拿來與皇民化文學並提比較，就可發現政治干預作家的手法是同條共貫的。經過這樣的比較，張恆豪提出的質疑當可獲得答案。昭和二十五年（西元一九四〇年）元月的全島文藝家協會，是爲了配合「皇民奉公會」的組織而成立的，該協會章程的第二條如此寫著：「本協會根據國體精神，藉著文藝活動，以協力建設文化新體制爲目的。」[14]就在整整十年之後，國民政府爲了推動所謂的反共文藝，也在一九五〇年五月成立了全島性的中國文藝協會。該會的章程有神似皇民化政策的精神：「團結全國文藝界人士，研究文藝理論，展開文藝活動，發展文藝事業外，更以促進三民主義文化建設，完成反共抗俄復國建國的任務爲宗旨。」[15]皇民政策與反共政策，都同樣驅趕台灣作家去完成文章報國的歷史任務；而這樣的歷史任務，並非孕育自台灣社會內部，而全然是爲了鞏固一個外來的、強勢的殖民政權而設計的。

在反共假面掩護下的戒嚴體制，毫無疑問是殖民體制的另一種變貌。如果這種說法可以接受，則台灣殖民地文學絕對不是終止於太平洋戰爭結束時，而是橫跨了一九四五年的分界線。換句話說，殖民地文學發軔於一九二〇年代，成熟於三〇年代，決戰於四〇年代，然後銜接了五〇年代的反共時期。殖民地體制的正式停止存在，必須等到一九八七年解除戒嚴令才獲得解放。

---

[13] 張恆豪，〈麒麟兒的殘夢：朱點人及其小說〉，原刊於《台灣文藝》第一〇五期（1987.05），收入《覺醒的島國》（台南：台南市立文化中心，1995），頁 142。

[14] 同註 11，頁 214。

[15] 胡衍南，〈戰後台灣文學史上第一次橫的移植：新的文學史分期法之實驗〉，《台灣文學觀察雜誌》第六期（1992.09），頁 32。

現代文學與鄉土文學

如果再殖民時期發端於一九四五年，則如何解釋六〇年代現代文學與七〇年代鄉土文學的出現？現代文學在六〇年代的崛起，曾經遭到嚴重指控，現代文學之引進台灣，誠然是文學史的一次「橫的移植」。但是，爲什麼會出現「橫的移植」這種現象？葉石濤在解釋這段時期的文學時，曾經使用過嚴重的文字來批判：「他們（現代文學作家）不但未能接受大陸過去文學的傳統，同時也不了解台灣三百多年被異族統治被殖民的歷史，且對日據時代新文學運動史缺乏認識。」不僅如此，葉石濤更進一步指出現代文學的脫離現實：

> 這種「無根與放逐」的文學主題脫離了台灣民眾的歷史與現實，同時全盤西化的現代前衛文學傾向，也和台灣文學傳統格格不入，是至為明顯的事實。台灣文學有其悠久的文學傳統，始於明朝末年，從古文學到白話文學有其脈絡可循的傳遞。只不過是四〇年代、五〇年代的時代風暴，使其不得不斷絕而已。[16]

很清楚的，葉石濤的文學史觀找不到恰當的歷史根據來解釋現代文學的蓬勃發展。除了以失去歷史記憶與脫離台灣現實來概括之外，葉石濤全然沒有觸及當時政治環境的問題。如果從再殖民時期的觀點來解釋，則現代文學的產生並不是令人感到意外的事。在殖民體制的支配下，作家與其他知識分子一般，根本不可能對過去的歷史有任何接觸的機會，在所有的殖民地社會，「歷史失憶症」是一個普遍存在的文化現象。六〇年代重要文學刊物《現代文學》的創刊者白先勇，對於這種歷史失憶症有過極爲真切的描述：「這些新一代的作者沒有機會接觸到較早時代的作品，因爲魯迅、茅盾及其他左翼作家的作品全遭封禁，他們未能承受上

---

16 葉石濤，《台灣文學史綱》，頁 116-117。

一代的文學遺產，找不到可以比擬、模仿、競爭的對象。」[17]

沒有歷史、沒有傳統、沒有記憶，不就是殖民地社會共有的經驗嗎？白先勇雖然是大陸來台的作家，並且又出身於統治階級的家庭，但是在承受殖民體制的壓力時，與台灣本地作家比較，完全沒有兩樣。殖民地作家在抵抗殖民者的權力支配時，有時並不是採取正面抵抗、批判的態度，而是以消極流亡的方式來表達抗議精神。尤其是在歷史記憶全然消失時，殖民地作家並沒有任何精神堡壘做為抵抗的根據，他們的文學作品呈現出來的面貌，就只能是「無根與放逐」了。

所謂自我放逐（self-exile），乃是指作家不能認同存在於島上的政治信仰與政治體制。他們能夠找到的心靈出口，乃是向西方文學借取火種，利用現代主義的創作技巧來表達內心的焦慮、苦悶與絕望。因此，討論現代文學時期時，就必須了解當時的作家為什麼焦慮？為什麼苦悶？這些問題的解答，絕對不能離開台灣的戒嚴政治體制去尋求。基於這樣的看法，對部分闡釋現代主義階段的一些見解，就必須有所保留。以呂正惠對葉石濤史觀的批評為例，在很大程度上還是偏離了存在於台灣的殖民統治的事實。他說：「台灣的西化問題，遠比葉石濤想像的複雜多了。五、六〇年代的全盤西化，必須放在二次戰後，美蘇兩大集團對立的大背景下去了解。中國分裂，在某一程度上來講，和南北韓、南北越、東西德的分裂一樣，都是美蘇對抗的『成果』。五、六〇年代台灣文化的特殊發展，可說是這一『世界』局勢的某種反映，同樣的，七〇年代以後的本土化，也和美國在第三世界的政治發展息息相關。」[18]

台灣的反共政策，當然是與美蘇兩大集團的對峙有不可分割的關

---

[17] 白先勇著，周兆祥譯，〈流浪的中國人：台灣小說的放逐主題〉，香港《明報月刊》（1976.01）。

[18] 呂正惠，〈評葉石濤《台灣文學史綱》〉，《台灣社會研究季刊》第一卷第一期（1988），頁225。

係，而且也是受到美國權力中心的指揮操控。但是，這種解釋方式似乎有為台灣殖民體制開脫罪嫌之疑，同時也全然抹煞了現代主義作家的主體。整個大環境的營造力量，也許不是台灣的統治者能夠左右。不過，殖民支配之直接加諸現代主義作家身上，則是台灣統治者不能脫卸責任的。因此，現代文學所要反映與逃避的，絕對不會空泛到對抗美蘇兩國的權力干涉，而是具體針對囚禁他們肉體與精神的戒嚴文化。

歷來有關現代文學作品的評價，大都受到七〇年代鄉土文學論戰的影響而採取負面的、貶低的態度。這種態度在解嚴以後，才漸漸獲得糾正，也獲得較為全面的、正面的看待[19]。現代主義在西方社會的興起，主要拜賜於資本主義伴隨著工業文明的衝擊而誕生的產物。人被物化以後所出現的心靈空虛、疏離與隔絕，都是現代主義作家熱切關心的主題。台灣社會的現代主義，並沒有經驗過資本主義歷史發展的過程；但是，島上的政治環境剛好釀造了一個恰當的空間，使現代主義能夠長驅直入。西方知識分子的苦悶，乃是因為面對了工業文明的龐大機器；台灣知識分子的疏離，則是來自殖民體制的壓力。正如彭瑞金在評價現代文學時所說：「在那個大統治機器之前，個人完全不受尊重，人性受到嚴重藐視、扭曲的時代，強調自我解放的意識仍然是值得寶貴的覺醒，而且也是有勇氣的反叛。」[20]彭瑞金所謂的「大統治機器」，無非是一個霸權。現代文學作品雖未採取正面對抗，整個時期所顯現對內心世界的追求，以及對純粹藝術的經營，豈非就是對於政治干預思想的戒嚴體制做了最

[19] 對《現代文學》雜誌所造成的廣泛影響，已受到學界的重視；到目前為止已有兩篇碩士論文以《現代文學》做為研究的主題。參閱沈靜嵐，〈當西風走過：六〇年代《現代文學》派的論述與考察〉（國立成功大學歷史語言研究所碩士論文，1994）。以及林偉淑，〈《現代文學》小說創作及譯介的文學理論的研究〉（國立中山大學中國文學研究所碩士論文，1995）。

[20] 彭瑞金，《台灣新文學運動四十年》，頁 110。

好的批判反擊？

如果現代文學是屬於一種自我放逐的精神，則七〇年代產生的鄉土文學無疑就是回歸精神的浮現。流放與回歸，正好可以用來解釋殖民地文學中一正一反的主題。在殖民地社會，當統治者權力臻於高潮的時候，往往就是作家積極投入流亡行列之際。無論是內部流亡或外部流亡，都足以顯示作家的無言抗議。當統治者權力開始式微，殖民地作家就會發生精神回流的現象。以具體的作品為例，在六〇年代的反共高峰期，外省作家如白先勇、本省作家如陳映真，都在作品裡描寫不少離家出走、無故失蹤，或者自殺身亡的故事。這些與生命毀滅的主題緊扣的作品，可以說相當具體反映了台灣作家心靈的流亡狀態。現代主義作品在文學史上的正面意義，應該是從這個角度來觀察。跨過七〇年代以後，國民政府「代表中國」的政治立場，在國際社會開始遭逢前所未有的挑戰，從而屹立於島上的殖民體制也漸漸發生鬆動的現象。在整個權力支配系統出現裂縫之際，台灣作家利用這些缺口而開始表達他們對台灣這塊土地的關切。許多作家塑造的文學人物，都從自己最熟悉的周遭環境中挖掘出來，因此而有鄉土文學的崛起，並且也有寫實的、回歸的精神之高張。花蓮之於王禎和，宜蘭之於黃春明，基隆之於王拓，鹿港之於李昂，雲林之於宋澤萊，美濃之於吳錦發，這些原鄉都在七〇年代回歸風潮中成為文學創作的動力。這並不意味鄉土文學必須局限於本鄉本土的現實反映，也不是對於六〇年代現代主義進行強烈的對抗。鄉土文學所挾帶而來的寫實主義精神，毋寧是針對戒嚴體制在台灣刻意塑造歷史失憶症的偏頗政策予以積極的糾正。殖民者的策略，往往把人民與土地區隔，使之產生疏離、遺忘的效果。被殖民者與自己的土地疏離，越有利於殖民者對土地資源的剝削，而且也越使被統治者不易產生認同。因此，鄉土文學的抬頭，便是利用殖民體制的動搖而恢復對自己土地的關懷。找回自己的原鄉，其真正的意義無非是要找回失落的記憶。歷史記憶的重建，也等於是重建人民與土地的情感。這些回歸的努力，都正好與殖民者的政治策略全然背道而馳。

不過，一個必須注意的事實是，七〇年代寫實的批判精神，原是爲了暴露殖民地社會中偏頗的政治經濟體制。但格於當時高度的思想檢查的羈絆，殖民統治的本質沒有受到嚴重的圍剿，反而是六〇年代的現代主義文學成了代罪羔羊。從七〇年代初期的現代詩論戰，一直到一九七七年的鄉土文學論戰，鄉土文學與現代主義文學竟然成爲對峙的兩個陣營。這樣的發展，使得國民黨賴以生存的統治機器只是受到間接的影射批評，在整整七〇年代論戰中卻毫無損傷。

從一九七二年到七三年之間出現的現代詩論戰，原是檢討台灣詩人失去認同的困境。文化認同的喪失，並非是作家努力獲致的，而是政治環境的封閉所致。然而，論戰的批判對象並未朝向牢不可破的戒嚴體制，而是朝向手無寸鐵的現代詩人。最先向現代詩發難的關傑明，是這樣發動攻勢的：「我們中國的詩人們實在由西方作家那裡學錯了東西，他們有永遠只能是一個學生的危險，永遠只有模仿、抄襲、學舌。」[21]不僅如此，他還進一步指控現代詩是「一個身分與焦距共同喪失的例證」[22]。關傑明在批判現代詩人時，似乎認爲現代主義作家完全只是西方文學思潮在台灣的一個反映而已，只是一個被動的受西方影響的客體，他並沒有隻字片語對存在於台灣的戒嚴體制有絲毫的批判。當官方體制不容有任何批評時，現代主義作品就被拿來代替做爲開刀的祭品。他完全忽略現代主義在戒嚴文化下也具備了積極的意義。現代詩如果是一個身分與焦距共同喪失的具體證據，這不就證明殖民體制在台灣支配的成功嗎？在殖民地社會，知識分子之喪失認同與自我，正是最常見的現象。關傑明文中

---

[21] 關傑明，〈中國現代詩的困境〉，收入趙知悌編著，《現代文學的考察》（台北：遠行，1976），頁 142。

[22] 關傑明，〈再談中國現代詩〉，前引書，頁 144。

所說的「中國」，其實是指台灣而言。這樣一位具備高度批判精神的評論者，對於「中國」與「台灣」的身分認知也顯得混亂失序，由此更可說明當時台灣社會的失憶症有多嚴重。

現代詩論戰點燃的戰火，後來就延燒到鄉土文學論戰。一九七七年爆發的文學論戰，乃是作家與統治者在意識形態上的一次對決。台灣作家如王拓所揭櫫的「擁抱健康大地」，其實是被統治階級對統治階級的一個回應。王拓爲自己的作品寫下如此的證詞：「都是從對這塊土地和這塊土地上的人的這樣堅定不移的愛心與信心出發的。」[23]他的創作態度很明顯是爲了恢復人民與土地之間的情感。相形之下，站在統治立場的彭歌，就千方百計使用宏偉的敘述（grand narrative）爲殖民體制辯護。他回應鄉土文學作家的說詞是這樣的：「希望那極少數鑽牛角尖的人虛心反省。想一想整個國家的處境，想一想大陸上八億同胞的苦難，想一想每一個知識分子在這樣一個時代應該負起的責任。」[24]藉用大敘述的策略，是殖民者最擅長的支配手法。敘述的格局越宏偉，統治者的偏執與偏見就越能受到掩護，而被殖民者的人格與發言就越受到矮化。

鄉土文學論戰涉及的層面極爲廣泛，其意義已有很多後來者予以回顧並檢討[25]。不過最值得注意的，也許應推王拓以「殖民地經濟」一詞來概括台灣社會。王拓特別強調，這個名詞「就是指經濟的殖民地，而不是政治的殖民地」[26]。但是，這可能是一九四五年以來第一位作家如此爲

---

[23] 王拓，〈擁抱健康大地〉收入《鄉土文學討論集》，頁 362。

[24] 彭歌，〈對偏向的警覺〉收入《鄉土文學討論集》，頁 236-237。

[25] 關於鄉土文學論戰的始末經過，可參閱陳正醒著，路人譯，〈台灣的鄉土文學論戰〉（上、下），《暖流》第二卷第二期（1982.08），頁 22-33，第二卷第三期（1982.09），頁 60-71。另外有關論戰的研究，參閱周永芳，〈七十年代台灣鄉土文學論戰研究〉（中國文化大學中國文學研究所碩士論文，1991）。

[26] 王拓，〈「殖民地意願」還是「自主意願」？〉，收入《鄉土文學討論集》，頁 578-579。

台灣社會的性質定位。王拓辯稱沒有影射台灣是「政治殖民地」，而且他所說的「經濟殖民地」乃是指美國對台灣的關係而言。但很清楚的，事實上這樣的論述方式已經把國民政府視爲經濟殖民地的代理人。一個依賴經濟殖民地的統治機器，本身無疑就是不折不扣的政治殖民政治。如果這樣的解釋可以成立，則鄉土文學論戰在一定的程度上是台灣作家對殖民體制的徹底批判。

台灣文學遺產的整理，台灣歷史經驗的回顧，都在鄉土文學的發展過程中次第受到注意。這些現象都一一顯示了台灣社會正從深沉的歷史失憶症甦醒過來。直到一九七九年高雄事件後，鄉土文學論戰的餘緒才暫告中止。然而，這並不意味對於殖民體制的批判從此就結束了。一九八〇年代初期重燃戰火的統獨論戰，其實是銜接了鄉土文學論戰還未完成的討論。圍繞著葉石濤與陳映真的台灣文學史觀，台灣作家第一次以具體的「台灣文學」一詞，用來取代虛構的「中國文學」[27]。這是解嚴以前發生的相當引人矚目的文學爭論。經過這場論戰的洗禮，「台灣文學」一詞才獲得澄清與定位[28]。在台灣社會中孕育出來的文學作品，竟然必須穿越四十年的時光才得到正名。這自然是極其諷刺的事。文化身分與認同的失焦，對台灣文學史構成的扭曲可謂嚴重。

從一九八二到八四年進行的統獨論戰，基本上是批判殖民體制最徹底的一次。「台灣文學」一詞得到普遍的接受，但是，台灣文學的主題與內容還是受到客觀環境的箝制。追求歷史記憶的恢復，在七〇年代雖已展開，卻由於戒嚴體制的繼續掌握，收到的效果仍然有限。對於台灣社會內部矛盾的探索，還是不能全面展開。必須等到一九八七年戒嚴令正

---

[27] 葉石濤，〈台灣鄉土文學史導論〉，收入《鄉土文學討論集》，頁 69-92。許南村（陳映真），〈鄉土文學的盲點〉，收入《鄉土文學討論集》，頁 93-99。

[28] 宋冬陽（陳芳明），〈現階段台灣文學本土化的問題〉，《台灣文藝》第八十六期（1984），收入《放膽文章拚命酒》（台北：林白，1988）。

式解除，封鎖台灣社會的殖民體制才正式開閘，文學多樣性才日益活潑開放。

後現代與後殖民

解嚴以後的台灣文學之呈現多元化，已是不爭的事實。從女性意識文學、原住民文學，一直到後現代文學的出現，都充分說明了文學生命力逐漸釋放出來。這是可以理解的，在戒嚴假面下的殖民社會最底層的人民欲望、能量，雖長期受到壓抑，卻沒有全然失去生機。思想枷鎖一旦解除之後，潛藏的各種聲音終於可以發抒出來。多元的文學發展，伴隨著台灣經濟生產力的提升，盛況的景象頗類似於西方的後現代社會。因此，解嚴後的一些文學工作者，有意把繁複的文學盛況定義爲「後現代時期」。

最先宣告台灣進入後現代社會的是羅青。他說台灣生產電腦的數字，以及服務業所占比重超越工業的事實，表示台灣社會「正式的邁入了所謂後工業社會。而在文化方面的發展，台灣也顯著的反映出許多後現代式的狀況」[29]。羅青的說法，立即獲得孟樊的接受。孟樊在討論後現代詩時，更進一步認爲：「在後工業社會尚未全然成形之際，後現代詩是不可能在台灣詩壇流行起來的。」[30]後現代時期的到來，是不是已經在台灣實現，應該是一個值得討論的問題。

即使不討論台灣後現代社會或後工業社會是否形成，僅就文學史發展的脈絡來看，是不是可以根據解嚴後的台灣社會發展把台灣文學劃爲後現代時期？後現代主義在美國的發展，乃是緊跟著現代主義的衰微之

---

[29] 羅青，〈台灣地區的後現代狀況〉，《什麼是後現代主義》（台北：五四書店，1989），頁 315。

[30] 孟樊，〈台灣後現代詩的理論與實際〉，收入孟樊、林燿德編，《世紀末偏航：八〇年代台灣文學論》（台北：時報，1990），頁 223。

後而來。後現代主義（postmodernism）的「後」有兩種涵意，一是對現代主義的抵抗與排斥，這發生於一九六〇年代。一是指現代主義的延續，成熟於一九七〇年代以後[31]；無論是抗拒或延續，後現代主義一詞的成立，乃是在此之前存在了一個現代主義的時期。從這個觀點來看台灣文學的發展，後現代主義若是可以成立的話，這種思潮之前應有一個現代主義時期，但是，歷史事實顯示，自六〇年代以後的台灣文學卻是以現代主義→鄉土寫實主義→後現代主義的順序在發展。西方文學思潮的演進則是沿著寫實主義→現代主義→後現代主義的秩序進行。換句話說，西方文學思潮是自然的發展；若依羅青的解釋，台灣文學反而是跳躍前進的形式。這種突變式的文學演進，並非不可能發生，但是將其放在台灣文學史的脈絡來看，是相當突兀的。

羅青把八〇年代以後的台灣社會定義爲後現代，已經遭到嚴厲的批評。陳光興對於這種說法，認爲是「一場追逐『後現代』流行符號的併發症正逐漸地燃燒起來」[32]。也就是說，羅青的定義，在台灣社會內部或在台灣文學發展中是找不到事實根據的。

如果要解釋八〇年代以後的文學現象，就不能忽略了在此之前的整個文學發展的脈絡。以前述的討論爲基礎，倘然日據時期可以定義爲殖民時期，而一九四五年以後定義爲再殖民時期，則一九八七年解嚴以後應該可以定義爲後殖民時期。所謂後殖民主義（postcolonialism）的「後」，並非是指殖民地經驗結束以後，而是指殖民地社會與殖民統治者接觸的那一個時刻就開始發生了。對於殖民體制的存在，殖民地作家無不採取積極的抗爭（如批判），或消極的抵抗（如流亡、放逐）。因此，這裡的

---

[31] Andreas Huyssen, "Mapping the Postmodern," in Charles Jencks, ed., *The Post Modern Reader*（London: Academy Editions, 1992）,pp.40-72.

[32] 陳光興，〈炒作後現代？：評孟樊、羅青、鍾明德的後現代觀〉，《自立早報・自立副刊》（1990.02.23）

「後」(post)，強烈具備了抗拒的性格。

以這樣的觀點來檢驗二十世紀台灣文學運動史，就可得到清楚的印證。台灣作家對於殖民權力的支配，從未放棄過抵抗的立場。三〇年代成熟期的左翼文學，採取積極批判日本殖民主義的攻勢；四〇年代決戰期的皇民文學，則表現出消極流亡的精神。這種流亡精神，在五〇年代反共期與六〇年代現代主義時期就發展得更為清楚。到了七〇年代以後寫實主義時期，積極的批判性格又高度提升。台灣作家與統治者之間所構成的邊緣／中心的緊張對抗關係，貫穿了整個新文學史之中。後殖民主義所強調的主題是擺脫中心或是抵抗文化（culture of resistance）[33]這種精神，可以說極其豐沛蘊藏於台灣文學作品裡。

後殖民主義與後現代主義的性格相當接近，這可能是台灣部分學者容易產生混淆的主要原因。後現代主義在於解構中央集權式的、歐洲文化理體中心（logocentrism）的敘述，而後殖民主義則在瓦解中心／邊緣雙元帝國殖民論述[34]。兩種思潮都在反中心，並主張文化多元論，以及首肯「他者」(the other)的存在地位。因此，常常引起論者的混淆。不過，後現代主義發源於資本主義高度發達的歐美，後殖民主義則崛起於第三世界。更值得注意的是，後現代主義的最終目標是在於主體的解構（deconstruction)，而後殖民主義則在追求主體的重構（reconstruction)。這兩種思潮在很多場合是可以相互結盟的，但是其精神內容必須分辨清楚。

---

[33] 在研究後殖民主義的西方學者中，對擺脫中心與抵抗文化提倡最力者，首推薩依德（Edward Said）無疑。參閱 Edward Said, *Orientalism*（London: Penguin Books, 1978）。*Culture and Imperialism*（New York: Vintage Books, 1993）.

[34] Kwane Anthony Appiah, "The Postcolonial and the Postmodern," in Bill Ascnoft Gareth Griffiths & Helen Tiffin, ed., *The Postcolonial Reader*（New York: Routledge, 1995）,pp.119-124.

廖咸浩在主編《八十四年短篇小說選》時，公開宣稱後現代思維已經在台灣扎根。他以一九九五年的短篇小說作品做爲實例，指出「後現代精神」已在社會的各個角落浮現。他對「後現代性」的定義，採取極爲寬廣的解釋。他說：「在『後現代性』涵蓋下的這些各種思潮，以『反啓蒙』爲基礎，在個別的具體議題上，從事拆解『大敘述』的工作：女性主義對父權體制的大敘述；性別論述對性別刻板觀的大敘述；後殖民論述針對殖民論述的大敘述；弱勢論述對霸權論述的大敘述；資訊理論針對舊式傳播理論之大敘述……。」[35]

這樣的論點，與本文提出的觀點有不謀而合之處。本文以霸權論述來概括台灣社會已存在的各種文化沙文主義（cultural chauvinism），廖咸浩則是以大敘述一詞來形容。不過，本文與廖咸浩的觀點最大分歧之處，乃在於他把後殖民論述涵蓋在後現代主義思潮的範疇之內。質言之，他指稱的後現代性是無所不包的。不過，以這樣的觀點放在台灣戰後史的脈絡，似乎是扞格不入。

首先，是歷史解釋的問題。廖咸浩宣稱後現代精神已在台灣生根時，並未說明後現代思潮是如何在台灣形成的。如果它是一種無所不包的思潮，甚至可以把台灣的後殖民史也收編進去，則後現代精神應該在台灣社會內部有一段孕育的歷史過程。倘然現階段的後現代主義，就像六〇年代進口的現代主義那般，在沒有特殊的歷史條件之下突然出現，則這樣的後現代主義正是不折不扣的新殖民主義（neocolonialism）。台灣社會只是片面接受外來思想的衝擊，只是一個被動的受影響的角色，而並沒有具備任何自主性的主觀意願。

後現代主義在台灣社會的傳播，是八〇年代隨著戒嚴體制的鬆動而介紹到台灣。即使台灣社會在八〇年代開始沾染後工業社會或晚期資本

---

[35] 廖咸浩，〈複眼觀花，複音歌唱：八十四年短篇小說的後現代風貌〉，收入《八十四短篇小說選》（台北：爾雅，1996），頁 6。

主義的色彩，也並不足以證明後現代主義思潮在此之前已有任何的歷史根源。這裡要特別強調的是，後現代主義精神的孕育並不是從台灣社會內部自然形成，因此與戰後台灣歷史的演進並無絲毫契合之處。把現階段台灣作家共同具備的去中心思維方式，一律納入後現代主義的思潮之中，顯然還有待商榷。

其次，是權力結構的問題。戰後再殖民的權力支配，使得社會中的內部殖民之事實成爲隱藏性的存在。換句話說，由於戰後戒嚴體制過於龐大，其權力觸鬚地毯式地伸入社會各個階層角落。每一階層的所有成員都被迫必須服膺於單一的價值觀念。以中國爲取向的霸權論述，狂瀾般壓服了歷史發展過程中既存的、固有的權力支配。封建父權對女性的壓迫，漢人移民對原住民的歧視，異性戀者對同志的排斥，都在戒嚴體制達到高峰的時候淪爲視而不見的議題。

因此，戒嚴體制在一九八七年解除之後，存在於社會內部的偏頗權力結構才逐漸暴露出來。原是屬於歷史失憶症範疇之內的女性、同志、眷村、原住民的種種議題，都在追求記憶重建之際得到了關切。女性、同志、眷村、原住民等等社群都不約而同注意到認同、身分與主體性的問題。要求權力的再分配，要求價值的多元化，一時蔚爲解嚴後的普遍風氣。這種解嚴後的思維方式既是去中心的，更是去殖民的（decolonization）。從這個觀點來看，各個社群之追求解放，並是等到後現代主義思潮被介紹到台灣之後才開始進行，而是由於再殖民的戒嚴體制之終結，使許多受到禁抑的欲望陸續獲得鬆綁。在追求解放的過程中，各個弱勢族群採取的策略容或與後現代精神有不謀而合之處，但其終極目標絕對不是主體解構，而是主體重構。更確切的說，這種多元價值體系的追求，乃是從台灣歷史的脈絡中發展出來的，絕對不是受到後現代精神扎根的影響。

廖炳惠曾經指出：「後殖民是在具體歷史經驗中發展出來的論述，對其他社會不一定適用。」[36]這是可以理解的，每個社會的殖民經驗並不必然有重疊或雷同之處。討論台灣戰後文學史的發展，也只能把它放在台灣社會的脈絡來檢驗。後現代性格，只存在於西方晚期資本主義的社會，並不適用於台灣社會。今天，台灣文學的多元發展的盛況，無疑是受到台灣歷史發展的要求。它的後殖民性格，遠遠超過了外來的後現代性格。有些後殖民的理論，源自於其他第三世界的歷史經驗，也不必然可以真正套用在台灣社會之上。因此，如何從台灣歷史與台灣文學的演進經驗中鑄造理論，同時建構可以全面照顧整個文學史的歷史解釋，也許是當前台灣文學研究者必須面對的挑戰。

解嚴後，並不意味殖民文化就已全然消失。台灣作家開始對歷史記憶的重建有更大的關切，對於過去的政治傷害也有更為深刻的檢討，後殖民時期的性格，正逐漸在台灣社會顯露出來。較具警覺的學者，也非常用心地藉用後殖民論述來回顧並重新評價台灣文學[37]。倘然這樣的關切繼續發展下去，後殖民理論將在台灣文學的研究與批評中建立具有特殊性格的地位。後殖民文學對於多元文體的出現，是能夠包容的。因此，後殖民時期在台灣成熟時，以後現代主義的形式所創作出來的作品，也一定能夠找到可以存在的空間。

選自：陳芳明《後殖民台灣：文學史論及其周邊》（台北：麥田，2002）

---

[36] 廖炳惠，〈在台灣談後現代與後殖民論述〉，《回顧現代：後現代與後殖民論文集》（台北：麥田，1994），頁 69。

[37] 以後殖民理論來討論台灣文學的學者，日漸增加，其中值得注意者，當推邱貴芬的研究。參閱她發表的文章，邱貴芬，〈「發現台灣」：建構台灣後殖民論述〉、〈想我（自我）放逐的兄弟（姊妹）們：閱讀第二代「外省」（女）作家朱天心〉、〈性別／權力／殖民論述：鄉土文學中的去勢男人〉，收入《仲介．台灣女人》（台北：元尊，1997）。

廖炳惠

清華大學外語系教授

台灣：後現代或後殖民

一九八七年，台灣解嚴之後，文化與社會充滿了多元的變動因素，公共媒體的眾聲喧嘩中，抗爭運動不斷隨著無法預期而又層出不窮的天災人禍、黑金勾結、金融風暴、居家安全、基本人權、國家認同、外交策略、族群資源、政治誠信、性別意識、本土教材、水土保護、暴力侵害、毒品槍械、病變污染等問題，由熱絡轉趨疲軟，從大規模的輿論訴求到自家人內鬥，在這過程之中各種新潮理論風起雲湧，但流行的期限與其適用範圍卻逐漸萎縮，有時甚至成為特定詮釋社群進行串聯，藉以鞏固本身或排斥他人的論述方便法門。

這十年間，人文社會科學界的大師，紛紛在台灣出現，先是舶來的標籤，很快的，國內的文化人也豪爽地以這種名號自許。在圈子中，相濡以沫。這種情況尤以「後現代」最為明顯，不僅台灣如此，最近大陸也很可觀[1]。當然，國內、外後現代大師們，如詹明信（Fredric Jameson），哈山（Ihab Hassan）、洛帝（Richard Rorty）、羅青、林燿德等人的見解， 對幫助我們了解台灣之後蔣時期， 提供了十分有用的參考架構。不過，八○年代末期，後現代主義在台灣走紅，進入八○、九○年代，後現代已備受「後後現代」、「酷兒論述」、「後殖民理論」、「後李登輝時代」的挑戰，逐漸式微淪為明日黃花。目前，我們對「後現代」，毋寧是以「回顧」的方式，去檢視其文化意涵，雖然國內對這一個思潮的經典翻譯及其深入研究仍不多見[2]。在本文，我想提出的是一些相關的問題，諸如：（一）

---

[1] 台灣見孟樊、羅青等，中國則有北大為中心的「後學」潮，可參考 *boundary 2.* 24,3（Fall 1997）中國與後現代專號。《當代》復刊（1997.08）即以後現代為第一期，其中陳建華、陳清僑均對中國、香港的後現代發展有所辯論。

[2] 以詹明信的著作來說，除了他的演講、訪談有部份中譯外，《後現代主義》這本鉅著直到一九九八年初才由時報出版公司推出中譯，中文發展之研究成果可從台大三民所邱思慎的碩士論文（1998.06）看出其片斷，邱文是較全面之詮釋與

何以有人會認爲「後現代主義」不再適用於環球與本土之文化評論中？（二）台灣是否屬於後殖民情景？（三）必須揚棄後現代，才能談後殖民的問題嗎？（四）有可能重建後現代之批評譜系，以便彌補種族中心論及認知條件之侷限？（五）如果當前歐美的後現代與後殖民理論均不確切，無法具體描述台灣社會，這兩種思考方式，能提供什麼借鏡？

事實上，國內、外學者質疑後現代主義的適用時，往往將後現代假定爲一種既定而且與幾位思想家如 Jameson, Lyotard, Baudrillard，或 Habermas 的學說相互指涉。九〇年代初期，有許多詩人、小說家、建築史、或文化工作者紛紛著文指出後現代已趨疲乏，在毀損了統合理體的意識型態基礎，開展多元真相論述位置之後，已把本身帶往絕路，例如九〇年代諾貝爾文學者得主帕茲（Octavio Paz）即認爲「把目前的景況稱做『後現代』，還是依照現代定位；這樣就是掉進直線狀時間的陷阱，而這卻是我們已經完全擺脫的敘述形態」[3]（Gardels 203）。在不同脈絡下，當代美國小說家庫佛（Robert Coover）也表示無法欣賞「後現代主義」，因爲它彈性疲乏[4]（Iftekharuddin 71）。詹克思（Charles Jencks）及一些文化工作者更提出「後後現代」之主張，道出後現代之後的新格局[5]。不過，大部份的批評家仍運用後現代的詞彙，如在《世紀末》的對話錄中，日本哲學家梅原猛（Takeshi Umehara）便說：「在後現代注重多元化的各自爲政的時代裡我們需要所有族群共存、南北半球共容的新原則。新原則

整理。

[3] Nathan P. Gardels, *At Century' s End：Great Minds Reflect on Our Times* (1995)，中譯《世紀末》，譯者薛絢，（台北：立緒，1997） 203。

[4] Robert Coover 說「後現代主義聽起來是已被窮盡的形式」，見 Farhat Iftekharuddin, "Interview with Robert Coover," *Short-Story* 1（1993）:71.

[5] Charles Jencks, "Death for Rebirth" ; David Harvey, "Looking backwards on Postmodernism," in *Post-Modernism on Trial*, ed. C. Papadakis (London : Academy, 1990) 6-12.

之一即是互助主義，這是除了控制與服從之外的另一條人類相處之道」[6]（薛絢 230）。而幾個美國的重要學術刊物均不斷推出專號，探究其他非歐美文化的後現代情景，如《南大西洋季刊》、《第二疆界》、《新文學史》等[7]。艾瑞克（Jonathan Arac）在為近期《第二疆界》寫總評時，一開始便對我的論文提出回應，指出《後現代主義與政治》這本選集的歷史侷限及目前擴充其視域的可能性[8]。可見有關後現代主義的爭論仍方興未艾。

以台灣文學、文化為準，我想針對這種爭辯的一個切入點，是陳芳明教授在最近的一篇論文所批評的後現代主義[9]。陳芳明認為八〇年代以降，台灣才開始邁入後殖民時期，文學界所流行的後現代卻不足以形容政治文化處境，也就是台灣在近百年來歷經日本及國民黨殖民體制下的「失語」、「失憶」症，如何重建主體性的政治議題。對陳芳明的論點，我大致贊同，但是我得指出：那是在一種有條件下的贊同，因為陳芳明主要批評的後現代目標是八〇年代輸入並得到片面挪用的美、法版後現代主義，大致上乃是大眾媒體、通俗文化、文學創作、多元性別認同等範圍所倡導「去主體中心」運動。由於是在這種框架下，他所批評的「後現代主義」是針對特定之人士及心態，並未完全否定後現代主義的流動變異性及其在美、法社會之中與之外的詮釋空間。在他的討論脈絡，後

---

6 薛絢編《世紀末》 230（見註 3）。

7 這些論文後來均以書的形式問世，Masao Miyoshi and H. D. Harootunian, eds. *Postmodernism and Japan* (Durham：Duke UP，1989). John Bekerley, et al., *The Postmodernism Debate in Latin America* (Durham：Duke UP，1995). *New Literary History* 28,1 (1997)；*boundary* 2 24,3(1997)

8 Arac, "Chinese Postmodernism : Toward a Global Contest," *boundary 2.* 24,3 (1997) 261-275.

9 陳芳明〈後現代或後殖民：戰後台灣文學史的一個解釋〉，Writing Taiwan：Strategies of Representation, Columbia University，1998.04.30~05.02。

殖民主義強調文化主體之重建，透過敘事去記憶、架構本土歷史，正是目前台灣的文化寫照，不容以後現代的方式去加於含納或淹沒，陳芳明說：

> 潛藏於社會內部的文學思考，雖曾受到長達四十年的戒嚴體制的壓制，在解嚴後卻立即釋放豐饒的能量。原住民文學、台灣意識文學、女性意識文學、眷村文學、同志文學、環保文學等等的大量出現，不僅證明一個多元化思考的時代已然到來，並且也顯示文學創作的豐收時期即將出現。

面對如此繁複的文學景觀，有關台灣文學性質的辨識與論斷就成為學界的重要焦點。藉用後現代主義的創作技巧，許多作家漸漸對各種霸權論述的文學主題展開挑戰。對漢人沙文主義的懷疑，是原住民文學在現階段的重要關切。對中華沙文主義的挑戰，是台灣意識文學的重要目標。對男性沙文主義的抗拒，是女性意識文學的優先任務。對福佬沙文主義的探討，是眷村文學的顯著議題。對異性戀沙文主義的質問，則是當前同志文學的首要工作。無論是採取何種文學形式的表現，去中心（decentering）的思考幾乎是所有創作者的共同趨勢。恰恰就是具備了這樣的特徵，八〇年代以後發展出來的文學往往被認為是屬於後現代文學。

然而，後現代文學的誕生，在西方有其一定的歷史條件與經濟基礎。遽然使用後現代一詞來概括台灣文學的性格，是否能夠真正掌握創作的作者的文化思考與立場，恐怕有待深入的討論。本文的目的在於指出，現階段台灣文學發展的盛況，與台灣的戰後歷史有密切的關係。要討論今天的多元化現象，必須把文學作品放在台灣社會的脈絡來閱讀（textual reading）固然能抓住創作者的重要訊息，但是脈絡式的閱讀（contextualized reading）可能會更接近文學作品的真正位置。特別是後殖民的閱讀策略，既可理解作品背後的歷史條件，也可理解創作者所佔據的政治信仰與社會位置。

這種批評的力道，主要是針對台灣某種流行的後現代主義版本，而且是簡化、去歷史脈絡的後現代通俗版。其實此一見解也暗示對歐美歷史座標的批評，也就是國內文化人士大致採用國際（即：美國，其至中國）的歷史地理座標，而忽略了本土的內、外殖民發展情境。這一點與帕茲堅持所不採用「後現代主義」世界觀頗有神似之處，也充分顯示陳教授的洞見乃立足於台灣的特殊而多元的殖民、後殖民史上，照顧了地區之特殊歷史，並藉此抗拒普遍皆準的思考架構移植。

然而，我們也要追問：「後殖民」是否也以歐美特定歷史爲其座標？而且與新殖民主義（或文化帝國主義）產生錯綜的共謀與對話關係[10]？台灣的「後殖民」情況能與印度、非洲、南亞、中南美洲的後殖民經驗相提並論嗎？如此一來，後現代主義的晚近發展是否可提供出路或至少某種程度的再思索？或者，換另一種方式來說，若台灣既不能用後現代也無法用後殖民的架構去適當描述，那麼我們如何對待這兩種理論陣營不斷修正的作法，勢必將揚棄，另起爐灶？或以寄居、挪用的方式，與之對質？並把「翻譯於後現代性」（translated postmodernity）此一未完成計劃，針對翻譯於不同語文社群中的翻譯、變動，重新發明其文化對應物之政治意涵，再深入探討？

首先，我們得審視後現代主義詞語及其旅行變化過程，以便了解它的完全未定或因地制宜的性格，藉此發明不同之著力點，闡述其衍生異義之空間（differance）。就歷史的發展而言，「後現代」（postmodern）這個詞彙可能早在一八七○年代便由英國畫家迦普曼（John Watkin

---

[10] 詳見我的另一篇文章〈後殖民的問題與前景〉。以另一種方式，廖朝陽也質疑某種板本之後殖民當前文化主體建構的適用性，見他對邱貴芬論文的講評，陳東榮與陳長房主編《典律與文學教學》(台北：書林，1995)：255-258, 277-291。文中也指出後現代主義理論的包袱。

Chapman）在其論述中提到。不過，有文字記錄的第一次正式用法，可能非德國哲學家潘維茲（Rudolf Pannwitz）莫屬，他在《歐洲文化危機》（*DieKrisis des Europaeischen Kultur*，1917），將「後現代」當作二〇世紀虛無主義的標籤[11]。一九三四年，西班牙文學批評家德．奧尼士（Federico de Onis）在他編的西班牙文詩選（*Antologia de la Poesia espanola e hispan-americana : 1882-1932*）中，視「後現代主義」爲對文學現代主義的反動。至於「後現代主義者」，則見於英國神學家貝爾（Bernard Iddings Bell）一九三九年的著作（*Religion for Living：A Book for Postmodernists*），將後現代描述爲目睹世俗現代主義失敗而逐漸回歸宗教的覺悟；同一年，史學家湯恩比（Arnold Toybee），在《歷史研究》（*A Study of History*）第五冊（1939），後來在第八冊（1954），以「後現代主義」去形容勞工階層群眾社會的興起。

五〇與六〇年代期間，後現代主義的意義可在霍烏（Irving Howe）於一九五九年發展的「大眾社會與後現代小說」（"Mass Society and Postmodern Fiction"），中看出端倪：後現代是一種形式、風格上的範疇，廣泛地包括戰後歐美社會轉形過程中文化的癥候，在文學表達上，針對現代主義的下一波發展與反動，特別是美國的新小說。六〇年代末期，乃是法國思想界開始反省、挑戰結構主義、現象學的新語言及詮釋轉折，學院經過六八年五月學運之後，正對本身的機制及其限制起了根本的解除迷思，逐漸邁入所謂的「後結構」，對七〇、八〇年代產生莫大的影響。其中，尤以傅柯（Michel Foucault）、德希達（Jacques Derrida）、德勒茲（Gilles Deleuze）、李奧塔德（Jean-Francois Lyotard）、及女性主義者（如 Julia

---

[11] 以下主要仰賴 Lawrence Cahoone, ed. *From Modernism to Postmodernism* (Cambridge: Blackwell, 1996)。導論；Ingeborg Hoesterey, ed. *Zeitgeist in Babel：The Post-Modernist Controversy* (Bloomington: Indiana UP,1991)；Margaret Rose, *The Post- Modern and the Post-Industrial：A Critical Analysis* (Cambridge: Cambridge UP, 1991).

Kristeva，Luce Irigaray，Helene Cixous 等），對身體、知識與權力、中心與意義系統、欲望與逃逸策略、小敘事與新遊戲規則，父系與社會形成過程等面向的見解，促使後結構與後現代主義交混匯爲洪流。同一個時期，社會科學及建築理論家也對新技術新空間美學及後工業之消費行爲，大量發表專著探究後現代的社會與都會空間改革（如 Jane Jacobs 的 *The Death and Life of Great American Cities*，此書標題當然是受到 Leslie Fielder 的啓發；或一九九六年 Robert Venturi 的 *Complexity and Contradiction in Architecture*）。不過，七〇年代可說是歐美後現代主義的理論鋪陳期，一九七一年哈山發表《奧菲斯的解體》（*The Dismemberment of Orpheus*），算是接繼了後霍烏的論述方式；一九七三年貝爾（Daniel Bell）重新整理其前輩學者（如 Alan Touraine 或更早期 Anada Coormarawamy）的觀點。針對「後工業社會」的專業與消費習慣加以分析與預測（*The Coming of Post-Industrial Society，1975*），詹克斯首度將後現代用進建築的討論領域中，一九七七年他推出後現代建築的語言（The Language of Post-Modern Architecture，同一年，三位建築文化方面的專家，以通俗文化與消費空間的整合爲後現代主流（Learning from Las Vegas），更具標榜作用，而一九七九年，李奧塔德的後現代情境則以後現代的社會、認知的謬理模式（paralogy），瓦解了傳統鞏固中心的敘事體，開啓了多年的新資訊語言空間。

一九八一年，哈伯瑪斯對後現代思潮提出質疑，主張以「未完成之現代性」，去抗拒後現代（見“Modernity vs. Postmodernity”, *New German Critique 22*），企圖以批評現代化之後遺症，詮釋溝通理性的方式，重新發揚啓蒙精神，一九八五年他更以十二講去糾正由黑格爾、尼采以降的主體中心理性與權力論述：由尼采到巴代伊到傅柯或由尼采到海德格到德希達的黑暗書寫之路（收入 *The Philosophical Discourse of Modernity*，1987），將德法哲學界對現代、後現代情境的爭辯帶至高峰。李奧塔德與哈伯瑪斯的筆戰，正如哈伯瑪斯與伽達瑪（Hans-Georg Gadamer）有關詮釋學的論辯一樣出名（甚至超過），令我們了解到針對後現代的不同態度。一九八三年霍斯特（Hal Forster）主編後現代文化論集（*The Anti-Aesthetic : Essays on Postmodern Culture*）便將保守與抗拒兩種後現代態度加以區分，並試圖將德、法之不同思路加以匯整。一九八四年有兩篇論文均對德、法、美及其它世界之後現代，作較系統的分析與定位，作者均以「識圖」（mapping）的字眼，重新強調掌握各種社會脈絡之重要性[12]。惠森（Andreas Huyssen）與外爾德（Alan Wilde）在一九八一年的著作（*Horizons of Assent*）所持的觀點十分類似，他認爲後現代是美國才有的文化社會經驗，在法國是後結構主義及現代主義的持續發展，德國則是針對啓蒙的遺產及戰後的文化、歷史、記憶的問題，只有於美國才從建築、消費、音樂、通俗文化的範圍去大談後前衛及後現代主義。他以一九七二年七月十五日下午三時三十二分，聖路易士一片現代主義的建築遭到終結爲美國後現代的肇始，並從政治、社會、文化的發展，正視帝國主義、女性運動、環保生態、非歐的本土文化等層面對後現代思潮的衝擊，以抗拒而包容的方式去面對新全球文化經濟。

惠森側重歐美各社會文化的差異並將後現代的發展，依國別、時期、主題加以釐清，顯出各種理論之間的不可並比性。對照之下，詹明信則以跨國資本主義的文化邏輯，去統合德、法、美的後現代通俗文化表達，去深度、無歷史感、喪失指涉的暗諷等面向，談後現代的跨國內涵，但他也同樣注意到抗拒、烏托邦的課題。

---

[12] Andreas Huyssen, "Mapping the Postmodern," *New German Critique* 33 (Fall 1984)：5-52，修訂版收入 Huyssen 的 *After the Great Divide：Modernism, Mass Culture, Postmodernism* (Bloomington: Indiana UP, 1986) 最後一章。Fredric Jameson, "Postmodernism, or the Cultural Logic of late Capitalism," *New Left Review* 146 (1984): 53-92，後收入 *Postmodernism* (Durham：Duke UP，1991)第一章。

八〇年到九〇年代之間，有關後現代主義的著作可說汗牛充棟，大致是針對其歷史、方法、問題加以評估，九〇年代出現了相當多的後現代文選，似乎宣告了後現代已成爲可以入檔的歷史。但是，八〇年代中葉也目睹了愈來愈多的後殖民、後現代之後對各地區之不同現代性（alternative modernities）開始進行更具本土意識的檢討，其中尤以印度的底層研究群（Subaltern Studies group）、非洲後傳統（post-traditional）學者及拉丁美洲的視覺文化工作者這三組學者的成熟令人刮目相看，他們均引導我們注意到殖民與現代化過程中所造成的落差，如未經現代化的現代主義（modernism without modernization）或現代與傳統資源之間的重新協商方式。[13]

從以上這些後現代的批評譜系看來，後現代主義或後現代情景並非完全有定論的術語，其詮釋權仍有流動之空間，因此我們無法也不必將後現代主義判爲某種特殊的引進品，反而應該去了解這種翻譯（或移植）後現代過程之中，台灣社會的具體欲求、挪用策略及其再詮釋之歷史脈絡，如此一來，我們也許可避免挾洋或自閉的兩極態度，能用比較文化的觀點，去檢視有關台灣是後現代或後殖民的議題。

此處，我們所說的「翻譯的後現代」不只是指後現代論述的若干篇章被怎樣及於何時翻譯，經由那些人士從事或由那些機構出版，是否忠實於原文等問題，而是就翻譯如何重新創造對應詞、文化、心理、及社會情景，以便讓文本在另一個語文環境中獲得另一個生命（Walter Benjamin 所謂的“die Wehen des eigenen”）。這牽涉到選材標準、意義體系及領受感覺結構等面向，我們與其將這些有關後現代的翻譯（詹明信、哈山、波笛亞、李奧塔德等）及某種偏好界定爲特定條件下的侷限，毋

---

[13] 這些學者的著作則以 Ranajit Guha,ed., *Subaltern Studies*；P. Kaarsholm, ed., *From Post-Traditional to Post-Modern* (1995)；Gerardo Mosquera, ed., *Beyond the Fantastic* (1997) 爲代表。

寧視之為文化無意識的欲求，希望透過找尋某種對應架構，來理解台灣正形成的新社會想像（social imaginary），而且這種欲求與台灣長期以來身份的混亂、無以界定、乃至雙重邊緣化（遠離中華文化政治圈，又不被國際社會所承認）可能息息相關。如果以這種方式去詮釋，那麼這十年來，後現代主義之受到歡迎，但很快即被揚棄，表面上似乎是因為它不相干，搔不到本土文化社會的癢處，但往深遠的方向去探究，其實道出了後現代在台灣有其激發思考的作用，鼓勵知識份子與市民社會的成員欲求後現代多元文化的情景，同時也是促成某種新社會現實之敘事與實現方法。限於篇幅，我只想指出：羅青、林燿德等文化工作者對後現代的翻譯過程中，均將台灣社會的年代政治事件、其他詩人之後現代主張一併放入其視野。正是因為這種找尋對應物、進行對話的欲求，八〇年代末期，引發了批判理論、馬克斯、新女性主義、環保運動及後現代主義的熱潮，特別是在學院與出版機制之中，產生可觀的活力，鬆動了舊道統的敘事體及其管轄管道。然而，隨著國外的天安門、蘇東波、國內選舉政治與黑金、族群議題的惡性互動，台灣的國家定位、掃黑掃毒、語言政策、歷史記憶、生命安全、交通建設、教育改革、貿易走向（西進或南進？）變成更加重要的公共議題，後現代的跨國性格於是突顯，而後殖民與獨立主張，文化傳承與急統、暗統心態成為媒體與民間社會的焦點，往往以半學術方式，或假學術之名，進行爭論角力，影響所及是公共領域的政治利益化，媒體成了擁李或批李的陣營，同時公共領域的非個人或超越身體（disembodiment）性格逐漸消褪，反而是以性解放或同性戀的論述提供相對公共的半私人情慾表達空間，以至於公共急遽的私人身體或政治身體化。然而，在後現代逐漸褪色，後殖民及酷兒論述抬頭的期間，我們也看到更多的香港、大陸學者加入後現代文獻的整理，詮釋及譯介，朝向更加完整的後現代拼圖或認圖活動，讓後現代成為專業與大眾文化之間的橋樑。這種中介工作是我們不能忽視的。

換句話說，翻譯的後現代一方面幫助讀者發展其跨國文化觀，另一方面則促成多元解讀的社會實踐，讓我們透過新語意及其架構，去看穿權威中心的空洞本質，因此產生許多街頭運動中的諷刺劇及自由戲耍，將權力的運作拆解為景觀（spectacle），以諧音重寫的方式，去呈顯其虛擬（simulacrum）性格，進而瓦解社會既定法則，或以混成之語言，去理解新現實——如「郝大條」、「烘焙姬」（homepage）等。這些後現代的策略已成為台灣邁向後殖民階段的日常應變手段。於翻譯（及番易）過程中，後現代主義已在某種程度上化入台灣後殖民經驗，提供重新描述本體及理解歷史的籌碼。此處，我們將後現代情景界定為一種心態上「質」的轉變，對統合而一貫的舊有哲學描述及歷史理解方式起了根本的質疑，並對這些大敘事式底下的權力架構，以虛擬、戲耍的修辭策略，析出其落差、謬誤及不具時效的面向，隨時在日常生活的陽奉陰違或虛應故事中，揭發政治管轄的無能，開拓行動主體的創意，以不被看透的戲劇表演，另闢拒抗與遊走的管道，在身份的曖昧、文化場境的混淆、應運而生的個人但又集體的活動等社會條件，展示自由詮釋與應受的空間。如果大家可同意，台灣人長期以來是以閩、客或原住民語與「國語」（日、中文等），在多層的私領域中發揮其區隔及表面上交混（hybrid）的作用，那麼台灣文化界近十年來對後現代主義的翻譯、領受、挪用，是與後殖民的社會實踐密不可分，大致上似可援引緬貝（Achille Mbembe）所提出的虛擬應變後殖民理論。[14]

當然，台灣的殖民及後殖民史比起其他地區的情況可能更加複雜，因為印度、非洲、中南美洲（指印第安人）或美國的黑人均無法找到另一個文化原鄉可當作拒抗殖民主義的庇護所，而且也無身份的雙重性及文化地理的邊緣地問題：如在「祖國」被視作「漢奸」，有時則藉「日本

---

[14] Mbembe, "The Banality of Power and the Aesthetics of Vulgarity in the Postcolony," *Public Culture* 4,2 (1992): 1-30

人」的名義，可在祖國通商，獲致較大的利益（如林滿紅所指出[15]），有其雙重乃至多重的曖昧性。其次，台灣一直被視爲邊陲以邊緣地帶的論述位置，一方面被忽視（明清）、割讓（甲午之役）、轉進佔據（國民政府）或軍事侵略（中華人民共和國），另一方面則當作列強與中國角力的場所（葡、荷、英法等）、中日現代化的實驗地、國民黨的「三民主義模範省」及中共的學習（或血洗）及統一目標。這些矛盾而多重的身份及社會條件促使台灣的「後現代」與「後殖民」情景顯得格外複雜。我們從吳濁流的札記《南京雜感》及其小說《亞細亞孤兒》中則可看出那種無法歸類的失落、無助、惶恐、憤怒、及偶爾在與中日對照之下產生的幸運感（moral luck）：如胡老人爲太明講解《大學》時，便訴苦道：「現在是日本人的天下了，在日本人統治的社會，強盜、土匪都減少了，道路也拓寬了，這固然有很多便利的地方，可是你們已經不能再考秀才和舉人了，而且捐稅又這麼重，怎樣得了啊！」[16]（吳濁流 21），後來，到了東京留學期間，胡太明在藍的引領下，參加中國同學會的演講，應對之間，太明因爲對北平話沒有十分把握，「倉促之間竟漏出說慣了台灣話來，以致被認爲是客家（廣東）人」（95）。太明起初「沒有說出自己是台灣人」，只覺得幾位到日本來訪問的中國要人，「闡揚三民主義和有關建國的問題，聽眾情緒異常熱烈，他因爲無法完全了解講辭，似乎並不十分感動」，等他自我介紹說是「台灣人」時，頓時引發陳姓中國留學生的侮蔑及在場人士的騷亂，「台灣人？恐怕是間諜吧？」(97)。這種情況，在太明「回」到了南京、上海，一方面被吸引，覺得上海女學生在傳統的中庸理性與歐美的豪放之間，有某種在台灣人身上找不到的「高雅灑脫」：「從她們的摩登裝束中，散放著高貴的芳馨，似乎隱藏著五千年文化傳統的奧妙」（46）；然而，在另一方面，卻目睹了中國的腐化、破敗、

[15] 林滿紅〈以世界框架寫中國人的近代史〉，《當代》120（1997）：38-51。

[16] 吳濁流《亞細亞的孤兒》(台北：草根，1995)。

虛僞及各種人物之「厲害」，在拘禁到越獄之後，他了解台灣人在歷史激變的脈絡中兩邊都不是（211）。

吳濁流筆下的兩皆不是的孤兒意識在一九四七、一九七一年又更加複雜化，二二八及退出聯合國是台灣在邁向後殖民史的兩大障礙，國民黨來台，陳儀將台灣人界定爲過度日本化的異類，在事變後，蔣介石更以白色恐怖及「中華文化復興運動」使台灣逐漸興起的市民社會與公共文化整個萎縮，造成內部殖民的陰影一直揮之不去，同時讓去政治之現代主義於文藝界盛行，以至於在特定範圍內某種版本的後現代主義迄今仍左右文壇，只從修辭取巧、文類交混及無以決定的性別與國族認同等流動而投機的面向上，去敘述眷村族群、政客言行、情色主體、書寫景觀或後設語言等片面真理。這種後現代文藝發展是陳芳明批評的對象，但是我們也應注意到其他後現代思潮的引進及其社會作用，尤其將這些「番易」、「移植」的現象納入台灣文化歷史中考察。一九七一年，退出聯合國，固然使台灣醒悟到本身遭到雙重邊緣化，因此有「莊敬自強」的愛國行動，但是從此卻被大中國的論述所包抄、騷擾，同時得不斷觀望美國的「關愛的眼神」，喪失了國際上的舞台，其結果是對內強化管制，對外只能透過貿易（因此有勤快的「李表哥」此一商業圖象）及文藝（尤其美術、電影作品的國際獎賞）去建構其知名度。而後現代論述是在這種環境下形成其國際思潮的吸引，與後前衛主義、後結構主義交融，成爲學術與文化界欲求的目標。其部份原因則是後殖民之遲遲未能出現：一九四五年之後並未真正進入後殖民；一九八七年後也未能立刻達成後殖民。因此，後現代成爲一種替換的思維方式，去想像、開展多元化的社會脈絡。追根究柢，台灣對後現代的吸收與扭曲，基本上是與殖民、後殖民密切相關，幾乎無可分割，尤其是如果把晚近後現代的發展，例如後認同政治（postidentity politics）、不同之現代化情景、第三世界女性主義與後殖民理論等，均納入討論的視野中。

以台灣的多重殖民史及複雜的後殖民史來看,「不同之現代性」可能更適用,以便強調社會脈絡之差異原則,凸顯台灣歷史南島原住民之遷徙、漢人、移民、荷人據台、日本人治台、國民黨政府來台過程中所累積之多元族群文化傳承,側重泛亞洲(尤其日本及中國)現代化計劃對台灣之影響,如日治期間,台灣留學生、藝術家、文化人士到東京等地旅遊所接觸到之日本及中國之現代經驗,以翻譯、挪用的方式,帶動了台灣現代公共文化的發展,這些文化人士(如吳濁流、江文也、劉錦堂等)在世紀之初的往返於日、中、台之間,並進行翻譯、拒抗之活動,其實構成台灣後現代、後殖民之前導,值得再深入探討。在這方面,晚近有些學者提出的「抗衡現代性」(counter modernity)及「多重現代情景」(multiple modernities)都提供參考架構,讓我們重新反省台灣的現代、後現代及後殖民經驗,同時也將文化領域,從本土擴及到亞洲及其他地區的華人社群。

選自:周英雄、劉紀蕙編《書寫台灣:文學史、後殖民與後現代》(台北:麥田,2000)。此為修訂版。

編後記

《20 世紀台灣文學專題》是一套以台灣文學課程的教學需求，作爲主要編選方針的學術論文選；希望透過專長於不同領域的學者之論述，交織出兩個不同角度的台灣文學史讀閱脈絡。

上卷名之爲《20 世紀台灣文學專題 I ：文學思潮與論戰》，以台灣文學史的「歷時性發展」爲編輯架構，共收錄十五篇論文，約二十五萬字。本卷的時間跨度較大，以台北瀛社成員魏清德在一九一五年發表對新舊文學的討論文章爲起點（見黃美娥論文），到邱貴芬、陳芳明、廖炳惠三人的台灣後殖民論述爲止，前後涵蓋八十五年來台灣文學的思潮演變和各種論戰。

入選的論文以宏觀、清晰且完整呈現文學思潮的核心價值、發展脈絡；或對文學史的重要議題，進行關鍵性的思辯者爲首選。本卷共有六個論述範疇／主題：（一）「日據時期文學 1915-1945」——新舊文學論戰、三〇年代台灣話文論爭、母語文學運動、皇民文學、左翼文學運動；（二）「反共文學 1950-1955」——五〇年代反共小說、五〇年代文藝雜誌；（三）「超現實主義風潮 1956-1969」——新詩論戰、超現實主義美學、現代派運動；（四）「現代詩論戰 1970-1973」——七〇年代初期詩社的興起、現代詩論戰始末；（五）「鄉土文學論戰 1977-1978」——鄉土文學的源流與變遷、從寫實到本土；（六）「從後現代到後殖民 1985-2000」——後殖民論述的建構、文學史的詮釋視野。

下卷爲《20 世紀台灣文學專題 II ：創作類型與主題》，共收錄十五篇論文，約二十五萬字。本卷以台灣文學史的「共時性發展」脈絡爲編輯理念，透過不同文類的主題創作流變，從較具體的創作實踐，呈現自一九三〇年以降，至二〇〇〇年爲止，近七十年來的新詩、散文、小說，和原住民文學的主題發展，形同十五個主題式的小文學史論述。其中包括：科幻小說、後設小說、眷村小說、同志小說、羅曼史小說、女性小說、武俠小說、自然書寫、飲食散文、旅行文學、都市詩、後現代詩、情色詩、女性詩學、原住民文學，都是不容忽視的創作趨勢與成果。

下卷的入選論文以概括性強，能夠清楚陳述該主題／類型的演變軌跡，或著重分析該主題／類型的創作特質者，爲首選。

文學史的發展除了具有巨大影響力的思潮和論戰，還有更細部的各文類主題的演變。前者爲骨骼，後者爲肌理，不可偏廢。如果能夠加上各時代重要作家的專論，和各場論戰的文存，就可以組合出更完整的文學史面貌。也許那是我們將來可以努力的方向。

這部五十萬字的論文選集，能夠在兩個月的時間內完成所有編務，首先要感謝各位入選者的鼎力支持，部分作者甚至爲此增訂了內容（基於選集的性質考量，我們並沒有統一論文格式，同時讓 MLA、APA 和中文學界常用的論文格式並存）。其次，要感謝萬卷樓出版社，給我們非常大的編選篇幅和自由；尤其在出版業非常不景氣的時刻，這種不計成本的支持，充分表現出一個人文出版社的可貴精神。

最後，更要感謝台北大學中文系四年級的朱晏瑭、林陽、林巧涵、邱建綸等四位同學，他們犧牲了大半個暑假，投入這項既繁瑣又吃力的排版和校對工作，讓這部選集能夠在非常短的時間內，以最理想的品質面世。

陳大為、鍾怡雯

2006.08.18

國家圖書館出版品預行編目資料

20 世紀台灣文學專題 I：文學思潮與論戰 ／陳大爲,鍾怡雯主編. -- 初版. – 台北市：萬卷樓, 2006[民 95]

面； 公分

ISBN 978 – 957 – 739 – 569 – 6 (平裝)

1.台灣文學 – 歷史 – 論文,講詞等

850.32907 95015662

20 世紀台灣文學專題 I：文學思潮與論戰

主 編：陳大爲、鍾怡雯

發 行 人：許素真

出 版 者：萬卷樓圖書股份有限公司

台北市羅斯福路二段 41 號 6 樓之 3

電話(02)23216565・23952992

傳真(02)23944113

劃撥帳號 15624015

出版登記證：新聞局局版臺業字第 5655 號

網 址：http://www.wanjuan.com.tw

E－mail ：wanjuan@tpts5.seed.net.tw

承印廠商：中茂分色製版印刷事業股份有限公司

定 價：340 元

出版日期：2006 年 9 月初版

ISBN-13：978 – 957 – 739 – 569 – 6

ISBN-10：957 – 739 – 569 – 4